Dies ist für die fälschlich Angeklagten, die ungerechtfertigt Eingesperrten, die zu Unrecht Getöteten. Ihr wisst, wer gemeint ist.

CHRISTINA DALCHER

VITA

ROMAN

Aus dem amerikanischen Englisch von
Marie Rahn

HarperCollins

Die Originalausgabe erschien 2023 unter dem Titel
The Sentence bei HQ HarperCollins Publishers, London.

Der Tod ist ein Sonderfall ... Der Tod ist endgültig. Der Tod ist unwiderruflich. Der Tod ist unergründlich. – Anthony G. Amsterdam

Ich werde die Abschaffung der Todesstrafe fordern, bis mir bewiesen wird, dass das menschliche Urteilsvermögen unfehlbar ist. – Marquis de Lafayette

1. Auflage 2023

Deutsche Erstausgabe

Gesetzt aus der Stempel Garamond
von GGP Media GmbH, Pößneck
Druck und Bindung von CPI books GmbH, Leck
Printed in Germany
ISBN 978-3-365-00411-1
www.harpercollins.de

Klimaneutral
Druckprodukt
ClimatePartner.com/15109-2009-1001

MIX
Papier
FSC FSC® C083411

TODESTRAKT, INSASSE 39384

Sollte ich nicht sterben, würde die Geschichte hier enden. Es gäbe keinen Anfang, es gäbe kein Ende, es gäbe nichts Interessantes, über das man reden könnte, nur ein weiteres, selbst verlegtes Gefängnistagebuch, das sich viel schlechter verkaufen würde als Lord Jeffrey Archers Erinnerungen an seine Zeit in Haft. Mein Name würde nicht in aller Munde sein, sondern vergessen. Ich wäre eine Nummer, eine Reihe von Ziffern auf einem orangefarbenen Overall, ein Mann, an dessen Gesicht und Name sich kein Mensch erinnern würde.

Bis auf Emily. Emily würde sich an mich erinnern. Und Jake junior.

Bei einem ihrer letzten Besuche, nachdem sie fast eine Stunde für die Sicherheitsschleuse gebraucht hatten, nachdem Emily ihren Bügel-BH ausziehen und ihre besten Schuhe (die mit den hübschen Schnallen, die ich ihr zum Geburtstag geschenkt hatte) gegen zu große Schlappen ohne Verzierungen aus Metall tauschen musste, redeten wir kaum. Jake junior, verdrossen, weil er seine geliebten Legos in einer Plastikkiste bei einem der Sicherheitsbeamten lassen musste, gab mir nur einen kurzen Kuss und sagte nichts. Ich hasste sie, weil sie ihm sein Spielzeug weggenommen hatten. Als würde ich aus einem Haufen Plastikklötze eine Fluchttreppe bauen. Herrgott noch mal!

Damals waren Berührungen noch erlaubt, und Emily umarmte mich gerade lange genug, dass mich ein gutes Gefühl überkam, dass mein alter Motor unter dem orangefarbenen Polyester wieder ansprang, aber doch kurz genug, um die Wachposten in jeder Ecke des Raums nicht zu alarmieren. Dann setzte sie sich und blickte mich unter ihren fedrigen

Wimpern an. Keine Mascara an diesem Morgen: wahrscheinlich aus Angst, sie würde verlaufen, falls unser Gespräch eine falsche Richtung einschlagen sollte – oder auch so.

Jake betrachtete meinen Overall und meinte, er sähe aus wie der Anzug eines Mechanikers, nur dass er die falsche Farbe hätte.

»Die von Mechanikern sind immer blau«, sagte er.

Ich streckte die Hand über den Tisch und fuhr ihm durchs Haar, das frisch geschnitten war und ein bisschen vom Kopf abstand, so als hätte er sich im Schlaf verlegen. »Stimmt. Damit man die Ölflecken und so weiter nicht sieht«, sagte ich.

Und dann sagten wir ziemlich lange gar nichts mehr.

Zum Beispiel sagten wir nicht: »Wann kommst du nach Hause?«, oder »Die Jungs von der Arbeit schmeißen eine Bierparty, wenn du rauskommst.« oder »Ich freue mich darauf, wenn du wieder in unserem Bett schläfst.« Solche Gespräche sind was für die Männer aus Block C und ihre Familien. Aber nichts für mich. Nichts für Emily und Jake.

Als wir schließlich doch anfingen zu reden, sagten wir andere Sachen.

»Die Dokumente fürs Haus müssen bis Mittwoch unterschrieben sein.«

»Mom und Dad haben für Jake junior und mich das Gästezimmer frei gemacht.«

»Marty Kray aus unserer Straße hat deinen Ford gekauft. Für weniger, als du wolltest. Aber besser als nichts.«

Es ging nur um Vorbereitungen. Vorbereitungen auf das Ende, das viel zu schnell kommen sollte.

Ich gab mir Mühe, nicht nachzurechnen, wie oft sie mich noch besuchen kämen. Noch ein, zwei oder drei normale Besuche, wenn man es denn normal nennen konnte, sich unter der Beobachtung dreier bewaffneter Wachmänner an einem breiten Metalltisch gegenüberzusitzen und sich kaum berühren zu dürfen. Und dann der *eine* Besuch. Der letzte. Ich gab mir Mühe, nicht darüber nachzudenken, worüber wir bei unserer letzten Begegnung reden würden – und worüber nicht.

Das sparte ich mir für die Nächte auf, wenn ich allein war. Wenn Emily meine Tränen nicht sehen konnte.

Eines Tages werde ich sie wieder treffen: meine liebste Emily, die einem mit ihren großen Augen direkt in die Seele blicken und Wahrheit und Lüge erkennen kann. Und meinen kleinen Jake – obwohl er dann kein kleiner Junge von sechs Jahren mehr sein wird, sondern ein erwachsener Mann. Vielleicht hat er einen College-Abschluss, vielleicht ist er verheiratet, vielleicht ein Rockstar oder ein Schriftsteller. Wer weiß, wohin sein Leben ihn führen wird? Niemand weiß, wohin das Leben einen führt. Aber ich will verdammt noch mal hoffen, dass er besser endet als sein alter Herr.

Auch sie werde ich wieder treffen, die Frau, die das Ende meiner eigenen Geschichte schrieb. Vielleicht werde ich die Hand ausstrecken, um sie wegzuschieben. Vielleicht aber auch, um ihr zu verzeihen. Obwohl Ersteres wahrscheinlicher ist. Sicher weiß ich es dann, wenn die ganze Geschichte erzählt wurde. Doch wenn sie mich zum ersten Mal wieder trifft, werde ich für sie nur Worte auf Papier sein.

Letzthin hatte ich viel Zeit, Worte zu Papier zu bringen. Aber nun wird die Zeit knapp.

KAPITEL EINS

Als ich an diesem Nachmittag im Zimmer von Richterin Petrus sitze, schwirren mir zwei Wörter durch den Kopf: Das eine ist ›Mord‹, das andere ›Gewissheit‹. Die Juristin in mir mag keines von ihnen. Und in Kombination sind sie noch schlimmer.

»Nun?« Petrus wirft einen Blick auf ihre Uhr. Carmela Petrus ist eine echte Vogelscheuche. Zu viele Faceliftings haben ihr Gesicht in ein Gemälde von Picasso verwandelt, das nur aus Ecken und Kanten besteht. Sie ist der lebende Beweis dafür, dass man einen Richter nicht nach seinem Äußeren beurteilen darf. Denn unter ihrer harten Schale ist Petrus gerecht und mitfühlend. Sie weiß, was ich sagen werde und warum.

Sie ist nicht die Einzige, die wartet. Draußen trudelten die Reporter schon vor einer Stunde ein, und die Familie ist noch länger da – genauer gesagt die *Familien*: Die eine wird jubeln, und die andere wird protestieren, wenn ich meine Entscheidung verkünde. Der Rest der Öffentlichkeit schart sich vor der Treppe des Gerichtsgebäudes, säuberlich getrennt, mit selbst fabrizierten Plakaten. Die eine Hälfte will die Angeklagte ins Gefängnis werfen, in eine Zelle ganz unten im Keller, aus der man nie wieder rauskommt. Die andere Hälfte trägt Schilder mit Aufschriften wie *Nieder mit der Justiz, nicht mit Menschen! Die Todesstrafe ist legalisierter Mord!* und

Wieso morden wir Menschen, die Menschen morden, um zu zeigen, dass Morden falsch ist?.

Ich denke, wenn ich je einen Fall mit erdrückenden Beweisen gesehen habe, dann diesen hier. Dieser Fall wird schon fünf Minuten, nachdem die Jury sich zurückgezogen hat, mit einem einstimmigen Schuldspruch enden. Die Angeklagte hat ja sogar gestanden!

Aber.

Es gibt immer ein Aber. So muss es auch sein. Es muss jenen verbleibenden letzten Zweifel des Staatsanwalts geben, jene nicht zu beantwortende Frage. Und hier noch mehr denn je.

Was ist, wenn ich mich irre?

Petrus wiederholt ihre Frage, ungeduldig, aber nicht unfreundlich. Sie weiß, was auf dem Spiel steht. »Nun?«

Ich höre, wie das Formular leicht flatternd im Luftzug vom Deckenventilator über den Tisch rutscht und damit zur düsteren Atmosphäre des Richterzimmers beiträgt. Ich muss nicht mal einen Blick auf das Dokument werfen, die prägnanten Formulierungen im Juristenjargon lesen und die unterstrichenen Freiräume sehen, die auf Datum und Unterschrift warten. Denn all das füllte die Titelseiten jeder Zeitung im Land, nachdem der State Remedies Act verabschiedet worden war.

Zukünftige Schlagzeilen, noch nicht geschrieben, aber möglich, blitzen vor meinem inneren Auge auf.

DNA-TEST ENTHÜLLT TÖDLICHEN IRRTUM
BERUFUNGSGERICHT WIDERRUFT URTEIL
POSTHUME BEGNADIGUNG DER ANGEKLAGTEN
TODESSTRAFE FÜR STAATSANWÄLTIN
AUS VIRGINIA

»Sie warten, Justine«, mahnt Petrus. Ich höre, wie der lackierte Nagel ihres Zeigefingers auf das Holz des Tischs und das Formular tippt. »Sie müssen sich entscheiden.«

Sie alle warten: die Öffentlichkeit, die Presse, die Familie des siebzehnjährigen Vorzeigeschülers, um dessen Tod es im bevorstehenden Prozess geht, und die Familie der Frau, die ihn tötete. Die Hunderte von Schülern und Lehrern, die sich einen Tag von der täglichen Routine in der angesehensten öffentlichen Bildungseinrichtung von Virginia freigenommen haben, nur um meine Entscheidung zu erwarten.

Sie werden mich hassen – das heißt, die Hälfte von ihnen wird mich hassen. Aber das kann man überleben. Hass bringt einen nicht um. Hass ist kein tödliches Gift, das einem durch die Adern läuft, und auch kein Stromstoß von zweitausend Volt, der den Herzschlag zum Erliegen bringt. Hass ist auch nicht der lebenslange Schatten der Schuld, der vielleicht noch schlimmer ist.

Ich nehme das Formular von Petrus entgegen und lese es.

Ich, Justine Callaghan, leitende Staatsanwältin im Fall Das Volk gegen Charlotte Thorne, gelobe, dass ich, sollte die Angeklagte in der Zukunft jemals entlastet werden, die Todesstrafe empfangen werde wie sie, als vollständige und angemessene Wiedergutmachung des Justizirrtums, wie es im State Remedies Act von 2016 festgelegt wurde.

Noch immer schwirren mir zwei Wörter im Kopf herum: *Schuld* und *Gewissheit.*

Charlotte Thorne ist des Mordes schuldig. Dessen bin ich mir gewiss.

KAPITEL ZWEI

Bis auf zwei Ausnahmen – und an eine dieser Ausnahmen will ich gar nicht denken – hat seit sieben Jahren kein Staatsanwalt im Commonwealth von Virginia die Todesstrafe verlangt. Das ist ein gewaltiger Rückgang zu den über siebzig Menschen, die in den 1990ern hingerichtet wurden. Nachdem der Remedies Act verabschiedet worden war, hatten alle in meiner Branche Todesangst. Genauso wie in ein paar anderen politisch gespaltenen Staaten wie Florida, North Carolina und Nevada.

Mein Mann wäre stolz auf mich, wäre er noch da.

Petrus räuspert sich. »Ich möchte nicht in Ihrer Haut stecken«, sagt sie. »Sie werden Sie bei lebendigem Leib fressen, Justine.« Sie reibt sich die Augen, hält inne und beginnt, ihre Schläfen mit kleinen, exakten Kreisen zu massieren. Dadurch wirkt sie nicht mehr wie eine Richterin, sondern eher wie eine Kneipenhockerin nach einem versoffenen Wochenende. »Dieser verdammte Remedies Act! Wieso konnte man nicht alles so lassen, wie es war?«

Sie spricht über das staatliche Verbot der Todesstrafe. Und die Ausnahme zu diesem Verbot, die als Remedies Act bekannt ist.

Seit mittlerweile mehreren Jahrzehnten ist Virginia kein geeinter, funktionierender Staat mehr. Wenn man sich die Wahlergebnisse ansieht, erkennt man deutlich die Trennlinien: in den nördlichen Vorstädten von Washington, D.C., in den Collegestädten Charlottesville und Williamsburg, in Richmond und im Südosten die Anhänger des Fortschritts; in den meisten anderen Teilen des Landes eingefleischte, gottesfürchtige Konservative. Zwischen den Blauen und den Roten steht es fast fifty-fifty, sodass ständig die Gefahr einer gewaltsamen Umwälzung droht. Ein nahezu perfektes Sinnbild für die gesamten USA. Momentan gibt es in siebenundzwanzig Bundesstaaten die Todesstrafe, in den anderen dreiundzwanzig nicht. Sechzig Prozent der Wähler wünschen sich Alternativen zur Todesstrafe – etwa lebenslänglich ohne Bewährung –, doch ein gutes Drittel ist mit dem Status quo zufrieden.

Dieses Drittel habe ich nie verstanden. Vermutlich ist es hauptsächlich auf die Unkenntnis oder Missachtung harter Fakten zurückzuführen, dass sie so stur an ihren Überzeugungen kleben. Sie wissen einfach nicht, wie oft Justizirrtümer vorkommen: Im Schnitt werden jedes Jahr vier Insassen des Todestraktes entlastet. Sie wissen nicht, dass Hinrichtungen nicht für sinkende Mordraten sorgen. Zwar beschweren sie sich lautstark darüber, wie teuer es ist, einen Mörder lebenslang ins Gefängnis zu schicken, doch haben sie keine Ahnung, dass ein Fall mit geforderter Todesstrafe den Staat Texas etwa zwei Millionen Dollar kostet – dreimal so viel, wie es kosten würde, jemanden vierzig Jahre in Einzelhaft zu stecken. Also wollen sie einen Menschen auf dem elektrischen Stuhl sehen. Oder auf der Totenbahre. Oder in der Gaskammer.

Es geht nur ums Gefühl.

Eine Frage wollte ich diesen dreiunddreißig Prozent, diesen strammen Befürwortern der Todesstrafe, immer stellen: Welches Gefühl hättet ihr, wenn sich der Mensch auf dem elektrischen Stuhl, auf der Bahre oder in der Gaskammer als unschuldig erweisen würde? Dabei kenne ich die Antwort.

Das verhüten die Verfahrensweisen. Sie hatten doch die Gelegenheit, Berufung einzulegen. Das Gesetz lässt keinen Justizirrtum zu.

»Ich meine«, sagt Petrus und reißt mich damit aus meinem statistischen Albtraum, »ich hasse dieses gottverdammte ›*Eigentlich ist es verboten, aber …*‹ Wenn man keine Hinrichtungen will, gut! Großartig. Einverstanden. Schaffen wir sie ab! Das würde meinen Job sehr viel leichter machen. Aber dann sollte man nicht ein paar Jahre später ein Hintertürchen öffnen, bloß weil eine Kreuzung aus Hannibal Lector und Charles Manson auftaucht. Zur Hölle noch mal! Was hat man sich nur dabei gedacht?«

»Man dachte sich, dass man seinen Job in der Gesetzgebung behalten wollte«, erkläre ich. »Und dann kam der richtige Fall zur richtigen Zeit. Mit dem Remedies Act wollte man alle zufriedenstellen: Ein Drittel der Bevölkerung, das nach Gerechtigkeit schrie, bekam, was es wollte, nämlich die wieder eingeführte Todesstrafe. Und wir anderen bekamen auch, was wir wollten: die Garantie, dass kein Staatsanwalt sie je fordern würde. Sie wollen das doch nicht wirklich noch mal durchkauen, oder?«

Wieder nähern sich ihre Finger ihren Augen, entweder um den Schmerz wegzumassieren oder um zu verhindern, dass die Beweisfotos vor ihrem inneren Auge auftauchen. Ich setze auf Letzteres und schließe unwillkürlich selbst die Augen vor den Bildern mit den kleinen Leichen, die sich mir aufdrängen wollen. Petrus macht eine Handbewegung, als wollte sie ein Insekt verscheuchen. »Nein, von dem Prozess habe ich immer noch Albträume. Wie auch immer«, fügt sie hinzu und weist nickend zum Fenster, vor dem die Menge wartet, »vielleicht sind sie ja gnädig, weil Thorne eine Frau ist. Sie wissen ja, wie sehr es den Leuten widerstrebt, eine Frau hinzurichten.«

»Allerdings. Ritterlichkeit scheint doch noch nicht ausgestorben zu sein.«

In der Tat ist die ritterliche Behandlung von Mörderinnen immer noch gang und gäbe. Das System zeigt eine gewisse Hemmung, Frauen zum Tode zu verurteilen – außer natürlich, ihr Verbrechen wurde als ›unweiblich‹ angesehen. Von den etwa fünfzig Frauen, die in letzter Zeit in der Todeszelle saßen, waren die meisten sogenannte ›böse Mädchen‹, die wegen Lustmord, Kindsmord oder dem Mord an einer anderen Frau einsaßen. Mit anderen Worten: Man musste schon eine Femme fatale im wahrsten Sinne des Wortes sein.

Das war bei Männern anders. Als es bei uns noch die Todesstrafe gab, wurde jeder Mann, der gemordet hatte, dazu verurteilt. Bei der Entscheidung berücksichtigten weder die Jury noch der Staatsanwalt je die männlichen Tugenden eines Angeklagten. Vielleicht kamen im Todestrakt deshalb auf jede Frau fünfzig Männer, obwohl das Verhältnis von männlichen und weiblichen Mördern nur 7:1 stand.

Wie ich schon sagte: Die Ritterlichkeit ist noch nicht ausgestorben. Außer wenn es um ›böse Mädchen‹ geht. Und Charlotte Thorne ist ein böses Mädchen par excellence.

»Ich glaube, in diesem Fall werden sie nicht besonders zurückhaltend sein, Carmela«, entgegne ich also. »Niemand, der sich Thorne ansieht, sieht eine Frau. Sie sehen alle nur eine kaltblütige Killerin, ein Monster wie diese Fernfahrernutte in Florida vor fünfundzwanzig Jahren.«

Petrus gibt ein Geräusch reinsten Abscheus von sich und sagt dann: »Monster. Ganz genau.« Sie starrt auf das Formular in meiner Hand, dieses Papier, das im Fall Charlotte Thorne lebenslange Haft in ein Todesurteil verwandeln kann. »Wenn Sie die Todesstrafe verlangen, Justine, kriegen wir das hin. Da bin ich ganz sicher.«

Das bin ich auch.

Aber.

Ich lasse das Formular zurück auf den Schreibtisch gleiten. Ohne Unterschrift.

Petrus' dünne Lippen werden noch dünner. »Verstehe«, sagt sie. Und dann: »Ich weiß, was in jenem anderen Fall passiert ist. Dass Sie damals nicht Sie selbst waren. Ich weiß, Sie sind vorsichtig, ich weiß, Sie sind konservativ, und vor allem weiß ich, dass Sie eine seltene Integrität besitzen. Aber eins möchte ich erfahren, nur unter uns.« Sie nimmt die Brille ab und legt sie neben das Formular. »Wenn der Remedies Act mit der Ausnahme nach jenem Fall – Sie wissen schon – nicht durchgekommen wäre und alles noch so wäre wie vorher: Was würden Sie dann jetzt tun?«

Das ist eine komplizierte Frage, aber meine Antwort ist ganz einfach. »Trotz der Art des Verbrechens, des Zustands der Leiche und der fehlenden Reue von Thorne würde ich nicht die Todesstrafe verlangen.«

»Okay, dann eine persönliche Frage, Justine. Wieso nicht, wenn alle Beweise eindeutig sind?«

»Sie kennen doch den Grund. Weil ich das Urteil nicht zurücknehmen kann, wenn ich mich irre.«

Als sie nickt, malen sich auf ihrer Miene Verständnis und gleichzeitig Enttäuschung ab. »Nun, wenn Sie rausgehen und Ihre Entscheidung verkünden, sind Sie wohl abgesichert. Sie wissen ja, wie es läuft, Justine. Der Remedies Act sichert in gewisser Hinsicht Ihren Arsch, nicht wahr?«

»Jepp.« Ich weiß genau, was der Remedies Act tut. Schließlich habe ich ihn mitentwickelt.

KAPITEL DREI

Es Petrus zu sagen, ist eine Sache; aber eine ganz andere ist es, meine Entscheidung der wartenden Menge zu verkünden. Doch das Gesetz ist meine Versicherung. Man kann mich nicht anschreien, anspucken oder bedrohen. Das Gesetz tut, wozu es gedacht ist. Es schützt mich.

Glaube ich jedenfalls.

Ich nehme meine Sachen – Handtasche, Aktenkoffer und den leichten Mantel, den ich brauchte, weil der Aprilmorgen noch kühl war – und gehe durch den langen Flur zur Eingangshalle des Gerichts. Dort herrscht die übliche Betriebsamkeit. Hin und wieder ertönt ein Piepton von der Sicherheitsschranke, wenn der Alarm durch einen vergessenen Schlüssel oder ein paar Münzen in der Hosentasche ausgelöst wird. Auf Unfallmandate erpichte Anwälte eilen ins entsprechende Büro, um Klage einzureichen. Männer und Frauen drängen sich vor den Anschlagtafeln, um zu sehen, wann sie wohin müssen.

Auf dem Weg zum Haupteingang überdenke ich noch einmal die Beweise gegen Charlotte Thorne. Sie sind so solide, dass man fast meint, sie mit Händen greifen zu können. Die Eckpunkte sind scharf umrissen, das Ganze gewichtig wie Blei. Charlotte hat – und das weiß ich, weil ich die Unterlagen des Falls bereits über ein Jahr prüfen konnte – einen ihrer

Schüler an einem Nachmittag zu sich beordert. Das ist nichts Ungewöhnliches. Viele Highschool-Lehrer setzen sich nachmittags mit ihren Schülern zusammen, um über Noten, Benehmen und Fehlstunden zu sprechen. Manchmal quatschen sie auch wie alte Freunde und nicht wie Lehrer und Schüler.

Aber Charlotte Thornes Termin mit Robbie Forrester unterschied sich in drei Punkten von solchen Treffen. Erstens fand es in Thornes Haus statt. Zweitens ging es nicht um Shakespeare, sondern um Sex. Und drittens quatschte Charlotte nicht lange herum, sondern schoss Forrester mit einer 45er in die Eier. Zweimal, ein Schuss für jedes Ei. Dann wartete sie eine Stunde und jagte Forrester eine letzte Kugel in den Kopf. Zuletzt rief sie bei der Polizei an und erklärte, was sie getan hatte. Wahrscheinlich, weil sie auf Unzurechnungsfähigkeit plädieren wollte, was am Ende aber nicht klappte.

Als ich ins Freie trete, lasse ich meinen Augen kurz Zeit, um sich an das Sonnenlicht zu gewöhnen. Sobald ich wieder klar sehen kann, erkenne ich, dass die Menge mich anstarrt. Die Blicke aller scheinen sich gleichzeitig auf meiner Haut niederzulassen, wie dreiste Fliegen. Meine nächsten Worte werden bei den Versammelten entweder Erleichterung oder Wut hervorrufen, je nachdem, auf welcher Seite der ideologischen Kluft sie sitzen, welche moralischen Prinzipien sie hochhalten.

Auf dem Podium wartet das Mikrofon auf mich. Ich gehe dorthin und justiere die Höhe.

Jetzt fühlt es sich an, als würden die Fliegen über meine Haut krabbeln und mich beißen. Sie sind nicht mehr nur lästig, sondern bösartig. Ich muss mich selbst ermahnen, dass es keine Fliegen sind, sondern nur Blicke. Nur Blicke, die urteilen, aber nicht wirklich wehtun können.

»Im Fall *Das Volk gegen Charlotte Thorne* wird die Stadt nicht auf Todesstrafe plädieren.«

Da steigern sich Blicke zu Worten, und die Worte stechen zu wie ein Schwarm Wespen, die ich in einem Moment der Achtlosigkeit aus ihrem Nest aufgestört habe. Geschrei, Gejubel und Gebrüll ertönen, als stünden am Fuß der Treppe nur geübte Zwischenrufer von den hinteren Bänken. Mindestens ein Dutzend Menschen bilden einen Kreis, fassen sich an den Händen und singen Verse aus der Bibel. Exodus vielleicht. Auge um Auge. Zahn um Zahn. Wunde um Wunde. Leben um Leben. Eine leuchtend blaue Linie trennt die eine Hälfte der Menge von der anderen: Polizisten, mit der Hand an den Schlagstöcken, bereit einzugreifen, sollten links und rechts entscheiden, die Kluft zu schließen und aufeinander loszugehen. Es wäre nicht das erste Mal.

Da fliegt ein Objekt von irgendwoher auf mich zu, eine weiße Kugel, die vor dem blauen Horizont einen Bogen beschreibt. *Ein Golfball?*, frage ich mich. *Etwas Schlimmeres als ein Golfball?* Doch dann erkennt mein überlastetes Gehirn, dass der Gegenstand nicht rund ist, sondern oval. Ein Ei, das mir mitten auf die Stirn knallt, zerbricht, seinen klebrigen Inhalt in meine Augen tropfen lässt und Splitter der Schale auf meinem Leinenblazer verteilt, wo sie haften bleiben wie winzige Mosaiksteine.

Gelächter fährt durch die Menge.

»Hätte ’ne verfickte Granate sein sollen!«, gellt es aus der Masse.

»Geschieht der Scheißkuh recht! Er war noch ein Kind«, kreischt eine Frau, »nur ein Kind!«

»Vielleicht ist ihr Kind als Nächstes dran«, ruft eine andere Stimme. Darauf ertönt solcher Jubel, dass ich unwillkürlich an meinen Sohn Jonathan denken muss und das uralte Argument:

Du bist also gegen die Todesstrafe? Und wenn es dein Sohn wäre, der ermordet wurde? Oder deine Tochter? Dein Mann? Dann würdest du doch anders denken, oder?

Ich verschließe meine Ohren vor alldem, doch die Worte stechen immer noch wie Wespen.

Plötzlich spüre ich links von mir einen Zug, eine Kraft zieht mich zu sich. Ich blinzle, um besser sehen zu können, und erkenne die Kraftquelle.

Daniel. Gott sei Dank! Er hat meinen Arm umfasst, mir eine Hand auf den Rücken gelegt und manövriert mich so die Treppe hinauf, in den Schutz und die relative Sicherheit des Gerichtsgebäudes.

Er setzt mich auf einen der harten Stühle an der Sicherheitsschranke, und ich beruhige mich, als ich seine klare britische Sprechweise höre, die durch ein paar Jahre in den Staaten leicht verschliffen wurde. »Bleib hier. Rühr dich nicht vom Fleck. Und rede um Himmels willen mit niemandem! Ich hole meinen Wagen und bin in spätestens zehn Minuten zurück. Wenn sie irgendwas versuchen, rezitiere nur den Remedies Act, okay? Der schützt dich.«

Ich schweige.

»Okay?«, wiederholt er. »Zehn Minuten. Höchstens.« Dann beugt er sich zu mir und wischt mir mit dem Ärmel sanft übers Gesicht. »Die verdammten Bastarde. Das wird schon wieder.«

Ich sehe ihm nach, wie er durch die Eingangshalle zu den Aufzügen geht, die täglich Hunderte von Personen hinauf und hinunter transportieren. Hoch zu den Gerichtssälen, um entweder ein Urteil zu fällen oder zu empfangen; runter zur Tiefgarage. Gerade als Daniel in einem der Aufzüge verschwindet, wird Charlotte Thorne in Handschellen von sechs Uniformierten zum hintersten Lift gebracht. Sie bilden einen menschlichen Schutzschild um die Frau.

Die Mörderin, denke ich.

Eigentlich dürfte das nicht passieren. Eigentlich müssten Sicherheitsbeamte dafür sorgen, dass die Angeklagte niemanden aus dem Büro der Staatsanwaltschaft zu Gesicht bekommt, weder vor noch nach einer Entscheidung. Dafür gibt es separate Eingänge, separate Aufzüge und separate Parkebenen. Doch Anfang des Monats – *mein übliches Pech* – versagte der Dienstaufzug, die Ersatzteile wurden drei Wochen später als angekündigt geliefert, die Gewerkschaft rief zum Streik auf, und da sind wir nun, die Antagonisten in engem Kontakt. Für meinen Geschmack viel zu eng.

Charlotte Thorne blickt quer durch die Halle zu mir, lächelt und sagt nur zwei Worte: »Danke, Schätzchen.« Gott, sie wirkt auch noch fröhlich dabei! Nein, fröhlich ist nicht das richtige Wort. Triumphierend.

»Was ist los, Frau Staatsanwältin? Die Nerven verloren?«, schiebt sie nach. Der Wachmann, der ihr am Nächsten steht, rührt sich und raunt ihr etwas zu, vielleicht eine Warnung. Wenn es eine Warnung ist, ignoriert Thorne sie. Die Frau weiß, was sie tut, sie weiß, dass man sie nur einmal ins Gefängnis schicken kann und dass eine mögliche Todesstrafe vom Tisch war, kaum dass ich mit der wartenden Menge gesprochen habe. Sie ist unangreifbar, und sie weiß es. »Waren sich doch nicht so sicher, was? Sie verdammter Feigling!«, zischt sie, und ihre Worte schießen wie Pfeile quer durch die Halle auf mich zu.

Sie provoziert mich, was ich zuerst nicht begreife. Schließlich geht es Menschen vor allem ums Überleben. Aber dann fällt mir ein, dass Charlotte Thorne etwas von ihrer Menschlichkeit verloren hat. Denn sie ist ja eine Psychopathin.

Feigling.

Daniel hatte gut reden, als er mir befahl, still sitzen zu bleiben und nichts zu sagen. Für ihn ist es leicht: Er kommt aus einem Land, in dem es seit 1964 keine Hinrichtungen mehr gab – und die letzte Frau, Ruth Ellis, wurde Mitte der Fünfziger wegen Mordes gehenkt. Außerdem übernimmt er nie harte Fälle. Daniel arbeitet für eine piekfeine Privatkanzlei, die sich nicht um Mord kümmert, sondern um internationalen Bankbetrug – und wer schert sich schon darum? Niemand. Seine Fälle bleiben weitestgehend unbemerkt, weil sie nicht von der Presse zur Sensation aufgebauscht werden. Auf die Männer und Frauen, denen Daniel hilft, wartet niemals der elektrische Stuhl, sondern höchstens ein Edelknast mit spärlichen Sicherheitsvorkehrungen und noch spärlicherer Berichterstattung.

»FEIGLING!«, ruft Charlotte laut.

Dieses eine Wort jagt mich von meinem Stuhl.

Feigling.

Dasselbe Wort mögen auch die Menschen draußen im Kopf haben, die Bibelgläubigen, die aus voller Kehle die Rechtsauffassung aus dem Alten Testament singen, sodass ich hier drinnen noch jedes einzelne Wort höre. Ich frage mich, wer von ihnen anders entschieden hätte, wenn sie in meiner Lage wären.

Also gehe ich erneut zum Haupteingang und trete ins grelle Sonnenlicht, ohne mir auch nur die Mühe zu machen, die Reste des Eis von Gesicht und Jacke zu wischen.

Sofort tauchen ein Dutzend Mikrofone vor mir auf, große, gefährlich aussehende Dinger, die anklagend auf mich zu zeigen scheinen. Ganz kurz bin ich wieder in der Nordwestecke vom Harvard Yard – fünfundzwanzig, umringt von Mikrofonen – und äußere dieselben Worte, die ich auch jetzt sage.

»Hören Sie mir zu«, sage ich.

»Wieso denn?« und »Halt's Maul!« schallt es zurück, doch dann wird es still.

»An diesem Nachmittag musste ich eine Entscheidung treffen. Und zwar die Entscheidung, ob einem Menschen das Leben genommen wird.«

»Und es war die falsche Entscheidung!«, brüllt jemand.

Darauf gehe ich nicht ein, sondern blicke direkt zu der stämmigen Frau in zu engem Anzug und straff um den Hals gewickeltem Seidenschal, die diese Worte gerufen hat. »Okay, dann möchte ich Sie Folgendes fragen.« Ich fixiere die Frau noch durchdringender. »Sind Sie sicher genug, um Ihr eigenes Leben zu riskieren?«

»Sie hat's getan«, sagt die Frau »Und das wissen Sie auch.«

Ich fahre fort: »Sie fordern ein Leben für ein Leben. Schön und gut. Aber Sie alle wissen, was heutzutage auf dem Spiel steht. Ich hab ein Kind zu Hause. Einen kleinen Jungen. Das kann ich nicht riskieren.« Die Wahrscheinlichkeit, dass Thorne jemals entlastet wird, geht gegen null. Trotzdem. Es wäre Wahnsinn, mein Leben für Abschaum wie Charlotte Thorne aufs Spiel zu setzen.

Darauf erwidert die Frau mit dem Schal nichts. Ihre anfangs überzeugte steinerne Miene wird weicher.

»Wenn man einen Menschen in den Tod schickt«, sage ich, ermutigt durch ihre Reaktion, »muss man ganz sicher sein. Todsicher. Denn in diesem Spiel gibt es keine Wiederholung. Es gibt kein Zurück, kein *Tut mir leid, ich habe einen Fehler gemacht*, kein Reset, keinen Neustart. Nicht mehr.«

Jetzt habe ich sie, denke ich. *Jetzt hören sie mir zu.* Doch dann reißt mich einer der Exodus-Sänger aus meiner kurzen Illusion. »Aber Sie sind sicher genug, um sie ins Gefängnis zu werfen! Also sollten Sie auch sicher genug sein, um sie auf den elektrischen Stuhl zu schicken! Sie hat ein Kind umgebracht, Ms Callaghan. Ein Kind! Dafür muss jemand bezahlen!«

»Das ist wahre Nächstenliebe!«, ertönt es von der Seite links des Polizeikordons, worauf es von rechts sofort »Fick dich doch, du linker Schwachkopf!« schallt – als ob eine Zufallsauswahl der USA in ihrer Geteiltheit in Rot und Blau vor diesem Gerichtsgebäude aufgetaucht wäre, um die hässliche Wahrheit über unser Land aufzuzeigen. Vor nicht allzu langer Zeit kamen Jubel und Wutgebrüll von den entgegengesetzten Seiten: Die Konservativen gratulierten mir, und die Liberalen buhten mich aus. So ist das wohl im Leben. Man kann es allen nur manchmal recht machen und nur wenigen immer, doch niemals allen immer.

Zu meinem Entsetzen hebt auf einmal jemand einen Baseballschläger. Das reicht schon. Die Seiten drängen aufeinander zu, doch die blaue Postenkette schafft es, einen prekären Frieden zu wahren. Allerdings schafft sie es nicht so schnell, fünf Männer davon abzuhalten, die Treppe hinauf zu sprinten. Zu mir. Zwar treiben ein paar Sicherheitsbeamte sie zurück, doch dadurch entsteht eine große, ungeschützte Fläche, ein Niemandsland, welches einem deutlich vor Augen führt, dass jeder auf der einen oder anderen Seite steht.

Eine Frau, die viel jünger ist als die mit dem Seidenschal, drängt sich nach vorne durch. Ich schätze sie auf höchstens Mitte zwanzig, doch sie ist so dünn, dass sie eher wie ein Teenager wirkt. Sie hat ein Kind bei sich, einen kleinen Jungen mit einem Schmutzfleck auf der Wange und einem winzigen Spielzeugauto in der Hand. Vor dem gelben Absperrband, das gerade nicht bewacht ist, bleibt sie stehen und blickt mich mit tränenerfüllten Augen an.

»Sie sagen, es gibt kein Zurück. Sie stehen hier und erklären, es gäbe keinen Neustart.« Ihr bricht die Stimme, sodass ich ihren weichen Akzent aus West- oder Südvirginia nicht mehr hören kann. Dann fasst sie sich und fährt fort: »Ich wünschte, das hätte jemand vor sieben Jahren gesagt, Ms Callaghan. Und mein Junge wünscht sich das auch.«

Sie könnte zu mir hochrennen und mir vielleicht nahe genug kommen, um mich zu schlagen oder wenigstens anzuspucken, aber das tut sie nicht. Sie steht nur da und umklammert mit der einen Hand die ihres Sohnes und mit der anderen die Riemen ihrer schäbigen braunen Handtasche.

Ich weiß, wer sie ist.

Sie heißt Emily Milford, und bei unserer letzten Begegnung vor sieben Jahren verurteilte Carmela Petrus ihren Mann zum Tode.

Jetzt strömen die Reporter die Treppe hinunter, weg von mir und hin zu der Frau mit der Tasche. Fünfundzwanzig Haie riechen gleichzeitig Blut.

»Mrs. Milford, haben Sie …«

»Was denken Sie über den Remedies Act, Mrs. Milford?«

»Finden Sie, Ihr Mann hat die Todesstrafe verdient?«

»Was würden Sie tun, wenn neue entlastende Beweise auftauchten?« Der Reporter, der diese Frage stellt, blickt nicht zu Emily Milford, sondern zu mir.

Und dann drängt sich eine andere Frau durch das Rudel Kamera und Mikrofon schwenkender Raubtiere. Sie trägt ein schickes Kostüm und einen Hut in Rot, wie alle *Vita*-Aktivisten, genau wie ich früher, obwohl diese hier zu gut gekleidet ist, um zur ursprünglichen Truppe zu gehören. Sie neigt sich zu Emily Milford und flüstert ihr etwas ins Ohr.

Emily reißt die Augen auf.

»Ich sagte, dass du warten, und nicht, dass du einen Krieg anfangen sollst.« Daniel ist wieder neben mir aufgetaucht, und dieses Mal zerrt er mich praktisch zurück ins Gebäude.

Ich werfe einen letzten Blick über meine Schulter. Zwei kräftige Cops haben den Anführer der fünf Männer zu Boden geworfen und halten ihn fest – keine leichte Aufgabe, da er ein Trumm von Mann ist. Protestschreie erheben sich aus der Menge – manche gelten der Polizeigewalt, manche mir.

Aber Emily Milford, ihr Sohn und die Frau in dem blutroten Kostüm sind verschwunden.

KAPITEL VIER

»Ich fasse es nicht, dass du sie vom Haken gelassen hast!«

Den Spruch kenne ich. Wie kann es anders sein, da ich ihn im letzten Jahrzehnt mindestens zweimal im Jahr aus Susan Stewarts Mund gehört habe. Die einzige Variable ist das Pronomen. Normalerweise höre ich ›ihn‹ statt ›sie‹. Der Rest ist immer das gleiche Lied, ein lästiger Ohrwurm, den man einfach nicht loswird.

Als ich die Tür weiter öffne, grüßen die Jungen mich kurz mit ›Hi, Mommy‹ und ›Hi, Tante Justine‹ und rennen an mir vorbei ins Hinterzimmer, wo der Fernseher und die PlayStation warten. Noch bevor ich meine Taschen auf dem Flurtisch abstellen kann, ertönen schon die ersten Töne der Titelmusik von *Star Wars,* und die Cousins gehen eifrig mit Laserschwertern gegen Lego-Darth Vader, Lego-Han Solo und Lego-Sowieso vor. Ich rede mir ein, dass die Gewalt nur gespielt und daher vollkommen unbedenklich für Sechsjährige ist, die einen halben Tag Schule hinter sich haben. Einer virtuellen Legofigur kann man nicht wehtun.

Ein Teil von mir glaubt das sogar. Ein ganz kleiner Teil.

»Ehrlich, Jussie, was zum Teufel soll das? Sie hat den Jungen umgebracht. Sie hat ihn gevögelt und dann gekillt – ganz pervers gekillt –, und dann hat sie praktisch alles vor Gott und der Welt gestanden. Also komm mir nicht mit hochfliegendem moralischem Scheiß.« Susan zieht so rabiat einen Hocker von der Kücheninsel, dass die Beine über den Boden schrammen. »Hast du Wein?«

Daraufhin nehme ich nur ein Glas vom Regal über uns und öffne den Kühlschrank. »Aber nicht, wenn du mich anblaffst.«

»Komm schon, Schwägerin. Die Kinder haben Spaß. Sie mögen sich, und Tommy hat zu Hause kein Lego-*Star-Wars*. Also können sie sich eine Weile vergnügen, und ich werde ganz lieb sein, versprochen.« Susan zeigt mir ihr liebstes Lächeln.

»Nein, wirst du nicht.« Trotzdem hole ich ein zweites Glas vom Regal und öffne eine Flasche Syrah. »Ach, das hätte ich fast vergessen.« Über mein Handy transferiere ich fünfhundert Dollar auf Susans Konto. »Für diese Woche, okay?«

»Das ist zu viel.«

»Nein, ist es nicht. Jonathan verbringt seine Nachmittage viel lieber bei euch als in einer miesen Betreuung von der Schule, und du brauchst das Geld. Außerdem verstehen Tommy und er sich gut. Das hast du selbst gesagt.«

Darauf hat Susan keine Einwände mehr. Wir beide wissen, dass sie jeden Penny gebrauchen kann, auch wenn wir normalerweise nie über ihren abwesenden Mann reden, sondern uns stattdessen auf meinen konzentrieren. »Ich meine ja nur, dass diese Thorne der letzte Dreck ist. Niemand will dafür zahlen, dass sie die nächsten fünfzig Jahre Kabelfernsehen guckt und auf dem Ergometer trainiert.«

»*Niemand* ist ziemlich hoch gegriffen. Außerdem hast du versprochen, lieb zu sein«, entgegne ich und schenke den Wein ein: ein halbes Glas für Susan und kaum einen Finger breit für mich.

»Stimmt«, nickt Susan und nippt an ihrem Glas. »Aber ich habe nicht versprochen, den Mund zu halten.«

»Ich konnte nicht unterschreiben.«

»Du meinst, du wolltest nicht.« Susan nippt nicht mehr an ihrem Glas, sondern trinkt große Schlucke. Gleich wird sie den Wein herunterkippen. Ich kenne die sieben Schritte in der Trauerroutine meiner Schwägerin.

Am Anfang kommt immer die Wut mit vorwurfsvollen Fragen. *Wie konntest du nur? Wie konntest du sie nur so leicht vom Haken lassen?* Danach ein kurzer Umweg über Versöhnliches, gefolgt von einem voreiligen Versprechen, sich zivilisiert zu verhalten (den Jungs zuliebe). In ein paar Minuten wird Susan anfangen, für zwei zu trinken, und dann fließen die Tränen. Am Ende kommt unweigerlich die Sprache auf Ian.

An diesem Nachmittag landen wir schneller dort.

Viel schneller.

Tommy und Jonathan platzen in die Küche, haben bei *Star Wars* auf Pause gedrückt. »Dürfen wir Popcorn, Tante Justine?«, fragt Tommy.

Jonathan zeigt sein Lächeln, das er von seinem Vater hat, nicht von mir. »Bitte, Mommy!«

Die beiden ähneln sich sehr: graue Augen, geschwungene, ständig lächelnde Lippen, gleiche Stimme. Selbst ihre Schrift sieht nahezu identisch aus. Ich wende mich zum Kühlschrank, an dem mit Magnetbuchstaben zwei Bilder mit der Überschrift ›Was ich in den Ferien gemacht habe‹ befestigt sind. »Mein Gott, die Schrift sieht genau gleich aus«, sage ich zu Susan. »Glaubst du, das liegt daran, dass sie beide Erstklässler sind?« Aber eigentlich glaube ich das nicht. Vielleicht erbt man die Schrift genauso, wie man die Augenfarbe, die Locken und die Lippen erbt. Vielleicht haben sie das alles von Ian.

Obwohl ich eigentlich nicht behaupten kann, dass Susan Ian ähnelt. Wenn ich sie betrachte, erkenne ich, dass sie viel kleiner ist, dass ihre Nase ganz anders aussieht und dass sie nicht den schrägen Humor ihres einzigen Bruders hat, mit dem er mich immer so unkontrolliert zum Lachen bringt, bis mir der Bauch wehtut.

Korrektur: brachte.

»Mom?«, sagt Jonathan. »Erde an Mom?«

»Klar. Popcorn.« Ich lege die Tüte in die Mikrowelle und scheuche die beiden aus der Küche. »Geht wieder spielen, Jungs. Ich bring's euch, wenn es fertig ist.«

»Zwei Schüsseln?«, fragt Jonathan. »Weil Tommy sich immer eine ganze Handvoll auf einmal nimmt.«

»Zwei Schüsseln. Aber jetzt schiebt ab!«

Sie verschwinden gerade noch rechtzeitig. Denn Susan hat die Schleusen geöffnet, und als die Musik von *Star Wars* wieder ertönt, ist sie bereits mitten im sechsten Stadium endloser Trauer.

Ich wappne mich. Denn jetzt reden wir über meinen Schlaf.

»Wie kannst du noch ruhig schlafen?«, fragt Susan. »Wie kannst du in dem Wissen schlafen, dass die Arschlöcher, die Menschen getötet haben, seit Jahren gemütlich zu Abend essen und danach einen Film gucken? Dass sie draußen an der gottverdammten frischen Luft mit einer Meute anderer Mörder Basketball spielen oder Gewichte stemmen? Zur Hölle noch mal, manche machen sogar einen Abschluss! Das ist jetzt das Neueste! Also, erklär's mir! Wie kannst du noch schlafen?«

»Sie sind immer noch eingesperrt, Susan. Ihrer Bürgerrechte beraubt, Herrgott! Trotz ihrer drei Mahlzeiten pro Tag und trotz ihres Freiluftgyms.« Und was ihre Frage betrifft, wie ich schlafe, so ist die Antwort ganz einfach: gar nicht.

Susan leert ihr Glas und schenkt sich nach. Bis zum Rand. »Die Beweise waren immer ausreichend, Just. Ich war bei jedem einzelnen Fall dabei. Fingerabdrücke, Haare, Schmauchspuren. Ein umfassendes Geständnis.« Schon ist das Glas halb leer, Susans Stimme wird immer schriller, die ersten Takte der gottverdammten *Star-Wars*-Titelmelodie scheinen in Endlosschleife zu laufen, und aus der Mikrowelle über dem Herd dringt toxischer Gestank. Es geht doch nichts über den Geruch von versengten Maiskörnern und angekokeltem Fett.

Mist.

»Ian hätte es auch nicht gewollt, Sue«, sage ich. »Das weißt du genau.«

»Das sagst du immer.«

»Weil es wahr ist.«

Auf Letzteres gehen wir nicht näher ein; das tun wir niemals. Susan trinkt noch einen Schluck, und ich wappne mich vor dem Güterzug mit einer Ladung Schuld, den sie in meine Richtung rollen lassen wird.

»Und wenn Charlotte Thornes Schüler Jonathan gewesen wäre?«

»War er aber nicht«, erwidere ich.

»Aber was, wenn doch?«

Es gibt keine Antwort, mit der ich Susan zufriedenstellen würde. Sollte ich sagen, dass ich dann immer noch nicht die Todesstrafe für Thorne wollte, würde sie mit dem üblichen Spruch kommen: »Das kannst du nicht wissen. So was weiß man erst, wenn es einen wirklich selbst betrifft.« Würde ich das Gegenteil sagen, würde sie mir vorwerfen, ich sei eine Heuchlerin, die mit zweierlei Maß messe. Da ich hier nicht gewinnen kann, halte ich den Mund, nippe an meinem Wein und blinzle gegen meine Tränen an.

Da verblasst ihr bitteres Lächeln, und sie legt mir die Hand auf den Arm. »Tut mir leid«, murmelt sie. »Das mit Jonathan hätte ich nicht sagen sollen. Ich weiß, er ist alles, was dir geblieben ist.« Statt mich anzuschauen, fährt sie mit dem Finger über den Rand ihres Glases. »Wenn ich was trinke, gehen immer meine Gefühle mit mir durch. Alles gut zwischen uns?«

»Klar, Schwägerin. Alles gut.«

»Ich vermisse Ian auch, weißt du?« Jetzt zieht sie mich in ihre Arme. »Ich schätze, jedes Mal, wenn ich was von einem Mord höre, reißt die Wunde wieder auf. Verstehst du?«

Natürlich verstehe ich das. »Hör jetzt auf. Ich will nicht weinen, wenn die Jungs da sind.«

»Okay. Okay. Aber ich wünschte, es gäbe diesen Remedies Act nicht. Mir ist klar, dass du Probleme mit der Unwiderruflichkeit hast. Trotzdem wünschte ich, es gäbe ihn nicht.«

Ich löse mich von Susan, ganz vorsichtig, und blicke ihr direkt in die Augen. »Aber er war notwendig. Sie wollten die Todesstrafe wieder einführen nach dem … nach dem anderen Fall. Den mit den Kindern. Also versuchten wir, die Hinrichtungen auf ein Minimum zu beschränken.«

»Du hast mir immer noch nicht alles von diesem Fall erzählt.«

»Dem Toby-Barrett-Fall? Nein, Susan, habe ich nicht. Und das werde ich auch nicht.«

»Warum nicht?«

»Weil der tausend Mal schlimmer war als der von dieser Woche.«

KAPITEL FÜNF

Toby Barrett kam zur richtigen Zeit. Zehn Kinder insgesamt, alle über einen Zeitraum von Monaten verhungert, nur am Leben gehalten durch Wasser und Salz, bis er ihrer überdrüssig geworden war. Der Bastard zeigte so viel Reue wie eine Klapperschlange.

Barrett war nicht mein Fall, aber ich verfolgte den Prozess und nahm ein paar Tage Urlaub, um die Abschlussplädoyers, das Urteil und die Verkündung des Strafmaßes mitzubekommen. Als Petrus ihn zu zehnmal lebenslänglich in Folge verurteilte (viel zu wenig, meiner Meinung nach), stand Barrett da und fletschte seine schiefen, tabakfleckigen Zähne. Ich weiß noch, dass ich mich fragte, wie jemand, der so klein war – er wog höchstens 65 Kilo –, so viel Bosheit in sich tragen konnte. Selbst sein Pflichtverteidiger schien so viel Distanz zu ihm wahren zu wollen, wie die Möblierung des Gerichtssaals es zuließ. Vielleicht fürchtete er, sich durch zu nahen Kontakt anzustecken und eines Morgens mit dem unstillbaren Drang aufzuwachen, seinem Klienten nachzueifern. Petrus' Albträume waren berechtigt. Sind es noch.

Das Verbrechen war so widerwärtig, so abscheulich gewesen, dass ich fand, der Merriam-Webster sollte es unter dem Eintrag für ›böse‹ auflisten. Der Mann war so bösartig wie eine tollwütige Ratte. Doch die Worte, die er von sich gab, nachdem Petrus ihr Urteil gesprochen hatte, änderten unseren Teil der Welt.

Barrett stand einen Moment ganz still da, lang genug, dass der Schlag, den er allen im Gerichtssaal versetzte, umso wirkungsvoller war. Dann lachte er. Warf den Kopf in den Nacken und *gackerte*, ohne Petrus' Ordnungsrufe und Donnern mit dem Richterhammer zu beachten. Sein Gelächter schlug eine tiefe Wunde in die Seele der Anwesenden.

Vorne im Saal saßen die Familien der Opfer: Mütter lehnten sich an Väter, oder Eltern stützten sich gegenseitig, Väter hatten den Arm um die Schultern anderer Väter gelegt. Ich zählte sieben Paare, zwei alleinerziehende Mütter und einen einzelnen Mann mit hellbraunen Haaren. Zu Beginn des Prozesses hatte es acht Paare gegeben. Die Frau des Manns mit den hellbraunen Haaren war anfangs noch mitgekommen. Dann nicht mehr. Auch wenn Toby Barrett hinter Gittern saß, konnte er immer noch das Leben anderer zerstören.

Mir sank das Herz, als ich ihn lachen hörte. Eine der Mütter vorne brach mit der Anmut eines Felsens zusammen, der einen steilen Abhang hinunterkracht. Der Mann mit den hellbraunen Haaren machte einen Satz zum Angeklagten, doch die anderen Väter hielten ihn gewaltsam zurück. Es war eine sehr unschöne Szene. Und es sollte noch schlimmer werden.

Viel schlimmer.

Obwohl Petrus weiterhin zur Ordnung aufrief, wurde sie von Barrett übertönt. Er sprach mit einem tiefen Bariton, der volle Aufmerksamkeit gebot. Man konnte ihn einfach nicht ignorieren. Man konnte nicht verhindern, dass seine Worte einem in die Ohren drangen wie kleine, giftige Würmer.

»Herzlichen Dank, Euer Ehren«, sagte er. Die letzten zwei Silben zog er so in die Länge, dass das Wort ›Ehren‹ fast in zwei Stücke riss. Barrett wandte sich zu den Geschworenen.

»Und danke auch Ihnen, meinen braven Mitbürgern, die Sie meinesgleichen sind.« So wie er es sagte, wurde auch aus *meinesgleichen* etwas spürbar Böses. »Danke, Ladys und Gentlemen.« Er nickte zu den Eltern der Opfer und zwinkerte dem Mann mit den hellbraunen Haaren zu, der sich immer noch im Griff von drei anderen Vätern wand. »Und danke auch an den Gouverneur, der diesen schönen Bundesstaat 2016 von der Todesstrafe befreit hat.

Und der Grund, warum ich euch lieben Hurensöhnen allen danken möchte«, fuhr Barrett fort, »ist, dass ihr mir den Rest meines Lebens kostenlos drei Quadratmeter, Bett und Kabelfernsehen zur Verfügung stellt.« Er verneigte sich. Dieser Mann besaß die Frechheit, sich zu verneigen! »Ihr könnt mir nichts mehr, oder? Ich kenne meine Rechte. Ich weiß genau, dass jeder Einzelne von euch politisch korrekten Heulsusen mich mit Freuden auf dem elektrischen Stuhl oder der Totenbahre sehen würdet. Aber ihr könnt mir nichts. Ich kann mir nicht vorstellen, wie euch das zusetzen muss!«

Da knallte Petrus so heftig ihren Hammer auf den Tisch, dass er hinunterhüpfte und mit einem dumpfen Aufprall direkt vor dem Tisch der Verteidigung landete. Hunderte Augenpaare hefteten sich darauf. Auch meine. Ich weiß, welcher Gedanke alle beherrschte. *Schlag das Hirn dieses Dreckschweins zu Brei!*

Die Zuschauer starrten ihn an, während er weitersprach. Petrus rief vom Richtertisch nach dem Gerichtsdiener. Leider war der jedoch noch leichter als Barrett. Der schüttelte den Ordnungsbeamten ab wie ein lästiges Kind.

»Ihr schwachbrüstigen, liberalen Heulsusen! Musstet die Todesstrafe wegen der Wähler abschaffen, oder? Um verständnisvoll, sanft und tolerant zu wirken. Wie gute Christen. Tja, jetzt habt ihr, was ihr wolltet, und ich sag noch mal danke.

Danke, Euer Ehren; danke, ihr Geschworenen, und danke an alle dämlichen Steuerzahler, die die nächsten vierzig Jahre für mich aufkommen. Ab morgen Abend werde ich mit den Jungs rauchen und witzeln und Football auf einem Großbildschirm ansehen, den ihr alle bezahlt.« Wieder zwinkerte er den Zuschauern zu. »Vielleicht sogar ein paar Kinderpornos. Ist zwar nicht erlaubt, aber jeder im Knast weiß doch, wie man sich alles besorgen kann, was man will.«

Da trat eine Frau vorne im Saal auf das Podest, um sich größer zu machen. »Bringt ihn zum Schweigen!«, rief sie, an niemand Besonderen gerichtet. »Bringt ihn zum Schweigen!«

Verstärkung kam, vier kräftige Männer. Innerhalb weniger Sekunden, die dennoch wie eine Ewigkeit wirkten, nahm jeder von ihnen eine von Barretts Extremitäten, sodass der Mörder auf einer unsichtbaren Streckbank lag, während er fortgeschafft wurde. Er sah aus wie Jesus in den Händen der Römer.

Aus der Gruppe der Eltern ertönte ein Heulen, ein lang gezogener Laut des Schmerzes, der direkt aus einem der inneren Kreise von Dantes Hölle kam. Ich hörte ihn. Und ich höre ihn noch, während ich jetzt mit Susan in der Küche sitze.

Psychopath, denke ich. Ähnlich wie Charlotte Thorne heute.

Aber es sind nicht alle so. Ich habe Prozesse miterlebt, wo der Angeklagte ganz ruhig dasitzt, wo es keine Ausbrüche gibt. Wenn ich es bedenke, war Jake Milford so einer. Als das Urteil verkündet wurde, starrte er nur auf seine Hände.

TODESTRAKT, INSASSE 39384

Ich habe gelernt, dass es zwei Arten von Menschen gibt, die in Gefängnissen arbeiten. Die meisten sind ganz normale Leute, die es wegen des Geldes tun. Sie verrichten ihre Arbeiten mechanisch, schließen Türen auf und zu, bringen Tabletts mit Essen und nehmen sie wieder mit. Ich glaube nicht, dass sie ihre Arbeit besonders mögen, doch wie ich schon sagte, müssen manche ihren Lebensunterhalt verdienen.

Und dann gibt es die anderen. Die Sadisten.

Mr. Lively und Mr. Coombs gehören dazu.

»Da gibt's was, das die Leute falsch verstanden haben«, sagte Mr. Lively, als er mich am Nachmittag meines letzten Tages in meine Zelle zurückbrachte. »Das Zucken zum Beispiel. Dein Körper zuckt nicht, Milford. Er erstarrt, frisst sich fest wie ein Motor ohne Öl. Nur dass ein Motor keinen Schmerz spürt.«

Coombs widersprach. »Ich hab mich über den elektrischen Stuhl informiert. Manche behaupten, der Tod tritt sofort ein, aber wenn das stimmt, ist das eine verdammte Schande. Für Kinder mordenden Abschaum wie dich sollte er nicht sofort eintreten, sondern sich qualvoll lang hinziehen. Die gute Nachricht ist, dass manche sagen, so schnell würde er gar nicht eintreten. Daran solltest du denken, Milford. Denk dran, wenn du den letzten Gang antrittst!«

Ich hielt meinen Mund. Auch wenn ich nicht besonders schlau sein mag, reicht es doch, um zu wissen, dass Coombs und Lively immer noch die Macht hatten, mir die letzten Stunden zur Hölle zu machen. Sie mussten nur dem Aufseher sagen, dass ich ausgerutscht und hingefallen wäre. Pech.

»Verstehst du«, fuhr Lively fort, »die Leute, die sich hinter die Glasscheibe setzen und zugucken, glauben, sie wüssten, was sie erwartet. Sie glauben nur, was sie sehen, und sie glauben, wenn sie wirklich da sind, haben sie alle Fakten. Und an diese Fakten glauben sie. Das Ding ist aber, dass diese Leute nur einen Teil der Geschichte sehen. Sie sehen dich nicht von Nahem, sehen nicht deine Angst. Sie riechen es nicht, wenn du dir vor Angst in die Hose scheißt, und sie hören auch nicht, wenn du winselst wie ein kleines Mädchen. Glaub mir, Milford, du wirst eine Scheißangst haben.«

Er lachte. »Es ist acht Jahre her, dass ich zusah, wie jemand gegrillt wurde, aber ich weiß es noch wie gestern.« Er lehnte sich zu den Gittern meiner Zelle, nachdem sie sie abgeschlossen hatten. Ich hing noch mit den Handschellen an den Gittern, und so ließen sie mich, während sie sich unterhielten. Coombs lehnte sich so nah zu mir, dass ich den Gestank des Kautabaks in seinem Atem riechen konnte. »Du musst mit Fußfesseln von deiner Zelle zum Raum mit dem elektrischen Stuhl schlurfen, Milford. So wie ein kleines Baby, das noch nicht richtig laufen gelernt hat. Du wirst wie ein Wildschwein an Händen und Füßen gefesselt sein, damit du nicht auf dumme Ideen kommst.

In einem zehn Meter langen Flur mit drei verschlossenen Türen helfen einem aber auch keine dummen Ideen mehr. *Eine* Tür ist die deiner Zelle, die zweite für den Hinrichtungsraum und die dritte zu einer Welt mit Zäunen, Wachtürmen und Suchscheinwerfern«, erklärte Coombs und breitete die Arme aus, um zu demonstrieren, wie groß diese Welt war. »Und solltest du tatsächlich über oder unter den Zäunen durchkommen, gibt's da nur einen Ort, der so groß ist wie der Block einer Stadt. Aber wir fesseln dich ja. Wollen doch nicht erleben, dass du dir irgendwie wehtust.«

Idiot, dachte ich. Er musste mich nur ansehen, um zu erkennen, dass ich gar nicht mehr die Kraft hatte, mir oder jemand anderem wehzutun.

Coombs schien meine Gedanken zu lesen. »Wenn du gegessen und gewartet hast, wird dein Körper ganz taub, so als hättest du 'ne starke Betäubungsspritze gekriegt. Habe ich oft gesehen.«

»Stimmt«, nickte Lively. »Manchmal können sie sich nur noch zusammenkrümmen, so wie wir es sagen, während wir die Fesseln anbringen.« Er zwang mich, ihn anzublicken. Wie Coombs kaute auch Lively Tabak, und er sorgte dafür, dass ich das auch roch. Aber mehr noch verriet mir sein Blick, dass er sich auf den Abend freute. »Laufen wird schwer sein, Milford. Das Schwerste, was du je in deinem kurzen Leben getan hast. Und das nicht nur wegen der Fußfesseln.« Er zeigte auf den gekachelten Boden des Flurs. »Dieser Gang hier wird sich in eine lange Klebefalle verwandeln. Du wirst dich fühlen, als müsstest du für jeden Schritt deinen Fuß vom Kleber ziehen.«

Wir hatten einmal eine Mäuseplage. Emily wollte nicht, dass ich Schnappfallen aufstellte, weil sie das grausam fand. Zuerst war ich einverstanden, aber als ich die erste Babymaus festgeklebt auf der Tomcat-Matte fand, änderte ich meine Meinung. Das kleine Kerlchen versuchte alles, um sich zu befreien, klebte aber immer fester, je mehr es dies versuchte. Das war dann doch nicht so human. Also wählte ich die schnelle Methode, um sie loszuwerden. Kam mir viel gnädiger vor.

Als Coombs mit seinem Schlüssel klimperte, dachte ich eine Sekunde, sie wären fertig und würden meine Handschellen aufschließen, damit ich mich hinlegen konnte.

Falsch gedacht.

»So stark ist der Kleber auch nicht, Bill«, wandte Coombs ein. Er sprach jetzt eher mit Lively als mit mir. »Der Hurensohn schafft es am Ende doch zum Raum mit dem Stuhl. Da wird er als Erstes merken, wie sauber es riecht. Wie meine

Küche, wenn meine Alte mit ihrem Großputz fertig ist. Dann werden sie Mr. Kindermörder Milford befehlen, sich draufzusetzen, und er wird gehorchen. Er wird das Gefühl bekommen, tausend Hände auf sich zu haben, die alle irgendwas an ihm machen. Jemand wird die Plastikfesseln an seinen dürren Handgelenken festzurren, ein anderer fesselt die Arme an den Stuhl. Und die Beine auch.« Der Tabakgestank verflog kurz, als Coombs in die Hocke ging. »So, und dieses Bein hier, das linke, das wird so gründlich rasiert, dass es glatt ist wie der Popo eines Neugeborenen. Dazu muss zuerst die Hose auf Kniehöhe abgeschnitten werden.«

Jetzt kniete auch Lively vor mir und lüftete die Hose meines Overalls. »Mann, jetzt guck dir die lilienweiße Haut hier an!«

Ich blickte hinunter. Meine Haut war wirklich weiß. Ich glaube, ich bemerkte das erst jetzt, als Lively mir mit der Hand über die groben Haare fuhr, die in ein paar Stunden weg sein würden. Seine Hand war gebräunt vom Arbeiten in der Sonne. Früher war ich auch so. Emily lachte immer, wenn ich von einem Nebenjob kam, und witzelte, wir würden es nie in den Country Club schaffen, wenn ich aussähe wie ein Landarbeiter. Aber jetzt war ich so weiß wie Papier. Ausgebleicht. Nach so langer Zeit in einer Zelle sah ich krank aus.

Die beiden standen auf, und Coombs machte sich an meinen Handschellen zu schaffen. Jetzt redete er wieder mit mir, und sein heißer Atem streifte mein Ohr. »Wenn wir dich Jämmerling erst mal festgeschnallt haben, kannst du höchstens noch zwei Finger an jeder Hand heben.«

Ich hielt mir die linke, freie Hand vors Gesicht und betrachtete sie. Diese Finger, die bei der Arbeit Schraubenschlüssel gedreht und im Bett über Emilys zarte Haut gestrichen hatten, waren nun nutzlos. Sie würden keine Schraubenschlüssel mehr drehen, nicht mehr meinem Jungen durch die Haare wuscheln und nicht mehr die Frau liebkosen, die ich wahnsinnig liebte. Nie wieder.

Ein platschendes Geräusch in der Zelle riss mich aus meinen Gedanken. Ich dachte nicht mehr an meine Finger, weil etwas Neues geschah. Lively stand am Waschbecken und ließ Wasser über ein Handtuch fließen. Dann trat er zu mir, umfasste mit seinen Händen mein Gesicht und hielt meinen Kopf fest. Einen irren Moment lang dachte ich, er würde mich küssen. Dann war mein Kopf nass und kalt, und etwas drückte schwer auf die Stelle, die später rasiert werden sollte.

Kälte und Nässe waren mir immer zuwider gewesen, weil sie Erinnerungen in mir heraufbeschwören, die so furchtbar sind, dass ich sie mir am liebsten aus dem Hirn brennen würde.

»So wird der Schwamm sich anfühlen, Milford. Und die Kappe fühlt sich an wie meine Hand jetzt. Du wirst gezwungen sein, starr geradeaus zu blicken, direkt in die Augen der zwölf Menschen, die hinter der Glasscheibe sitzen. Mr. und Mrs. Church werden da sein, und ein paar Reporter werden in ihre Blöcke kritzeln, aber nicht auf ihr Geschreibsel schauen. Denn sie wollen doch nicht verpassen, was als Nächstes kommt.«

»Was als Nächstes kommt …«, bemerkte Coombs grüblerisch, als wollte er ein Rätsel lösen. »Was als Nächstes kommt, ist gleichzeitig schnell und langsam. Es wird dir unmöglich sein, die Geräusche und die Schmerzen voneinander zu trennen. Um Viertel vor zwölf wirst du noch am Leben sein.« Er befreite meine rechte Hand von der Handschelle und stieß mich in die Zelle. Ich fiel auf meine Pritsche, mit nassem Kopf, und bemühte mich, ihnen nicht meine Angst zu zeigen.

Die Zellentür schlug zu, der Riegel wurde vorgelegt.

Als die beiden den Flur hinuntergingen, sinnierte Coombs weiter: »Jepp. Um Viertel vor zwölf wirst du noch am Leben sein. Und dann nicht mehr.«

KAPITEL SECHS

Der Postzusteller ist heute früh dran. Der Motor seines Lieferwagens wird immer lauter und schriller, bis er ein bisschen schneidiger als sonst in die Auffahrt einbiegt und weniger auf die ordentlichen Buchsbaumhecken auf beiden Seiten achtet. Ich hoffe, er bringt nur Briefe und keine Päckchen, damit ich nicht gezwungen bin, die Tür zu öffnen und einem anderen menschlichen Wesen gegenüberzutreten.

Natürlich geht die Türklingel, und ein Riesenkarton wird mir in die Arme geschoben. Der Postbote hält mir das Gerät zur Unterschrift entgegen, damit ich mit einer dritten Hand unterschreibe, die ich mir aus dem Ärmel schüttle. Um es möglichst schnell hinter mich zu bringen, lasse ich das Amazon-Paket fallen. Es klingt wie ein Autounfall in einem miesen Radiohörspiel.

Jonathan taucht im Flur auf, gefolgt von Susan und Tommy. Seine Miene hellt sich auf, als er den Karton begutachtet. »Oh, Mann! Ist es das, was ich glaube?«

Nicht mehr, denke ich angesichts des Aufpralls.

Jonathan und Tommy zwängen den Karton durch die Tür, während Susan und ich die restliche Post aufsammeln: Rechnungen, Briefe und ein halbes Dutzend Hochglanzkarten, die mir verkünden, welcher Million-Dollar-Club-Makler diese Woche welches Millionen teure Anwesen verkauft hat. Was mich nicht interessiert. Momentan würde mich nur ein Haus auf einem anderen Planeten interessieren.

»Ach, nein!«, höre ich Jonathan aus dem Flur. »Die sind kaputt!« Vor ihm liegen hundert Scherben, die einst zwei *Star-Wars*-Geschirrsets ergaben – eins für ihn und eins für Tommy. Die Jungen sehen mich an und sagen wie aus einem Mund: »Hast du es fallen lassen? Wie konntest du nur?«

Ich äußere das Erste, was mir in den Sinn kommt: »Es ist kompliziert«, und auch mein Herz liegt in tausend Scherben.

»Genau wie dein Facebook-Status«, lacht Susan. Dann scheucht sie die Jungen in die Küche und wirkt ihren Susan-Zauber, der mit wenigen Worten alles wieder in Ordnung bringt.

Genau wie Ian früher.

Als ich die Haustür schließen will, sehe ich sie am Ende meiner Auffahrt. Die Frau in Rot vom Gerichtsgebäude. Ich weiß, wer sie ist und was sie will.

Das Problem mit Vita ist – und das gilt wohl für jede Gruppe und jede Bewegung –, dass es irgendwann zu Abspaltungen kam. Was wir für eine geeinte Organisation hielten, teilte sich in zwei Gruppen, von der die zweite extremer war als die erste. Ich weiß, welcher Gruppe die Frau angehört, die vor dem Gerichtsgebäude stand, die Emily etwas zuflüsterte und die jetzt mein Haus beobachtet.

Zweimal an einem Tag, denke ich und lasse die Jalousien herunter.

Ihr Auftauchen sollte mich nicht überraschen. Eigentlich habe ich seit Jahren damit gerechnet, sogar darauf gewartet. Um es zu verdrängen, habe ich mich auf Alltägliches konzentriert: aufstehen, duschen, Jonathan für die Schule fertig machen, Kaffeemaschine einschalten, Kaffeemaschine ausschalten, arbeiten, Auto fahren, Öl wechseln, Kleider kaufen und

Star-Wars-Geschirr bei Amazon bestellen. Doch verdrängt heißt nicht verschwunden. Weshalb es mich auch nicht überrascht, einen Brief von Emily Milford in der Post zu entdecken.

Ich kriege ziemlich viele Briefe ohne Absender. Sie alle enthalten Vorwürfe von Familien und Freunden und manchmal auch von Kollegen und Nachbarn der Opfer. Diesen speziellen Brief identifiziere ich auch ohne Absender, denn er hat genau wie die zahlreichen, die sie mir in den letzten zwei Jahren geschrieben hat, einen hellblauen Umschlag und eine ordentlich in Druckschrift geschriebene Adresse. Am liebsten würde ich ihn nicht öffnen, doch da mir heute schon so viel Hass entgegengeschlagen ist, macht noch mehr auch nicht mehr viel aus. Manchmal ist es leichter, sich mitten in den Shitstorm zu stellen, als ihn Tröpfchen für Tröpfchen abzubekommen.

Während Susan den Jungen klarmacht, dass kaputtes *Star-Wars*-Geschirr nicht das Ende der Welt bedeutet, gehe ich hoch in Ians Arbeitszimmer, setze mich ans Fenster und schlitze den Brief mit dem Brieföffner auf, den ich Ian zu unserem ersten Hochzeitstag geschenkt habe. Schließlich war es laut Hochzeitsplanern unsere papierne Hochzeit. Trotzdem kaufte ich ihm einen aus Silber, in Gedanken an unsere silberne Hochzeit. Da wusste ich noch nicht, dass wir die niemals erreichen würden.

Emilys Brief enthält eine dicht beschriebene Seite in perfekter Schrift. Das Datum in der oberen rechten Ecke entspricht nicht dem Poststempel – der kam einen Tag später –, und ich frage mich, ob sie es sich noch mal überlegen wollte oder keine Briefmarken mehr hatte. Ich schätze, bei Briefen kommt oder kam das vor, anders als bei WhatsApp-Nachrichten: Wir bringen etwas zu Papier, und gerade, wenn wir eine Adresse nachsehen oder eine Briefmarke in der Kramschublade suchen, die schon so lange da liegt, dass wir sie fast vergessen haben, gerät eine der täglichen kleinen Ablenkungen des Lebens dazwischen. Der Wasserkessel pfeift, das Telefon klingelt, das Kind kommt hungrig von der Schule. Ausgehend vom Datum im Brief schrieb Emily dies an dem Tag, als ihr Mann hingerichtet wurde. Mittwoch also.

Aus ihren Worten sprechen Kummer und Trauer, und ich weiß, sie ist genauso niedergeschmettert, wie ich es einst war. Ihr Leben ist gekippt wie bei der Talfahrt einer Achterbahn. Doch die letzten Zeilen muss ich immer wieder lesen.

In juristischen Dingen kenne ich mich nicht besonders aus, aber ich bin nicht dumm. Der Remedies Act ist mir bekannt. Nächste Woche werde ich mit einer Dame von der Aufsichtskommission sprechen.

Ich glaube, wir müssen uns treffen. Heute Nachmittag um drei werde ich am Spielplatz an der Broad Street sein. Bitte kommen Sie auch.

Die Aufsichtskommission, genauer gesagt die Staatliche Aufsichtskommission für Haftung der Staatsanwaltschaft. Dieses Überwachungsgremium bildete sich nach dem Inkrafttreten des Remedies Act: eine kleine Gruppe von Staatsanwälten, die erkannten, dass sie mit der Aufdeckung von fatalen Justizirrtümern mehr verdienen konnten als mit Auftritten bei Demonstrationen gegen die Todesstrafe. Denn wozu sind Organisationen noch gut, wenn sie ihr Ziel erreicht haben? Ihre Aufgabe im Gremium unterscheidet sich nicht sehr von meiner, nur dass durch sie nicht Mörder und Vergewaltiger ihre gerechte Strafe erhalten sollen, sondern Menschen wie ich.

Obwohl Ians Stuhl im Sonnenlicht steht, wird mir eiskalt.

»Also«, verkündet Susan, als ich in die Küche zurückkehre, »die Jungs habe beschlossen, dass sie's überleben werden. Und du hast Post.« Sie nimmt mir den Umschlag ab und begutachtet ihn. »Hab ich dir nicht gesagt, dass du so was erst gar nicht öffnen sollst?«

Während sie den Brief liest, tue ich so, als suchte ich einen Korkenzieher. Zwar liegt er direkt vor mir, seine Metallspirale ragt zwischen Flaschenöffnern und Zahnstochern hervor, dennoch wühle ich angelegentlich in der Schublade. Denn ich weiß, was Susan als Nächstes sagen wird. Sie wird fragen, ob ich mich heute um drei mit Emily Milford treffen werde.

Wie sich herausstellt, liege ich richtig.

»Da ist er ja«, erwidere ich und halte den Korkenzieher in die Höhe, der direkt vor mir lag.

»Und? Sag, du gehst nicht dahin, Justine.«

»Du gehst nicht dahin, Justine.« Ein lahmer, aber nützlicher Witz. Er verschafft mir mehr Zeit.

»Ich mein's ernst.« Die Flasche Weißwein, an der sie sich zu schaffen macht, geht mit einem deutlichen Plopp auf und unterstreicht ihre Aussage. Susan hebt abwehrend die Hände. »Hör mal. Diese Frau hat dir seit dem Prozess fast hundert Briefe geschickt. Ich war meistens dabei, wenn sie ankamen. Jedes Mal, wenn du einen dieser Hassbriefe gekriegt hast, ging's dir schlecht. Jedes einzelne Mal. Ich kann dir nichts befehlen, aber ich wäre eine schlechte Schwägerin, wenn ich dir nicht diesen altmodischen Rat gäbe. Also versuche ich's noch mal.« Sie reicht mir den Brief zurück und öffnet die Schranktür zu den Mülleimern. »Wirf ihn dahin, wo er hingehört.«

Meine Hand schwebt über dem Behälter mit Altglas und Altpapier. »Das ist das erste Mal, dass sie mich treffen will, Susan. In all den anderen Briefen wollte sie nur irgendwie

Dampf ablassen. Als eine Art Therapie für sich. Aber das hier ist was anderes.«

»Anders ist nur, dass du ihr diesmal so nahe kämst, dass sie dich anspucken könnte. Oder Schlimmeres.«

»Emily Milford ist eine halbe Portion. Ich denke, ich kann mich ganz gut wehren«, erwidere ich. Trotzdem lasse ich den Brief in den Mülleimer fallen.

»Gut«, sagt Susan und schließt die Schranktür. »Gut.«

Ich wende den Blick von ihr ab und schaue aus dem Fenster. Die Sonne ist unvermittelt trübem Nieselregen gewichen, sodass der April eher wirkt wie November und so etwas wie Frühling nur noch wie ein kosmischer Scherz erscheint. Die Frau in Rot sticht aus dem Grau hervor und blickt unter ihrem Schirm zum Haus.

KAPITEL SIEBEN

Es ist halb drei und sonnig, als ich das Haus verlasse und mich in Susans zehn Jahre altem Volvo auf den Weg in die Stadt mache. Das Auto ist zwar sicher, dennoch knattert es die Straße hinunter wie eine uralte Kiste. Aber für den Fall, dass Emily Milford meine Ankunft mitbekommt, sitze ich lieber in so einer Karre als in meinem Mercedes. Außerdem habe ich mich mit einer Jeans und einem von Ians alten Sweatshirts betont leger gekleidet. Trotzdem wirke ich reicher, als mir lieb ist.

Sie wird meine Nägel bemerken. Sie wird erkennen, dass meine Haare professionell geschnitten und gefärbt sind und meine Sneakers aus keinem Laden stammen, der mit ›Mart‹ endet. Sie wird versuchen, mein Alter einzuschätzen, und wissen, dass ich älter bin, als ich aussehe, obwohl sie unmöglich wissen kann, welche Lotionen und Cremes auf meinem Badezimmerregal stehen. Schon komisch, wie man sich Jahre kaufen kann. Zumindest eine Zeit lang. Am Schluss enden die Reichen und Armen alle gleich.

Zwischen Emily und mir gibt es so viele Unterschiede wie Ähnlichkeiten. Wir sind beide schmal, obwohl sie seit dem Prozess noch dünner geworden ist – genau wie ich nach dem Ereignis vor sieben Jahren, durch das mein Leben in tausend Scherben zersprungen ist. Unsere Kinder sind im selben Alter und Halbwaisen. Und wir sind Witwen.

Emily wohnt im südlichen Teil der Stadt, nicht weit von Susans Wohnung entfernt. Es ist ein Viertel mit dicht beieinanderstehenden Bungalows aus der Nachkriegszeit mit ordentlich gemähten Rasenflächen und hässlichen Drahtzäunen. Auf den Straßen gibt es kein Auto, das nicht mindestens zehn Jahre alt wäre, keine Hybridfahrzeuge, keine deutschen Importe, sondern größtenteils Chevys und Fords. Ein Arbeiterviertel, das mit seinen Häuschen vom amerikanischen Traum spricht. Ich wohne ganz woanders: in einem Vorort, wo man schon ein Teleskop braucht, um seine Nachbarn zu sehen, und wo es mehr Land Rover als Schulkinder gibt. Die Leute nennen es The Village, weil keiner, der in dieser Enklave ein Grundstück besitzt, sich die Mühe macht, es beim vollen Namen zu nennen: The Village at Wolf Rock Pointe. Ist auch ein blöder Name. Emilys Gegend wird schlicht als südlicher Teil der Stadt bezeichnet.

Ich gehe auch nicht davon aus, dass sie im Flur ein Diplom der Harvard Law School hängen hat. Oder von einer anderen Uni.

Trotzdem kann ich mir denken, dass es uns am Tag danach ähnlich erging, und ich stelle mir vor, dass sie in ihrem Haus im südlichen Teil der Stadt etwa das Gleiche machte wie ich damals in meinem im Village.

Ich hatte eigentlich noch nicht begriffen, dass Ian fort war. Ich wachte benommen auf und machte für Susan einen Teller Cornflakes und für mich einen Kaffee.

»Lass, ich kümmere mich drum«, sagte Susan, als ich Milch auf der Küchentheke verschüttete. »Und du musst auch was essen. Du bist ja nur noch ein Strich in der Landschaft, Jussie.«

So was hatte ich ihren Bruder oft sagen hören, und es hatte mich immer zum Lachen gebracht. Aber nicht an diesem Tag. An diesem Tag brach ich schluchzend zusammen.

Susan kniete sich hin, wischte die Milch auf und drängte mich nicht mehr zu essen. Sie war sofort gekommen, als ich sie in der Nacht zuvor anrief, und bis zum Morgen geblieben. Vermutlich hatte auch Emily jemanden gerufen. Eine Schwester vielleicht. Oder eine Schwägerin. Ich weiß, Jake Milford hatte einen Bruder, und der Bruder war verheiratet, aber ich versuchte, nicht zu tief in sein Privatleben einzutauchen. In meinem Beruf ist Abstand wichtig. Ohne Abstand wird man verrückt.

Nachdem mich Susan aus meiner Küche gescheucht hatte, tigerte ich durch Ians Arbeitszimmer, berührte Dinge, an denen er gearbeitet hatte, las, was er am Tag zuvor gelesen hatte. Vielleicht machte Emily das auch, nur nicht in einem Arbeitszimmer. Vielleicht ging sie in die Garage, öffnete einen Werkzeugkasten und strich mit den Fingern über das kühle Metall von Zangen und Schraubenschlüsseln.

Nein, nicht *vielleicht*. Ganz sicher machte Emily all das, und ganz sicher durchsuchte sie auch seine Taschen, seine Wäsche und die Schubladen im Bad, um etwas von ihm zu finden: Zettel mit seiner Schrift, Kleider mit seinem Geruch, einen Kamm mit seinen Haaren. Da bin ich ganz sicher, denn ich tat das, und ich kann mir nicht vorstellen, dass man am ersten Tag danach etwas anderes tun könnte.

Ich fand auch etwas. Banale Dinge. Ein altes Kaugummi, ordentlich eingewickelt in ein Papierchen. Einen Deckel von *Starbucks* unter dem Vordersitz von Ians Benz. Eine Quittung von dem griechischen Restaurant, das wir ein Jahr zuvor besucht hatten. Voller Schmerz schrie ich auf und schwor mir, nie wieder Gyros zu essen. Was ich nicht fand: Liebesbriefe an andere Frauen, Lippenstiftspuren an einem Hemdkragen, ein Zweithandy mit heißen Nachrichten. Ich weiß nicht, ob ich wütend gewesen wäre, hätte ich so etwas gefunden. Oder ob ich es genauso gehütet hätte wie all die anderen Schätze, die von Ian blieben, als er mich verließ.

Ich weiß nur, dass ich völlig verzweifelt war, und das für lange Zeit. Nur ein Mensch, der so verzweifelt war wie ich, hätte das getan, was ich tat, als Jake Milfords Fall auf meinem Schreibtisch landete.

Doch all das war vor sieben Jahren. Emily trauert erst seit zwei Tagen.

KAPITEL ACHT

Ich parke den Volvo in der ersten freien Lücke, die ich finden kann, und verfluche das herrliche Frühlingswetter, das alle aus dem Haus treibt. Auf dem Rücksitz liegt eine Baseballkappe von Susan, die ich mir aufsetze und tief ins Gesicht ziehe. Allerdings sorge ich mich nicht wegen der Sonne, als ich auf der Broad Street zwei Blocks weit Richtung Spielplatz gehe. Wir leben in einer Welt, in der jeder eine Videokamera bei sich hat.

Emily sitzt auf einer Bank am hinteren Ende des eingezäunten Bereichs. Sie sieht mich nicht, sondern spuckt gerade in ein Taschentuch, wie es offenbar in die DNA jeder Frau eingebrannt ist. Ihre Aufmerksamkeit gilt einem kleinen Jungen; es ist der, mit dem sie am Freitag auch vor dem Gerichtsgebäude auftauchte. Neben ihr auf der Bank stehen ihre Handtasche und eine Schachtel Kleenex.

Ich bleibe hinter einem Baum stehen, drücke meinen Rücken an den Stamm und denke nach.

Der Junge ist in Jonathans Alter, aber nicht in der Schule, also fiel der Nachmittagsunterricht vielleicht aus. Oder er geht noch in die Vorschule. Die Frau ist alleinerziehend, genau wie ich. Unsere Ehemänner sind beide gestorben, wenn auch auf unterschiedliche Weise, aber wir sind beide von Trauer und Hass erfüllt. Dagegen kann niemand etwas machen.

Natürlich gibt es zwischen uns auch Unterschiede. Emilys

mausbraune Haare und ihre schäbigen Kleider zum Beispiel. Oder die Tatsache, dass ihr Sohn in einem der ärmlicheren Viertel auf eine öffentliche Schule geht, während meiner eine private Montessorischule besucht, mit deren jährlichen Gebühren man auch einen Kleinwagen kaufen könnte – nein, eigentlich zwei, da ich auch das Schulgeld für Susans Sohn bezahle. Und schließlich ist da die unbestreitbare hässliche Wahrheit, dass mein Mann im Gegensatz zu Emilys niemanden umgebracht hat.

Als ich um den Baum herumspähe, sehe ich, wie Emily ihrem Sohn einen Klaps auf den Po gibt und ihn damit in den Spielbereich zurückschickt. Vielleicht hatte der Boden anfangs Sägespäne, vielleicht sogar auch den gleichen Gummimulch wie unser eingezäunter Spielplatz im Village, den nur die Kinder von Anwohnern nutzen dürfen. Aber jetzt ist der Boden nackt. Hier spielen nur normale Kinder. Unterprivilegierte. Arme. Vaterlose.

Emily greift wieder zu ihrem Buch. Ihre Augen folgen, kaum sichtbar über dem Rand des Buches, dem Jungen, der zwischen der Schaukel und einem Wipp-Pferd schwankt, das gerade frei geworden ist. Er entscheidet sich für das Pferd und hüpft darauf vor und zurück, von rechts nach links, während seine junge Mutter ihn lächelnd beobachtet.

Wenn ich jetzt zu ihr gehe, reiße ich sie aus ihrem prekären Frieden.

Seit Emilys Brief eintraf, habe ich mir eingeredet, dass sie nur ein Ventil braucht. Sie braucht einen anderen Menschen, der ihre Klagen hört und ihre Tränen sieht. Das brauchen wir vielleicht alle. Vielleicht sind unsere Klagen und Tränen erst real, wenn jemand sie mitbekommt.

Ich verbiete mir jeglichen Gedanken daran, dass sie etwas gefunden haben könnte.

Um fünf nach drei gebe ich mir einen Ruck und gehe Richtung Bank im hinteren Bereich des Parks. Erst als ich sie fast erreicht habe, blickt Emily von ihrem Buch auf, und ich wappne mich.

Zuerst sagt sie kein Wort, sondern klopft nur auf den freien Platz neben ihr und klappt das Buch zu, nachdem sie eine Seite mit einem Eselsohr markiert hat. Jetzt lächelt sie nicht mehr.

»Das ist mein Sohn«, bemerkt sie. »Jake junior.«

Ich nicke.

»Eigentlich sollte er schon in die erste Klasse gehen, aber man wollte ihn nicht aufnehmen. Der Direktor meint, er hätte eine emotionale Entwicklungsstörung. Also ist er noch im Kindergarten und wird nächstes Jahr der Älteste in seiner Klasse sein. Glauben Sie, die Leute werden ihn für zurückgeblieben halten? Für dumm, weil er erst so spät eingeschult wurde?«

»Alle Kinder lernen unterschiedlich«, antworte ich und frage mich, wieso sie sich für diese Eröffnung entschieden hat und ich mit einer Frau über frühkindliche Entwicklungsprobleme rede, die mich wahrscheinlich am liebsten tot sähe.

»Ja, stimmt wohl.« Ihre Stimme ist weich und verrät, dass sie aus dem Südwesten von Virginia kommt. Sie klingt auch ausdruckslos, und als Emily die Tasche öffnet, um das Buch zu verstauen, verrät mir ein Tablettenröhrchen alles, was ich wissen muss. »Haben Sie Kinder?«

»Einen Sohn. Etwa so alt wie Jake.«

»Jake junior«, korrigiert sie mich.

Emilys Kopf wippt langsam und automatisch – ein weiterer Hinweis auf die Tabletten. Ich hoffe nur, sie und Jake junior sind mit dem Bus gekommen. »Tatsache ist, Ms. Boucher, uns geht's – geht es – nicht so gut.«

Ich weiß nicht, wieso ich nicht schon früher an Geld gedacht habe. Dabei habe ich doch an alles gedacht. »Kann ich Ihnen irgendwie helfen?«, frage ich, öffne meine eigene Tasche und nehme einen Stift und mein Scheckbuch heraus. Emily starrt darauf, als wäre es ein Dinosaurier. Was es wahrscheinlich auch ist. Ian lachte mich immer aus, weil ich noch ein Scheckbuch mit mir herumtrug, während es doch längst ApplePay, GooglePay und dergleichen gab.

»Stecken Sie das zurück«, sagt Emily. »Wir brauchen Ihre Almosen nicht. Dank meiner Familie habe ich ein Dach über dem Kopf und drei anständige Mahlzeiten pro Tag.«

Na gut. Also kein Geld. Ich verstaue mein Scheckbuch wieder in der Tasche und falte meine Hände darüber. »Sie wollten mich treffen. Ich dachte …«

»Eigentlich ist mir egal, was Sie denken, denn das, was Staatsanwälte denken, führt meist dazu, dass Menschen sterben oder pleite sind. Nein, ich habe Ihnen was zu sagen. Deshalb wollte ich Sie treffen.«

Als ich herkam, war ich auf eine Schimpftirade gefasst. Aber Emily scheint mich nicht beschimpfen zu wollen. Während wir schweigend dasitzen und beobachten, wie ihr Sohn vom Wipp-Pferd zur Wipp-Kuh wechselt – in der Welt eines Sechsjährigen gibt es da einen Unterschied –, umfassen ihre Hände den Stoff ihres Rocks und lassen ihn wieder los. Fassen zu. Lassen los. Fassen zu. Lassen los. An diesen Stellen ist der Stoff dunkel vom Schweiß.

Ich hoffe wirklich, dass sie heute kein Auto fährt. Ehrlich gesagt staune ich, dass die Frau überhaupt laufen kann. In den ersten Tagen, nachdem Ian fort war, lag ich nur in Fötushaltung auf dem Bett. Allerdings war Ians plötzliche Abwesenheit ein Schock für mich. Die Frau neben mir hatte Jahre, um sich darauf vorzubereiten.

Schließlich sagt Emily: »Ich habe einen Zettel gefunden.« Eigentlich ist es nur ein Flüstern, und dabei starrt sie entweder auf Jake junior oder die Stellen des Rocks, die aussehen, als wollten sie gegen ihre Behandlung protestieren. »Ich war neulich auf dem Dachboden bei meinen Eltern und guckte mir eine Kiste mit Jakes altem Zeug an, und da fand ich etwas in einem Notizbuch, das ich vorher noch nie gesehen hatte. Ich weiß nicht, wieso ich da überhaupt herumsuchte – wahrscheinlich hab ich alles ganz schnell zusammengepackt, als wir das Haus verkaufen mussten, und ich dachte, es könnten Fotos oder so was drin sein. Sie wissen schon, für den kleinen Jake. Ich wollte ein paar Erinnerungen an seinen Daddy, wo er noch nicht hinter Gittern oder in Anstaltskleidung zu sehen war.«

Sie lächelt, aber es ist ein freudloses Lächeln. »Wir waren seit der Highschool zusammen, wissen Sie. Mein Dad war dagegen, weil er nicht wollte, dass ich mit einem Schrauber ging. So nannte er alle, die in einer Werkstatt arbeiten: Schrauber. Ist schon komisch, dass die Leute nichts von Mechanikern halten. Dabei hat Jake immer gesagt, dass es ein guter Job ist. Nicht besonders sauber, aber gut, denn solange die Leute Auto fahren, haben Männer wie er Arbeit. Was man nicht von vielen Jobs behaupten kann. Ich war früher Kellnerin, und ich kann Ihnen sagen, bei jeder Krise im Land war auch Krise in meinem Geldbeutel. Ganz egal, ob's ein Hypothekenskandal oder ein Virus war. Aber Mechaniker kriegen immer ihr Geld, weil die Leute immer irgendwohin fahren müssen. Außerdem sind heute ganz andere Zeiten als damals mit Autos wie dem VW Käfer. Heute wissen die Leute nicht mal, wo die Batterie ist.«

So vernünftig Emilys ökonomische Erläuterungen klingen, so gehen sie mir doch zum einen Ohr rein und zum anderen wieder raus. Der letzte vollständige Satz, den ich mitgekriegt habe, lautete *Ich habe einen Zettel gefunden.* Jetzt sind auch meine Hände schweißnass. Ich wische sie mir an meiner Jeans ab.

Sie mustert mich, nimmt meine Nägel und Haare zur Kenntnis, meine Tasche und die dazu passenden Schuhe von Bally, die immer noch glänzen wie am ersten Tag. Frauen wie Emily Milford kennen vielleicht nicht die Marke, wissen aber, wenn etwas besser ist als das, was sie anhaben oder mit sich herumtragen. »Frauen wie Sie müssen sich wohl keine Sorgen machen, woher das nächste Geld kommt.«

»Wir müssen uns um andere Dinge Sorgen machen«, erwidere ich. *Dinge wie: Ich habe einen Zettel gefunden.*

»Jedenfalls sah Jake ziemlich gut aus. Und er behandelte mich, als wäre ich aus Gold.« Sie dreht an dem Ring an ihrem linken Ringfinger. »Nicht, dass wir jemals Gold gehabt hätten. Das hier ist nur Edelstahl. Aber als er mir den Ring ansteckte, war ich so glücklich wie noch nie in meinem ganzen Leben. Außerdem meinte Jake immer lachend, ich sollte doch einfach behaupten, es wäre Platin. Weil die Reichen Platin kaufen, obwohl ich nie verstand, wieso, wo es doch aussieht wie Edelstahl.«

Noch immer schwirrt mir der eine Satz im Kopf herum. *Ich habe einen Zettel gefunden. Ich habe einen Zettel gefunden. Ich habe einen Zettel gefunden.* Nur diese fünf aneinandergereihten Wörter höre ich, bis Emily unvermittelt die nächste Bombe platzen lässt.

»Er hat immer gesagt, dass er unschuldig ist«, erklärt sie. »Ich flehte ihn an, wenn er ein Alibi hätte, sollte er es sagen, ganz gleich, was es wäre. Aber er behauptete immer, er wüsste nicht, wo er war, als der kleine Caleb Church getötet wurde.« Wieder öffnet sie ihre Tasche. Der Verschluss klemmt, und als sie nervös daran herumfingert, bricht schließlich ein messingfarbenes Stück Plastik ab. Sie holt ein kleines, gefaltetes Stück Papier heraus.

Mir stockt der Atem.

Was auch immer Emily da in der Hand hält, könnte das Ende von allem sein. Eine Quittung von einer Tankstelle. Die Telefonnummer von jemandem, der Jake Milford in einer anderen Stadt gesehen hat und damit ein paar Tage zu spät rausrückt. Ein Brief von einer Geliebten.

Der Zettel, den sie in der Hand hält, ist gar kein Papier, sondern ein Kleenex.

»Ich flehte ihn an, es mir zu sagen. Ich versicherte ihm, es wäre mir ganz egal, auch wenn er in einem schäbigen Motel mit fünf Kellnerinnen von einer Autobahnraststätte gevögelt hätte. Oder mit Männern. Ich wollte nur, dass mein Schatz wieder nach Hause kommt.« Sie putzt sich die Nase. Automatisch strecke ich den Arm nach ihr aus, warum, weiß ich nicht – vielleicht aus Mutterinstinkt. Emily Milford ist nur rein äußerlich eine Frau. Innerlich ist sie ein junges Ding, das in den letzten sechs Jahren mehr Elend erlebt hat, als es jemandem zuzumuten wäre. Aber Emily zuckt vor mir zurück, putzt sich noch mal die Nase und stopft das Taschentuch in ihren Ärmel.

Unsicher steht sie auf, ihre Beine so dünn wie bei einem Fohlen, streicht sich den Rock glatt und ruft ihren Jungen zu sich. »Ich muss jetzt los. Es fällt mir schwer, das Haus zu verlassen, aber Jake zuliebe mache ich es. Ich wollte Ihnen nur sagen, dass ich in einer Kiste mit altem Zeug von meinem Mann etwas gefunden habe.« Bevor ich reagieren, bevor ich fragen kann, was genau sie denn gefunden hat, fährt sie fort: »Ich weiß nicht genau, was ich damit anfangen soll. Noch nicht.«

Jake kommt angerannt und bleibt vor mir stehen. »Bist du die neue Freundin meiner Momma?«

Darauf weiß ich nichts zu sagen, also antworte ich nicht.

»Sie braucht eine gute Freundin«, erklärt Jake. »Also finde ich, Sie sollten es sein.«

Nur wird das niemals geschehen.

Mit einem knappen Nicken und einem »Komm, Jake junior, wir müssen nach Hause und was zu essen kochen, sonst fällst du mir ganz vom Fleisch« nimmt Emily ihren Sohn bei der Hand und macht sich auf den Weg zum nächsten Ausgang des Parks.

Ich bleibe auf der Bank sitzen, während mir ihre Worte wie ein lästiger Ohrwurm im Kopf herumgehen, bis ich die Kraft finde, mich ebenfalls zu erheben. Dann gehe ich zurück zum Ausgang an der Broad Street. Erst als ich durchs Tor bin, drehe ich mich noch mal um und blicke zurück.

Und sehe, wie die Frau in Rot auf Emily zugeht und lächelnd nickt.

TODESTRAKT, INSASSE 39384

Die Leute sagen, die Todesstrafe sei was ganz anderes. Obwohl sie es nicht wissen können, haben sie recht. Sie ist anders, wenn es so weit ist, und manchmal schon davor. Für mich begann die Veränderung schon lange vor dem Tag meiner Hinrichtung.

Ich habe die letzten sechs Jahre meines Lebens in einem Zustand des Andersseins verbracht. Trug andersfarbige Kleider und war in einem anderen Zellenblock mit anderen Regeln.

Wäre ich nicht allein gewesen, wäre es vielleicht besser gewesen – nein, nicht besser, *besser* gibt es für mich nicht mehr. Es wäre vielleicht nicht so qualvoll gewesen, nur ein kleines bisschen weniger quälend. Wenn ich nicht sechs Jahre lang der einzige Insasse eines Blocks mit zwölf Zellen gewesen wäre.

Zeit und Zahlen sind schon was Komisches. Nehmen wir zum Bespiel die Zahl Sechs. Klingt nach wenig. Ein Mann kann mit sechs von ziemlich vielen Dingen zurechtkommen. Multipliziert man das mit 365, dann kann man das noch mit dem Verstand erfassen. 2190: etwa wie die Highschool und ein Zusatzabschluss. Multipliziert man das mit den Stunden, dann kommt man schon zu einer ziemlich hohen Zahl. Aus sechs werden erst ein paar Tausend und dann 52 000.

Dabei sind wir noch nicht mal bei den Minuten. Den drei Millionen.

Über drei Millionen Minuten sind vergangen, während ich in diesem Zustand des Andersseins lebte. Manche flogen dahin, manche krochen vorbei, aber die meisten verharrten in der Schwebe.

Stellen Sie sich einen Parkplatz vor. Schreiten Sie die Grenzen ab, zählen Sie Ihre Schritte, bleiben Sie ein, zwei Schritte vor jeder Ecke stehen. Stellen Sie sich einen Bereich vor, der nur ein bisschen größer ist als ein Doppelbett. Oder der Zwinger in einem Tierheim. Schreiten Sie die viereinhalb Quadratmeter ab. Lernen Sie sie kennen, richten Sie sich ein.

Das ist Ihr neues Zuhause.

Das ist Ihr neues Schlafzimmer, Ihr Wohnzimmer, Ihr Esszimmer und Ihr Bad. Ihr Raum zum Meditieren, zum Trainieren und zum *O Gott, wäre ich nur tot*-Wünschen. Diese viereinhalb Quadratmeter sind jeden Tag für zweiundzwanzig Stunden Ihre ganze Welt.

Nun stellen Sie sich vor, Sie sehnten sich in diese Zelle zurück, so wie ich.

An den Tagen, wenn Emily und Jake junior zu Besuch kamen, wollte ich nie in diese vier Wände zurück. An den anderen Tagen konnte ich es gar nicht erwarten.

Allein zu sein war erträglicher, wenn ich wirklich allein war. Die restliche Zeit nicht so sehr. Vielleicht kann ich das erklären.

Stellen Sie sich einen Sportplatz vor, eine große, leere Fläche mit ein paar Handballfeldern am einen Ende und einer Reihe Basketballkörben mit alten, ausgefransten Netzen, durch die man trotzdem Körbe werfen konnte. Stellen Sie sich eine Tribüne vor, eine ausziehbare wie in der Highschool, die sich wie durch Zauberei quietschend von der Wand löst und plötzlich für Hunderte Zuschauer Platz bietet. Sie überblickt einen Rasenplatz mit Fußballtoren an jedem Ende.

Die Sache ist nur die: Man kann ohne Partner und Ball kein Basketballmatch spielen. Man kann nicht auf der Tribüne in der Sonne sitzen und Geschichten austauschen, wenn da keiner bei einem sitzt. Und ich sehe keinen Sinn darin, ein Tor gegen eine Mannschaft unsichtbarer Spieler zu verteidigen.

Ich glaube, genau das ging mir am meisten unter die Haut und machte mir klar, dass Todesstrafe etwas ganz anderes ist und alle Tage davor auch. Diese eine Stunde des Tages, die ich auf diesem Sportplatz verbrachte, war ich die Hauptfigur in einem Endzeitfilm über den letzten Überlebenden auf der Erde.

Die fünf Minuten Hin- und Rückweg waren noch schlimmer.

Mein Hofgang war direkt nach dem Mittagessen, von halb eins bis halb zwei. Die Hälfte der Typen aus Block C – etwa hundertfünfzig – hatte die Stunde vor mir, die andere Hälfte die Stunde nach mir, von halb zwei bis halb drei. Sie alle trugen spülwassergraue Overalls mit Nummern auf dem Rücken. Manche waren klein, manche groß. Manche waren blond und manche dunkelhaarig. Mehr weiß ich nicht von ihnen. Ihre Gesichter sah ich nie.

Wenn meine Stunde zu Ende war, riefen mich vier Wärter zu sich. Sie mussten mich im Auge behalten, während ich von einem Ende des Platzes zum anderen ging, und zwar so oft, wie es in sechzig Minuten möglich war. Einem Kerl beim Gehen zusehen war in meinen Augen ein langweiliger Scheißjob, aber heute Abend werde ich erfahren, dass es noch beschissenere Jobs gibt.

»Gesicht zur Wand, Hände auf den Rücken«, befahl einer von ihnen. Klappernd schloss sich das Metall der Handschellen um meine Handgelenke, das der Fußeisen um meine Fußgelenke, und eine Kette hielt sie zusammen. Hinter mir verstummten die Stimmen der Insassen aus Block C.

»Gefangene aus Block C zur Wand!« Das rief keiner meiner Wärter, sondern einer aus Block C. Meine Wärter hatten einen menschlichen Käfig um mich gebildet. Ob sie verhindern wollten, dass ich etwas sah oder dass ich gesehen wurde, weiß ich bis heute nicht.

Und dann begann mein mühsamer Gang zurück, Schritt für Schritt schlurfte ich den gleichen Weg zurück, den ich gekommen war.

»Dead man walking! Dead man walking!«

Ich weiß nicht, wieso sie das so laut rufen mussten. Verdammt, ich weiß ja nicht mal, wieso sie das überhaupt rufen mussten!

Aber dann erkannte ich: Ich war eine Seltenheit, etwas vielleicht Einmaliges. Eine Geschichte, die man seinen Enkeln oder Kumpeln erzählen und bei jeder Wiederholung weiter ausschmücken konnte.

Der gefährlichste Mann, den ich je gesehen habe.

Hätte mich fast massakriert, ganz ehrlich.

Und weißt du was? Am Ende war er ein Feigling. Heulte wie ein Baby.

Pisste sich an, als wir ihn auf den Stuhl drückten.

Gestand in der letzten Minute. Sagte, er hätte den Kleinen umgebracht.

Ich bin mehr als der einzige Insasse im Todestrakt. Ich bin sogar mehr als der letzte Mann, den die Älteren dort sehen werden. So wie es aussieht, bin ich möglicherweise der letzte Mann, der jemals in diesem Staat hingerichtet wird. Vielleicht sogar im ganzen Land. Ich biete Stoff für einen Film, bin ein moderner Gary Milford mit einem anderen Vornamen. Leider ist Tommy Lee Jones schon zu alt und faltig, um mich zu spielen, aber vielleicht können Spezialeffekte da noch was ausrichten.

Auch in dieser Hinsicht bin ich also anders. Und werde zweimal täglich daran erinnert, einmal um halb eins und einmal um halb zwei.

Jetzt, an meinem letzten Tag, denke ich, dass ich das alles noch mal durchmachen würde. Ich würde immer noch für sechs Jahre (drei Millionen Minuten) in die Hölle zurückgehen und sie unendlich lang durchleben. Es gab so viel, was ich nicht hatte, man hatte mir all die tröstlichen Kleinigkeiten genommen, die das Leben angenehm machen, aber wenigstens würde ich noch atmen. Ich würde immer noch die Erinnerungen an meine wunderschöne Emily und meinen Sohn haben.

Wahrscheinlich werden Sie sagen, dass man mir mit Recht alles weggenommen hat.

Aber Sie könnten sich irren.

Als der Supreme Court – oder die *Supremes*, wie Emily sie nennt, was mich immer zum Lachen bringt – 1976 die Todesstrafe wieder einführte, dauerte es etwa sieben Jahre, bis die Dinge wirklich ins Rollen kamen. Dann gab es ein weiteres Jahrzehnt lang in ganz Amerika insgesamt zwischen zehn und zwanzig Hinrichtungen. Nicht besonders viele – es sei denn, man war einer der Unglücklichen, die es traf oder die im großartigen Staat Texas lebten. Ich versichere Ihnen, wenn es darum geht, wer die meisten Hinrichtungen vollzieht, gewinnt jedes Mal Texas. Außerdem kann man noch in anderer Hinsicht Pech haben. Zum Beispiel wenn man im Süden statt im Nordosten lebt. Wenn man schwarz ist und nicht weiß. Wenn man ein Mann ist und keine Frau.

Aber man kann auch Glück haben. Wenn man einer der fast zweihundert Menschen ist, die lebendig aus dem Todestrakt kamen, weil sie – man stelle sich das vor! – *unschuldig* waren. Seit den frühen Siebzigern waren das jährlich etwa vier Verurteilte. Manchmal, weil ein Zeuge gelogen hatte. Oder den Falschen identifiziert hatte. Manchmal, weil man nur den falschen Pflichtverteidiger hatte, der noch grün hinter den Ohren war, frisch von der Uni kam und kaum mehr wusste als der, den er verteidigen sollte. Ganz oft gab es sogenannte amtliche

Verfehlungen, was wohl mehr oder weniger heißt, dass miese Cops aus miesen Gründen miese Dinge gemacht haben.

Die letzten Tage habe ich viel über die Zahl Vier nachgedacht – wie es wäre, einer der vier Glücklichen zu sein. Dieser Gedanke hat mich eigentlich all die drei Millionen Minuten begleitet, die ich gewartet habe. Den konnte man mir nicht nehmen.

Mein Dad sagte immer, man kann einem Mann nicht das rauben, was man nicht sieht. Bis heute habe ich mich an meine Hoffnung geklammert. Die hatte ich, so gering sie auch war. Bis zu diesem letzten Tag.

KAPITEL NEUN

Als ich wieder zu Hause ankomme, hat sich Susan schon zu sehr an meinem Weinvorrat bedient, als dass sie noch fahren könnte. Was heißt, sie und Tommy werden bei uns übernachten. Ich bereite ein möglichst schnelles, einfaches Abendessen zu: Veggieburger für die Jungs und Spaghetti mit Fertigsauce für die Mädels. Jede Sekunde, die das Essen dauert, bietet Susan die Gelegenheit, mich mit Fragen zu löchern oder giftige Pfeile auf mich abzuschießen. Aber für heute reicht es mir wirklich.

Ich werfe einen Blick zur Uhr. Daniel sollte eigentlich schon auf dem Weg hierher sein, nachdem er einen weiteren Tag damit verbracht hat, Wirtschaftskriminelle zu jagen. Aber er steckt wegen einer Schlichtung im Fairfax County fest, und ich habe ihn gedrängt, lieber dort zu übernachten, als die höllische Fahrt über die Interstate 95 auf sich zu nehmen.

Ich denke, als Erstes hätte er zu mir gesagt – wenn ich an diesem Abend allein gewesen wäre: »Rückenmassage, Alkohol oder heißes Bad?«

Alles drei, Schätzchen. Alles drei.

Nun, zumindest habe ich Alkohol. Ich fülle mein Glas mit dem Rest der Flasche. Susan hat die zweite geleert, als wäre es Wasser. Also nein, kein Daniel, keine Badewanne und kein Sex gegen den Stress. Stattdessen eine weitere Nacht mit Susan, die im Gästezimmer schnarcht, und den Kindern, die mit ihren Superheldenschlafsäcken auf dem Boden des Spielzimmers campieren. Und mit den Träumen natürlich. Die bleiben nie aus.

Seit Ians Tod verfolgen mich Geister. Meist kommen sie nachts, und meist sind es keine freundlichen Geister.

June Whitcomb kommt, ihr Gesicht eine breiige Masse aus Schädelsplittern und Erdbeermarmelade vom letzten Schlag, den ihr Mann ihr versetzt hat. In den Armen hält sie ihr Kind, schlaff wie eine Gliederpuppe.

Fünf junge Frauen kommen, bluten aus den Augen und zwischen den Beinen, und stellen stumm die nicht zu beantwortende Frage: *Wo bleibt die Gerechtigkeit für uns?*

Die Opfer – zu viele, um sie zu zählen – des anscheinend nicht zu fassenden Parkplatzmörders, der erst im letzten Jahr endlich erwischt wurde. Auch sie kommen, schlüpfen in mein Zimmer, dringen in meine Träume.

Sie alle kommen, entweder einzeln oder zu dritt oder viert, als schemenhafte Gruppe. Im Schlaf versuche ich vergeblich, sie abzuwehren, will sie verscheuchen oder stoße leere Drohungen aus. Heute Nacht gesellt sich der siebzehnjährige Robbie Forrester zu ihnen, der Goldjunge, Musterschüler, der kurz vor seinem Abschluss der Highschool und dem Start in Stanford stand. Robbies einziger Fehler war es, zu viele Hormone und zu wenig Menschenkenntnis zu haben.

Doch es ist immer der letzte Geist, der mir am schlimmsten zusetzt.

Ian ist hier. Wieder einmal. Ian mit dem breiten Lächeln und der winzigen Eintrittswunde im blauen Stoff seines Poloshirts.

Er dreht sich um und geht hinaus in die Nacht. Egal. Morgen kommt Ian zurück. Und am Tag darauf und jeden verdammten Tag danach. Bevor er verschwindet, sehe ich noch den Fleck auf der Rückseite seines Shirts, ein dunkler Blutfleck von der austretenden Kugel, der langsam immer größer wird und die blaue Baumwolle schwarz färbt. Das sehe ich seit sieben Jahren.

Wenn ich anders gehandelt hätte, würden trotzdem Geister kommen. Nur hätten sie andere Namen, aber das machte kaum einen Unterschied.

Sie würden alle Geister sein wie Jake Milford.

Sie würden nicht mit Schusswunden oder eingeschlagenen Schädeln kommen. Nicht mit gebrochenen Knochen oder zerrissenen Jungfernhäutchen. Stattdessen hätten sie Schlingen um ihren Hals und Nadeleinstiche in ihren Armen. Sie würden humpeln, weil ihre Hände und Füße mit Lederriemen gefesselt wären, und ihre Augäpfel würden vom tödlichen Stromstoß hervorquellen. Sie würden nach verbranntem Fleisch oder Verwesung riechen. Aber kommen würden sie trotzdem.

Ich weiß das, weil Jake Milford zum ersten Mal vor zwei Nächten erschien, direkt nach seiner Exekution.

Man muss einem Ereignis nicht persönlich beiwohnen, um dort zu sein. Am Mittwochabend steckte ich Jonathan nach dem Abendessen, das nur einer von uns wirklich aß, ins Bett, schabte mein Essen vom Teller in den Mülleimer und schenkte mir genug Wodka ein, dass ich damit fünf große Männer unter den Tisch hätte saufen können. Dann setzte ich mich in Ians Stuhl im Arbeitszimmer, drehte ihn zur nackten Wand und betrachtete die Bilder, die vor meinem inneren Auge vorbeirauschten.

In der Geschichte, die ich vor mir sah, aß Jake Milford eine Mahlzeit, die er zum ersten Mal seit über sechs Jahren und zum letzten Mal in seinem Leben selbst ausgesucht hatte. Er bestellte gegrilltes Schweinefleisch mit der für Virginia typischen dünnen Marinade, und dazu Krautsalat, Brötchen und gebackene Bohnen. Vom Gefängnis bekam er eine Dose von dem Rootbeer, das er am liebsten mochte – etwas, das er sich als freier Mann nur zu besonderen Gelegenheiten gegönnt hatte, weil es ansonsten viel zu teuer geworden wäre. Jake bekam auch eine Rasur, allerdings nicht an Stellen, wo Männer sich normalerweise rasieren. Und dann ging er, flankiert von fünf Wärtern, in die Todeszelle. An der weißen Wand von Ians Arbeitszimmer sah ich zu, wie die Riemen angebracht, der Schwamm getränkt und die Lederkappe auf Milfords Kopf gesetzt wurde. Ich sah zu, wie man ihm ein Tuch übers Gesicht legte, und spürte, wie mein eigener Körper mit seinem mitzuckte.

Zu dem Zeitpunkt dachte ich, dass ich diesen Film nicht zum letzten Mal gesehen hätte, und da hatte ich recht. Sobald ich die Augen schließe, fängt er an, und wenn nicht Jake Milford darin erscheint, dann Ian. Und wenn nicht Ian, dann eines der anderen hundert Opfer. Ich habe mir angewöhnt, mit offenen Augen im Bett zu liegen.

Um drei Uhr morgens habe ich es satt zuzusehen, wie die leuchtenden LED-Ziffern des Weckers umspringen.

Heute ist es schlimmer als sonst, wie immer in den Nächten, nachdem ich sehr schwere Entscheidungen getroffen habe. Ich mühe mich aus dem Bett, schleiche auf Zehenspitzen durch den Flur, um Susan nicht aufzuwecken – müsste ich heute noch eine einzige verdammte Minute mit ihr verbringen, würde ich selbst wegen Mordes vor Gericht kommen –, und gehe leise in den Raum im zweiten Stock, der früher mal Ians Arbeitszimmer war.

Das hilft manchmal.

Ich lasse mich auf den Lehnstuhl sinken, auf dem Ian gern las oder Aufsätze benotete. Er steht am Fenster, durch das das

Morgenlicht fällt. Ian meinte immer, der Schreibtisch wäre für den stupiden Verwaltungskram, der der Fluch eines jeden Unidozenten wäre.

»Was meinst du, Jussie? Ich kündige meinen Job und werde der jüngste emeritierte Professor der Welt. Die Pfeife hätte ich sogar schon.«

Ich lachte, wenn er das sagte. Jedes Mal.

Das Arbeitszimmer ist ein einziges Chaos; es ist der unordentliche Arbeitsplatz eines Mannes, der mehr in seinem eigenen Kopf lebte als in der realen Welt. Unter Ians Tastatur lugen Notizen hervor, die er auf Quittungen von Tankstellen und Ähnlichem gekritzelt hat. Bücher liegen aufgeschlagen auf dem Bauch, sodass ihr Rücken protestiert. Krümel von Pfeifentabak zieren jede flache Oberfläche oder kleben am Sesselbezug.

Ich habe immer noch nicht den Mut gefunden, Ordnung in dieses Zimmer zu bringen. Natürlich nehme ich es mir jedes Mal zum neuen Jahr vor, aber dann ist es schon wieder Weihnachten, und Weihnachten sollte man auf keinen Fall mit den persönlichen Dingen eines Toten verbringen. Wenn es nicht Weihnachten ist, ist es Ians Geburtstag oder Jonathans Geburtstag oder auch nur der verdammte Tag des Baumes. Eine Ausrede gibt es immer. In all den Jahren bin ich Expertin im Finden von Ausreden geworden. Aber im Neustarten bin ich nicht so gut.

Neben mir wartet ein Stapel juristischer Artikel darauf, gelesen zu werden. Ich nehme mir die obersten zusammengehefteten Seiten und lasse meine Augen über Ians fast unleserliche Handschrift gleiten.

Die Schrift endet auf dem dritten Blatt Papier. Ganz gleich, wie oft ich frühmorgens in Ians Arbeitszimmer gehe, seine Notizen enden immer auf Seite drei.

Ich weiß nicht, ob es mir gefällt, wenn er auftaucht, seine langen Beine unter dem Schreibtisch ausstreckt und die Hände hinter dem Kopf verschränkt.

»Was meinst du?«, fragt er und weist nickend auf den Artikel in meinen Händen.

Ich lese zu Ende, tue so, als hätte ich das noch nie getan, und lege die Seiten auf den Stapel zurück. »Ich finde nicht, dass du das veröffentlichen solltest.«

»Nur weil ich anderer Meinung bin?«

»War nicht ernst gemeint.« Ich krause die Nase. »Jedenfalls nicht ganz. Erstens überzeugt mich die Sache mit dem Abschluss nicht. Kann schon sein, dass die Familien des Opfers – also manche – meinen, sie bräuchten das. Aber sobald wir einen Justizirrtum in Betracht ziehen, fällt das Argument doch auseinander.« Ian will etwas sagen, doch ich hebe die Hand und stoppe ihn. Es ist die völlige Umkehrung des Machtspielchens bei unserem ersten Treffen in einem Fakultätshaus der Harvard-Universität in Boston. Das war vor langer Zeit in einer fernen Galaxie namens Jugend. »Welchen Abschluss kriegt denn dann die Familie des Verurteilten? Zweitens muss Gewissheit herrschen. Der Autor scheint der Meinung zu sein, wenn wir über den Schuldspruch nicht hundertprozentig sicher sind – also nicht sicher genug, um ihn zum Tode zu verurteilen –, dann könnten wir ihn eigentlich gar nicht verurteilen?«

»Und dem widersprichst du, weil …?«

Ich seufze entnervt. »Das weißt du verdammt genau. Weil die Todesstrafe nicht rückgängig zu machen ist. Im Gegensatz zur Freiheitsstrafe. Denk dran, was die Supremes gesagt haben.«

»Stop in the name of love?«, sagt Ian mit todernster Miene.

»Die anderen Supremes, du charmanter Idiot.«

»Ach so.«

»Sie sagten: Die Todesstrafe ist ein Sonderfall. Und genau das ist sie. Ein Sonderfall. Ehrlich, der ganze Artikel wirkt, als wäre er von deiner Schwester geschrieben worden.«

Ian kippte seinen Stuhl zurück. »Gehen wir noch mal auf das erste Argument ein, das mit dem Abschluss. Nur mal angenommen, Schatz: Irgendein aufgeblasener Soziopath bricht in unser Haus ein, verpasst mir einen Bauchschuss, und ich sterbe langsam und qualvoll, während du auf der Arbeit bist. Und angenommen, der Bastard wird geschnappt: Woher willst du wissen, dass du dann keinen gebührenden Abschluss willst?«

»Ich weiß es. Ich liebe dich über alles, aber ich weiß es«, sagte ich, stand auf und beugte mich über den Schreibtisch, um ihn zu küssen. »Und sei nicht albern. So was wird nie passieren.«

»Wieso nicht?«

»Du hast wohl vergessen, dass wir in einer bewachten Anlage wohnen, Schatz.«

Diese Unterhaltung hatten wir tausend Mal, und sie endete immer mit dem Schluss, dass das Ganze rein hypothetisch war.

Eine Stunde später war meine Reaktion nicht mehr hypothetisch.

KAPITEL ZEHN

Nach dem Frühstück fährt Susan mit Tommy nach Hause. An der Tür umarmen wir uns lange. Das ist Susans Entschuldigung dafür, dass sie am Abend zuvor so gemein zu mir war. Munter ruft sie: »Bis Montag!«, wuschelt Jonathan durchs Haar und hält dann inne. »Wenn ich's mir recht überlege, könntest du doch deinen Typen anrufen und ihm sagen, du wolltest mit ihm ausgehen, oder? Ich kann Jonathan heute Nachmittag abholen.« Dann wendet sie sich zu den Jungen. »Übernachtungsparty bei uns?« Das muss sie nicht zweimal fragen.

Als sie fahren, wappne ich mich gegen ein, zwei weitere Stunden John-Williams-*Star-Wars*-Musik in Dauerschleife, aber Jonathan bleibt bei mir in der Küche, trinkt einen zweiten Kakao und sieht mir beim Spülen zu.

»Hat diese Lehrerin ihrem Schüler wirklich was angetan?«, fragt er. Kein Thema, über das ich an einem Samstagmorgen mit ihm reden will. Ich wünschte, mein Sohn würde wichtigere Fragen stellen wie: »Haben Schlangen Nippel? Wieso rennen Spinnen weg, wenn ich furze? Wieso darfst du fluchen und ich nicht?« Solche Fragen. Manche sind leicht zu beantworten, manche schwer, aber in jedem Fall habe ich bessere Antworten darauf als auf die Frage, die Jonathan mir jetzt gestellt hat.

»Wer hat dir davon erzählt?«

»Tommy und ich haben gestern Abend gehört, worüber du und Tante Susan geredet habt.«

»Ihr habt gelauscht? Das ist nicht nett. Mach das nie wieder, Jonathan!«

»Aber ihr wart doch so laut«, entgegnet er und starrt auf seine Schuhe.

Ich schmeiße den Spülschwamm weg, werfe buchstäblich das Handtuch. »Wir wissen es nicht, Schatz«, sage ich. »Aber viele Leute glauben das.«

»Wieso?«

»Wieso sie ihm was angetan hat oder wieso die Leute das glauben?«

Er zögert einen Moment und begutachtet den Kakao in seinem Becher. »Beides.«

»Okay. Ich werde dir diese zwei Fragen beantworten, aber dann spielst du irgendwas Nicht-Elektronisches. Abgemacht?«

Jonathan nickt.

»Ich weiß nicht, wieso manche Menschen anderen Menschen etwas antun. Einige sind krank, und andere sind wütend. Und wieso manche Leute glauben, die Lehrerin hätte dem Jungen etwas angetan ... Tja, sie haben wohl gute Gründe dafür.«

»So was wie Beweise?«

So viel zum Zwei-Fragen-Limit. Ich trockne das restliche Geschirr ab und gebe Jonathan das feuchte Küchentuch, damit er es über den Ofengriff hängt. »Ja, so was wie Beweise.«

Er faltet es in perfekte Drittel, genau wie Ian, obwohl er unmöglich von dem für Ian eigentlich sehr untypischen zwanghaften Verhalten wissen kann. »Wie die Beweise, als mein Daddy verletzt wurde?«

»Genau so«, lüge ich. Auch das konnte er nicht wissen. Es sei denn, jemand hat ihm davon erzählt. Susan.

»Glaubst du, wenn der Mann, der Daddy verletzt hat, gefunden wird, dann könnte ich was machen?«

»Was denn?«

»Ich weiß nicht. Ihm auf die Nase hauen. Ganz fest.«

»Glaubst du, das wäre eine gute Idee, Schatz?«

Jonathan schiebt trotzig die Unterlippe vor. »Tante Susan sagt, das könnte ich. Weil es sonst keiner macht. Und sie sagt, dann würde ich mich wahrscheinlich besser fühlen.« Unvermittelt erklärt er: »Ich wünschte, ich hätte einen Daddy«, und wechselt damit abrupt, wenn auch nicht gänzlich das Thema. Dann rennt er in sein Zimmer, um sich ein Puzzle, ein Buch oder einen anderen nicht von einer Batterie betriebenen Zeitvertreib aus dem Berg von elektronischem, Geräusche von sich gebendem Mist zu suchen.

»Das wünschte ich auch«, sage ich zur Küchenwand.

Dank meines sechsjährigen Sohnes habe ich den Samstag traurig begonnen. Also kann ich mir auch noch den Rest geben und mir Ians Video mit seinem letzten Willen anschauen.

Nachdem ich mich vergewissert habe, dass Jonathan damit beschäftigt ist, Legomonster am anderen Ende des Hauses zu konstruieren, rufe ich Ian ins Leben zurück, diesmal auf dem Flatscreen-Fernseher im Wohnzimmer. Das Gesicht meines Mannes erscheint auf dem Bildschirm, umrahmt von einer schulterlangen Mähne dunkler Locken mit grauen Strähnen. Auf seriöses Aussehen gab er nie viel, es war ihm einfach egal.

Er beginnt mit seinem Namen, dem Datum, erklärt, er sei im Vollbesitz seiner geistigen Kräfte, und beugt sich vor, um sein Tablet zurechtzurücken. Dann lehnt er sich mit der Pfeife in der einen Hand und einem Hefter in der anderen wieder zurück.

»Ich will euch nicht mit den Einzelheiten meines Testaments langweilen«, sagt er. »Wenn euch die Neugier quält, sage ich nur: Justine kriegt alles. Außer meine Doors-Alben. Die nehme ich mit.«

»Verdammter Idiot«, sage ich zum Fernsehbildschirm.

»Ihr denkt, ihr wisst, was ich sagen will, und ihr wisst wohl auch, dass ich jedes Wort so meine, wie ich es sage. Wir haben all die Argumente zugunsten der Todesstrafe gehört – ich in meinem Beruf wohl mehr als andere. Zum Beispiel die olle Kamelle mit ›Auge um Auge‹, was ich immer mit ›tue anderen an, was sie dir antun‹ übersetze. Wer mich kennt, weiß, dass ich das für völligen Schwachsinn halte, also gehen wir direkt zum Argument Nummer zwei: Ermessenssache. Ihr wisst auch da genau, was ich davon halte: derselbe Angeklagte, dasselbe Verbrechen, unterschiedliche Staatsanwälte. Was entscheidet also über Leben und Tod? Der Staatsanwalt.«

Unwillkürlich muss ich lächeln, weil ich mich daran erinnere, wie ich das zum ersten Mal gehört habe. Es kommt mir vor, als wäre es gestern gewesen und gleichzeitig vor einer Ewigkeit.

»Zuletzt der sogenannte Abschluss«, sagt Ian. »Hört genau zu, Leute, denn dieser Punkt liegt mir besonders am Herzen.«

Ich halte das Video an und betrachte meinen Mann, weil ich genau weiß, was als Nächstes kommt.

»Der sogenannte Abschluss ist ein fiktionales Opiat, eine Lüge mit neun Buchstaben, die Politiker trauernden Angehörigen erzählen. Schauen wir uns doch mal ein paar Zahlen an! Eine davon ist ›zwanzig‹, die andere ›zwei Komma fünf‹.« Er hielt inne, zog an seiner Pfeife und fuhr fort: »Zwanzig Prozent der Angehörigen von Opfern gaben an, die Hinrichtung hätte ihnen beim Heilungsprozess geholfen. Das ist eine signifikante Zahl, steht aber bei Weitem nicht für die Mehrheit.

Was den Abschluss betrifft, so bewegen wir uns zahlenmäßig im niedrigen einstelligen Bereich: Zweieinhalb Prozent der Angehörigen von Opfern erklären, sie hätten mit der Exekution einen Abschluss finden können. Das ist einer von vierzig. Mit anderen Worten: nicht besonders viel.«

So geht es weiter, er zitiert Fakten und Zahlen, wissenschaftliche Artikel und juristische Aufsätze. Er hat alle Quellen und Zahlen in seiner Hand, in dem Hefter, und nennt sie uns eine nach der anderen.

»Ich war ein Mann, der sich glücklich schätzen konnte«, sagt Ian. »Ich hatte eine Arbeit, auf die ich stolz war, und in Justine hatte ich eine Partnerin, die die Welt so sah wie ich, die erkannte, dass alle Argumente für die Todesstrafe nur Mythen sind. Ich bin stolz auf dich, mein Mädchen, und werde es immer sein.«

Es ist purer Masochismus. Und ich genieße jede Minute davon.

»Eine Anmerkung noch, und gebt gut acht, denn die ist entscheidend.« Ian zeigt mit dem Finger auf mich. »Selbst wenn ich den biblischen Schwachsinn wegwischen könnte – und ich erinnere euch alle daran, dass das Christentum mit Jesus Christus begann und nicht mit dem verdammten ›Auge um Auge, Zahn um Zahn‹ –, selbst wenn ich die Willkür im Ermessen der Staatsanwaltschaft ausschließen könnte, selbst wenn ich sicher wüsste, dass hundert Prozent der Familien der Opfer wie durch Magie von ihrem Leid erlöst würden – dass ihr Schmerz mit dem Täter sterben würde. Selbst wenn ich das alles könnte, so könnte ich es nicht ertragen, wenn ich einen Menschen in den Tod schicken und eines Tages entdecken würde, dass ich mich geirrt habe.« Bei jedem dieser letzten Worte sticht er mit dem Zeigefinger Richtung Zuschauer und verleiht ihnen damit besonderen Nachdruck.

Dann wechselt er den Ton und ist wieder typisch Ian: »Um es mit den unsterblichen Worten von Lynyrd Skynyrd zu sagen: *If I should leave here tomorrow* – oder nächsten Monat oder nächstes Jahr –, also, sollte ich je das unglückliche Opfer eines Verbrechens werden, von dem ich hier rede, von einem wahrhaft furchtbaren Verbrechen, so will ich Folgendes: Ich will von euch allen das Versprechen, dass ihr euer Bestes gebt, damit der Gerechtigkeit Genüge getan wird, aber ohne irgendeine Exekution.« Wieder sticht er mit dem Zeigefinger in die Luft. »Vielleicht glaubt ihr nicht an ein Leben nach dem Tod, und ich vielleicht auch nicht, aber ich kann auch nicht die Möglichkeit ausschließen, dass wir uns eines Tages wiedersehen, und wenn, dann werde ich Fragen haben. Natürlich«, fügt er glucksend hinzu, »sollte die Vita-Bewegung an Boden gewinnen, müssen wir uns darüber vielleicht nicht mehr unterhalten. Außerdem, geliebte Justine, möchte ich, dass du mich irgendwo unterbringst, wo es Bäume gibt. Ich mag Bäume.«

Ich bin stolz auf dich, mein Mädchen, und werde es immer sein.

Der Fernseher wird schwarz, Ian ist fort, und die nächste Stunde sitze ich nur da und überlege, wie stolz er wohl noch auf mich wäre, wüsste er, dass ich Jake Milford in den Tod geschickt habe.

KAPITEL ELF

Veränderung muss immer irgendwo anfangen. Für mich begann sie, als ich das erste Mal Ian Callaghans Zimmer in der Ellery Street betrat. Nach dem Marsch von meinem Wohnschlafraum im zweiten Stock von Mrs. Munsons zugiger viktorianischer Villa fünf Blocks über vereiste Fußwege wirkte dieses Wohnzimmer warm, fast stickig. In Boston war der Januar immer fies, doch in diesem Jahr ganz besonders. Es schneite nicht mal, sondern regnete Eis, das erst schmolz und dann die Straßen mit einer tödlich glatten Schicht überzog.

Sowohl das Feuer im Kamin als auch die hitzige Diskussion trugen zur Wärme bei. Callaghan stand inmitten einer Gruppe von fünf, sechs Studenten, die ich nicht kannte – wohl alles Three-Ls, also Studenten im dritten Jahr. Ted war noch nicht da.

»Kommst du rein oder nicht?«, fragte Callaghan, ohne auch nur zur Tür zu blicken. Sein Auftreten war nicht das eines Studenten im dritten Jahr, sondern eher das eines Professors. »Wenn du reinkommst, schließ die gottverdammte Tür und setz dich. Wenn nicht, schließ die gottverdammte Tür und komm nie wieder.«

Ted, der ältere Kommilitone, mit dem ich seit einem Jahr in einer losen Beziehung steckte, hatte mich schon vor Callaghan gewarnt. »Er hasst Schwätzer. Also vermeide es unter allen Umständen zu schwafeln. Tu so, als wüsstest du, was du tust. Nein, das wird er durchschauen. Sorg dafür, dass du tatsächlich weißt, was du tust.«

Also machte ich das, zumindest dachte ich das. Ich verbrachte eine ganze Stunde vor dem Spiegel des Gemeinschaftsbads in Mrs. Munsons Haus und probte, was ich sagen würde und was nicht. Doch kaum hatte ich die Tür zu Callaghans Zimmer geöffnet, konnte ich keinen klaren Gedanken mehr fassen, denn Callaghans Blick war unerbittlich. Da ich erst im ersten Jahr war, hatte ich keine Vorlesung mit ihm zusammen, doch wenn es um Gerüchte geht, dann sind Unis wie Highschools. Jeder, der was anderes behauptet, lügt.

Entscheide dich, Mädel.

Ich drückte die Tür hinter mir zu, ging durchs Zimmer und setzte mich auf den Sessel, der am nächsten zum Kamin und am weitesten entfernt vom Herausgeber der *Harvard Law Review* stand – teils aus Furcht, aber teilweise auch, weil Callaghan nach Scotch und süßem Pfeifentabak stank.

Darauf hatte Ted mich schon vorbereitet, aber hinzugefügt: »Er ist eben ein Genie. Mit ein bisschen Gestank kann man sich schon abfinden, wenn ihn der Hauch des Genies umgibt. Nimm nur Steve Jobs.«

»Wag es ja nicht, ihm an der Alkohol- und Tabakfront nachzueifern«, hatte ich ihn gewarnt. »Sonst kannst du deine Bekanntschaft mit deiner rechten Hand und einem Gleitmittel erneuern.«

»Das würdest du mir nicht antun! Nicht dem guten, alten Ted!«

»Überschätze ja nicht meine Toleranz gegenüber Gestank – ob er nun vom Hauch des Genies umweht wird oder nicht. Außerdem trägt Callaghan eine Mickey-Maus-Uhr. Er ist nicht mehr sechs, sondern fünfundzwanzig, Ted! Einen erwachsenen Mann, der noch für Disney schwärmt, kann ich nicht ernst nehmen. Und die Pfeife ist echt affig.«

»Er sagt, die gehörte seinem Großvater. Wie alles in seinem Haus.«

Ich runzelte die Stirn. »Okay, dann ist sie vielleicht nicht mehr ganz so affig.« In Wahrheit fand ich das überhaupt nicht mehr affig, sondern liebenswert.

Callaghan wandte sich jetzt zu mir. »Hast du auch einen Namen?« Die Kraft in seiner Stimme war einschüchternd. Kein Wunder, dass die anderen von ihm wie gebannt waren. Oder Angst hatten.

»Justine.«

»Justine und weiter?«

»Äh …« Kann sein, dass ich auf meine Schuhe starrte. Vielleicht fing ich sogar an, die wirren Fransen an seinem Teppich zu zählen. Dieser verdammte Ted: Wieso war er noch nicht hier?

»Komm schon, ist doch eine einfache Frage! Die schwierigen kommen später.«

»Boucher.«

Da lächelte er. Aber es war weniger ein Lächeln, eher eine Grimasse. Was auch immer es war, er zeigte dabei zu viele Zähne, und ganz kurz fragte ich mich, ob Callaghan bei seiner Zahnpflege so lässig war wie bei seiner Haarpflege. Aber seine Zähne waren gerade und strahlend weiß. »Gut gemacht! Ein Punkt für Boucher. Zweite Frage.« Er hielt kurz inne. »Was machst du in meinem Zimmer?«

»Ted hat mich eingeladen.«

Da flog die Tür auf, und mit einer eisigen Winterbrise wurde Ted hereingeweht. Ich glaube, ich hätte ihn am liebsten umgebracht, erinnerte mich aber daran, warum ich hier war. Denn beim Thema des Abends ging es ums Töten.

Oder Nichttöten.

»Hey, Süße«, sagte Ted, beugte sich zu mir und gab mir einen Kuss. »Schön, dass du's geschafft hast.«

Callaghan brachte ihn mit einem Blick zum Schweigen. »Okay, Leute, wir haben über den Ermessensspielraum der Staatsanwälte geredet.«

Ich lehnte mich zu Ted und flüsterte: »Ich dachte, wir reden über die Todesstrafe.«

»Bist du bescheuert?«, herrschte Callaghan mich an.

Da fiel mir auf, dass ich die einzige Frau hier war. *Dann lass dir Eier wachsen, Justine.* »Nein, Studentin im ersten Jahr.«

Callaghan wandte sich zu Ted: »Stuyvesant, wenn du das nächste Mal meine Einladung auf ein Erstsemester ausdehnst, fragst du mich vorher, klar?« Eine Antwort wartete er erst gar nicht ab. »Also gut. Knifflige Frage für Boucher. Was ist das Problem Nummer eins beim Ermessensspielraum der Staatsanwaltschaft, wenn es um die Todesstrafe geht? Extrapunkte, wenn du ein Beispiel anführen kannst, was das Problem aufzeigt.«

Ich hatte keine Ahnung, wovon er überhaupt redete.

»Hilf ihr mal, Stuyvesant. Aber nicht zu sehr. Nenn ihr ein Beispiel, dann sehen wir ja, ob sie draufkommt.« Er hob beide Hände. »Wenn nicht …« Mit der linken Hand wies er schwungvoll zur Tür. »Wenn doch, kannst du bleiben.« Mit der rechten Hand hob er ein Glas. »Vielleicht biete ich dir danach sogar Alkohol an.«

Schwere Wahl, dachte ich, sagte aber nichts.

»Das beste Beispiel, das mir einfällt«, setzte Ted an, »ist Robert Johnson aus New York und Lynne Abraham aus Philadelphia, auch bekannt als Anwältin des Todes. Die beiden stehen an entgegengesetzten Enden, sind in Sachen Todesstrafe völlig verschieden. Denkt an *Männer sind vom Mars und Frauen von der Venus.* Johnsons Urteil beim Polizistenmord '96 wurde sogar vom Gouverneur widerrufen.« Er blickte erwartungsvoll zu Callaghan, wie ein Hund, der gerade einen Trick gezeigt hatte.

»Okay. Schön. Gut«, nickte Callaghan. »Jetzt du, Boucher.«

Ich verstand nicht, was daran so schön sein sollte. Ich hatte zwei Namen, zwei Städte und den Titel eines verdammten Selbsthilfebuchs. Nicht viel, worauf ich aufbauen konnte. Eigentlich gar nichts. Ich blickte die sieben Männer im Raum an. Denn es waren doch sieben. Einen hatte ich bei meiner Ankunft wohl übersehen, weil er so dünn war.

»Wagt es ja nicht, ihr zu helfen«, bemerkte Callaghan. »Also, Schätzchen, was soll es sein: Abgang oder Alkohol?« Ich schwöre, er zwinkerte mir zu: Unter seinem dunklen Schopf, der fettig glänzte, schloss und öffnete sich sein linkes Auge.

Ich wählte den Abgang.

Drei Wochen später überredete Ted mich, es noch mal zu versuchen.

Callaghan warf mir dieselbe Frage zu: »Boucher ist am Start. Also, Boucher, was ist Problem Nummer eins beim Ermessenspielraum der Staatsanwaltschaft, wenn es um die Todesstrafe geht? Zweiter Versuch?«

Ich starrte auf meine Fingernägel.

Darauf sagte er, als wäre ich nicht mal im Raum: »Das ist unser anderes Problem: Erstsemester haben für so was einfach noch nicht genug gelernt.« Er funkelte Ted entnervt an.

Mein erstes Semester war so schlimm gewesen wie erwartet – wenn man meine Erwartungen und Ängste um den Faktor zehntausend multiplizierte. Am Ende des Semesters hatte ich mich daran gewöhnt, bloßgestellt und gedemütigt zu werden. Man konnte es zwar als Sokratische Methode bezeichnen, aber das war, als würde man Magersucht zu einer gesunden Ernährung zählen. Die Seminare waren reinste Folter.

Aber sie waren fair. Das musste ich zugeben. Sie waren fair.

Das Problem war nur – das erkannte ich erst jetzt, während Callaghans Wanduhr tickend die verstreichenden Sekunden anzeigte –, dass ich absolut keine Ahnung von Rechtsprechung hatte. Ich konnte zwar Fälle aus dem Eigentums- oder Schadenersatzrecht zitieren und, wenn man nachhakte, auch ein paar Fakten daraus nennen, aber ich hatte noch nicht gelernt, wie ein Jurist zu denken: die Argumente des Gegners auseinanderzunehmen oder meine eigenen zu verteidigen.

Also stand ich auf, zog meinen Mantel an und ging zur Tür. Ich rechnete fest damit, dass Callaghan lachte, aber er seufzte enttäuscht und sagte so was wie: »Sie hat zu wenig Selbstvertrauen.«

Als ich an jenem Abend nach Hause ging, dachte ich an das, was Ted mir bei unserer ersten Begegnung gesagt hatte. Damals saß ich auf dem Rasen vor dem Vorlesungssaal und kämpfte mit den Tränen, weil ich in meinem ersten Seminar in Verfassungsrecht in der Luft zerfetzt worden war.

»Es geht nicht immer um das, was man weiß«, sagte Ted und ließ sich neben mir nieder. »Es ist nicht wie Trivial Pursuit, sondern eher wie Schach. Vielleicht nur nicht so kompliziert.«

Ich habe wohl irgendwas Unverständliches gemurmelt.

»Betrachte es eher so, als würdest du ein Problem lösen, bei dem du die Lösung schon weißt. Mach dir um die Lösung keine Gedanken, sie ist da. Konzentriere dich eher auf die Logik, die Stringenz der Folgerungen. Auf den Prozess. Wenn nötig, denk die Sache vom Ende her. Oder von der Seite. Dreh sie um.«

Die nächste Woche war ich entweder im Seminar oder in der juristischen Bibliothek. Ich durchforstete das Internet und las so viele Fälle, bis die Buchstaben vor meinen Augen verschwammen. Dann versuchte ich es noch mal. Schließlich hat jeder Schlagmann drei Versuche.

Wir saßen am Kamin, auf denselben Plätzen wie immer. Rechts von mir war Ted, mir gegenüber der dünne Kerl. In der Mitte des Kreises stand Callaghan und fing an, die verdammte Melodie von *Jeopardy* zu pfeifen, die immer lief, wenn die Kandidaten nachdachten.

Okay, dachte ich, *okay*. Konnte ich die Lösung finden, konnte ich mich auf die Logik konzentrieren.

Wir waren hier, um über die Strafen bei Kapitalverbrechen zu reden. Callaghan war ein erbitterter Gegner der Todesstrafe. Daraus folgte …

Daraus folgte, daraus folgte, daraus folgte … *Was folgt daraus, gottverdammt noch mal, Justine?*

Callaghan pfiff weiter die Melodie. Er war schon bei der dritten Wiederholung, vielleicht sogar bei der vierten.

Daraus folgte …

Teds Beispiele vom ersten Abend bezeichneten zwei völlige Gegensätze. Wenn die Staatsanwältin von Philadelphia als Anwältin des Todes bekannt war, musste der Kerl aus New York auf Callaghans Seite des Zauns stehen, und zwar so weit außen, dass der Gouverneur interveniert hatte.

Denk nach, Justine! Denk nach!

Callaghan verstummte und drehte sich zur Bar, um ein neues Glas einzuschenken, während die Augen der anderen auf mich gerichtet waren.

Ich begann zu sprechen, wagte aber nicht, aufzublicken, bis ich fertig war. »Sagen wir mal, wir haben zwei identische Straftaten: dieselben Umstände, dieselben Beweise, denselben Richter und dieselben Geschworenen.« Aus dem Augenwinkel sah ich, wie Callaghan sich ganz langsam umdrehte.

»Alles ist genau gleich. Außer die Staatsanwälte. Der eine verlangt immer die Todesstrafe, mit der Rachsucht aus dem Alten Testament. Der andere verlangt die Todesstrafe nie. Daraus folgt …«

Daraus folgt …

»Das Schicksal des Angeklagten liegt ausschließlich im Ermessen des Staatsanwalts. In Philadelphia muss er auf den elektrischen Stuhl. In New York kriegt er lebenslänglich.« Es gab ein Wort dafür. Einen Begriff, der alles beinhaltete und die Antwort auf Callaghans Frage darstellte. Aber dieses eine Wort fand ich einfach nicht in meinem viel zu langsamen, umnebelten Hirn.

»Abgang oder Alkohol, Boucher«, sagte Callaghan und hob das Glas. »Du musst mir nur das größte Problem beim Ermessensspielraum des Staatsanwalts in Fällen mit möglicher Todesstrafe nennen. Glaub mir, so schwer ist das nicht.«

Ich sah ihn immer noch nicht an, sondern starrte auf den Teppich, von dem sich in unregelmäßigen Abständen Fransen abgelöst und für Lücken gesorgt hatten. Stünde mein Sessel ein paar Zentimeter weiter rechts, wäre das Muster anders. Säße ich näher am Kamin, wäre das Muster auch anders. Gäbe es den Sessel nicht, wäre das Muster wieder anders.

Es gab kein Muster. Das Muster war willkürlich, abhängig von der Entscheidung, einen Sessel zu kaufen oder nicht, ihn näher zum Kamin oder mehr nach rechts oder links zu schieben.

»Willkür«, sagte ich. Und dann hob ich den Blick.

Callaghan kam mit einem Longdrinkglas auf mich zu, das

mit einer karamellfarbenen Flüssigkeit gefüllt war. Ich nahm es mit beiden Händen und trank gierig daraus.

»Gut gemacht«, sagte er und nickte. »Ich wusste, du kommst irgendwann drauf.«

Da erwiderte ich zum ersten Mal sein Lächeln.

KAPITEL ZWÖLF

Heute fallen nur zwei Briefe durch den Schlitz in der Haustür, was bedeutet, ich muss Matt, dem zornigen Postboten, nicht gegenübertreten. Ich öffne sie mit Ians silbernem Brieföffner, schüttle über die unerwünschten Kreditkartenangebote den Kopf und werfe alles in den Küchenmüll. Aber den Brieföffner behalte ich in der Hand.

Ohne Susan hätte ich dieses scharfe Papiermesser an dem Abend, an dem Ian umgebracht wurde, vielleicht gegen mich gerichtet. Ehrlich, ich habe daran gedacht. Und an Schlimmeres.

Ich dachte an Tabletten und Rasiermesser. Ich stellte mir vor, wie ich in die Stadt fuhr, in den nächsten Waffenladen marschierte, mir das größte, schwerste Gewehr aussuchte und vielleicht sogar das Schießen lernte. Denn manche Dinge müssen beim ersten Versuch klappen.

Sie riefen nicht an, sondern kamen zu mir. Ich weiß noch, ich sagte so was wie »Ian, du Idiot, bist du schon wieder ohne Schlüssel aus dem Haus?«, schenkte ein zweites Glas Wein für ihn ein und ging damit vom Wohnzimmer zur Haustür. Ich hatte aus irgendeinem Grund Riesenhunger und hoffte nur, dass Ian zum Gyros einen großen Haufen Fritten und Tzatziki mitgebracht hatte. Ich redete mir gern ein, der Joghurt machte das viele Fett gesünder.

Es klingelte erneut, während ich die Tür öffnete. »Idiot«, sagte ich lächelnd.

Aber die beiden Streifenpolizisten lächelten nicht.

»Mrs. Justine – äh – heißen Sie Boucher oder …«

»Worum geht's denn?«, fragte ich und umklammerte das Glas so fest, dass es zerbrach. Dass ich blutete, merkte ich erst später. Denn ich wusste schon, was die Männer sagen würden, genauso wie man weiß, dass der Anrufer um drei Uhr nachts nicht die beste Freundin ist, die nach einem Rezept für Rüblikuchen fragt, oder der Kollege, der den letzten Budgetplan sucht. Manche Ereignisse erfordern wegen ihres Timings oder wegen ihrer krassen Absonderlichkeit keinerlei Erklärung. Ian war verletzt und das schwer.

Welche Illusion!

»Mrs. Boucher? Dürfen wir eintreten?«

Also kamen sie herein. Ich weiß nicht wie, aber ich schaffte es, den Jüngeren zum Bad zu führen und Verbandszeug zu finden. Er reinigte die Wunde an meiner Hand, während sein älterer Kollege Kaffee kochte. Zwar gab es kein griechisches Essen, aber ich erinnere mich, dass es nach Rotwein roch.

Die erste Woche verging in einer Wolke aus fiebrigem, erstickendem Schmerz. Mit Susans Hilfe stand ich sie durch, absolvierte die Anrufe für die notwendigen Arrangements, stand morgens auf und fiel abends ins Bett. Aber das war nicht ich, das war eine andere Frau, die Essen, das ich nicht wollte, in meinen Mund stopfte, die Beileidsbekundungen beantwortete und Kitschromane mit Happy Endings las, die es im wahren Leben niemals gibt. Ein fremdes Wesen, ein Körperfresser öffnete meine Post, zahlte meine Rechnungen und kehrte schließlich an meine Arbeit zurück.

Nach einer Woche zurück im Job bekam ich den Milford-Fall. Der Staatsanwalt wollte ihn mir nicht geben, und ich wollte ihn nicht haben. Ich wollte weder die Fotos der Pathologin sehen noch den Obduktionsbericht lesen. Ich wollte meine Tage und Nächte nicht damit verbringen, von Bisswunden zu lesen, die kein Kind und auch kein Erwachsener jemals davontragen sollte. Doch unsere Abteilung war unterbesetzt, also traf es mich.

Nein, das ist gelogen. Ich wollte diesen Fall doch – das heißt, die Fremde, die von meinem Körper Besitz ergriffen hatte, wollte ihn. Und zwar unbedingt.

Die Folter und der Mord an Caleb Church waren ein echter Traumfall für jeden Staatsanwalt. Eindeutige Beweise, ein heimtückisches Verbrechen, ein einziger Verdächtiger.

Manchmal lasse ich meiner Fantasie freien Lauf und überlege mir, was man niemals tun würde. Zum Beispiel: ›Ich würde nie frittierte Spinnen essen‹ oder ›Ich könnte nie einem Hund wehtun‹ oder ›Ich würde dich niemals verlassen‹.

Wahrscheinlich behauptete ich auch irgendwann mal, ich würde niemals ein *Star-Wars*-Geschirrset kaufen.

Wir benutzen gern das Wörtchen ›nie‹.

Tatsache aber ist, dass jeder, der kurz vorm Verhungern steht, Spinnen essen würde, ob frittiert oder nicht. Ein Vater wird einen tollwütigen Hund, der sich seinem Kind nähert, ohne Bedenken erschießen. Paare werden ihr Ehegelübde schon aus Gründen brechen, die wesentlich banaler sind als Hunger oder Tollwut, manchmal sogar ganz ohne guten Grund. Und überarbeitete Mütter werden aus schlechtem Gewissen in China produziertes, billiges *Star-Wars*-Geschirr bei Amazon kaufen.

Sag niemals nie.

Seit meinem ersten Tag an der juristischen Fakultät schwor ich jahrelang, ich würde niemals einen Menschen in den Tod schicken. Es war ganz gleich, was er verbrochen hatte, ob er jung oder alt, schwarz oder weiß war. Es war egal, ob die Öffentlichkeit mit Plakaten wie ›Justine gegen Justitia‹ gegen mich protestierte oder brüllte, ich wäre zu weich. Es interessierte auch nicht, ob die Beweise hieb- und stichfest waren oder ob der Angeklagte mir direkt in die Augen blickte und sagte: »Ich hab's getan und würde es wieder tun.«

Und dann tat ich es eines Tages doch.

Es war ganz leicht. Ich musste mir nur vorstellen, Jake Milford wäre der Mörder meines Mannes.

Natürlich trugen auch verschiedene Umstände des Falls dazu bei. Wenn Milfords Opfer nicht sieben Jahre alt gewesen wäre, sondern fünfundzwanzig, hätte ich mich vielleicht mit ›lebenslänglich‹ begnügt. Und wenn der Junge keine Striemen an den Hand- und Fußgelenken von den Fesseln gehabt hätten, die sich in den Stunden vor seinem Tod in sein Fleisch schnitten, hätte ich vielleicht nur dafür gesorgt, dass Jake Milford die nächsten fünfzig, sechzig Jahre hinter Gittern verbrachte. Hätte ich nicht die Fotos von den Bisswunden gesehen, von denen manche so tief waren, dass sie kaum von einem Menschen stammen konnten; wenn es diese Bisswunden nur an den Armen, Beinen und am Rumpf des Jungen gegeben hätte; wenn nicht ganze sieben Zeugen Milford bei einer Gegenüberstellung identifiziert und geschworen hätten, Milford nur eine Stunde vor der Entführung vor dem Haus des Jungen gesehen zu haben; wenn sie nicht alle von dem Blaumann mit dem Texaco-Stern und dem eingestickten ›Jake‹ auf der linken Brust gesprochen hätten; und wenn Jake Milford bei der Vorverhandlung nicht die Schultern gezuckt und leise erklärt hätte: »Nein, ich kann nicht sagen, wo ich an diesem Tag war.«

Wenn all das anders gewesen wäre, hätte ich vielleicht anders gehandelt.

Oder auch nicht.

Denn als die Leiche des siebenjährigen Caleb Church am Nordufer des River James gefunden wurde, war mein Ehemann erst seit drei Wochen tot.

Man könnte sagen, dass ich vor Trauer nicht ich selbst war. Man könnte sagen, dass ich meinen Ermessensspielraum als Staatsanwältin überschritt, dass ich meinen persönlichen Schmerz auf andere übertrug, ihn weitergab in der Überzeugung, ich könnte ihn damit loswerden.

Aber man könnte auch sagen, ich hätte nun erkannt, dass die dünne Glasscheibe zwischen dem hypothetischen ›Ich würde nie‹ und dem sehr realen ›Aber jetzt stecke ich in dieser Lage‹ zersprungen war. Ob Familien einen Abschluss erlebten, war jetzt keine statistische Größe mehr, keine Zahl, kein Prozentsatz oder irgendein signifikanter Wert in einem Artikel einer kriminalistischen Fachzeitschrift. Hier zeigte sich der Abschluss im leeren Blick in Mrs. Churchs Augen, in den tiefen Furchen in Mr. Churchs Gesicht, in den wiederholten Lügen, die sie Calebs jüngerer Schwester erzählten, wenn sie fragte, wann ihr Bruder nach Hause käme – denn man kann einer Fünfjährigen einfach nicht sagen, dass ihr Bruder gefesselt und misshandelt und getötet und dann wie Müll im schlammigen Wasser des mächtigen River James entsorgt wurde.

Als Ian mich bat, niemals in dieser unwiderruflichen Weise Vergeltung für ihn zu üben, achtete ich seine Bitte. Vermutlich gaben wir uns bei diesen Treffen in Boston ein bindendes Versprechen, das er und ich mit einem letzten Drink vor dem Kaminfeuer besiegelten. Oder wir besiegelten es viel später, als er endlich den Mut aufbrachte, mit mir ins Bett zu gehen.

So oder so hielt ich mein Versprechen nicht. Ich brach es, als ich Jake Milford in die Todeszelle schickte. Als ich meine Prinzipien aufgab und der Willkür Tür und Tor öffnete.

KAPITEL DREIZEHN

Der Winter in Boston war bereits einem strahlenden Frühling voller Blütenpracht gewichen, als ich erkannte, dass ich mich in Ian Callaghan verliebt hatte.

An einem Abend im April erörterten neun von uns in dem angestaubten Wohnzimmer die Probleme der Willkür, besprachen die Definition der Supremes von ›grausam und außergewöhnlich‹ und erzählten uns Anekdoten von sogenannten Abschlüssen und Entschädigungen für Justizirrtümer: 80 000 Dollar in Texas, null Dollar in Arkansas. Zuletzt kamen wir auf das ewige Lieblingsthema »Verpatzte Hinrichtungen«, die Callaghan als die ultimative Sauerei bezeichnete. Er riet uns mit Nachdruck, sich nur auf nüchternen Magen damit zu beschäftigen.

Es war elf Uhr, als der Abend eine überraschende Wendung nahm.

Callaghan fing vom Patterson-Fall an.

Wir alle kannten die Fakten – oder zumindest die Geschichte. Gary Lee Patterson war wegen Brandstiftung und Mord angeklagt und verurteilt worden. Alle Beweise deuteten darauf hin, dass er sein Haus in Brand gesetzt hatte, während sich seine drei Töchter darin befanden.

Die Älteste war zwei, die jüngeren Zwillinge ein Jahr alt.

»Ein Fall wie dieser kann den fanatischsten Gegner der Todesstrafe in einen Henker verwandeln«, erklärte Callaghan. »Drei kleine Mädchen ersticken hilflos am Rauch, verbrennen bei lebendigem Leib in ihren Bettchen. Zeugen behaupten, Patterson saß auf dem Rasen vor seinem Haus, während das Feuer sich ausbreitete. Psychologen deuteten seine Poster von Iron Maiden und Led Zeppelin als Zeichen für seine soziopathische Veranlagung.« Er verstummte und blickte sich im Raum um.

Der dünne Student, den ich bei meinem ersten Treffen anfangs übersehen hatte, lachte. Seine tiefe, volltönende Stimme schien nicht zu ihm zu passen. »Ich finde, Robert Plant ist ein Genie. Damit bin ich wohl auch ein Soziopath.«

Callaghan lächelte. »Vier Jahre später wurde Gary Lee Patterson hingerichtet. Drei Jahre danach …«

»… wurden die ursprünglichen Beweise für Brandstiftung angefochten und für fehlerhaft befunden«, beendete ich für ihn den Satz. »Ich glaube, einer der Gutachter bezeichnete sie als ›pseudowissenschaftlich‹.«

»Pseudowissenschaftlich«, wiederholte Callaghan, füllte die Gläser erneut und verteilte sie. Bier für Ted und die anderen Männer. Scotch für Callaghan und mich. Der dünne Mann trank Manhattans. »Pseudowissenschaftlich. Ein Mann verlor wegen pseudowissenschaftlicher Beweise sein Leben. Was sagt ihr dazu, Leute?«

Dazu hatten wir nicht viel zu sagen.

»Fakt ist«, meinte Callaghan und nahm in der Mitte des Kreises Platz, »erste Untersuchungen erwiesen, dass es in Pattersons Haus mehrere Brandherde gab. Fakt ist auch, ein Informant aus dem Gefängnis bezeugte, dass Patterson zugab, seine drei Kinder verbrannt zu haben, um Spuren von Missbrauch zu vernichten. Fakt ist außerdem, dass der Staatsanwalt Pattersons Tätowierungen als einen weiteren Hinweis auf seine gewalttätige Vergangenheit betrachtete. Zum Zeitpunkt des Prozesses waren diese sogenannten Fakten unanfechtbar. Sie waren unwiderruflich, sie waren absolut.«

Er hielt inne und betrachtete den Boden. »Ich will euch mal was sagen. Es gibt nur eins, was unanfechtbar ist. Nur eines auf dieser Welt ist unwiderruflich.«

Ich wusste, was er sagen würde.

»Der Tod. Der Tod ist unwiderruflich. Er ist absolut.«

»Der Tod und die Steuern«, bemerkte Ted. »Deshalb werde ich auch jede Menge Geld in der Privatwirtschaft scheffeln, sobald ich meinen Abschluss habe.«

Callaghan stand auf, stürzte zu Ted und beugte sich dicht vor ihn. »Irrtum, Stuyvesant! Steuern verändern sich. Steuern werden nach Lust und Laune der Legislative erhöht oder gesenkt. Steuern werden auferlegt, aufgehoben und zurückerstattet. Steuern sind nicht absolut, und wenn du allen Ernstes einen gottverdammten Steuerbescheid mit der Todesstrafe vergleichen willst, dann weißt du ja, wo die Tür ist.«

Ted sah aus, als würde er sich vor Angst in die Hose machen. Ich merkte selbst, dass ich meinen Rücken so fest gegen die Sessellehne presste, dass es wehtat. Gleichzeitig fühlte ich mich zu dem Mann hingezogen, der vor Wut Feuer spuckte.

Denn Callaghan hatte recht. Einen falschen Steuerbescheid konnte man korrigieren. Aber das Herz eines Toten konnte man nicht mehr in Gang setzen. Als Ted mich Hilfe suchend ansah, wusste ich nichts zu sagen.

»Also gut«, schloss Callaghan, »doppelte Punktzahl für die letzte Runde.« Wir alle starrten ihn erwartungsvoll an.

»Ich habe euch heute aus einem bestimmten Grund hergebeten.« Als er mich ansah, fiel mir auf, dass er irgendwie anders war. Es wirkte, als hätte er sich die Haare geschnitten. Und gründlicher als sonst rasiert. Sein Hemd war gestärkt und gebügelt. Solche Details bemerkten die Männer im Raum nicht, ich aber schon. »Folgende Frage.«

Mir wurde bewusst, dass diesen Treffen eine ganz bestimmte Logik zugrunde lag. Callaghan hatte zuerst rein akademisch das Problem der juristischen Willkür betrachtet, aber jetzt ging's ans Eingemachte, von der Theorie zur Praxis, vom Allgemeinen zum Speziellen. Es war genial. Dies war der Grund, warum ich Jura studierte.

Er räusperte sich. »Wie stellt man es an, dass das Nicht-Wiedergutzumachende wiedergutgemacht wird?«

Darauf sagte lange Zeit keiner etwas. Wir blickten einander an, weil niemand als Erster das Wort ergreifen, niemand etwas Falsches sagen wollte. Ted bedeutete mir stumm, dass es ihm leidtat, mich in so etwas reingezogen zu haben.

Aber mir tat es nicht leid. Nach meinen ersten beiden Abgängen genoss ich diese Treffen immer mehr. Zu Callaghans Todesstrafen-Besäufnissen, wie sie manchmal genannt wurden, wurden nur wenige eingeladen und Erstsemester schon gar nicht. Ich warf einen Blick zu Ted, der mich ursprünglich wohl hierher geschleift hatte, um Eindruck bei mir zu schinden. Aber das hier war jetzt eine Nummer zu groß für ihn, und ich glaube, das wusste er.

Alles in diesem Zimmer roch nach Geld. Nach neuem Geld, aber doch mehr nach altem Geld. Die Möbel waren nicht das übliche moderne, neutrale Zeug, sondern alt und abgewohnt. Die Teppiche waren zerfranst, die Tische hatten Macken, so wie Callaghan selbst. Aber die Substanz war solide. Sie waren aus Stoff, der echt war.

Das traf mich im Innersten. Ich befand mich am Anfang von etwas, das am Ende die Todesstrafe in der westlichen Welt abschaffen und damit mehr erreichen würde, als Amnesty International in vielen Jahren geschafft hatte. Ich beobachtete

Callaghan, während die Männer um mich herum sich äußerten. Jedes Mal, wenn einer von ihnen Entschädigungszahlungen erwähnte, schüttelte der Mann in der Mitte des Raums den Kopf und unterbrach ihn kurzerhand.

Er wandte sich zu mir. »Und? Was hast du anzubieten?«

Ich holte tief Luft. »Es geht nicht. Man kann es einfach nicht wiedergutmachen. Ganz gleich, wie hoch die finanzielle Entschädigung für die Familien ist.«

»Also?«

Ich zögerte.

»Denk nach, Boucher«, sagte er, und alle Blicke waren auf mich gerichtet.

»Man muss dafür sorgen, dass die Quelle versiegt«, sagte ich langsam.

»Wie das?«

»Dafür sorgen, dass kein Staatsanwalt mehr die Todesstrafe verlangt.«

Callaghan wirkte fasziniert und fragte drängend: »Und wie?«

Über das, was ich als Nächstes sagte, hatte ich schon Monate nachgedacht, aber niemandem davon erzählt. In ihrer Kühnheit grenzte die Idee an Wahnsinn. »Man muss das Konzept der Gewissheit bis an seine Grenzen treiben«, erklärte ich und erläuterte den Gedanken, bevor Callaghan nachfragen konnte: »Der Ermessensspielraum des Staatsanwalts kann bleiben, wie er ist, aber unter einer Bedingung: Wenn die Staatsanwälte so sicher sind, dass sie das Leben des Angeklagten fordern, wieso sollten sie dann nicht auch ihr eigenes Leben aufs Spiel setzen?«

Der Punkt bei der Sokratischen Methode ist – und vermutlich wurde mir das erst klar, als ich jetzt Callaghans Gesicht sah –, dass die Person, die Sokrates spielt, bereits die Antwort weiß, und zwar immer. Callaghan wusste, was er hören wollte, und hatte es aus uns herausgekitzelt. Zumindest aus mir, denn die anderen im Raum wirkten, als hätte ich gerade vorgeschlagen, man sollte alle Menschen mit roten Haaren töten, oder etwas ähnlich Ruchloses. Ted schluckte hörbar und zog die Hand von meinem Oberschenkel.

Der dünne Kerl meldete sich als Erster zu Wort, obwohl er eine Weile mit seiner Fassung zu kämpfen hatte. »Das geht nicht. Sonst würde am Ende die Schlange ihren eigenen Schwanz fressen: Wenn eine Staatsanwaltschaft die Todesstrafe fordert, diese durchgeführt wird, dann neue Beweise auftauchen, wird der Staatsanwalt selber hingerichtet. Aber dann fängt das Ganze von vorne an. Wer ist als Nächster dran, sollten wieder neue Beweise auftauchen? Und wer dann?« Er schüttelte den Kopf. »Nein, das funktioniert nicht.«

Callaghan sagte nichts, sondern blickte mich nur an.

»Aber so weit käme es gar nicht«, entgegnete ich. »Hier geht es nicht um eine Reihe von Quid-pro-quo-Hinrichtungen, sondern darum, das System so zu ändern, dass niemand mehr die Todesstrafe fordert. Mehr nicht.«

»Boucher«, sagte Callaghan schließlich, »unser Cocktail trinkender Freund hier hat recht. Man kann die Todesstrafe nicht mit noch mehr Todesstrafen bekämpfen.«

»Dann eben mit einer Graswurzel-Kampagne, durch die die Öffentlichkeit ihre Meinung über die Todesstrafe ändert«, erwiderte ich. »Aber es muss eine große Kampagne sein. Riesig. Demonstrationen vor jedem Gerichtsgebäude und jedem Büro der Staatsanwaltschaft, bei denen immer dieselbe Frage gestellt wird. Man muss mit allen rhetorischen Mitteln kämpfen. Reporter dazu bringen, vor jedem Gerichtsgebäude des Landes zu rufen: »Wie sicher sind Sie?« Bei jedem einzelnen Fall die Staatsanwälte anprangern, die die Todesstrafe fordern. Jeden Justizirrtum öffentlich machen. Und was das Wichtigste ist: Man muss den Fokus von den Schuldigen im Todestrakt auf die lenken, die dort unschuldig gesessen haben. Ich meine, das ist doch noch gar nicht versucht worden, oder?«

Dieser Vorschlag sorgte für einiges Gemurmel im Raum, bei dem ich auch Reaktionen wie ›Aha?‹ oder ›Könnte gehen‹ heraushörte. Glücklicherweise beendete Callaghan kurz darauf den Abend. »Wenn ihr immer noch mitmachen wollt, müssen wir die nächsten zwei Wochen recherchieren. Wir bereden das bei einem Kaffee und klären, wer sich auf was konzentriert. Denkt an Graswurzelbewegungen, an die Legislative, die Verfassung, an Politik. Zeigt mir, was eure Recherchen ergeben. Wenn's sein muss, versucht es auch mit Bestechung und Hochverrat. Ich hab da so ein Gefühl, dass dazu Geld fließen muss. Und zwar jede Menge.«

»Äh«, meldete sich zaghaft der dünne Kerl. »Bestechung? Im Ernst?«

»War nur ein Witz, Phil. Ein bisschen mehr Humor, bitte!«

Ted stand als Erster auf. Er ging zur Garderobe an der Tür, nahm meinen Parka und hielt ihn mir eifrig wie ein Welpe hin.

»Boucher«, flüsterte Callaghan mir zu, als ich an ihm vorbeikam, »wirst du um Mitternacht zum Kürbis?«

Noch vor wenigen Monaten hätte ich die Augen gesenkt und auf meine Schuhe gestarrt oder Ted mit einem verzweifelten Blick um Hilfe angefleht. Aber das war, bevor ich erkannt hatte, dass ich die Wolke aus Pfeifenrauch mochte, die über Callaghan hing und ihm wie ein Schatten bei jedem Schritt folgte. Bevor ich merkte, dass er nicht aussah wie Snake, der Professor für Zaubertränke, sondern wie Alan Rickman, der Schauspieler, der ihn darstellte. Er war attraktiv. Es war, bevor ich erkannte, dass er kein Sexist, kein Tyrann oder Spinner war, sondern nur ein Mann mit einer einzigen Mission, ein Mann, der die Dinge zu Ende dachte. Ein Mann aus echtem Holz, wie seine Möbel.

»Früher ja«, antwortete ich. »Heutzutage bin ich eher eine Kaktusfeige.«

Er lächelte. »Die habe ich mal probiert. Die Hülle ist ein bisschen stachlig, aber das Innere sehr süß. Gut zum Frühstück.«

Heilige Scheiße, er flirtete mit mir! Unverhohlen. Aber das hatte ich ja auch herausgefordert.

»Stuyvesant, danke für das gute Treffen. Ich bring Boucher nach Hause. Das heißt, wenn sie noch bleiben möchte.«

Ted verzog das Gesicht. Callaghan winkte den anderen Gästen nach, die die Treppe hinunter zur Straße gingen, sich dort in Zweiergruppen aufteilten und in unterschiedliche Richtungen verschwanden. Ich fühlte mich auf einmal wie im Wunderland, verlockt von einem Drink und dem reservierten, aber irgendwie unwiderstehlichen Callaghan, der seine Pfeife genommen hatte und daran zog wie Alices Raupe. Ted, der mir immer noch den Mantel hinhielt, wirkte zunehmend wie der glücklose Siebenschläfer.

Ich entschied mich, wie wohl viele Frauen es getan hätten, für einen Kompromiss.

»Ehrlich gesagt, Ted«, erklärte ich, nahm ihm den Mantel ab und hängte ihn wieder an die Garderobe, »habe ich noch ein paar Fragen an Ian, die ich ihm nicht stellen konnte, bis wir auseinandergingen.« *Ausgezeichnete Wortwahl, Justine.* »Also nehme ich den Bus. Wir sehen uns in etwa einer Stunde bei dir.« »Aber der letzte Zwölfer fährt in einer halben Stunde von hier ab«, jammerte er. Dabei kümmerte es ihn weniger, ob ich den letzten Bus kriegen würde, sondern mehr, dass sich sein Zeitfenster für ein paar außeruniversitäre Aktivitäten schließen würde.

»Dann in einer Viertelstunde«, sagte ich, gab ihm einen Kuss und sah ihm nach.

Callaghan schloss die Tür und schaute mich an. Die eine Hand hatte er auf den Türrahmen gelegt, die andere hielt die Pfeife. So nah war ich ihm noch nie gewesen und wusste auch nicht, wie mir das gefiel. Vielleicht konnte er meine Gedanken lesen, denn er drehte sich unvermittelt um und ging zur Bar. »Büffelst du für deine Prüfungen, Boucher?«, sagte er über seine Schulter hinweg.

»Ja, schon«, nickte ich.

»Willst du üben?«

»Mit dir?« Er studierte im dritten Jahr, war fast fertig. Außerdem war er der Herausgeber der Fakultätszeitschrift, wofür meine Noten und Kenntnisse nie gereicht hätten. Er war klug und reich und extrem einschüchternd. Ich konnte mir nur einen Grund denken, wieso er einer Studentin im ersten Semester helfen wollte.

»Normalerweise kenne ich mich ziemlich gut aus, weißt du«, sagte Callaghan, immer noch mit dem Rücken zu mir.

Ich langte nach meinem Mantel.

»Zum Beispiel im Zivilrecht«, fuhr er fort. »Vor allem zum Thema Offenlegung.«

»Was ist damit?« Mit der linken Hand hielt ich meinen Mantel, mir der rechten drehte ich am Türknauf.

Da drehte er sich um, blieb aber, wo er war, und schwenkte den Scotch in seinem Glas. »Nun, beginnen wir mit sachdienlichen Hinweisen, die ich hätte. Muss ich dir diese sachdienlichen Hinweise zur Kenntnis bringen?«

»Kommt drauf an. Auf bundesstaatlicher Ebene?«

»Ach, fangen wir mit der lokalen Ebene an.«

»Okay, also, hier in Massachusetts müssen wir zunächst …«

»Nein, noch lokaler«, sagte er, ohne mich anzusehen.

Mein Gott, das war wirklich ein seltsamer Flirt, noch dazu auf solche Distanz! Da erkannte ich, dass Ian ein Softie war. Sein ganzes dominantes, forderndes, spöttisches Gehabe war nur Show.

»Wie lokal?« Da er sich immer noch nicht vom Fleck rührte, trat ich ein paar Schritte vor und erwartete, er würde es mir gleichtun.

Aber er bewegte sich nicht, sondern schaute sich nur um. »Äh, sehr lokal.«

»Ich fürchte, die Regeln des Zivilrechts auf dieser Ebene kenne ich nicht«, sagte ich. »Wurden in keinem Seminar besprochen.« Fünf weitere Schritte.

»Ich auch nicht.« Callaghan zog wartend an seiner Pfeife. »Vielleicht kommst du mit deinem brillanten Juristenhirn auf ein paar Regeln.«

»Du brauchst dich nicht über mich lustig zu machen.«

»Mache ich auch nicht. Ich meine, was ich sage, und liege meistens richtig.«

»Na gut.« Noch fünf Schritte. Immer noch in sicherer Distanz. »Sagen wir, du bist nicht zur Offenlegung verpflichtet, aber ich könnte dir vielleicht die Garantie geben, dass es, wenn du es doch tust, nicht gegen dich verwendet wird, sollte es dir zum Nachteil gereichen.«

Er nickte, zog an seiner Pfeife und nippte an seinem Glas.

»Nun?«, fragte ich. »Sind das annehmbare Bedingungen?« Eine alte Standuhr an der Treppe verkündete mit einem einzelnen Ton die Viertelstunde. Noch fünfzehn Minuten bis zum letzten Bus.

»Justine«, setzte er an. Noch nie hatte er mich beim Namen genannt.

»Ian?«

»Vollständige Offenlegung: Ich bin in dich verliebt. Und jetzt geh, damit du deinen Bus erwischst.«

Genau das tat ich auch: Ich ging langsam zum Bus, fuhr wie in Trance zu meinem Zimmer zurück und starrte später in meinem Bett mindestens eine Stunde an die Decke, bevor ich einschlafen konnte. Irgendwann in dieser Zeit wurde mir klar, dass ich auch in Ian Callaghan verliebt war. Nach den vielen Stunden, in denen wir über die Todesstrafe geredet hatten, war es schön, an etwas zu denken, bei dem ich mich lebendig fühlte.

TODESTRAKT, INSASSE 39384

Es gibt ein Problem, über das ich schon eine Weile nachdenke: Die Leute gucken viel zu viele Gefängnisfilme und lesen viel zu viele Romane, die im Gefängnis spielen. So haben sie Vorstellungen, wie das Ganze hier abläuft. Man sollte meinen, zumindest die, die beruflich damit zu tun haben, würden sich auskennen. Aber da kommen wir zu einem anderen Problem. Denn auch wer sich auskennt, hat keine Ahnung von dem Scheiß hier, den man gar nicht wissen will.

Ich glaube nicht an Geister, also gehe ich nicht davon aus, dass ich Justine in den nächsten Jahren nachts heimsuchen werde. Wenn doch, wäre das nur ihre Einbildung, wie bei dem alten Mann in der Weihnachtsgeschichte, als sein toter Partner auftaucht. Nichts von mir wird wirklich dort sein und versuchen, sie zu erreichen. Damit will ich sagen, dass ich nicht weiß, ob die Frau, die mich verurteilt hat, jemals verstehen wird, wie die letzten Stunden meines Lebens waren. Aber ich weiß, was auch immer sie sich vorstellt, wird nicht der Realität entsprechen.

Ja, ich hatte heute ein ziemlich gutes Abendessen, hauptsächlich, weil ich es mir aussuchen konnte. Natürlich war es nichts gegen das Grillfleisch von Emily, das stundenlang im Ofen war und schon vom bloßen Hingucken auseinanderfiel. Die Brötchen waren auch nicht wie die von ihr, sondern stammten aus einer Fertigmischung. So was schmeckt man.

Direkt nach dem Essen wurde ich rasiert, am linken Bein und am Kopf. Da saß ich nun mit dem Grillfleisch und den Brötchen des Gefängniskochs im Bauch, und die Wärter machten sich an die Arbeit. Als sie fertig waren, kam ich mir vor wie ein Mädchen. Nicht, dass das was Schlechtes wäre.

Aber ich war eben nicht mehr ich. Nicht mehr der, der ich gewesen war.

Dann kam das Warten.

Und genau das zeigen sie eben nicht im Film, schreiben es nicht in die Hinrichtungshandbücher des Justizministeriums. Aus gutem Grund: Sie können es nicht. Das Warten ist etwas vollkommen Individuelles, das nur im Kopf eines Menschen stattfindet. Und ganz ehrlich: Diese vier Stunden sind sehr, sehr lang. Lang genug, um all diese Seiten zu schreiben.

Ein Mensch denkt über Dinge nach, über all die Dinge. Denkt an seinen ersten Kuss und sein erstes Eis. Denkt an seine Mutter, seine Großmutter, seine kleine Schwester und seine Frau. Denkt an seinen einzigen Opernbesuch, der ihm nicht besonders gefiel. Aber verdammt: Wenn er da noch mal hingehen und der dicken Dame zuhören könnte, die in einer Sprache sang, die er nicht verstand, dann würde er es tun. Er würde es sogar jeden Abend tun, für den Rest seines Lebens. Er denkt an die Lügen, die er erzählt, an die Deals, die er eingegangen ist, an dumme Entscheidungen, die überstürzt waren und nicht durchdacht, aber wenn man etwas gemacht hat, gibt es kein Zurück. Nicht für Geld und gute Worte. Für gar nichts.

Er denkt an sein erstes Mal, das im Grunde nur Vögelei war. Er denkt an seine Hochzeitsnacht, die was ganz Neues war, nämlich die alles umwälzende Erfahrung, wie es sich anfühlt, wenn man sich wirklich liebt. Während er daran denkt, fasst er sich an und versucht sich einzubilden, seine Hand sei seine Frau, aber wenn man es sich selbst macht, ist es nie so gut. Es ist einfach nicht dasselbe.

Emily habe ich heute in aller Frühe gesehen. Wir hatten weniger Zeit, als wir hätten haben sollen, aber für diese Geschichte habe ich nicht genug Zeit. Mein Gott, war sie schön! Sie trug ihr hübsches grünes Kleid, das ich ihr Weihnachten gekauft hatte. Zugegeben, ich hatte es von einem Online-Shop, aber es heißt doch immer, wenn man nur genug sucht, kann man überall was Gutes finden. Während wir uns unterhielten, saß Jake junior auf ihrem Schoß. Er klopfte ein paarmal an die Scheibe, als wollte er zu mir rüber, und das machte die Wärter ziemlich unruhig, aber ich sagte ihm, er sollte die Hände bei sich behalten und nur leise sprechen, wie in der Kirche. Und wissen Sie was? Danach klopfte mein Junge nicht mehr gegen die Scheibe.

»Es gibt da dieses Gesetz, weißt du?«, sagte Emily. »Für Hinrichtungen, die gar nicht hätten sein dürfen, und Wiedergutmachungen.«

»Hierfür gibt es keine Wiedergutmachung, Schatz«, erwiderte ich und gab ihr wortlos zu verstehen, dass sie das Thema wechseln sollte. Unser Sohn starrte mich an.

Da beugte sie sich zu mir, so nah, wie es ging, ohne den Alarm auszulösen, denn sonst wäre unsere Besuchszeit noch kürzer gewesen. »Ich weiß, dass du es nicht getan hast, Jacob. Du hast diesen kleinen Jungen nicht um…«, sie warf einen raschen Blick zu Jake, »umgehauen. Also warst du woanders, und vielleicht hast du auch was getan, was du nicht hättest tun sollen, aber du musst es mir sagen, Baby. Du musst es mir sagen, bevor es zu spät ist.« Jetzt weinte sie so heftig, dass ihre Schultern unter dem hübschen grünen Kleid zuckten.

Als ich darauf nicht antwortete, weinte sie noch heftiger. »Lass uns über was Schönes reden.«

Das taten wir auch, und so verging unsere Stunde, aber als sie vorbei war, beugte sich Emily wieder zu mir. »Mir bleibt noch dieses Gesetz, und darüber werde ich mich schlaumachen. Und wenn ich irgendwas rausfinde, dann sitzt diese hübsche Staatsanwältin wie du hinter dieser Scheibe. Nur, dass du es weißt, Baby.«

Bevor ich wieder in die Zelle kam, um zu essen, rasiert zu werden und zu warten, hatte ich noch einen Besucher. Meine Schwägerin, dabei hatte ich gar nicht damit gerechnet. Ich hätte nicht mal gedacht, dass sie zu den nächsten Angehörigen gezählt werden würde, aber da war sie: Mary Ann hinter der Scheibe, und sie sah kaum besser aus als bei unserer letzten Begegnung.

Sie hatte nur wenig zu sagen. »Da hast du was Schlimmes getan, Jake.«

»Ja, ist wohl wahr«, nickte ich.

»Und du kannst es nicht rückgängig machen.« Diesmal klang es wie eine Frage, aber wir wussten es beide besser.

»Nein.«

Sie stand auf und zeigte dem Wärter in der Ecke an, dass wir fertig waren; das Gespräch war beendet, es gab nichts mehr zu sagen. Im Laufe der Jahre war sie klapperdürr geworden. Ich erinnerte mich daran, dass sie beim Prozess eher wie Emily gewesen war, mit runderen Hüften und vollen Wangen, so wie damals, als wir noch jung waren. Mary Ann trug das gleiche blaue Kleid wie beim Prozess, aber es schlackerte an ihrem Körper, und die Wangen waren eingefallen, als hätte jemand sie ausgehöhlt. Ich schwöre, als sie sich noch mal zu mir umdrehte, sah ich nicht ihren Kopf, sondern einen nackten Schädel.

»Ich liebe dich immer noch, Jake«, flüsterte sie.

»Ja.«

Danach hatte ich nur noch zwei Besucher: den Friseur, der mich kahl schor, und einen Geistlichen, der wirkte, als wollte er gar nicht hier sein. Ich vermute, er dachte, Gottes Vergebung sei nichts für Leute wie mich.

Aber ich muss mich korrigieren. Denn heute Nachmittag habe ich noch einen Besucher. Er wird für einige Stunden bleiben. Sein Name ist Warten.

KAPITEL VIERZEHN

Kaum ist Susan mit den Jungen zur Übernachtungsparty verschwunden, rufe ich Daniel an.

»Hey, Schönheit«, sagt er. Das sagt er immer als Erstes, und meist fühle ich mich dann gut – oder wenigstens nicht mehr so schlecht.

»Wie wär's mit Essen und Filmgucken?«, frage ich.

»Kommt drauf an. Reden wir über Veggie-Nuggets und *Shrek* oder über Rotlachs und *Shining*?«

Ich muss lachen. Seit wir zusammen sind, hat sich Daniel etwa hundert Mal *Shrek* angesehen. Vom Anfang bis zum Ende. »Nein, nicht *Shrek.*«

»Ich wäre trotzdem gekommen, das weißt du.«

»Ich weiß.«

Nachdem ich den Kühlschrank gesichtet und Daniel eine Liste mit allem, was fehlt, durchgegeben habe, gehe ich unter die Dusche. Unter dem heißen Wasser denke ich daran, wie gut Daniel mit Jonathan umgeht. Ich liebe und hasse es gleichzeitig, die beiden zusammen zu sehen. Ich möchte, dass mein Sohn einen anständigen Mann in seinem Leben hat, eine Vaterfigur. Aber dieser Mann soll Ian sein. Ich will nicht nur, dass mein Ehemann zurückkommt, sondern dass alles, was seit seinem Tod passiert ist, ausgelöscht wird. So als wäre es nie geschehen.

Denn wäre Ian nicht gestorben, wäre ich nicht zusammengebrochen. Wäre ich nicht zusammengebrochen, hätte ich Jake Milford nicht in den Tod geschickt. Und wäre Jake Milford nicht hingerichtet worden, hätte es auch keinen Brief von seiner Frau gegeben, keinen bedrohlichen Zettel. Ich sitze drei Stunden in meinem Büro und grüble über mein Treffen mit Emily nach, und um fünf klopft es an der Hintertür. Daniel hat noch nie die Vordertür benutzt, nicht mal, als er vor zehn Monaten das erste Mal zum Abendessen kam. Auch diese Angewohnheit liebe und hasse ich gleichzeitig. Ich liebe die Vertrautheit, aber ich hasse die Erinnerung daran, wie es ist, einen Mann im Haus zu haben.

All meine Mühen mit dem Make-up sind wohl fehlgeschlagen, denn als er mich sieht, platzt es aus ihm heraus: »Du meine Güte! Was ist denn mit dir los?«

Den ganzen Nachmittag habe ich mich auf diesen Moment vorbereitet. So oft ich mir schwor, ich würde Emilys Brief einfach verdrängen, so oft probte ich, was ich Daniel sagen würde. Wenn ich nichts von dem Brief erzählen würde, würde es erst eins seiner Gourmetessen geben, dann einen Film und schließlich Sex. Der perfekte Samstag für mich. Aber wenn ich ihm alles erzählen würde, könnte ich das vergessen.

Aber wem will ich was vormachen, verdammt? Wenn ich den Mund halte, werde ich vom Essen nichts schmecken, vom Film nichts mitbekommen, und am Ende des Abends werde ich weinen.

»Ich muss dir was sagen, und dazu brauche ich Wein, also hoffe ich, du hast Nachschub mitgebracht«, begrüße ich ihn, gehe mit ihm in die Küche und verstaue die Lebensmittel, die ganz Virginia satt machen könnten. Ganz oben liegt eine Plastiktüte, die nicht aus dem Supermarkt stammt. »Was ist das?«

»Tofu-Grillfleisch. Das beste von Virginia. Ich dachte, wir könnten die Vorbereitungszeit besser nutzen.« Er tritt hinter mich und schließt mich in seine Arme. Ich glaube, ich zucke zusammen.

Grillfleisch. Natürlich hat Daniel Grillfleisch mitgebracht. Obwohl ich nicht wissen kann, was Jake Milford als Henkersmahlzeit hatte, versetzt es mir trotzdem einen Stich.

Ich habe Daniel nie von meiner Zeit bei Vita erzählt. Ian wusste natürlich Bescheid. So etwas kann man schwer vor einem Mann verbergen, mit dem man eine juristische Revolution durch eine Graswurzelbewegung bewirkt hat. Die meisten im Land erfuhren davon, als der Skandal wegen Jake Milfords Prozess in die Medien kam und Vita mich im hohen Bogen rauswarf. Aber die meisten Menschen vergessen schnell. Die Schlagzeilen über mich wurden durch Schlagzeilen über Kriege, Viren und Amokläufe ersetzt. Ich nahm Ians Namen an, fungierte nicht mehr unter Boucher, und bis neulich bekam ich vom Büro des Staatsanwalts nur noch unspektakuläre Fälle. Endlich verschwand ich aus der Öffentlichkeit, und jemand wie Daniel, der einen Großteil seines Lebens auf der anderen Seite des Atlantiks verbracht hat, kann kaum wissen, dass ich mich nach Ians Tod von Vita und allem Aktivismus verabschiedete.

Ich wende mich von Daniel ab und starre eine Ewigkeit aus dem Fenster. Typisch für das Aprilwetter, ist die Sonne wieder Regen gewichen.

»Hmhm. Niesel. Sehr malerisch«, sagt Daniel hinter mir, und ich zucke zusammen. Er dreht mich zu sich um und wischt die erste der Tränen weg, die ich seit meinem Treffen mit Emily zu unterdrücken versucht habe.

»Schon gut, Jussie. Schon gut. Dann wollen wir uns mal hinsetzen, was trinken und reden.« Daniel führt mich zum

Sofa, legt leise Instrumentalmusik auf und kommt mit zwei Gläsern Wein zurück. »Was ist los?«, fragt er.

»Ich habe gestern einen Brief von Jake Milfords Witwe bekommen.«

Er reißt die Augen auf, sagt aber nichts.

»Sie wollte sich mit mir treffen.«

»Und? Sag nicht, du bist hingegangen, Jussie!«

Etwas in seiner Stimme, vielleicht ein Hauch von Enttäuschung, bringt mich dazu, ihn anzulügen, und wenn auch nur, um einem Streit aus dem Weg zu gehen. »Nein, natürlich nicht. Aber jetzt muss ich mich ständig fragen, was ist, wenn ich mich geirrt habe. Was ist – oh Gott, Daniel –, was ist …« Die Worte bleiben mir im Hals stecken. *Was ist, wenn ich einen Unschuldigen in den Tod geschickt habe?*

»Ist schon gut«, sagt er und streicht mir über den Rücken. »Es ist alles in Ordnung. Schau mal, ich weiß, dass ich nie die schmerzhaften Fragen stellen muss. Ich steck die Schuldigen in Gefängnisse, die eher an Fünfsternehotels erinnern, nur dass sie Gitter vor den Fenstern haben. Aber mit dem Milford-Fall kenne ich mich aus. Ich hab die Beweise gesehen. Jeder an deiner Stelle hätte das Gleiche gefordert. Ich auf jeden Fall. Herrgott noch mal, der Church-Junge war …« Er stockt und birgt das Gesicht in den Händen. »Du weißt schon.«

Ich nicke wohl.

Seine Worte sind ein Schock. »Eigentlich dachte ich, alle Briten würden die Amerikaner für reaktionär und barbarisch halten«, sage ich.

»Nicht, wenn's um Kinder geht.«

»Also findest du, ich hätte mich bei Charlotte Thorne anders entscheiden sollen?«

»Ganz und gar nicht. Es gibt keine perfekte Lösung, Jussie. Wenn wir über Kinder wie Caleb Church reden, sagen manche: ›Alles klar: kleines Kind, unanfechtbare Beweise, der Mörder muss auf den elektrischen Stuhl‹. Ein Teil in mir kann das verstehen, wenn das Opfer ein Kind ist, spielen auch meine Emotionen verrückt; aber ein Teil in mir würde das niemals verstehen. Ist das Opfer ein Teenager, spielen die Gefühle nicht ganz so verrückt. Trotzdem ist dieser Teenager von jemandem das Kind. Und was ist mit einer erwachsenen Frau? Oder dem Ehemann von jemandem?« Er streicht mir übers Haar. »Tut mir leid. Ich wollte keine alten Wunden aufreißen.«

»Ist okay.« Das ist es nicht und wird es auch niemals sein. Aber ich sage es trotzdem.

Daniel fährt fort: »Wir könnten den ganzen Tag und die ganze Nacht darüber diskutieren, ob es gerechtfertigt ist, einen Mörder auf den elektrischen Stuhl zu schicken. Aber die endgültige Antwort werden wir niemals finden.«

»Außerdem bleibt da noch die Frage, wie man es wiedergutmachen kann, wenn man sich geirrt hat.«

»Wenn du dich das fragst, kannst du nur noch verrückt werden.« Plötzlich richtet er sich auf. »Hey! Erinnerst du dich noch an diese Leute von Vita? Ist nicht genau DAS ihr Spruch? *Wie kann man wiedergutmachen, was nicht wiedergutzumachen ist?*«

»Genau das war unsere Frage.«

»Was?«

»Ich gehörte zu Vita«, gestehe ich. »Man könnte sogar sagen, dass ich die Gründerin von Vita war.«

Es gibt keine Fotos von Vitas Anfangszeiten auf meinem Handy oder Laptop. Das war vor den Zeiten des digitalen Wahnsinns, als Filme noch etwas kosteten. Also musste man sparsam damit umgehen. Man schoss mal eins, wenn man auf einer wilden College-Party war. Vielleicht. Und vielleicht zwei, wenn es ein wichtiges Ereignis war, an das man sich erinnern wollte.

Trotzdem habe ich ein Album mit über hundert Fotos, das ich jetzt aus einem hohen Regal nehme und Daniel reiche. So viele Ereignisse gab es in meinem Leben.

Wir blättern durch die ersten Seiten mit Fotos aus Unizeiten. Ich. Ian. Ted Stuyvesant – bevor er sich von der Aktivistenfront zurückzog und beschloss, woanders mehr zu verdienen. Wieder Ian. Am liebsten würde ich mir die Fotos von ihm länger anschauen, so, wie wenn ich allein bin. Dann würde ich mit dem Finger darüberstreichen und mir vorstellen, wie sich seine Haare anfühlten, wie die Haut auf seinen Wangen innerhalb eines Tages von babyweich zu stopplig-rau wurde. Aber deshalb habe ich es heute Abend nicht heruntergeholt.

Als Daniel eine Seite umblättert, zeigt er auf eine Nahaufnahme von mir, die mich auf einem Podium zeigt. »Du hast dich kaum verändert«, sagt er und blickt vom Foto zu mir und wieder zurück. »Zu schade, dass ich damals in London war und nicht in Harvard, um zu lernen, wie man die Rs schluckt.«

»Das kannst du doch schon, Schatz. Du hättest gut dahin gepasst.« Ich lächle ihn an, obwohl mir eigentlich nicht nach Lächeln zumute ist. Daniel Hughes wird niemals Ian Callaghan sein, aber auch er hat seine Qualitäten. Genug, um sich in ihn zu verlieben.

»Also das warst wirklich du?« Er betrachtet jetzt ein anderes Foto, das mich von Kopf bis Fuß zeigt: von dem blonden Zopf bis zu den Kunstlederpumps mit den niedrigen Absätzen, die ich bei Payless gekauft habe. Und dazwischen trage ich mein rotes Kostüm. »Aber ich hab deinen Namen nie auf der Webseite von Vita gesehen«, bemerkt Daniel.

»Du hast sie gegoogelt?«

»Ein paar von meinen Kollegen haben eines Abends darüber geredet, also dachte ich, ich schau mir die mal an. Interessante Gruppe.«

»Mein Name steht da seit Jahren nicht mehr. Außerdem hieß ich da noch Boucher und nicht Callaghan.«

Daniel lehnt sich zurück. »Aha. Dann ist das schwarze Schaf vom Weg abgekommen, und die Herde hat es ausgeschlossen.« Er klappt das Fotoalbum zu. »Auch gut. Ich habe gehört, Vita wäre ein Haufen radikaler Fanatiker, und die zerfleischen sich immer selbst.«

»Nein, Daniel. Sie hatten recht. Die Idee hinter Vita war es, das Leben zu respektieren, und nicht, nach Vergeltung zu rufen. Aber es gibt eine Abspaltungsgruppe, die mehr will, nämlich Blut.« Ich erzähle ihm von der Frau im roten Kostüm. »Ich glaube, die gehört dazu. Zugegeben, Vita war radikal: radikal gegen die Todesstrafe. Doch nicht so radikal, um sich gegen das System zu wenden und die Hinrichtung eines Staatsanwalts zu fordern. Das widerspricht der Ursprungsidee, wenn du verstehst, was ich meine.«

»Aber Vita hat doch den Entwurf des Remedies Act erarbeitet, oder nicht?«

»Wir«, nicke ich, »ja, das haben wir. Aber nur, um sicherzustellen, dass andere Parteien das Gesetz nicht zu weit treiben. Ursprünglich wollten ein paar Aktivisten und Politiker es so formuliert haben, dass alle haftbar waren – vor allem nach Toby Barretts kleiner Show während seiner Urteilsverkündung. Sie wollten den Staatsanwalt beim Prozess, den Bezirksstaatsanwalt und seinen Vertreter, einfach alle zur Verantwortung ziehen. Als wir genug Stimmen für den Remedies Act zusammenhatten, taten wir, was wir konnten, und beschränkten die Haftung für eine zu Unrecht verhängte Todesstrafe nur auf einen Einzelnen, nämlich den Prozess führenden Staatsanwalt. Menschen wie mich.«

»Ein fataler Kompromiss.«

Ich lege das Album ins Regal, stelle die Musik lauter und zwinge mich, daran zu denken, dass dies ein romantischer Abend werden soll und kein juristisches Seminar. Irgendwann legt Daniel mir wieder den Arm um die Schultern.

»Ich bin froh, dass du mir das erzählt hast«, sagt er. »Es war bestimmt schwer für dich, all das zu verlieren.«

»Das war es.«

Die Monate nach dem Milford-Prozess waren nicht nur schwer, sie waren die reine Hölle. Ian war tot, in den ersten Schwangerschaftswochen fühlte ich mich krank und schwach, und mein Name erschien in jeder Zeitung des Landes. Das Haus verließ ich nur noch zum Arbeiten und Einkaufen, traf mich mit niemandem privat. Susan war meine einzige Freundin, die für mich Erledigungen übernahm, wenn ich mich nicht in der Öffentlichkeit sehen lassen wollte. Es war ein Wunder, dass ich Daniel traf, und ein noch größeres Wunder, dass ich ihn nicht verlor, nachdem ich den Mut aufgebracht hatte, ihm von Jake Milford zu erzählen.

»Daniel«, sage ich, »ich glaube, heute kann ich nicht …«

Er lässt mich nicht mal ausreden, sondern zieht mich enger an sich und drückt mir einen Kuss aufs Haar.

TODESTRAKT, INSASSE 39384

Ich sagte zu Anfang, ich hätte eine Geschichte zu erzählen. Ein Teil davon ist meine Geschichte, aber ein Teil auch nicht.

Sechs Jahre, und noch mehr, wenn man die Zeit vor und während des Prozesses hinzuzählt, dachte ich über Caleb Church nach. Er lebte mit seinen Eltern und seiner kleinen Schwester zusammen – die so ein süßes Ding war, dass Emily und ich direkt noch ein Kind haben wollten, sobald wir etwas Geld beiseitegelegt hatten. Mit der Hypothek und den Ausgaben für Jake junior und so hatten wir ziemlich zu kämpfen, aber ich hatte einen Plan. In einem Jahr würde ich Werkstattleiter werden, und das bedeutete mehr Geld, aber auch Managementerfahrung und ein paar weitere Vorteile. Zum Beispiel würden mir pro Jahr fünf Kurse am Community College bezahlt werden, wenn ich das wollte. Und das wollte ich. Ich dachte mir, mit fünf Kursen im Jahr hätte ich mit achtundzwanzig einen Abschluss in Betriebswirtschaft. Und dann konnte ich, wie Emily zu sagen pflegte, mein eigenes Ding machen.

Caleb winkte mir immer fröhlich, wenn ich nach der Arbeit an seinem Haus vorbeikam. Wenn ich Zeit hatte, warf ich mit ihm im Vorgarten der Churchs ein paar Bälle. Ich mochte Caleb. Mir fiel sein Lächeln auf, mir fiel auf, dass er durch seinen Überbiss ein bisschen trottelig wirkte. Mir fiel auf, dass er immer »Mister Jake!«, rief, wenn ich vorbeikam. Auch wenn ich mal keine Zeit zum Spielen hatte.

Außerdem fiel mir auf, dass er immer allein im Vorgarten zu sein schien.

Hin und wieder kam seine Momma heraus, normalerweise mit einer Schürze und einem Staubtuch in der Hand. Immer beschäftigt, diese Frau. Manchmal erschien sie auch mit einem

Glas selbst gemachter Limonade, und dann erzählte sie, dass ihr Mann immer spät von der Arbeit nach Hause kam und keine Zeit hatte, mit Caleb Ball zu spielen. Danach ging sie wieder zu ihrer Hausarbeit zurück.

Ich sah Caleb auch am Morgen seines Todes.

Es war ein strahlender Junitag, einer der Tage, an dem man sich so großartig fühlt, dass man am liebsten schwänzen und sich ins Gras legen würde. Mir ist der Tag in Erinnerung geblieben, weil dies meine letzte Chance war, das grüne Gras zu riechen.

Etwa fünf Minuten lang warfen wir uns den Ball zu, mehr Zeit hatte ich nicht. Mein letzter Wurf war viel zu hoch für einen Siebenjährigen, sodass Caleb rückwärtslief, ohne sich umzuschauen, in Mrs. Churchs Azaleenhecke fiel und aus voller Kehle brüllte. Ich rannte zu ihm, richtete ihn auf und prüfte, ob er sich verletzt hatte. Ein Zweig hatte ihm ein kleines Loch in sein blau-weiß kariertes Hemd gerissen, und von seinem linken Ohr tropfte Blut. Ich wischte es mit einem sauberen Taschentuch ab, das Emily mir bei meinem Aufbruch zugesteckt hatte. Dann rief ich Mrs. Church.

Sie hatte mir einiges zu sagen, und nichts davon war freundlich.

Wie es sich ergab, schaffte ich es nicht mehr zur Arbeit. Denn ich bekam einen Anruf unter einer mir wohlbekannten Nummer. Ich hatte eins von diesen Tastenhandys, nichts Besonderes. Kann sein, dass sogar ein Spiel darauf war. Ansonsten nur wenige Funktionen. Ich trug es bei mir für den Fall, dass Emily mich vor Arbeitsschluss bitten wollte, etwas aus dem Supermarkt mitzubringen. Normalerweise rief aber ich sie an und fragte, ob sie etwas bräuchte. Da sie Jake junior erwartete und Teilzeit in der Bücherei arbeitete, versuchte ich, ihr so viel wie möglich zu helfen.

Also, der Anruf. Wer es war, darf ich nicht sagen, denn das Leben ist kompliziert. Ich habe gelernt, dass es nicht immer ratsam ist, etwas zu sagen. Dann kommen die Leute auf Ideen. Manchmal kommt mein kleiner Bruder auf Ideen, und glauben Sie mir, dann will man ganz weit weg sein. Am besten unsichtbar.

Aber nun, da ich fast am Ende bin, gibt es einen Teil in der Geschichte, der vielleicht rauskommt. Das liegt nicht bei mir. Allerdings kann ich Ihnen dasselbe sagen, was ich auch den Leuten sagen werde, die zuschauen, wenn ich auf den elektrischen Stuhl geschnallt werde.

Ich habe in meinem Leben viel Mist gebaut, hab gelogen und Menschen verletzt. Wahrscheinlich wie jeder andere auch.

Aber den kleinen Caleb habe ich nicht getötet.

KAPITEL FÜNFZEHN

In meinem letzten Jahr in Harvard verkündete ich Ian, es wäre Zeit, ein bisschen Welle zu machen. Also ging ich zu Filene's Basement und kaufte das schickste Kostüm, das ich finden konnte. Es war knallrot und hauteng. Außerdem gab es ein paar stark heruntergesetzte Pumps, die genau dazu passten und die ich ebenfalls kaufte. Nie hätte ich gedacht, dass dieser Aufzug eine Art Uniform werden würde. Ich wollte nur auffallen. Und in einem roten Kleid fällt ein Mädchen immer auf. Man denke nur an *Schindlers Liste.*

»Hört mir zu!«, rief ich in einer Ecke vom Harvard Yard von meiner Kiste aus, die mir als Podium diente. Vor mir standen ein paar der Gründungsmitglieder. Der dünne Kerl, den ich von Ians Todesstrafen-Besäufnissen kannte – später erfuhr ich, dass er Phil Potts hieß –, hatte sich den Morgen von seinem Job bei Bostons Staatsanwaltschaft frei genommen, nur um hier zu sein. Er und die anderen feuerten mich an, riefen ›Hört, hört!‹ und reckten ihre Daumen. Ted war nicht aufgetaucht, obwohl auch er in einer Kanzlei in Boston arbeitete. Nachdem ich mit ihm Schluss gemacht hatte, war für ihn auch mit den Versammlungen Schluss. Allerdings glaube ich nicht, dass das etwas mit mir zu tun hatte. Ted war einfach nicht daran interessiert, unbezahlt für etwas zu arbeiten.

»Wir haben ein Problem in diesem Land«, erklärte ich. Nach und nach gesellten sich Studenten und Dozenten zu den Zuhörern, vielleicht aus Interesse, vielleicht aber auch nur, um Seminare oder Fakultätstreffen zu schwänzen. Mir war das egal. Hauptsache, ich hatte Menschen um mich herum. Warme Körper an einem kalten Februarmorgen.

Menschenmengen sind magnetisch, sie verwandeln uns in Herdentiere. Wenn eine Frau auf dem Bürgersteig stehen bleibt und sich die Auslage eines Juweliers anschaut, besteht die gute Chance, dass ein, zwei weitere ebenfalls innehalten. Und dann werden aus zwei, drei leicht vier und daraus acht. Gut möglich, dass im Schaufenster nichts zu sehen ist, dass die Erste nur ihr Make-up kontrollieren oder einen Blick auf eine befreundete Verkäuferin werfen will. Trotzdem wächst die Menge. Genau wie heute.

Nur hatte ich mehr als nichts zu bieten. Ich hatte etwas zu sagen, und zwar etwas ziemlich Aufsehenerregendes.

»Wir brauchen eine Lösung«, sprach ich ins Mikrofon. »Wir brauchen eine Versicherung gegen ungerechtfertigte Hinrichtungen.«

Jetzt starrten zweihundert Menschen zu mir hoch, wo kurz zuvor nur ein Dutzend gestanden hatte. Ich konnte den Asphalt nicht mehr sehen oder einzelne Gesichter erkennen. William und die anderen waren mit den Zuschauern verschmolzen. Selbst Ian, der dank seiner Größe und seiner wilden Hippie-Mähne eigentlich unverwechselbar war, war in der Menge verschwunden.

Wichtiger jedoch als die Anzahl der Menschen war die Tatsache, dass sie wirklich zuhörten.

Sie hörten mir zu.

Ich hatte mir Dutzende relevanter Fälle eingeprägt, die Namen von über dreißig Opfern von Fehlurteilen, doch diese

Leute waren nicht wegen juristischer Fallbeispiele hier. Sie waren hier, weil sie dasselbe dachten wie ich.

»Können wir das Nicht-Wiedergutzumachende wiedergutmachen?«, brüllte ich. »Können wir die Toten wieder zum Leben erwecken?«

»Nein!«, dröhnte es zurück.

»Können wir das Nicht-Wiedergutzumachende verhindern?«

»Ja!« Das kam noch lauter. Ohrenbetäubend laut. Es waren fünfhundert Stimmen, die mir wie aus einem Mund entgegenschallten.

»Dann müssen wir jeden Fall in diesem Land ausgraben, der mit einer ungerechtfertigten Hinrichtung endete. Jeden einzelnen. Ganz gleich, wie weit er zurückliegt. Wir müssen mit den Angehörigen reden, den Ehepartnern, den erwachsenen Kindern. Wir müssen Amerika zeigen, wie viele Leben zerstört werden, wenn das System sich irrt.« Ich glaube, ich sprach noch weiter, aber ich konnte mich nicht mehr hören, so laut brüllte die Menge. Es war ohrenbetäubend.

Ich war ziemlich unsicher gewesen, als ich am Morgen das rote Kostüm aus Ians Schrank genommen und angezogen hatte. Auf meinem Podium war mir wohl immer noch peinlich bewusst, wie sehr ich damit auffiel: Ich war ein schockierend roter Farbfleck vor den nackten Bäumen und den verwitterten, fast farblosen Backsteingebäuden hinter mir. Aber dann geschah etwas völlig Verrücktes: Die Zuschauer fingen an, in ihren Taschen und Rucksäcken herumzuwühlen. Sie holten alles hervor, was rot war – oder auch nur in diese Farbrichtung ging. Sie schwenkten Bücher mit roten Einbänden und pinkfarbene Schals.

Als ich einen Monat später wieder im Yard sprach, hatten sich dort mindestens tausend Menschen versammelt. Sie hatten die Flugblätter gelesen. Sie hatten mich im Lokalradio gehört. Sie waren von ihren Freunden mitgeschleift worden. Und sie alle trugen das Rot von Harvard.

Nach meiner zweiten Kundgebung ging Ian mit mir essen. Ohne mir etwas zu sagen, hatte er vorher den Koch angerufen und die Speisen besprochen, aber erst nach dem fünften Gang machte es bei mir Klick: Die Suppe aus gerösteten Paprika, der Rote-Beete-Salat, das extrem blutige Chateaubriand, das Himbeersorbet und die Birnen in Rotwein waren alle Teil seiner Überraschung. Ich glaube, an jenem Abend liebte ich ihn mehr, als ich jemals einen Menschen geliebt hatte, und als wir endlich zu Hause waren, weit weg von den Mikrofonen, den Menschen und ihren Fragen, taten wir all das, was Liebende tun.

Damals fragte ich mich, ob ich Sex je als Routineakt betrachten würde. Ich glaubte es nicht. Nicht mit Ian.

Es kostete noch zehn weitere Jahre voller Kundgebungen und Hunderte von kräftezehrenden Flügen quer durchs Land. Ich reiste nach Texas, Florida und Missouri, absolvierte unzählige Gespräche, bekam zu wenig Schlaf, arbeitete im Flugzeug an meinen Fällen und übernachtete in so vielen Motelzimmern, dass ich sie nicht mehr unterscheiden konnte. Am Ende verließ Ian Harvard, und wir zogen nach Virginia, wo ich im ersten Jahr nach der Uni gearbeitet hatte. Es war der O'Dell-Fall, der mich dorthin zurückbrachte, obwohl Joseph O'Dell schon lange tot war, genau wie die anderen acht Männer, über die ich recherchiert hatte. Das Besondere bei ihm war nur, dass er eine einzigartige Unterstützerin hatte, eine Frau, die ihn sechs Stunden vor seiner Exekution im Greensville Correctional Center geheiratet hatte.

Es wurde in allen Medien davon berichtet. Ehefrauen und Mütter von Hingerichteten kamen von überallher und verlangten eine Wiederaufnahme der Fälle. In tränenfleckigen Briefen dankten sie mir und baten mich, von ihren Fällen zu berichten. Einmal brach sogar die Webseite von Vita zusammen, weil es zu viele Anfragen gab, und funktionierte erst nach drei Tagen wieder.

Da wusste ich, dass wir gewonnen hatten. Da erkannte ich, dass Tausende von Stimmen, die dieselbe Melodie singen, alles möglich machen.

Ich erinnere mich an den Tag, an dem die letzten drei Staaten – Texas, Florida und Virginia – endlich kapitulierten und die Todesstrafe abschafften. Es war ein Sieg, der genauso unerwartet kam wie ein Überraschungserfolg bei einer nationalen Wahl. Und all das dank einer Armee Protestierender, die immer lauter wurden; dank unzähliger Füße, die sich in Bewegung setzten; dank all der Ehrenamtlichen bei Vita, die jedem Wähler, der es hören wollte, einen Justizirrtum nach dem anderen vorführten. Es war glorios.

Doch wegen Toby Barrett und der Verabschiedung des Remedies Act war der Sieg nur vorübergehend.

KAPITEL SECHZEHN

»Ich hab mal eine dieser Rotgekleideten gesehen«, sagt Daniel. Er schneidet gerade Kohl für den Krautsalat, während ich auf der anderen Seite der Kücheninsel sitze und seine Handhabung des Messers bewundere. »Damals arbeitete ich ein paar Monate in Florida, genauer gesagt in Jacksonville, an einem Betrugsfall. Ziemlich furchterregend.«

»Das stimmt«, nicke ich. »Ein Dokument mit einem Gesetz ist eine Sache, aber eine ganz andere ist eine ständige sichtbare Mahnung daran, was auf dem Spiel steht.« So war es. In den ersten beiden Jahren nach Inkrafttreten des Remedies Act hatte Vita ein paar Dutzend Freiwillige in jedem Staat. Wir tauchten in Gerichtsgebäuden auf, in den Büros von Staatsanwälten und überall, wo wir gesehen werden konnten. »Meistens mussten wir nicht mal was sagen. Es reichte schon, dass wir da waren.«

Außer dieses eine Mal. Da reichte nicht mal, dass wir was sagten.

»Allerdings«, bekräftigt er. »Sie jagten mir eine Heidenangst ein. Dabei hab ich nur langweilige Fälle.«

Ich stibitze mir noch einen schmalen Kohlstreifen, der dringend nach Daniels Dressing verlangt. »Bankbetrug ist doch sexy«, behaupte ich, dabei wissen wir beide, dass ich schwindle.

Daniel wirft mir einen Blick zu und schenkt mir Wein nach. »Schmeichelei bringt dir nur Freigetränke ein. Aber ist schon gut. Manchmal bedeutet Langeweile auch Sicherheit.« Offenbar merkt er, dass er einen wunden Punkt getroffen hat, denn er schiebt sofort nach: »Mach dir keine Sorgen. Milford war schuldig. Für das, was er getan hat, hätte ich auch die Todesstrafe gefordert.«

»Ich weiß.«

»Ganz anders als in dem Bantam-Fall in Florida«, fährt er fort. »Da waren die Beweise nicht ganz unstrittig. Hieße ich Adrian Kopinsky, könnte ich wahrscheinlich nicht mehr ruhig schlafen. Andererseits war sie schon immer eine ziemliche Bitch.«

Ich nehme mein Glas und setze es wieder ab. »Du kanntest Kopinsky? Das hast du mir nie erzählt.« Adrian Kopinsky ist eine fanatischere Verfechterin der Todesstrafe als die Staatsanwältin von Philadelphia, die Ian bei dem ersten Treffen in seiner Wohnung als Beispiel anführte.

»Ich hatte das fragwürdige Vergnügen«, gibt er zu. »Als ich noch jung und dumm war, voller – du weißt schon. Zwar war ich schon Ende dreißig, aber eben ein Spätzünder.« Er zieht den Kopf ein und schüttelt sich tatsächlich, als wollte er die Erinnerung daran loswerden.

»A-ha. Du *kanntest* sie also«, sage ich. »Wow.«

»Im biblischen Sinn, meine Liebe.« Daniel beugt sich über die Kücheninsel und gibt mir einen Kuss. »Aber dich habe ich viel, viel lieber.«

»Wie war sie denn?« Dabei weiß ich genau, wie Kopinsky war.

Jetzt schenkt Daniel sich selbst nach. »Wir brauchen mehr Alkohol.« Seufzend sieht er sich nach einer Schüssel um, die groß genug für den Berg aus geschreddertem Weißkohl auf dem Schneidbrett ist. »Weißt du, was sie sagte, als beim Bantam-Fall vor der Anklageverlesung eine der Vita-Frauen hereinkam?«

Bevor ich antworten kann, lacht er. »Also, eigentlich kann ich nur weitergeben, was Adrian mir erzählt hat. Sie marschierte zu der Frau und erklärte, sie würde lieber selbst auf dem elektrischen Stuhl landen, als länger zuzusehen, wie Donald Bantam noch einen einzigen Atemzug machte. Die Frau von Vita zuckte nicht mit der Wimper. Ganz im Ernst. Sie stand nur da, blickte zu der über 1,70 Meter großen, rothaarigen Furie auf und sagte: ›Gut möglich, dass Ihr Wunsch erfüllt wird. Ich hoffe, Sie überlegen sich das noch mal.‹ Es gab einen erbitterten Wortwechsel, bis Adrian lachte und die Frau in Rot rausschmeißen ließ. Am selben Abend noch habe ich mit Adrian Schluss gemacht. Ich konnte einfach nicht anders, verstehst du? Der Bantam-Fall war wirklich schlimm, schlimmer als alles, was ich je mitgekriegt habe. Auch schlimmer als der Milford-Fall.« Er schließt kurz die Augen. »Aber die Beweise, Justine … Die Beweise haben mich nie zu hundert Prozent überzeugt. Und die Vita-Frau hatte recht. Adrian hätte es sich noch mal überlegen sollen.«

An den Bantam-Fall kann ich mich noch lebhaft erinnern, obwohl er Jahre her ist und in Florida passierte. Ich weiß noch, dass im Vergleich zu den Verletzungen des Opfers alles aus der Serie *Saw* einfach läppisch wirkte. Und ich erinnere mich, dass Adrian Kopinsky trotz meiner Intervention an diesem Tag unbeirrt die Todesstrafe forderte. Sie war die Erste, die das nach Inkrafttreten des Remedies Act tat. Die Zweite war ich.

Während ich mich ebenfalls auf die Suche nach einer Salatschüssel mache, beschließe ich, ihm die Wahrheit zu sagen. »Das war ich, Daniel. Die Frau, die versuchte, Kopinsky davon abzubringen.«

»Wow. Du bist ja wirklich herumgekommen.« Seine Stimme verrät mehr Stolz als Vorwurf. »Schade, dass ich dich nicht schon damals kennengelernt habe.«

»Ich war verheiratet«, entgegne ich.

»Ich weiß.« Er nimmt mich in den Arm. »Ich bin nur froh, dass ich dich überhaupt kennengelernt habe.«

»Ich auch, Daniel. Ich auch. Wurde Bantam übrigens hingerichtet? Ich hab den Fall nicht weiter verfolgt, nachdem … ich meine, ich hab ihn einfach nicht mehr verfolgt.« *Nach Ians Tod.* Es besteht kein Grund, meinen verstorbenen Mann zu erwähnen. Seine Anwesenheit ist ohnehin spürbar, ob ich will oder nicht. Und ob Daniel will oder nicht.

»Vor ein paar Jahren. Aber es gab Gerüchte um kontaminierte Blutproben.«

»Ach du Scheiße«, sage ich, und plötzlich knicken meine Beine unter mir ein.

Daniel fängt mich auf, bevor ich auf dem Boden lande. »Nicht, Justine! Du bist nicht Adrian. Du hast ein gutes Herz und ein gutes Gespür, und du hast getan, was du für richtig gehalten hast. Du kannst es nicht ändern, und deshalb sollte man nicht zurück, sondern in die Zukunft schauen. Okay?«

Ich nicke. Zumindest denke ich das. Aber eigentlich bin ich in meinen eigenen Gedanken versunken.

»Du hattest mehr Zeugen, und du hattest Blutproben.« Daniel hält inne. Noch immer trägt er fast mein gesamtes Gewicht. »Einwandfreie Blutproben. Du hattest einen Mann ohne Alibi, der das Opfer kannte und sich schuldig bekannte. Und die Familie des kleinen Jungen war auf deiner Seite, Justine.« Er schließt mich in seine Arme. »Komm, lass uns was essen und uns betrinken. Und dann schauen wir mal, was passiert.«

Was passiert ist: dass ich zwei Gläser Chardonnay herunterkippe, während Daniel den Grill anwirft und den Salat mit dem Dressing vermischt. Und dann klingelt sein Handy. Ich kann die ersten drei Ziffern sehen, aber die Vorwahl ist mir unbekannt.

Als Daniel die Nummer sieht, runzelt er die Stirn. »Ich sollte da drangehen. Das ist ein alter Kumpel aus Florida, bei dem gerade Prostatakrebs diagnostiziert wurde. Der arme Kerl. Krebs mit fünfundfünfzig, verdammt noch mal!« Er nimmt das Handy und meldet sich. »Hey, Curt. Wie geht's?«

Ich höre ein Lachen durchs Handy, bekomme vom Rest des Gesprächs aber nichts mit. Also beobachte ich nur Daniels Miene, die sich plötzlich verändert. Die Falte auf seiner Stirn wird immer tiefer, seine Augen immer größer, und als er den Anruf beendet, wirkt er zwanzig Jahre älter. Der gute alte Krebs: tut sein Bestes, um Furcht und Schrecken zu verbreiten.

»Schlechte Nachrichten für deinen Freund?«, frage ich.

Daniel schüttelt den Kopf. »Nein, Curt geht es gut. Die Behandlung schlägt an, und er arbeitet schon wieder dafür, Versicherungsbetrüger in Florida hinter Gitter zu bringen.«

»Wieso siehst du dann aus, als wäre jemand gestorben?«

»Er hat nicht wegen der Krankheit angerufen«, sagt Daniel, füllt sein Glas und leert es mit zwei großen Schlucken. »Sondern wegen des Bantam-Falls.«

Plötzlich ist meine Kehle wie zugeschnürt, und ich bringe kein Wort heraus. Ich kann gerade noch schlucken.

»Eigentlich hat Curt wegen eines neuen Falls angerufen. Man hat eine Frau mit Schusswunden in ihrer …« Er verstummt, füllt sein Glas mit Wasser und leert es in einem Zug. »Mit identischen Verletzungen.« Wieder verstummt er und spritzt sich Wasser aus dem Hahn ins Gesicht. »Gott, es ist schlimm, Jussie.«

Ich sage nichts.

»Sie haben den Kerl, er hat schon einen Pflichtverteidiger. Weißt du, was der behauptet?«

Ich sage immer noch nichts, sondern schüttle den Kopf.

»Sein Klient hat's getan. Er hat das Verbrechen begangen. Und das andere auch. Das, wofür Bantam drankam. Er sagt, sein Klient ist bereit, beide Morde zu gestehen, wenn das Strafmaß reduziert wird.« Jetzt lacht Daniel tatsächlich. »Reduziert? Wie denn? Einmal lebenslänglich weniger? Gott!«

Plötzlich will ich keinen Wein mehr. Es ist, als wären all meine Geschmacksnerven abgestorben. »Sind sie sicher?«

Daniel sieht aus, als würde er jeden Moment umkippen. »Ich weiß es nicht. Noch nicht. Es werden DNA-Tests gemacht, und die ganze Besatzung ist im Büro, außerdem ein paar Besucher in roten Klamotten – genauer gesagt, zwei Gruppen. Und sie schreien sich an. Curt meint, die eine Gruppe bezeichnet sich selbst als Vita, und die andere behauptet, sie würde mit dem – wie heißt das noch? –, mit der staatlichen Aufsichtskommission für irgendwas zusammenarbeiten.«

»Der staatlichen Aufsichtskommission für Haftung der Staatsanwaltschaft«, sage ich. »Hier in Virginia haben wir auch eine.«

»Sind die nach dem Milford-Prozess auch zu dir gekommen?«

»Nein, nur Vita.« Ich sehe mich noch, in meinem vollgestopften Büro, und die beiden Frauen, die mir gegenüber am Schreibtisch standen und auf mich herabblickten. Das zunächst einseitige Gespräch begann mit Bitten und endete mit dem, was Daniel einen ›erbitterten Wortwechsel‹ nennen würde, bevor ich die beiden rausschmiss. »Ich wünschte, ich hätte ihnen zugehört. Aber ich glaube, ich konnte niemandem mehr zuhören, nachdem – also, damals.«

»Lieber Gott, Jussie!« Er bedeckt mit einer Hand seine Augen. Mit der anderen fasst er mich am Arm. »Kopinsky lacht nur und behauptet, das wäre absurd. Fake. Aber Curt kauft ihr das nicht ab. Er meint, sie hat eine Scheißangst.«

»Vielleicht solltest du sie anrufen«, sage ich, obwohl ich das eigentlich nicht will. »Ich meine, ihr zwei hattet doch mal was.«

»Später. Lass uns zuerst essen.«

Ich mache mir nicht mal die Mühe, den Tisch zu decken. Wir bleiben an der Kücheninsel, stochern schweigend im Essen herum und sehen uns danach eine RomCom auf Netflix an. Aber keiner von uns lacht, und danach passiert auch nicht mehr viel.

KAPITEL SIEBZEHN

Ich wache auf, noch bevor Morgenlicht in mein Zimmer dringt – obwohl ›aufwachen‹ nicht das richtige Wort ist. Um aufzuwachen, muss man vorher geschlafen haben, und ich glaube, das habe ich nicht. Daniel neben mir schnarcht leise, er hat einen Arm über meine Brust und die andere wie einen schützenden Schild über seinen Kopf gelegt. Aus den zerwühlten Laken schließe ich, dass auch er eine unruhige Nacht hatte.

Doch jetzt schläft er, und ich nutze die Gelegenheit.

Mein Handy ist noch in der Küche, wo ich es gestern Abend gelassen habe. Als ich es mir nehme, blitzen drei verpasste Anrufe und die Nachricht von einer unbekannten Nummer auf. Erst da bemerke ich, dass ich versehentlich Daniels Handy genommen habe. Diese verdammten Handyhüllen sehen alle gleich aus. Da die Vorwahl aus Florida ist, könnte es Daniels Freund sein. Oder auch nicht. Es könnte auch Adrian Kopinsky sein.

Ich nehme mein eigenes Handy und gebe die Nummer ein. Adrian – wenn es denn Adrian ist – klingt, als sie sich meldet, gar nicht wie eine Bitch, sondern wie eine eingefleischte Kettenraucherin.

»Daniel? Oh Gott, Danny! Ich stecke in der Scheiße!«

Danny? Mein Daumen schwebt über dem roten Aus-Knopf, als ein Klicken sie unterbricht. Dann setzt sie von Neuem an.

»Danny? Hör mal, tut mir leid, dass es so früh ist. Aber ich muss mit jemandem reden. Auf der Arbeit will keiner mit mir gesehen werden. Der District Attorney hat mich nach Hause geschickt und gesagt, ich solle nicht wiederkommen. Also gar nicht. Das war's. Was zum Teufel mache ich jetzt?«

Ich drücke immer noch nicht auf Aus. »Hallo? Spricht dort Adrian?«, frage ich stattdessen.

»Wer zum Teufel ist da?« Da: die Bitch wieder. Aber nur kurz. »Ist Danny da? Sind Sie seine …«

»Nein, ich meine, ja. Er ist da, schläft aber. Ich bin nicht seine Frau oder so.« *Ich bin nur zufällig in aller Herrgottsfrühe im selben Haus wie er.*

»Verstehe.« Sie zögert. »Ja, hier ist Adrian Kopinsky. Tut mir leid, dass ich so früh an einem Sonntag angerufen habe.«

»Kein Problem, ich war schon auf. Klingt, als hätten Sie genauso schlecht geschlafen wie ich.« Ich hole tief Luft. »Hier spricht Justine Callaghan.«

Ich höre ein Krachen, dann Stille und schließlich ein Scharren, so als würde ein Stuhl über einen Holzboden gezogen. Dann ist Adrian wieder in der Leitung.

»Sorry, hab mein Handy fallen gelassen. Sind Sie *die* Justine Callaghan? Justine *Boucher* Callaghan? Die, die in mein Büro kam beim – Sie wissen schon –, beim Bantam-Fall?«

»Nur Callaghan.« Ich verschweige ihr, wie gerne ich jetzt irgendjemand anders wäre.

»Oh, Gott sei Dank!«, stößt Adrian aus, und als ich das Klicken eines Feuerzeugs höre, hätte ich fast gesagt, sie solle nicht so viel rauchen. Aber dann bremse ich mich. Schließlich hat jeder seine eigene Methode, sich runterzubringen. »Hören Sie, können wir reden? Ich weiß, ich hab mich damals scheiße benommen, aber ich muss mit Ihnen reden.« Als sie scharf den

Rauch einsaugt, überkommt mich kurz der Drang, mir auch eine anzustecken.

Stattdessen mache ich mir einen Kaffee.

»Sind Sie noch da, Justine?«

»Hören Sie, wenn's um die neuen Beweise im Bantam-Fall geht, weiß ich nicht, was ich sagen soll«, erkläre ich, während ich Löffel um Löffel in die Kaffeemaschine schaufle.

»Aber Sie sind doch bei Vita und kennen die richtigen Leute.«

»Nicht mehr. Seit sieben Jahren schon. Lesen Sie denn keine Zeitung?« Ich erzähle ihr nicht von meiner letzten Begegnung mit einem Vita-Mitglied von der Gründungstruppe, das ich persönlich betreut hatte. Nicht, weil ich es Adrian verschweigen, sondern weil ich nicht daran denken will, wie ich im Müsligang meines Supermarkts angeschrien und angespuckt wurde.

Als die Kaffeemaschine eine Weile gespotzt hat, gieße ich mir mit zittriger Hand einen Becher ein, während Adrian redet.

»Klar lese ich Zeitungen. Nicht als Print – ich kann ja nicht mal mein Haus verlassen, weil ich von den verdammten Reportern belagert werde. Nein, online. Gestern Nacht kam die Story raus. Sie wollen meinen Kopf, Justine.« Jetzt weint sie. Die Frau, die Daniel als Bitch beschrieben hat, scheint völlig am Ende zu sein. Dann kommt die Bitch zurück. »Sie haben doch damit angefangen. Also müssen Sie auch was tun können!«

Ich möchte ihr erklären, dass das Ganze nie so weit gehen sollte. Dass Vita nur die Todesstrafe in jedem Staat abschaffen wollte und dass es nicht unsere Schuld ist, wenn das Ganze nach hinten losging, bloß weil ein paar Soziopathen wie Toby Barrett mehrere Staaten dazu brachten, sie wieder einzuführen. Ich möchte ihr erklären, dass es keine Möglichkeit gab, den Remedies Act aufzuhalten, und dass wir deshalb versuchten, Schadensbegrenzung zu betreiben. All das will ich ihr sagen, habe aber das Gefühl, dass Adrian mir gar nicht mehr zuhören wird.

Sie reißt sich zusammen. »Und was kommt danach? Ich meine, wenn ich weg bin …« Sie hält inne, schnaubt in ein Taschentuch und sammelt sich wieder. »Wenn man mich hinrichtet, wer muss dafür den Kopf hinhalten? Wer ist dran, wenn es ein Justizirrtum war?«

»So weit kommt es nicht, aber das wissen Sie doch, oder?« Das ist eine bittere Pille, aber so ist es eben. Der Remedies Act wurde so formuliert, dass es irgendwo ein Ende haben musste. Und das Ende ist eben beim Staatsanwalt. »Es tut mir sehr leid.«

»Ja, na klar! Und wenn *Sie* auf dem elektrischen Stuhl landen würden? Wie leid würde es Ihnen dann tun?«

Ich verschlucke mich fast an dem Kaffee und spüre, wie er mir brennend die Kehle hinunterrinnt. »Ich dachte, in Florida gibt's die Giftspritze.«

»Bis vor acht Jahren, ja. Lesen *Sie* denn keine Zeitung?«

»Nein, ich hatte es nur vergessen. Tut mir leid.« Natürlich hat Florida die Giftspritze abgeschafft, denn wie im Rest der fünfzig Staaten hatte es eine erschreckende Statistik verpfuschter Hinrichtungen gegeben. Es kursierten Geschichten von abgeknickten Schläuchen, kollabierten Venen, falschen Dosen, unerwarteten chemischen Reaktionen und technischen Fehlern. Alles, was man darüber hört, wenn diese angeblich humane Methode versagt, nimmt dem elektrischen Stuhl seinen Schrecken.

Es sei denn, man gehört zu denen, die darauf landen.

Aber über den elektrischen Stuhl gibt es auch Geschichten. Genauso wie über die Gaskammer, das Erschießungskommando und den Galgen. So findig wir im Ersinnen neuer und besserer Hinrichtungsmethoden auch sind, sind Fehler offenbar unvermeidlich.

Adrian redet immer noch mit mir. Oder zu mir. Von der Giftspritze, die ersetzt wurde, bis zu den neuen Beweisen im Bantam-Fall, die wahrscheinlich null und nichtig sind. Am Ende entlädt sie ihre ganze Angst und Wut auf mich. Und davon hat sie eine ganze Menge.

»Sie meinen bestimmt, ich hätte nicht so entscheiden sollen, oder? Aber was sollte ich denn mit Donald Bantam machen, als seine Fingerabdrücke auf der Waffe waren und sein Samen in der Muschi der Frau? Als wir Beweise fanden – stichhaltige Beweise –, dass er sie ein halbes Jahr gestalkt hatte? Und das Opfer war schwanger. Schwanger! *Gesegnet war die Frucht ihres verdammten Leibes!* Also, Justine: Was hätte ich machen sollen?« Auf eine Antwort wartet sie nicht. »Aber da muss ich Sie wohl gar nicht erst fragen, oder?« Mittlerweile ist Adrian fast hysterisch, und ihre Stimme wird immer schriller. »Sie haben doch selbst vor ein paar Jahren die Todesstrafe gefordert! Oh ja. Ich erinnere mich an den Milford-Fall. Wie jeder in diesem Land. Und ich rate Ihnen, sich schon mal aufs Beten zu verlegen!«

»Ich glaube, wir beenden jetzt besser das Gespräch«, sage ich ruhig, zittere aber immer noch. Das höre ich an meiner Stimme.

»Wie alt sind Sie? Mitte vierzig? Der Remedies Act hat keine Verjährungsfrist, genau, wie Sie wollten. Also genießen Sie die zweite Hälfte Ihres Lebens, während Sie darauf warten, ob neue Beweise bei Ihrem Fall auftauchen!«

Sie lacht und beendet das Gespräch, gerade als Daniel in seinem Bademantel in die Küche kommt.

»Schlimme Nacht gehabt?«, fragt er.

»Nicht nur schlimme Nacht. Rate mal, wer das war.« Als ich ihm Kaffee einschenken will, lasse ich den Becher fallen. Er zerbricht nicht einfach, sondern zerspringt in tausend Stücke.

»Die Frau von Milford?«, fragt er und führt mich zu einem Stuhl. Offenbar muss Daniel in letzter Zeit ständig mein Chaos in Ordnung bringen. Und ein zersprungener Kaffeebecher wird bestimmt nicht das Schlimmste gewesen sein.

»Nein, Adrian Kopinsky.«

Er reißt die Augen auf.

»Also, ich hab aus Versehen dein Handy genommen, sah, dass es eine Nummer aus Florida war, und dachte, dein Freund hätte angerufen. Also hab ich zurückgerufen, für den Fall, dass es was Dringendes ist. Du hast recht: Sie ist eine Bitch.« Was man leicht werden kann, wenn der Remedies Act wie ein Damoklesschwert über einem hängt und jeder einzelne Reporter aus Jacksonville sein Lager vor dem Haus aufschlägt. »Du solltest sie anrufen. Ich glaube, sie hat Probleme.«

Die Untertreibung des Jahres.

Daraufhin verschwindet Daniel ein paar Minuten, um sie anzurufen. Ich bleibe in der Küche vor einem Kaffee sitzen, den ich nicht mehr will, und denke über Adrians Worte nach. Keine Giftspritze mehr in Florida. Nur noch Old Sparky. Doch nicht mal der elektrische Stuhl ist todsicher.

Ich weiß, was alles passieren kann. Denn ich habe zweimal persönlich mit angesehen, wie eine Hinrichtung schiefging.

KAPITEL ACHTZEHN

Kurz nach meinem Abschluss, als ich meinen ersten Job in Richmond hatte, kam Ian aus Cambridge und fuhr mit mir noch weiter südlich nach Emporia in Virginia, weil wir uns die erste der drei Hinrichtungen ansehen wollten, die wir in unserem Leben mitbekommen sollten. Der zweitkleinste Ort des Commonwealth war ein verschlafenes Nest, und an diesem unerwartet kühlen Abend im Frühherbst wirkte er fast, als wäre er im Koma oder schon tot. Ich weiß noch, dass Ian fast die gesamte Fahrt meine Hand hielt, außer, wenn ihn eine besonders gefährliche Kurve oder eine plötzliche Beschränkung der Geschwindigkeit zwang, einen Gang herunterzuschalten.

»Bist du sicher, dass du das tun willst?«, fragte er noch mal, als wir uns der Zentrale der State Police näherten. Dort warteten schon ein halbes Dutzend Menschen, die sich angeregt unterhielten, aus dampfenden Kaffeebechern tranken oder rauchten.

Ich wollte nicht tun, was wir uns vorgenommen hatten. Ich war fünfundzwanzig und hatte noch nie eine Notaufnahme von innen gesehen, geschweige denn, einen Menschen sterben sehen. Mein Wissen darüber – und das war ziemlich umfangreich – war rein theoretisch. Als ich meine letzten Prüfungen ablegte, hatte ich eine riesige Sammlung von Namen und Daten in meinem Kopf. Ich konnte angeben, welche Staaten welche Methode benutzten, und die Vorbereitungen für den Tod durch Erhängen, Ersticken, Erschießen oder Stromschlag auswendig herbeten. Ich wusste, wie jede einzelne Minute der letzten vierundzwanzig Stunden im Leben eines Todgeweihten gestaltet war.

Aber als ich aus Ians Wagen ausstieg, erkannte ich, dass ich rein gar nichts wusste.

Nachdem wir das Gebäude der State Police betreten hatten, folgte zunächst allgemeines Händeschütteln und Vorstellen. Ein großer, ernster Mann namens Jeffries fragte nach unseren Namen, verglich sie mit denen auf der Liste und erklärte, er wäre der Verbindungsbeamte zur Strafvollzugsbehörde. Er würde uns bei jedem Schritt unseres Vorhabens begleiten. Zu dem Zeitpunkt fragte ich mich, ob er mich vielleicht sogar in den Gefängniswagen heben würde, wenn meine Beine unter mir nachgäben.

Ian hielt meine Hand auch während der zehnminütigen Fahrt von Emporia zum Gefängnis in Jarratt. Wir hatten Richmond kurz nach dem Abendessen verlassen und waren auf einer von Bäumen gesäumten Interstate hergefahren, die schon die Farbe wechselten. Die Sonne hatte geschienen, sodass es mir schwerfiel, an etwas anderes als an die vor Leben strotzende Natur zu denken. Doch jetzt war es stockdunkel, nicht mal das Licht des Mondes durchschnitt die Finsternis, und dieser Teil des Landes kannte auch keine Lichtverschmutzung. Die gesamte Fahrt sprach niemand ein Wort.

Die Hinrichtung von Tim Sully war für dreiundzwanzig Uhr angesetzt, aber wir erreichten das Gefängnis viel früher. Jeffries führte uns zwölf – sechs Reporter, vier Männer, die ich für freiwillige Zeugen hielt, und uns zwei – in ein kleines Gebäude in der Nähe des Gefängnistors. In der Zuschauergruppe war ich die einzige Frau.

»Also, Leute«, setzte Jeffries an. Er war ein ernster Mann, wirkte aber nicht einschüchternd, sondern eher wie ein Lehrer mit natürlicher Autorität. Wir ließen uns auf harten, unbequemen Stühlen nieder, die noch weiter zu meinem psychischen Unbehagen beitrugen, dann begann Jeffries mit seiner Einführung. »Das Ganze wird ungefähr eine Stunde dauern. Wenn Sie einverstanden sind, stellen Sie Ihre Fragen bitte erst danach.«

Meine einzige Frage war, ob ich nicht einfach in den Wagen zurückrennen und dort auf das Ende des Albtraums warten konnte. Hilflos schaute ich Ian an. Nicht, weil ich wirklich Hilfe wollte, sondern weil ich wusste, ich musste dies tun, und nichts würde helfen, mir das auszureden.

»Eine Frage wird mir immer wieder gestellt, und zwar die, ob der Stuhl in der Todeskammer das Original ist«, sagte Jeffries. »Ich kann zwar versichern, dass er ebenfalls aus Eiche ist und 1908 von Insassen gebaut wurde. Aber die elektrischen Vorrichtungen sind seitdem auf den neuesten Stand gebracht worden.« Das klang wie ein schlechter Witz, doch Jeffries' Ton war so nüchtern und sachlich, dass wir nur nickten.

»Der erste Mann, der hier in Virginia auf dem elektrischen Stuhl hingerichtet wurde«, fuhr Jeffries fort, »war Henry Smith alias Oscar Perry. Er wurde für schuldig befunden, eine weiße, fünfundsiebzigjährige Frau in Portsmouth vergewaltigt zu haben. Zwei Wochen später kam Winston Green auf diesen Stuhl.«

Smith und Green waren keine Unbekannten für mich. Ich wusste alles über sie. Smith war vielleicht schuldig, aber Green, der angeblich ein zwölfjähriges weißes Mädchen unsittlich berührt hatte, war nur ein Opfer des fatalen Vorurteils der Jim-Crow-Ära, dass ein Schwarzer an sich schon schuldig war. Und wenn nicht, wenn man sich tatsächlich geirrt hatte, tja, dann kümmerte es keinen, weil es ja um einen Schwarzen ging.

Es gab keine DNA-Beweise, keine Fingerabdrücke, keine Verteidiger. Außerdem war Green geistig behindert.

»Im Commonwealth ist nur eine einzige Frau auf den elektrischen Stuhl gekommen«, sagte Jeffries jetzt.

Danach hörte ich ihm kaum noch zu, sondern dachte an Virginia Christian, ein siebzehnjähriges Hausmädchen, das ebenfalls mit der falschen Hautfarbe geboren worden war. Das Mädchen wehrte sich, als ihr Arbeitgeber bei einem Streit einen Spucknapf auf sie schleuderte. Die Geschworenen berieten sich nur dreiundzwanzig Minuten. Offenbar scherte sich keiner darum, dass der Arbeitgeber das Mädchen nachweislich schon mehrfach misshandelt hatte.

Natürlich war der elektrische Stuhl für Menschen wie Smith, Green und Christian schon fast eine Gnade. Denn die Alternative war ein Lynchmob zu Zeiten, als Lynchmobs noch ungestraft morden durften. Das Ganze machte mich krank!

»Weißt du, wie viele Fälle wie der von Christian nicht mal als Justizirrtum betrachtet wurden?«, fragte ich Ian flüsternd.

»Viele?«

»Hunderte.«

Jetzt kam Jeffries zum elektrischen Stuhl und zum eigentlichen Vorgang der Hinrichtung. Wir hörten zu, als er Zahlen herunterratterte, als er beschrieb, wo genau die Fesseln angebracht wurden und welche Salzlösung für die Schwämme angemischt wurde, die man am Kopf und am Bein des Insassen befestigte. Ein paar Reporter in der ersten Reihe wischten sich über die Stirn, als wäre es in dem unangenehm kühlen Raum viel zu heiß. Ihre Gesichter waren aschfahl.

»Wir machen jetzt eine kurze Pause«, kündigte Jeffries an, »wenn jemand auf die Toilette muss, so befindet sie sich draußen im Flur auf der rechten Seite.«

Ich stand auf, sagte Ian, ich wäre gleich zurück, und ging in die Damentoilette, wo ich mein Abendessen wieder von mir gab. Und wahrscheinlich auch mein Mittagessen.

Rückblickend war das nur gut.

Eine uniformierte Frau, die laut Namensschild ›Birch‹ hieß, fing mich an der Tür ab. Sie bat mich, ihr zu folgen, und führte mich in eine Kabine, die noch kleiner war als die Toilette, die ich benutzt hatte. Ian und die anderen Männer wurden in einen anderen, größeren Raum geführt. Vermutlich stellen Frauen, die als Zeugen einer Exekution beiwohnen wollen, eine Minderheit in der Bevölkerung dar.

»Handy, Stifte, Schlüssel, alle Medikamente, die Sie bei sich tragen«, befahl Birch schroff, kaum dass sie die Tür hinter sich geschlossen hatte.

Ich gab ihr meine Tasche und sagte, sie könne sie auch durchsuchen, aber das reichte nicht. Zehn Minuten lang wurde ich so gründlich abgetastet, dass es schon fast eine Massage war. Dann fing Birch noch mal von vorne an: mit meinen Haaren, mit jedem Saum jedes Kleidungsstücks, das ich trug, BH, Jeans, Unterwäsche und so weiter.

Als sie fertig war, sagte sie ebenso schroff: »In Ordnung.«

»Danke«, erwiderte ich.

Nachdem ich den Test bestanden hatte, wechselte sie den Ton. »Schon mal dabei gewesen?«

Ich schüttelte den Kopf.

»Schön ist das nicht, im Gegenteil, es ist bestialisch. Sie sitzen hinter der Scheibe, und wenn's zu schlimm wird, machen Sie die Augen zu und singen sich was vor. Ich würde Ihnen ja raten, das Atmen nicht zu vergessen, aber dafür sorgt schon die Natur. Obwohl Sie wahrscheinlich wünschen werden, sie würde das nicht tun.« Sie versetzte mir einen wohl freundlich gemeinten Klaps auf den Arm. Aber es fühlte sich immer noch so an, als würde sie mich abtasten.

Vermutlich kann man gegen bestimmte Gewohnheiten nichts machen, so sehr man sich auch bemüht.

Als ich wieder in der Eingangshalle war, wartete ich auf die Männer. Ian kam als Erster heraus, und dann standen wir wortlos nebeneinander. Wir wussten wohl nicht, was wir sagen sollten. Den Reportern ging es auch so. Birch kam zu uns und reichte jedem mit einem Presseausweis Notizblöcke und angespitzte Bleistifte.

Um halb elf gingen wir mit Jeffries zum Wagen zurück. Er fuhr uns aufs Gefängnisgelände, von dem ich einen kurzen Blick erhaschte. Ich fragte mich flüchtig, wie es wohl sein mochte, als Letztes so etwas Hässliches zu sehen.

Auf der kurzen Fahrt zur Todeszelle in dem niedrigen Flachdachgebäude, das die Insassen ›Hellville‹ nannten, wanderten meine Gedanken zu Tim Sully und der jungen Lehrerin, die er angegriffen und sterbend zurückgelassen hatte. Hellville schien der richtige Ort für ihn zu sein.

Trotzdem fragte ich mich, ob ich mir je sicher genug sein konnte, um einen Menschen dem Tod zu überantworten.

»Wenn du willst, kannst du es dir noch anders überlegen, Jussie«, sagte Ian, als wir zum zweiten Mal an diesem Abend aus dem Wagen stiegen. »Das wird dir niemand übel nehmen.«

»Aber ich würde es mir übel nehmen«, erwiderte ich.

Das ließ er so stehen und lächelte. Er wusste, dass es nötig war. Mittlerweile wurde ich bei Kundgebungen mit Fragen bombardiert – hauptsächlich von Anhängern der Todesstrafe. Zwar wich ich ihnen geschickt aus, aber hin und wieder quetschte sich ein übereifriges Erstsemester durch die Menge nach vorn und fragte mich mit weit aufgerissenen Augen, ob ich je eine Hinrichtung mit angesehen hätte. Da alles aufgezeichnet wurde, konnte jeder meine Antwort hören. Ob ich nun wollte oder nicht.

Jeffries hielt die Tür nach Hellville auf, während wir hineingingen. Seine Lippen bewegten sich dabei, als würde er uns zählen und sich vergewissern, dass sich niemand abseilte. Ich wollte ihm sagen, er müsste sich keine Sorgen machen.

Und dann waren wir drinnen.

Als ich den Zuschauerraum betrat, sah ich nicht als Erstes den polierten Eichenstuhl, die Drähte oder die Lederriemen. Ich sah die Uhr an der Wand, die die Minuten bis zur Hinrichtung anzeigten. Während Jeffries uns erklärte, wir könnten uns setzen, wenn wir wollten, konzentrierte ich mich auf den größeren Zeiger und sah zu, wie die letzten Minuten im Leben eines Mannes verstrichen.

Ian warf mir einen Blick zu, aber ich schüttelte nur den Kopf. Es kam mir vor, als steckte ich in einem fremden Körper, und ich konnte nur daran denken, was ich tun und fühlen würde, wenn dies *meine* letzten Minuten wären. Wäre ich überhaupt in der Lage, von meiner Einzelzelle in den Raum zu gehen, in dem ich sterben würde? Würde ich in Tränen ausbrechen? Würde ich auf den Boden starren oder auf den Einwegspiegel der Todeszelle und dabei stumm die unsichtbaren Zuschauer auf der anderen Seite verfluchen? Die zehn ewig langen Minuten, die wir in diesem Raum warteten, versuchte ich, mich in Tim Sully hineinzuversetzen. Bis mir bewusst wurde, dass ich das nicht konnte. Ich würde niemals wissen, wie es war, wie er seine letzten Minuten zu erleben.

Aber Sully und ich hatten auch nichts gemeinsam. Als die Wärter ihn in die Todeszelle führten, fielen mir als Erstes die Knast-Tattoos auf, die jeden sichtbaren Zentimeter seiner Haut bedeckten. Hässliche grünlich-schwarze Buchstaben und Symbole ließen seine Fingerknöchel so wirken, als wären sie mehrfach gebrochen. Sein kahl geschorener Kopf hatte hässliche Krusten, und sein Körper war seit Jahren nicht mehr an der Sonne gewesen. Seine Haut war nicht weiß, sondern hatte die Farbe von ranziger Butter: eklig gelblich mit Spuren von jahrelangem Drogenmissbrauch. Sein linkes Bein war nackt und rasiert. Mit ölig glänzenden, völlig ausdruckslosen Augen, die an eine leblose Puppe erinnerten, starrte er zum Spiegel.

Die Vorbereitungen verliefen schnell und routiniert, und auch hier war Sully so leblos wie eine Puppe. Arm hoch. Arm runter. Arm fesseln. Vier Männer wiederholten das mit dem anderen Arm, bevor sie sich Sullys bleichem Bein widmeten, weitere Lederriemen anlegten und mit Salzwasser getränkte Schwämme und Elektroden an der Haut anbrachten. Ich hatte Angst, wahnsinnig zu werden, wenn es noch länger dauern würde.

Und dann war da das Summen. Das konstante, monotone Summen des Stroms, der durch Tim Sullys Körper gejagt werden würde.

Als einer der Wärter einen weiteren Schwamm und einen gruselig aussehenden Helm auf dem Kopf des Mannes platzierte, drückte ich Ians Hand und schluckte trocken, denn ich hatte keine Spucke mehr. Darüber kam eine schwarze Kapuze, aber ich konnte die Vorrichtungen darunter nicht vergessen. Genauso wenig wie den letzten Blick des Verurteilten.

Jetzt achtete ich nicht mehr richtig auf die Uhr. Die Zelle war nur noch ein verschwommener Fleck aus Grau und Schwarz, sodass mein Blick automatisch zum einzigen Farbfleck auf der anderen Seite der Scheibe wanderte.

Das rote Telefon. Die letzte Rettung.

Hatte Sully schon resigniert? Oder wollte er wie ich das Telefon mit seinem Willen zwingen zu klingeln?

Das werde ich wohl nie erfahren.

In diesem Augenblick wurde Jeffries aus dem Zuschauerraum gerufen. Als er zurückkam, wurde er von einem Paar mittleren Alters begleitet, dessen Gesichter so bleich waren wie Tim Sullys nacktes Bein. Ausgehend von den zarten Fältchen, schien die Frau in den Vierzigern zu sein, aber ihr Blick war so müde wie der einer uralten Greisin. Jeffries stellte sie als Mr. und Mrs. Sanderson vor: die Eltern des Opfers.

Der Mann nahm Platz und lehnte sich zu seiner Frau. Kaum war Jeffries gegangen, um die Tür zu sichern, flüsterte er seiner Frau so laut zu, dass es auch alle hörten: »Ich hoffe, es geht schief. Ich hoffe, der Bastard verkohlt wie ein Stück Toast.«

Ich hoffte das zwar nicht, hielt aber den Mund. Der Wärter fragte Sully, ob er noch ein paar letzte Worte sagen wollte.

Durch den Lautsprecher über uns drang ein Hauchen. Tatsächlich hatte Sully noch ein paar letzte Worte zu sagen. Genauer gesagt: vier.

»Es tut mir leid«, sagte er.

In derselben Sekunde, in der Mr. Sanderson verkündete, es täte ihm kein bisschen leid, warf mich ein ohrenbetäubender Knall fast vom Stuhl. Ian zuckte zusammen, sprang aber nicht auf wie ein paar der Reporter. Mrs. Sanderson schrie einmal auf, dann senkte sie den Kopf. Da packte ihr Mann ihr Gesicht und zwang sie, wieder aufzublicken.

»Sieh genau hin«, befahl er. »Sieh zu, wie sie den Killer unseres Babys grillen!«

Mrs. Sanderson fing an zu schluchzen. Mr. Sanderson ließ sie los und tätschelte ihren Kopf. Vermutlich sollte es tröstend sein, nur wirkte es auf mich nicht so.

Und dann knallte es noch einmal. Der Mann auf dem Eichenstuhl, der schon ein paar Sekunden tot gewesen war, zuckte noch eine weitere halbe Minute, bevor alles still wurde und man einen Vorhang vor die Scheibe zog. Dann ertönte es aus dem Lautsprecher: »Die rechtmäßige Hinrichtung von Timothy Sully wurde vollzogen.«

So starb Tim Sully.

Rückblickend war sein Tod gegen die zweite Hinrichtung, die ich mit ansehen sollte, der reinste Gnadenakt.

KAPITEL NEUNZEHN

Gerade als Daniel seinen Anruf beendet hat, taucht Susan mit den Jungs an der Hintertür auf. Was auch immer sie mit meinem Sohn angestellt haben mag: Es wirkt. Er rennt ins Haus und schlingt die Arme erst um mich und dann um Daniel.

»Wir kriegen neue *Star-Wars*-Teller!«, quiekt er.

Ich werfe Susan einen Blick zu und verspreche ihr stumm, die Kosten zu übernehmen, während Daniel die Jungen mit einem seiner Kartentricks begeistert, die er immer zur Hand hat.

»Musst du nicht«, wehrt Susan ab. »Ich hab bei Amazon angerufen, mich als dich ausgegeben und behauptet, das Geschirr wäre schon kaputt angekommen. Sie schicken sofort Ersatz.«

Dank einer Lüge und dem herausragenden Kundenservice von Amazon liebt mich mein Sohn wieder. Ich nehme, was ich kriegen kann. Jonathan war schon immer mehr als nur mein Sohn. Er ist alles, was mir von Ian geblieben ist.

»Und«, verkündet Tommy, »wir gehen in den Zoo! Wollen Sie mit, Mr. Daniel?«

Mr. Daniel will.

»Ich kann nicht«, sage ich, weiche Daniels Blick aus und schenke Susan einen Becher Kaffee ein. Da ich nicht weiß, wie ich meinem gegenwärtigen Liebhaber mitteilen soll, dass ich meinen toten Ehemann besuchen muss, entscheide ich mich für eine Ausrede. »Auf mich warten Erledigungen. Außerdem habe ich einen Berg Wäsche in Jonathans Zimmer, den sich demnächst ein Bergsteiger vornehmen wird, wenn ich mich heute nicht darum kümmere.«

»Jussie«, setzt Daniel an.

»Erledigungen, mein Lieber, ich sagte, Erledigungen. Und Wäsche.« Bevor er noch was sagen kann, frage ich Jonathan, was es bei ihm am Abend zuvor zu essen gab. Zwar weiß ich schon, dass Susan ihnen Chicken Nuggets und Fritten gegönnt hat, aber ein Themenwechsel lenkt von meiner Ausrede ab.

»Nuggets. Und Fritten mit Ketchup«, erzählt Jonathan. »Und dann hatten wir einen Malwettbewerb.« Er dreht sich auf dem Absatz um, rennt aus der Hintertür und kommt kurz darauf mit seinem Rucksack zurück. »Ich hab das hier gemacht.«

Ich nehme das Blatt Papier und tue so, als würde ich es gründlich betrachten. Dazu schiebe ich mir die Brille auf die Nasenspitze wie ein gelehrter Kunstkritiker – wie immer, wenn Jonathan mir etwas Selbstgemaltes zeigt. »Das ist richtig gut, Junge.«

»Findest du?«

»Besser als einiges, was man so im Museum sieht.« Das stimmt sogar. Jonathan hat mit seinen Buntstiften genau das bewirkt, wozu Kunst gedacht ist: Ich fühle mich besser.

Daniel tritt von hinten an mich heran, legt einen Arm um meine Taille, den anderen auf Jonathans Schulter und schaut über mich hinweg auf das Bild, das wie eine Reflexion von uns dreien ist. Denn auf dem Bild stehen wir auch zusammen und lächeln. Zwar tragen wir keine gelb-schwarz gestreiften Kleider und haben auch keine Antennen, aber ansonsten stimmt so ziemlich alles.

»Ich finde, ihr solltet euch bei eurer Hochzeit so anziehen«, sagt Jonathan.

»Ach wirklich?«, erwidere ich.

»Mach ich, wenn du es auch machst«, sagt Daniel und zieht mich enger an sich. Dann flüstert er mir ins Ohr: »Das meine ich übrigens todernst.«

Und dann ist der Moment auch schon wieder vorbei.

Die Jungen wollen in den Zoo. Susan will mehr Kaffee, gibt mir ihren Autoschlüssel und bittet mich zu tanken, weil sie diesen Morgen keine Zeit dazu hatte. Daniel küsst mich und nimmt sein Handy und seine Brieftasche.

Als sie in Daniels Wagen aus der Einfahrt biegen und mir noch mal zuwinken, spüre ich, dass ich diese Menschen mehr liebe als alles. Vielleicht sogar so sehr, wie ich Ian geliebt habe.

Es macht mir nichts aus, Susans zivilen Panzer zum Hollywood Cemetery zu fahren. Der Volvo ist eine gute Tarnung, und in letzter Zeit fühle ich mich inkognito sicherer. Das Radio funktioniert nicht – ich glaube, es ist schon seit Jahren kaputt –, also summe ich vor mich hin, während die Straße mich erst durch die Stadt und dann ans Ufer des River James führt.

Ian und ich hatten eigentlich nichts für unsere Beerdigung geplant. So was macht man nicht, wenn man erst vierzig ist. Zwar wollten wir beide eingeäschert werden, aber Ian hatte insgeheim ein Video von sich gemacht und es für mich auf seinem Computer hinterlassen. Von daher wusste ich, dass er an einem Ort mit Bäumen begraben werden wollte. In meinem umnebelten Zustand nach seinem Tod konnte ich nur nach Friedhöfen in Richmond googeln. Hollywood tauchte als Erstes auf, und nachdem ich mich vergewissert hatte, dass es dort riesige Bäume gab, war es entschieden. Schon komisch, dass Dinge, die erst kompliziert erscheinen, auf einmal so einfach werden. Ich glaube, ich erkannte erst später, dass dort auch achtundzwanzig konföderierte Generäle ihre letzte Ruhestätte hatten. Aber das kann man einer trauernden Witwe schon verzeihen.

Die Frau im Pförtnerhaus winkt mich durch, weil sie wohl erwartet, dass ich mit dem Volvo über den Friedhof fahre. Er umfasst 135 Hektar, und bis zu der kleinen Kapelle, wo Ian jetzt ruht, ist es fast eine Meile.

»Ich brauche ein bisschen Bewegung an der frischen Luft«, erkläre ich ihr, setze in eine der Parklücken zurück und winke ihr noch mal, als ich am Pförtnerhaus vorbeikomme.

»Passen Sie auf sich auf, meine Liebe«, sagt sie mit ihrer Stimme, in der Mitgefühl und der Charme des Südens mitschwingen. Fast rutscht mir die Frage heraus, wie es ist, jeden Tag Hunderte von trauernden Menschen zu sehen, aber dann sage ich nur: »Danke, Sie auch«, und gehe weiter.

Vor mir sehe ich eine dreiköpfige Familie: Vater, Mutter und ein Junge von vier oder fünf Jahren. Wir gehen alle in dem unangenehmen Tempo, in dem die Person vorne sich verfolgt fühlt und die Person hinten nicht schnell genug ist, um ohne Peinlichkeit zu überholen. Ich beschließe, langsamer zu werden, höre aber dennoch jedes Wort, das sie sagen.

»Grandma fehlt mir«, erklärt der Junge. Sein Vater nickt. Von den glasigen Augen zu schließen, vermisst seine Mutter Grandma noch mehr.

»Sie ist jetzt an einem besseren Ort«, sagt sie.

»Wo denn?«

»Im Himmel.«

Ich sehe, dass sie das selbst nicht glaubt.

»Kommst du auch in den Himmel, Dad?«

Darauf lacht der Vater, leise, wie es angemessen ist auf einem Friedhof. »Nur, wenn ich ganz, ganz brav bin. Aber bis dahin ist es noch lang hin.«

An der nächsten Weggabelung biegt die Familie nach rechts ab.

Am liebsten würde ich ihnen nachrennen, mich vor den Jungen knien und ihm sagen, dass er jeden Tag mit seinen Eltern nutzen soll. Denn natürlich kann es bis dahin noch lang hin sein, ganz wie der Vater gesagt hat. Aber es kann auch schon heute Abend so weit sein, oder morgen oder nächste Woche. Es kann so weit sein, wenn Dad Essen vom Griechen holt, wenn er sich mit einem fröhlichen ›Bin gleich wieder da!‹ verabschiedet und die Tür hinter sich zuzieht – die Tür, vor der nach einer knappen Stunde zwei Streifenpolizisten stehen.

Aber ich laufe weiter geradeaus und denke, ich hätte doch in den gottverdammten Zoo gehen sollen.

Das Innere der Palmer Chapel ist still und kühl, wie es sich für eine letzte Ruhestätte gehört. Ians Nische ist ziemlich weit unten in der Urnenwand und trägt nur einen Namen und zwei Daten. Ich setze mich daneben und streiche mit den Fingerspitzen über die eingravierten Buchstaben, lasse die Wärme meiner Finger in den Marmor dringen, bis sie taub werden. Irgendwann kommt ein Pärchen mittleren Alters herein, flüstert etwas und geht wieder. Dann bin ich erneut mit Ian allein.

Kommst du auch in den Himmel? – Bis dahin ist es noch lang hin.

Diese Frage konnte Jonathan seinem Vater nie stellen. Trotzdem überlege ich, was er wohl darauf geantwortet hätte. Wie ich Ian kenne, hätte er bei der Vorstellung von einem Leben nach dem Tod die Augen verdreht oder sarkastisch gesagt: »Nicht, wenn deine Mutter ein Wörtchen mitzureden hat.«

Wir hatten keine Kinder geplant, sondern waren, vielleicht wie das Pärchen eben, um das Thema herumgeschlichen wie um den heißen Brei: Würden wir überhaupt gute Eltern sein? Konnte man Kinder in diese Welt setzen? Konnten nicht auch zwei Menschen eine Familie sein, oder brauchte es dazu unbedingt Kinder? Am Ende beschlossen wir, den Versuch zu wagen, weil wir das Gefühl hatten, viel zu viel Liebe nur für zwei zu haben.

Angeblich ist es ganz leicht, schwanger zu werden. Man denke nur an das Bevölkerungswachstum. Aber für uns war es ganz und gar nicht leicht, und je mehr wir es versuchten, desto verbissener wurden wir. Irgendwann erklärte Susan, wir müssten uns entspannen.

»Hört auf, ständig daran zu denken, Leute«, sagte sie eines Tages beim Abendessen. »Und konzentriert euch nicht so sehr auf den Kinderwunsch. Ihr werdet sehen: Sobald euer Sex nicht mehr ein Akt der Verzweiflung ist, wird es klappen. Vielleicht kriegt ihr sogar Zwillinge. Kommt doch ständig vor.«

»Du hast leicht reden«, erwiderte ich.

Susan nahm mein Handy vom Tisch und löschte jede Kinderwunsch-App, die sich darauf befand. »Nein, im Ernst«, beharrte sie. Dann tätschelte sie sich den Bauch, der etwas weniger straff wirkte als sonst. »Hat bei mir auch funktioniert.«

Also entspannte ich mich. Versuchte es zumindest. Zwar hatte ich immer noch Visionen von einem wachsenden Babybauch und sah vor mir, wie Ian mir im Kreißsaal den Schweiß von der Stirn wischte und ehrfürchtig sein Kind betrachtete, das seine Ankunft mit einem hinreißend lauten Schrei verkündete. Ich sah uns im Bett, wie wir wortlos und voller Liebe den winzigen Menschen betrachteten, der aus uns hervorgegangen war. Ich träumte von Kinderfußballturnieren und Tüten mit Pausenbroten, von Abschlussfeiern, Verlobungen und Hochzeiten. Ich stellte mir vor, wie Ian und ich zusammen alt werden, uns in die Augen schauen und sagen würden: »Das Beste, was wir je zustande gebracht haben.«

Aber ich sah nicht vor mir, wie ich in einer Urnenkapelle sitzen und zu meinem eingeäscherten Mann sagen würde: »Was haben wir verpasst, Ian. Was haben wir alles verpasst!«

Als mich der Schmerz überwältigt, streiche ich noch mal über Ians Plakette und spüre das Datum seines Todes, das eigentlich in ferner Zukunft hätte liegen sollen.

»Ich bin mit jemandem zusammen«, erkläre ich ihm. »Er ist gut für mich und gut für Jonathan.«

Es kommt mir so vor, als antwortete Ian, das sei schon in Ordnung, wichtig sei nur, mein Leben zu leben und mich um unseren Sohn zu kümmern.

»Aber was ist, wenn Jake Milford unschuldig war?«, frage ich. »Wie soll ich mich dann um unseren Sohn kümmern?«

Darauf bekomme ich keine Antwort, solange ich auch warte.

KAPITEL ZWANZIG

Als Susan anruft, um mir zu melden, dass Daniel und sie mit den Jungs nach dem Zoo noch bei Mr. Taco essen wollen, zeigt die Uhr in ihrem Wagen halb fünf an. Ich bin weit außerhalb der Stadt, irgendwo in den Weinbergen zwischen Richmond und Charlottesville. Ich fahre einfach so in der Gegend herum, den Blick starr auf die doppelte gelbe Linie der Straße gerichtet, als könnte sie mich zu einem neuen Ort ganz ohne Gerichtsbarkeit, Verbrechen und Gefängnisse führen. Zu meinem ganz persönlichen Oz oder Shangri-La.

Doch das tut sie nicht. Als ich in der Auffahrt einer kleinen Farm wende, führt mich die doppelte gelbe Linie wieder nach Hause zurück.

Aber mein Zuhause sieht aus wie ein Tatort.

Als ich von der Straße in meine Einfahrt biege, fahre ich Susans Karre fast in die Buchsbaumhecke.

Das vordere Erkerfenster sieht aus wie ein Haifischmaul, mit scharfen Zähnen aus zerschmettertem Glas. Meine einst makellos weiße Haustür ist mit grellroten Sprüchen besprüht, die mich *(Fotze)* auffordern, autoerotische Handlungen zu vollziehen *(Fick dich!)*. Mein Mercedes Benz, den ich heute stehen gelassen habe, hat vier platte Reifen und eingeschlagene Fenster. Einzelne Teile des Wagens liegen verstreut auf der Einfahrt: das Lenkrad, die Batterie, zwei Sichtblenden.

Der Spiegel der Beifahrerblende scheint mir lasziv zuzublinzeln und mich zu sich zu locken.

Nein, danke.

Ich lege den Rückwärtsgang ein und will auf die Straße zurücksetzen. Doch diesmal lande ich tatsächlich in der Hecke, und Susans Wagen stoppt. Wenn ich Ian eins vorwerfe, dann, dass er uns mitten ins Nirgendwo verfrachtet hat. In diesem Moment würde ich am liebsten in einem Viertel wohnen, wo die Häuser so dicht beieinanderstehen, dass man problemlos den Garten des nächsten und übernächsten Nachbarn überblicken kann. Schon komisch, dass Privatsphäre anscheinend nur auf Kosten der Sicherheit gehen kann. Und umgekehrt.

Als Erstes rufe ich Daniel an, um ihm zu sagen, dass er auf keinen Fall mit Susan und den Jungen zu meinem Haus kommen soll. Ich sage nur dies, mit brüchiger Stimme, und beende das Gespräch, bevor er nachfragen kann. Mein zweiter Anruf gilt der Polizei, der von einer Reihe hastig getippter SMS von Daniel und Susan unterbrochen wird. In kurzen Intervallen blitzen Botschaften wie *Alles ok? WTF?* oder *Ruf an!* auf meinem Display auf, während ich von einem Beamten zum nächsten durchgestellt werde, bis ich schließlich zehn Minuten später mit jemandem rede, der tatsächlich die Befugnis hat, etwas in die Wege zu leiten. Mir wird befohlen, im Wagen zu bleiben, zum nächsten öffentlichen Ort zu fahren – zum Beispiel auf den Parkplatz eines Supermarkts, in der Nähe des Eingangs – und zu warten. Ich muss meinen Namen nennen und Susans Wagen beschreiben, dann wird das Gespräch beendet.

Ich setze zurück, ich fahre und ziehe dabei ein paar ausgerupfte Buchsbaumzweige hinter mir her, bis ich drei Meilen weiter auf den vollen Parkplatz eines Supermarktes einbiege und illegal auf einem Behindertenplatz nah am Eingang parke.

Dann warte ich eine Dreiviertelstunde.

Daniel ist in heller Aufruhr, als ich ihn zurückrufe. Ich kann nicht sagen, ob er wütend auf mich ist oder einfach nur Angst hat. Offenbar kennt man in der hübschen kleinen Grafschaft, aus der er kommt, diese Art von Vandalismus nicht.

»Was haben die gemacht? Jussie, sag mir, dass es dir gut geht.«

»Sie sind in mein Haus eingebrochen«, erwidere ich, »und in meinen Wagen.«

»Verdammte Bastarde! Wo bist du jetzt?«

»In der fragwürdigen Sicherheit eines Supermarktparkplatzes und warte auf die Polizei.«

»Bin schon unterwegs.«

Gerade als er das sagt, biegen zwei Streifenwagen von der Hauptstraße und fahren im Schritttempo auf mich zu. Ich kurble das Fenster herunter und strecke die Hand aus. »Nein«, erwidere ich. »Könnt ihr beiden euch noch ein bisschen um die Jungen kümmern? Ich versuche, so schnell wie möglich zu euch zu kommen.« Dabei weiß ich, dass die Befragung und Inspektion meines Hauses mindestens zwei Stunden dauern wird. Wenn ich Glück habe. Wenn nicht – und in letzter Zeit scheine ich nicht besonders viel Glück zu haben –, werde ich bis zum Abend damit beschäftigt sein.

Daniel erklärt, er würde mit den Jungen zu sich nach Hause fahren und sie mit Snacks und einem Film beschäftigen. Bevor er das Gespräch beendet, höre ich Susan ausflippen und lautstark fragen, was los ist, wann ich komme und was mit Abendessen ist. Sie ist eine echte Nervensäge, doch ich liege ihr am Herzen. Und im Moment ist das vollkommen genug.

Einer der beiden Streifenwagen hält neben Susans Volvo, und die erste Frage, die mir die junge Beamtin hinter dem Steuer stellt, lautet: »Ist Ihnen klar, dass Sie auf einem Parkplatz für Behinderte stehen?«

Ach wirklich? Ja, das ist mir klar. »Sie sagten, ich sollte in der Nähe des Eingangs parken, und da gibt es nun mal nur Behindertenparkplätze. Wo genau hätte ich denn Ihrer Meinung nach parken sollen?« Ich spüre schon jetzt, dass ich mich in den nächsten Stunden schwer am Riemen reißen muss.

Die junge Beamtin heißt Winsley, ein Name, der mir bei der Arbeit nie untergekommen ist. Sie weist mich an, zu einem leeren Bereich am Ende des Parkplatzes zu fahren, und die beiden Streifenwagen folgen mir. Winsley steigt aus, bedeutet dem anderen Wagen, stehen zu bleiben, und öffnet die Beifahrertür des Volvos. »Sind Sie Justine Callaghan? Oder Boucher?« Dabei wirft sie sich ein Kaugummi in den Mund und kaut so heftig darauf herum, dass es aussieht, als würde es wehtun.

»Offiziell Callaghan. Boucher hieß ich früher.«

Sie notiert das auf einem kleinen Block und runzelt dabei die Stirn, als würde ich ihr das Leben schwer machen. »Adresse?«

Die nenne ich ihr, aber Winsley starrt weiterhin auf ihren Block. »Sie sagten ›Callaghan‹, korrekt?« Ich nicke. »Ich hab schon von Ihnen gehört. Kluger Schachzug im Charlotte-Thorne-Fall. Diese Frau ist ein Monster. Und Sie sind eine von diesen linken Softies, die meinen, wir amerikanischen Steuerzahler müssten für Kost und Logis von solchen Leuten aufkommen?«

Winsleys Partner schaltet sich ein und sagt mit gedehnter Stimme: »Also, für mich sieht sie aus wie eine von denen.«

Am liebsten würde ich fragen, wie linke Softies denn genau aussehen, aber mein Instinkt rät mir, den Mund zu halten.

»Okay«, sagt Winsley, zum anderen Wagen gewandt, »Ihr seht mal am Haus nach. Mrs. Callaghan und ich kommen in …«, sie wirft einen Blick auf ihre Uhr, »spätestens dreißig Minuten nach.« Als sich der zweite Wagen in Bewegung setzt, dreht sie sich wieder zu mir: »Wo waren Sie, als Ihr Haus verwüstet wurde?«

Ich wüsste nicht, wieso das wichtig ist, erkläre aber dennoch, dass ich zum Friedhof wollte. »Und dann bin ich in der Gegend herumgefahren. Etwa gegen halb zwölf heute Vormittag.«

»Wieso?«

»Wieso? Keine Ahnung. Um die frische Luft zu genießen? Mir die Pferdefarmen anzusehen? Wollen Sie etwas Bestimmtes von mir hören?«

Sie notiert sich etwas und lässt ihre Kaugummiblase platzen. »A-ha. Und wann sind Sie zu Hause angekommen?«

»Gegen fünf oder halb sechs.«

»Sie sind sechs Stunden in der Gegend herumgefahren.« Das ist keine Frage, doch in Winsleys Stimme liegt ein ungläubiger Unterton. »Haben Sie irgendwo zum Essen angehalten?«

»Ist das relevant?«, gebe ich zurück. Gleichzeitig wird mir bewusst, dass es mir nichts bringen wird, hier die Staatsanwältin herauszukehren. Eher im Gegenteil. Ihre ohnehin schon harte Miene ist jetzt steinern. »Also, ich meine, nein. Ich bin nur gefahren.«

»A-ha.« Sie zeigt auf den Volvo. »Sie sagten, Ihr Wagen sei beschädigt. Ist dies ein Zweitwagen?«

Ich erkläre ihr, dass der Volvo meiner Schwägerin gehört.

»Und wo ist die?«

»Im Zoo, mit ihrem und meinem Sohn. Und einem Freund«, antworte ich, obwohl es mir gar nicht gefällt, wie eine Verdächtige einer Befragung unterzogen zu werden.

»Verstehe. Wir haben also einen schönen Frühlingstag, Ihre Schwägerin geht mit Ihrem Sohn in den Zoo, aber Sie kommen nicht mit.« Winsley macht sich erneut eine Notiz.

»Interessant. Sagen Sie mir, warum haben Sie einen Sonntagsausflug dafür sausen lassen, bloß in der Gegend herumzufahren? Eine hochrangige Staatsanwältin wie Sie hat doch sicher nicht viel Zeit für ihr Kind. Da könnte ich mir denken, dass Sie den Tag gern mit ihm verbracht hätten. Aber stattdessen sind Sie sechs Stunden allein in der Gegend herumgefahren.« Sie kritzelt noch etwas und bearbeitet dabei heftig ihr Kaugummi. »Wohin genau sind Sie denn gefahren?«

Ihr Ton gefällt mir immer weniger. »In Richtung Charlottesville.«

Darauf grunzt sie nur. »Charlottesville liegt eine Stunde entfernt. Aber wenn Sie sechs Stunden gefahren sind, könnten Sie es bis nach West Virginia geschafft haben. Vielleicht sogar rüber bis nach Pennsylvania. Es sei denn, Sie haben irgendwo angehalten. Aber Sie sagten ja, das hätten Sie nicht.«

Da knackt ihr Funkgerät im Wagen, und eine Stimme ertönt: »Eingeschlagenes Fenster, hässliches rotes Graffito auf der Haustür und ein demolierter Mercedes. Kein Anzeichen für einen Einbruch oder weiteren Schaden. Over.«

»Verstanden«, sagt Winsleys Partner. »Wir sind gleich da. Over and out.«

Winsley liest noch einmal ihre Notizen und wendet sich zu mir. »Können Sie mir was erklären? Denn ich bin verwirrt. Sie sind nicht in den Zoo gegangen, sondern sechs Stunden in der Gegend herumgefahren. Sie haben nirgendwo angehalten, und Sie haben sechs Stunden für eine Strecke zwischen einer Stadt, die nur eine Stunde entfernt liegt, und Ihrem Haus gebraucht.« Winsley lächelt, zum ersten Mal, seit sie aus ihrem Wagen gestiegen ist.

Sie weiß, dass sie gewinnt.

Ich bin es nicht gewohnt, auf dieser Seite des Frage-und-Antwort-Spiels zu stehen. Ich spüre, wie meine Haut unter

Ians Sweatshirt prickelt. »Ich sagte, ich habe nirgendwo zum Essen angehalten. Nicht, dass ich überhaupt nicht angehalten habe.« Das ist die Wahrheit. Nach dem Besuch auf dem Friedhof schaffte ich gerade mal die Hälfte der Strecke bis nach Charlottesville. Viel weiter kam ich nicht. Denn irgendwann zitterten meine Hände so stark, dass ich rechts ranfahren musste. Sonst wäre ich von der Straße abgekommen und hätte mich überschlagen. Und selbst Volvos haben ihre Grenzen. Also fuhr ich nicht weiter, sondern starrte auf eine Herde Kühe, bis die Schatten länger wurden und der Farmer die Herde in den Stall zurücktrieb.

»Ich fragte ›Wo haben Sie angehalten‹?«, sagt Winsley.

»Keine Ahnung. Bei einer Farm. Oder einem Weinberg.«

»Ah. Davon gibt es einige in diesem Land. Vielleicht haben Sie eine Verkostungstour gemacht?« Sie fischt ein kleines Plastikkästchen mit einem Röhrchen aus ihrem Dienstgürtel, das aussieht wie ein altes Knochenhandy. »Tun Sie mir den Gefallen und blasen mal hier rein?«

»Sie machen wohl Witze!«

»Ganz und gar nicht.« Kauen. Blase bilden. Knallen lassen. Das Kaugummi macht mich wahnsinnig.

Als das Gerät null Promille anzeigt, schmollt Winsley wie ein Kind, das sein Eis fallen gelassen hat.

»Okie-dokie. Bestanden. Ich würde Ihnen ja einen Lolli geben, aber die sind mir gerade ausgegangen.« Sie steckt das Kästchen wieder in ihren Gürtel. Direkt neben ihre Dienstwaffe. »Sind Sie auf Ihrer Fahrt jemandem begegnet? Irgendjemandem?« Sie hat wieder ihren Notizblock gezückt.

»Nein«, lüge ich.

»Wollen Sie wissen, was ich denke?«, fragt sie und wartet eine Antwort gar nicht erst ab. »Vielleicht waren Sie es selbst, Mrs. Callaghan.«

»Was, verdammt noch mal?«, rutscht es mir heraus.

»Sie brauchen gar nicht diesen Ton anzuschlagen. Wir versuchen doch nur zu helfen. Aber es fällt mir nicht leicht, Ihnen zu glauben. Sie erzählen mir da eine merkwürdige Geschichte, Sie wären in der Gegend herumgefahren, aber Sie waren nirgendwo. Haben nirgendwo angehalten, sind nirgendwo essen gegangen, haben niemanden gesehen.« Sie wirft einen Blick auf meine glänzenden Bally-Schuhe. »Es sieht nicht so aus, als hätten Sie wandern gehen wollen. Nicht in den schicken Schuhen.« Dann betrachtet sie mein Outfit und zeigt auf einen Fleck am Ärmel des Sweatshirts. »Außerdem haben Sie da rote Farbe.«

»Aber der Fleck ist alt. Das hier ist – war – einer von den alten Arbeitspullis meines Mannes.«

»A-ha.« Winsley berührt den Stoff mit ihrem Stift. »Ich sag's nicht gern, Mrs. Callaghan, aber irgendwie ist mir immer noch nicht klar, wo Sie den Tag über waren.«

Irgendwie ist mir immer noch nicht klar, wo Sie den Tag über waren.

Mit einem Mal wird mir übel. Wegen dieser Worte. Genau diese Worte benutzte ich, als ich Jake Milford vor sechs Jahren im Zeugenstand hatte.

TODESTRAKT, INSASSE 39384

Man hat mir mal erzählt, dass in den Vereinigten Staaten über eine Milliarde Menschen jede Nacht in Hotels verbringen. Das ist ein Achtel der Weltbevölkerung. Verrückt, wenn man darüber nachdenkt.

Bei all dem Ein- und Auschecken, dem Übernachten und Roomservice-Bestellen, dem Arbeiten und Vögeln ist es kein Wunder, dass sich kein Hotelangestellter gemeldet hat. Nicht, dass ich das gewollt hätte, aber ich dachte, wenigstens einer hätte mein Foto in der Zeitung gesehen und sich gesagt: »O Mann! Der war doch hier, als er angeblich ein Kind umgebracht hat.« Und dann wäre er zum Telefon gerannt, hätte die Polizei angerufen und die ganze Geschichte erzählt. Und ich wäre nicht da, wo ich jetzt bin.

Sondern zu Hause bei Emily und Jake Junior, wo ich bei Popcorn und Rootbier mit ihnen vor dem Fernseher gesessen hätte.

Ich wäre in Sicherheit gewesen.

Das Problem ist nur: Hätte man mich erkannt, hätte man auch sie erkannt. Und das wäre eine Katastrophe gewesen. Für uns beide.

Bevor ich auspacke, muss ich zuerst von dem Unfall erzählen, als ich das erste Mal ein Leben für ein anderes hergab und zum ersten Mal spürte, was echte Reue ist.

Es war Anfang Februar und nach einer kurzen Tauphase so kalt, dass einem der Atem in der Luft gefror, als wir Brüder beschlossen, am See spielen zu gehen. Momma nannte uns immer ihre drei kleinen Stooges – zusammengesetzt aus den drei kleinen Schweinchen und den verrückten Kerlen aus dem alten Film. Zwar wusste ich nicht genau, was sie meinte, aber das störte mich nicht. Ich liebte meine Momma, und wenn sie mich einen kleinen Stooge nennen wollte, konnte das nichts Schlimmes sein.

Dabei waren wir drei Brüder vollkommen unterschiedlich.

Benny war der Älteste, zwei Jahre älter als ich, doch in dem Winter war ich in der dritten Klasse und fast so groß wie er. Kris war im Herbst in die Schule gekommen und wuchs auch schon ziemlich schnell, weil wir zwei nach unserem Dad kamen, wo auch immer der damals sein mochte. Benny war eher wie Momma, dünn und klein, aber mit einem Herz aus Gold.

»Geht auf keinen Fall aufs Eis«, mahnte Momma, als wir dick eingepackt das Haus verließen. Die Murmeln in unseren Taschen machten beim Gehen ein Geräusch, als würden wir mit den Zähnen klappern. »Und pass auf deinen kleinen Bruder auf.« Das war an mich gerichtet. Benny war zwar der Älteste, aber er hatte mehr Angst vor Kris als ich.

Der See war von einem glänzend weißen Zuckerguss überzogen, der im Sonnenlicht weniger wirkte wie gefrorenes Wasser und eher wie ein glatter Teppich. Ich nahm eine meiner Murmeln aus der Tasche und warf sie etwa drei Meter weit, nur um zu sehen, wie sie hüpfte und rollte, bevor sie liegen blieb.

Kris sagte: »Das ist doch lahm! Ich nehm den Stein hier.« Und er schleuderte den Stein, so weit er konnte. Das Eis knackte deutlich, als er aufprallte, trotzdem ging er nicht unter. »Den hole ich mir. Kommst du mit, B-B-B-Benny?«

Das war noch so eine Sache. Kris war nicht nur groß für sein Alter, er war auch gemein. Trotz seiner sieben Jahre war mein kleiner Bruder schon zweimal von der Schule nach Hause geschickt worden. Was auch immer in der Schule verboten war, Kris hatte es schon gemacht. Getreten, gebissen, geboxt. Ich schätze, er kam wohl nicht nur, was die Größe betraf, nach meinem Dad.

Benny stand da am Ufer und zitterte trotz unserer ultradicken Wintersachen. Er schüttelte den Kopf. Benny sagte nie viel, wenn Kris in der Nähe war, und er wollte auch nicht mit ihm allein sein, wenn ich nicht dabei war, um ihn zu beschützen.

»F-F-F-Feigling«, rief Kris und trat auf den Eisteppich. »Siehst du, kein Grund, Angst zu haben. Ich will eislaufen.«

Eislaufen hieß für uns, mit den Schuhen herumschlittern. Eislaufen für Arme.

Benny rief zurück: »D-d-das sollst d-d-du nicht.« Er blieb, wo er war.

»Komm schon, Kris Kringle«, sagte ich. »Ma kriegt ’nen Anfall, wenn du einbrichst.«

»Ach, Quatsch«, erwiderte mein jüngerer Bruder. Und er schlitterte noch weiter aufs Eis. »Seht ihr? Easy-peasy.«

Da fiel mir etwas auf. Ich sagte zwar, dass der See aussah, als wäre er mit Zuckerguss überzogen, doch das war nicht überall so. Eher, als hätte ein Blinder Zuckerguss auf den See geklatscht, sodass manche Stellen undurchsichtig weiß waren und manche dunkleren Stellen noch den Kuchen darunter durchschimmern ließen. Ich rief meinem Bruder wieder etwas zu, doch Kris war schon weit draußen, schlitterte rückwärts und wackelte wie ein Huhn mit seinen Ellbogen.

Direkt hinter ihm war eine dunkle Stelle.

Ich rannte, ohne auf meine Füße zu achten, am Rand des Sees entlang. Natürlich fiel ich hin, aber schlimmer war, dass ich mit meinem linken Bein durch das Eis stieß, als ich mich wieder aufrappelte. Ich stand da, blickte zuerst zu Benny und dann zu Kris, und mein Bein fühlte sich komisch an. Ich sag’

Ihnen mal was: Kalt ist nicht das Gegenteil von heiß, sondern das Gleiche. Es brannte.

Ehe ich michs versah, rannte Benny los, an mir vorbei, und brüllte aus voller Kehle – ohne zu stottern, ganz klar und deutlich: *»Stopp! Nicht! Das Eis ist zu dünn!«*

Und dann nahm das Unheil seinen Lauf.

Ich zog mein tropfnasses, mittlerweile völlig taubes Bein aus dem eiskalten Wasser. Kris lachte. Benny brüllte und stürzte sich vorwärts. Es gab ein Geräusch, als würde Stoff reißen, als das Eis brach und meine beiden Brüder verschluckte. Ich stolperte mehr fallend als laufend zu ihnen und vergoss so dicke Tränen wie schon lange nicht mehr.

Kris und Benny platschten wild im Wasser herum. Kein Gelächter oder Gebrüll mehr, sondern nur noch Gurgeln. Ich sah, wie ihre Hände vom Eis abglitten, wie sie die dünne Eisschicht abbrachen. Ich schrie um Hilfe, aber der See war mitten im Nirgendwo. Genau deshalb waren wir ja hierhergekommen. Um geheimen Jungskram zu machen.

Schließlich stieß Benny ein einziges Wort aus: »Kris!«, rief er.

Idiotischerweise dachte ich an den Film *Titanic*. Ich dachte daran, wie die Männer zurückgeblieben waren und den Frauen und Kindern die Rettungsboote überlassen hatten. Das heißt, zumindest einige. Manche waren auch feige und versuchten, ihre Haut zu retten. Ich dachte, wenn wir jetzt in einem Titanic-Film wären, würde Benny die Frauen und Kinder retten. Und Kris nur seine eigene Haut.

Und ich? Ich wäre das Rettungsboot.

Ich legte mich auf den Bauch und streckte die Arme aus, so wie es immer bei den Pfadfindern gesagt wird. Zwar waren wir nicht bei den Pfadfindern, aber in der Schule gab es Kinder, deren Eltern genug Geld für die Uniformen und das ganze

Zeug hatten. Es hatte was mit der Gewichtsverteilung zu tun, damit nicht nur eine einzelne Stelle die ganze Last tragen musste. Zentimeter für Zentimeter robbte ich vorwärts und versuchte, das immer dünnere werdende Eis nicht zu beschädigen. Ich streckte beide Arme aus, einen Richtung Benny, einen Richtung Kris.

Kris packte beide.

Er war schwer. Nicht dick, nur einfach verdammt groß für sein Alter. Wie einer dieser kleinen Terrier, die nur aus Muskeln bestehen, und dass seine Kleider mit Eiswasser vollgesogen waren, erschwerte die Sache noch. Es dauerte ziemlich lange, ihn aus dem See zu ziehen. So lange, dass Benny, als ich Kris endlich auf sicherem Boden hatte, nicht mehr mit den Armen um sich schlug, sondern untergegangen war.

An jenem kalten Februartag am See rettete ich meinem jüngeren Bruder das Leben. Ich glaube, wenn ich je ein Verbrechen begangen habe, dann dieses.

Und die Geschichte hinter der Frage, wo ich war, als Caleb Church ermordet wurde, ist ziemlich kompliziert.

KAPITEL EINUNDZWANZIG

Ganze anderthalb Stunden brauchte Officer Winsley, um alles an meinem Haus und Wagen zu untersuchen, bevor sie zurück zur Wache fuhr. Jetzt bin ich auf dem Weg zu Daniel und kneife die Augen vor den Scheinwerfern der Autos zusammen, die mir entgegenkommen. Mir ist gerade erst klar geworden, dass ich an diesem Tag höchstens fünfzig Kalorien zu mir genommen habe.

Winsley hat sicher nicht ernsthaft geglaubt, dass ich mein eigenes Haus verwüstet habe. Man müsste schon unter einem Stein leben, um nicht mitzubekommen, welcher Hass mir seit diesem Wochenende aus den Medien entgegenschlägt. Aber je länger sie mich befragte, desto deutlicher wurde, dass sie sich amüsierte. Sie triezte mich mit Fragen und zweifelnden Blicken, bis ich schließlich zu erschöpft war, um mich mit bissigen Bemerkungen zu wehren. Ich rief einen Handwerker an und bat ihn, das Erkerfenster zu vernageln und die Sprüche auf der Tür zu überstreichen. Dann meldete ich meiner Autoversicherung den Schaden am Mercedes und packte zwei Koffer mit Klamotten für Jonathan und mich. Nachdem ich das erledigt hatte, fuhr ich aus dem Village ins Fan District, ein lebhaftes Viertel in der Nähe von Richmonds Innenstadt, gegen das meine Wohnanlage wie ein Altenheim wirkt.

Als ich schließlich am Straßenrand parke und den Motor ausschalte, zeigt die Uhr auf dem Armaturenbrett neun an. Trotzdem warte ich noch zehn Minuten, bevor ich aussteige und den Steinweg zum Eingang der alten viktorianischen Villa hinaufgehe. Ich muss eine fröhliche Miene aufsetzen, aber irgendwie will mir das nicht gelingen. Ob ich das wohl jemals wieder kann?

Nach Ians Tod hätte ich die Stadt verlassen sollen. Ich hätte alles einpacken, quer durchs Land fahren und mich irgendwo niederlassen können. In Arizona vielleicht. An einem Ort, wo die Sonne so heiß und stetig scheint, dass man gar nicht anders kann, als den ganzen Tag zu lächeln. Ich rief ein paar Makler an und lief sogar mit blauen Müllsäcken im Haus herum, um alles Überflüssige wegzuwerfen. Am Ende konnte ich es aber nicht. Ich konnte weder einen Makler mit dem Verkauf des Hauses beauftragen, noch auch nur Ians Arbeitszimmer aufräumen und in mein eigenes umwandeln.

Ein noch schwererer Fehler war es, nach dem Milford-Fall nicht umzuziehen.

Obwohl: Das ist Unsinn. Der Fehler bestand nicht darin, hierzubleiben.

Daniel hat offenbar gehört, wie ich die Wagentür zugeworfen habe, denn als ich seine Haustür erreiche, wartet er schon. Hinter ihm sehe ich Susan mit ihrem besorgten Gesicht: Augen und Mund drei perfekte Os.

»Mir geht's gut«, sage ich beruhigend. »Peter bringt heute noch das Gröbste in Ordnung, und die Versicherung war schon wegen des Wagens da. Es war niemand im Haus.«

»Verdammter Schlamassel«, bemerkt Daniel und nimmt mir die Koffer ab. Das ganze Haus duftet nach Tomaten, Knoblauch und würzigem Basilikum – nach typischem Daniel-Essen. Ich verliebe mich aufs Neue in ihn. »Die Jungs habe ich in meinem Gästezimmer untergebracht, sie schlafen schon. Susan nimmt die Schlafcouch im Fernsehzimmer.«

»Und Susan wird es nicht mehr bis dorthin schaffen, wenn sie jetzt nicht sofort losgeht«, verkündet meine Schwägerin. »Bist du sicher, dass du klarkommst?«

»Ganz sicher.« Ich umarme sie fester als sonst, und sie erwidert meine Umarmung.

»Niemand verdient so etwas, Justine.« Ich rechne schon mit einem ihrer üblichen Zusätze wie »außer dir, natürlich«, aber der bleibt aus. Stattdessen drückt sie mich noch fester an sich und streicht mir sanft übers Haar.

Doch, ich verdiene das, denke ich. *Wirklich.*

Kaum ist sie verschwunden, nimmt Daniel mich in den Arm. »Zuerst essen wir, und dann will ich alles hören. Jedes kleinste Detail.« An seinem Blick erkenne ich, dass er nicht mein Haus meint.

Wenn es möglich ist, zu essen, ohne etwas zu schmecken, dann habe ich das vollbracht. Zwar wirkt und riecht die Pasta wunderbar, aber für mich ist sie im Grunde nur Energiespender. Nachdem ich gerade mal eine Kinderportion heruntergebracht habe, räumt Daniel den Tisch ab und schenkt mir einen doppelten Whiskey ein.

»Trink das, aber nicht alles auf einmal«, befiehlt er mir und pflanzt mich aufs Sofa. »Und erzähl mir von deinem Tag.«

»Ich bin heute Morgen zu Ian gefahren. Auf den Friedhof.«

»Ich weiß. Du vergisst wohl, dass du es mit einem von Englands führenden Fahndern internationaler Wirtschaftskrimineller zu tun hast. Und ich kann schon mit viel weniger als nur verweinten Augen arbeiten. So schön sie auch sein mögen.« Er lässt meine Hand los und wackelt mit dem Zeigefinger. »Der große Daniel weiß alles!« Dann wird er wieder ernst. »Und wie kam es dazu?«

»Du wirst bestimmt wütend auf mich werden.«

Sein Blick wandert zum Couchtisch, wo zwischen Papieren, Notizblöcken und Bilanzen Jonathans Bild von der glücklichen gelb-schwarz gestreiften Familie liegt. Seit ich es am Morgen gesehen habe, ist es noch ausgearbeitet worden. Jetzt trägt Mama Biene einen Spitzenschleier und einen Strauß Gänseblümchen, und auf Papa Bienes Kopf sitzt in einem kecken Winkel ein Zylinder. Daniel nimmt seine Hand von meiner. »Liegt es daran, dass ich vom Heiraten angefangen habe? Dumm von mir, ich weiß.«

Ich lache, zum ersten Mal seit einer gefühlten Ewigkeit, und lehne mich an ihn. »Nein, ich bin diejenige, die dumm war. Weil ich mich neulich mit Emily Milford getroffen habe. Tut mir leid, Liebling. Ich wollte gestern Abend nicht darüber reden. Und nach den Neuigkeiten über Adrian schon gar nicht mehr. Aber das ist die letzte Lüge, die ich dir jemals auftischen werde.«

Das stimmt nicht, aber ich habe das Gefühl, ich müsste das sagen.

»Wenn du mir versprichst, sie nie wieder zu treffen, nenne ich das keine Lüge, sondern nur verzögertes Wahrheit-Sagen«, erwidert er und zieht mich noch enger an sich. »Und? Hat sie dich in Stücke gerissen?«

Ich schüttle den Kopf und schmiege mich so eng an Daniels Brust, dass ich seinen Herzschlag höre. »Ich wünschte, das hätte sie. Oh, Daniel, wie sehr ich mir das wünschte!«

»Erzähl mir alles.«

Ich war immer eine starke Frau, die nicht leicht die Fassung verliert, aber wenn man sich in einer engen Umarmung, umgeben von Liebe und echter Anteilnahme, geborgen fühlt, dann kann das schon mal dazu kommen. Ob man es will oder nicht.

»Emily Milford behauptet, sie hätte etwas gefunden«, erkläre ich und spreche dann weiter, einiges laut, anderes nur in meinem Kopf. Ich schwebe irgendwie zwischen Vergangenheit und Gegenwart, zwischen den Zeiten vor und nach Ians Tod, zwischen dem Zustand einer trauernden Witwe und dem einer werdenden Mutter. Das ist sehr verwirrend. Aber ich versuche, in diesem Zustand zu verharren, denn ich muss zuerst meine Gedanken sammeln.

Ich wollte sterben, denke ich.

Kaum jemand weiß, wie es ist, in der einen Minute noch verheiratet zu sein und in der nächsten verwitwet. Diese Wendung kann durch einen Anruf oder ein Klingeln an der Haustür eintreten. Im Bruchteil einer Sekunde. Was folgt, sind Schock, Schmerz und Unglaube. Und was Letzteres betrifft, kann man die fünf Phasen nach Kübler-Ross – Leugnung, Wut, Akzeptanz und so weiter – getrost vergessen. Denn sie kommen nicht nacheinander, sondern gleichzeitig, sie sind miteinander verwoben. Es gibt keinen Fortschritt, sondern nur Verwirrung und die ewige Wiederholung der immer gleichen Gefühle. Zum Beispiel konnte ich morgens sagen: »Ich mache weiter. Ich werde es überleben.« Am späten Vormittag erzählte ich mir dann eine andere Lüge, die vielleicht näher an der Wahrheit lag: »Ich will nicht ohne ihn leben.« Trauer ist keine Reise von einem Punkt zum anderen, sondern ein gottverdammtes Labyrinth ohne Faden, der einen zum Ausgang führt.

Es gab kein Zurück, denke ich.

Als Ian mich verließ, war ich noch ganz am Anfang meiner Schwangerschaft. Mein kleiner Junge hatte etwa die Größe eines Staubkörnchens, wenn überhaupt. Ich hatte keine Symptome, keine Anzeichen, nichts, was mich spüren ließ, dass da wachsendes Leben in mir war. Ich glaubte, dass Ian und jede Spur von ihm fort war.

Aber Susan hatte recht gehabt: Kaum nahm ich mir den Stress, schwanger zu werden, wurde ich schwanger. Erst eine Woche nach Abschluss des Milford-Falls entdeckte ich es.

Sieben Tage zu spät.

Dies alles erzähle ich in einem langen und leicht verworrenen Monolog. Daniel hört zu, ohne mich zu unterbrechen, und als ich alles gesagt habe, nimmt er mich in die Arme. Ohne ein Wort sitzen wir da und lauschen dem leisen Ticken der Standuhr im Flur. Ich erzähle ihm von Emily, die etwas gefunden hat, über das sie sich noch nicht schlüssig ist. Ich erzähle ihm von den Geistern, die mich nachts heimsuchen, über die erste furchtbare Hinrichtung, die ich mit angesehen habe, und über die zweite – die mehr war, als ich ertragen konnte. Ich erzähle ihm von jeder Einzelheit meiner Vergangenheit und von jeder Befürchtung, die mich in der Gegenwart quält.

Auch von der Angst, dass er jetzt nichts mehr mit mir zu tun haben will.

Aber da irre ich mich.

Daniel stellt keine Fragen und versucht auch nicht, mich mit Worten zu trösten. Eine Ewigkeit sitzen wir nur in enger Umarmung da. Als sein Handy klingelt, will er den Anruf wegdrücken, doch ich sehe, dass die Vorwahl aus Florida kommt.

»Du solltest drangehen«, sage ich. Ich möchte den Bann nicht brechen, muss aber an Adrian Kopinsky denken. Ich muss wissen, was da vor sich geht. Ich muss daran teilhaben.

Kaum habe ich das gedacht, bereue ich es schon. Es gibt zwei Möglichkeiten, an dem teilzuhaben, was mit Adrian vor sich geht.

»Curt?«, meldet sich Daniel. Seine Stimme ist ein bisschen müder und brüchiger als sonst.

Ich warte und höre seinem Teil des Gesprächs zu.

»Verstehe«, sagte er. »O Mann. Ich verstehe. Hat sie einen Verteidiger?«

Curts Stimme ist kaum zu hören.

»Verstehe. Und ja, ich weiß, sie kann ein echtes Miststück sein«, erklärt Daniel. »Aber das hier ist einfach nicht richtig. Kann man bei dem Typen, den man gefasst hat, überhaupt sicher sein?«

Curts Antwort klingt wie ›todsicher‹.

»Was ist?«, frage ich stumm.

Daniel hält abwehrend die Hand hoch. Curt redet jetzt so schnell, dass ich ihn nicht mehr verstehen kann.

»Wie ist der zeitliche Ablauf?«, fragt Daniel. Weiteres leises Gemurmel. »Verstehe.«

Ich löse mich aus Daniels Umarmung, stürze vom Sofa zum Gästebad im Flur und gebe mein mageres Abendessen wieder von mir.

KAPITEL ZWEIUNDZWANZIG

Die zweite Hinrichtung, der Ian und ich beiwohnten, wurde mit einer tödlichen Injektion vollzogen, einer Methode, die bei ihrer Einführung als schmerzlos und human beschrieben wurde. Es war etwa zehn Jahre nach unserer ersten Exekution. Wir waren glücklich verheiratet und steckten bis über beide Ohren tief in Arbeit und Hypotheken fürs Haus. Am betreffenden Tag fuhren wir von Richmond Richtung Süden, gaben unsere Ausweise in der Zentrale der State Police ab und stiegen in den Van vom Gefängnis in Jarratt. Damals fragte ich mich, ob es derselbe Wagen wie beim ersten Mal war.

Wieder waren wir zwölf Personen: acht Reporter und neben Ian und mir noch zwei weitere freiwillige Zeugen. Wieder war Jeffries unser Betreuer und informierte uns, während wir auf unbequemen Klappstühlen saßen, was uns erwartete. Wie beim ersten Mal war er ein ernster, aber angenehmer Begleiter. Er erinnerte mich an einen Bestatter, der seinen gruseligen Job mit ständigem Lächeln übertüncht.

»Dies hier wird ganz schnell gehen«, erklärte er. »Ehrlich gesagt wird man auch nicht viel sehen.« Er warf den Reportern einen entschuldigenden Blick zu, weil die Hinrichtung nicht viel Stoff für eine Story hergab. »Aber genau darum geht es ja. Eine tödliche Injektion ist die vernünftigste Option, und ich bin zuversichtlich, dass dadurch alle anderen Hinrichtungsmethoden überflüssig werden.« Dann beschrieb er genau den Prozess.

»Wenn der Verurteilte in die Todeskammer kommt, ist er schon auf eine Bahre geschnallt«, erklärte er. »Dann werden ihm zwei intravenöse Zugänge gelegt, einer in jeden Arm, und er bekommt eine Kochsalzlösung.«

Die einzige andere Frau im Raum, eine Reporterin, hob die Hand.

»Ihre Fragen beantworte ich nachher«, sagte Jeffries. »Ich erzähle erst mal, dann werden einige vielleicht schon von selbst beantwortet, okay?«

Die Reporterin nickte.

»Sobald der Zuständige meldet, dass die Exekution stattfinden kann, werden dem Verurteilten drei verschiedene Medikamente verabreicht.« Jeffries sah uns nacheinander an. »Das ist wichtig, denn vielleicht denken einige von Ihnen, es gäbe nur eine Spritze mit einem pharmazeutischen Wirkstoff. Aber die tödliche Injektion wäre alles andere als human, gäbe es vorher nicht noch ein Betäubungsmittel und ein Muskelrelaxans. Auch wenn manche das meinen, sind wir hier keine Barbaren. Wir sorgen im Rahmen des Gesetzes für Gerechtigkeit.«

Schönes Gesetz, dachte ich, hielt aber den Mund. Wenigstens würde der Tod an diesem Abend sanfter vonstattengehen als der, den ich davor mit angesehen hatte.

»Der Vorgang läuft in verschiedenen Staaten unterschiedlich ab«, sagte Jeffries und schrieb etwas auf ein Whiteboard an der Wand. »Da wir hier in Virginia sind, rede ich jetzt auch nur über die Methode hier. Und …«, er blickte zu der Reporterin in der erste Reihe, »ich werde auch nur Fragen über Virginia beantworten. Hier verwenden wir drei verschiedene Medikamente.«

Er schrieb eine Eins auf das Whiteboard und umgab sie mit einem Kringel. »Natriumpentothal«, schrieb er unter die Ziffer. »Ein Barbiturat, das oft bei Operationen verabreicht wird, wenn auch nicht in einer so hohen Dosis wie hier. Ein paar Staaten verwenden Midazolam, aber wir in Virginia nehmen es nicht mehr, weil es in anderen Staaten unvorhergesehene Reaktionen gab. Bei der Dosis, die wir hier verwenden, sorgt Natriumpentothal dafür, dass der Verurteilte nach dreißig Sekunden bewusstlos wird.«

Ich erinnerte mich an die unvorhergesehenen Reaktionen. Sie hatten zu den schlimmsten verpfuschten Hinrichtungen geführt, von denen ich je gelesen hatte. Das zuerst injizierte Midazolam sollte dafür sorgen, dass der Empfänger keinerlei Schmerzen spürte, die mit den beiden folgenden Pharmazeutika in Verbindung gebracht wurden.

Aber so war es nicht.

In einem Fall verlor der Verurteilte zunächst das Bewusstsein, wurde aber kurz darauf von Krampfanfällen geschüttelt – und zwar heftigen, wie das Protokoll berichtete. Bei einem anderen Fall unterband das Midazolam nicht die Schmerzen. Ich mochte mir gar nicht vorstellen, wie eine tödliche Dosis Kaliumchlorid durch meine Adern rann und mich von innen bei lebendigem Leib verbrannte.

Dann schrieb Jeffries eine Zwei auf das Whitebord und kreiste sie ein. »Nachdem die Zugänge mit einer Kochsalzlösung durchgespült wurden, wird das zweite Medikament verabreicht. Das ist ein Muskelrelaxans, das ebenfalls bei Operationen verwendet wird.« Neben die Ziffer schrieb er *Pancuronium* und in Klammern *Pavulon.* »Auch hier wird eine wesentlich höhere Dosis als sonst gegeben, um die Lungen und das Zwerchfell zu lähmen.«

Ein paar Hände schossen in die Höhe. Jeffries wehrte sie

mit seinen eigenen Händen ab. »Ich weiß, was Sie denken. Wir brauchen immer noch das dritte Pharmazeutikum.« Er schrieb eine Drei auf das Whiteboard und daneben *Kaliumchlorid.* »Die schlichte Antwort lautet: Wir wollen Gewissheit. Der Tod soll mit Sicherheit eintreten. Nach einer weiteren Durchspülung mit Kochsalzlösung sorgt dieses letzte Mittel für Herzstillstand. Und damit tritt der Tod sicher ein. Jetzt erkläre ich kurz, was Sie sehen werden.«

Da war dieses Wort wieder: Gewissheit. Ich spürte, wie mir das Blut in den Kopf schoss, und hörte, wie mein Puls quälend laut in meinen Ohren hämmerte. Ian drückte meine Hand, aber das machte es nur noch schlimmer.

»Sie werden sehen, wie die Zugänge gelegt werden«, fuhr Jeffries fort. »Aber sonst eigentlich nichts. Denn alles andere geschieht nach Verabreichung der Medikamente im Inneren des Körpers. Es wird eine stille Hinrichtung sein. Ein sanfter, aber sicherer Tod. Sehr ähnlich wie bei der Sterbehilfe.«

Da war ich anderer Meinung, trotz Jeffries beruhigender Stimme und Worte. Weder in der Begründung noch im Vorgang ähnelte es der Sterbehilfe. Denn bei der Sterbehilfe war der freie Wille entscheidend. Und es wurde nur eine tödliche Dosis eines Betäubungsmittels verabreicht. Soweit ich es sah, erwies sich Jeffries' Behauptung nur in einem Punkt als richtig: Gemeinsam war beiden Vorgängen, dass sie nicht mehr rückgängig zu machen waren.

Nachdem wir erneut gründlich abgetastet und dann mit dem Van aufs Gefängnisgelände gebracht worden waren, führte man uns in den Zuschauerraum, von dem man durch eine Glasscheibe die Todeszelle sehen konnte. Wir setzten uns und warteten. Ein paar der Reporter verglichen ihre Notizen über die Medikamente und Dosierungen, aber die meiste Zeit saßen wir schweigend da.

Um halb zwölf wurde Robert Bellamy auf einer Bahre hereingefahren. Sein magerer Körper war mit vier quer über den Körper laufenden schwarzen Riemen an die Liege gefesselt. Obwohl die Fesseln so eng wie möglich gezogen worden waren, ließen sie an seinen Hand- und Fußgelenken noch Luft. An seinen Armen sah man genau wie bei Sully die Spuren lebenslangen Drogenmissbrauchs, die Narben wirkten wie dreidimensionale Tätowierungen. Er bewegte den Kopf von einer Seite zur anderen, von links nach rechts, dann wieder nach links. Der Kopf schlackerte wie bei einer leblosen Puppe, und als Bellamy zur Scheibe zum Zuschauerraum starrte, waren seine Augen glasig. Eigentlich sah er aus, als wäre er schon tot.

Jeffries erklärte uns, dass der gesamte Vorgang vom Legen der Zugänge bis zur Verkündung des Todes etwa eine halbe Stunde in Anspruch nehmen würde.

Auch das stimmte nicht.

Wir alle sahen schweigend zu, wie sich die Zuständigen an Robert Bellamys gefesseltem Körper zu schaffen machten, wie sie auf die bleiche Haut an seinen Handgelenken und seinen Ellbeugen klopften, um eine passende Vene zu finden. Immer wieder gingen sie um ihn herum und untersuchten seine Gliedmaßen, um eine Stelle an seinem mageren Körper zu finden, wo man den Zugang legen konnte. Wir sahen, wie sie die Köpfe zusammensteckten und miteinander flüsterten. Irgendwann – wann genau, konnte ich nicht sagen – kam noch jemand in die Todeszelle. Er trug eine grüne OP-Kluft und Gummihandschuhe. Ein Metallwagen wurde hereingerollt, und der Mann in OP-Kluft wählte aus einer Auswahl verschiedener Instrumente eines aus glänzendem Edelstahl. Ich hörte Wörter wie ›Einstich nicht möglich, ›Venenschnitt‹ und ›Stammvene‹. Einer der Reporter holte keuchend Luft.

Die Journalistin mit den Fragen sagte etwas wie: »Oh nein. Sagt nicht, sie machen einen Venenschnitt.« Ich glaube, die Bemerkung war nicht an die anderen, sondern eher an sich selbst gerichtet.

Ich sah Ian an, aber der schüttelte den Kopf.

Wir mussten nur kurz warten, bis wir sahen, was geschah.

Bellamy lag auf der Bahre und drückte seine Arme gegen die Fesseln, während der Arzt einen Schnitt in eine Vene vollzog. Das Laken über seinem linken Oberschenkel färbte sich dunkelrot, und Bellamy ballte so fest die Fäuste, dass seine Knöchel im Licht der Neonlampen bläulich weiß wurden.

»Nein«, sagte die Reporterin, »das ertrage ich nicht.« Und dann kippte sie nach vorn und schlug direkt vor meinen Füßen auf dem Boden auf. Gleichzeitig stöhnte Bellamy und fing dann an zu winseln.

Ich glaube, er weinte.

Das war noch in der Zeit, bevor der Staat die Hinrichtungen hinter geschlossenen Vorhängen vorbereitete.

Und trotzdem war das noch nicht das Schlimmste, was ich zu sehen bekommen sollte.

KAPITEL DREIUNDZWANZIG

Als ich aus dem Bad zurückkehre, telefoniert Daniel nicht mehr, sondern sitzt zusammengesunken auf dem Sofa, mit einem Glas Scotch in der Hand, das sich gefährlich zur Seite neigt. Das Display seines iPhones in der anderen Hand ist schwarz, wie tot – genau wie sein Blick, der zwar auf mich gerichtet ist, aber durch mich hindurchgeht.

»Es ist schlimm«, sagt er.

Sein ausdrucksloser Blick und sein roboterhaftes Kopfschütteln verraten mir, dass es schlimmer ist als schlimm. Ich muss ihn nicht mal nach dem Inhalt des Telefonats fragen. Adrian Kopinsky wird für ihren Irrtum bezahlen, und die Erkenntnis, dass sie dem Tode geweiht ist, hat ihn getroffen. Schwer.

Eine Flut von Worten stürzt aus ihm heraus. »Ich könnte es ignorieren. Weißt du, was ich meine? Ich könnte jeden Tag aufwachen, zur Arbeit fahren, nach Hause kommen, mit dir ins Bett gehen, und das Ganze würde mich irgendwie nicht erreichen, bliebe in einem weit entfernten Land. Dann wäre sie nur ein Mädchen, das ich mal gekannt habe, mit dem ich ein paarmal im Bett war, mich gestritten und Schluss gemacht habe. Alles lange her. Aber wenn dieses Mädchen sterben wird, ist es was anderes. Keine Ahnung, wieso, aber es ist anders. Sie war nicht immer ein Miststück. Adrian war nicht nur schlecht.« Er verstummt, trinkt einen großen Schluck aus seinem Glas und füllt es nach. »Adrian«, sagt er noch mal. Dann packt er meine Hand und zieht mich sanft aufs Sofa.

Bis vor einem Monat, vielleicht sogar bis vor einer Woche dachte ich noch, ich könnte Daniel aufgeben. Ich war überzeugt, ich könnte zu dem einsamen Leben einer Alleinerziehenden zurückkehren, das ich vor unserer Begegnung führte. Ich redete mir ein, Daniel wäre eben nicht Ian und würde es auch niemals sein; er wäre nur ein angenehmer Ersatz. Wie bei den meisten Dingen merkte ich erst, wie sehr mir an ihm lag, als ich ihn zu verlieren drohte.

Aber was auch immer geschieht, jetzt brauche ich Daniel. Ich bin darauf angewiesen, dass er die Sache mit mir durchsteht. Zum ersten Mal seit meinem Treffen mit Emily ist mir vollauf bewusst, dass ich die nächste Adrian Kopinsky sein und dass ich meinem Sohn entzogen werden könnte.

Dass ich im Bruchteil einer Sekunde tot sein könnte, mit dem Umlegen eines Schalters.

»Hört sich an, als wäre es ernst«, sage ich. Dann beschleicht mich ein schrecklicher, schmerzhafter Verdacht. Er liebt Adrian noch. *Das* setzt ihm so zu. Ich habe das Gefühl, als würde ich zusammenbrechen. Alles tut mir weh: Knochen, Muskeln, Haut. Alles. Als würde ich mich auflösen. Ich kneife die Augen zusammen und versuche, mich vor seinen nächsten Worten zu verschließen. Wenn ich sie nicht höre, wenn ich nichts sehe, dann ist es vielleicht auch nicht real. Wie der Baum, der im Wald fiel. Plötzlich will ich nicht mehr hier sein.

»Hey, du«, sagt Daniel und umfasst mein Gesicht. Mit seinen Daumen wischt er mir die Tränen von den Wangen. »Hey, Liebes. Was hast du?«

Ich entziehe mich ihm. »Nicht. Bitte nicht.« Irgendwie schaffe ich es aufzustehen. »Ich werde bei den Jungs schlafen. Und morgen früh ziehen Jonathan und ich zu Susan.«

»Bist du verrückt?«

»Was?«

»Ja, genau: was! *Was* ist los?« Er will meine Hand nehmen, doch ich trete einen Schritt zurück, sodass er gerade mal den Ärmel meines Sweatshirts streift.

Innerhalb von Sekunden bin ich mit Susans Autoschlüssel in der Hand an der Haustür und versuche vergeblich, sie zu öffnen. Ich will jetzt nur raus, mich in den Wagen setzen und fahren, irgendwohin fahren. Ich will Daniel nur noch als kleiner werdende Gestalt im Rückspiegel sehen.

Daniel will was anderes und doch dasselbe. Er ist mir aus dem Wohnzimmer gefolgt und schmiegt sich an meinen Rücken, zieht mich eng an sich. Er flüstert, aber ich verstehe ihn nicht, denn auflodernde Panik breitet sich in mir aus. Vielleicht wäre alles gut, wenn ich fliehen würde. Doch ich kann nicht. Ich sitze in der Falle.

»Jussie«, flüstert er mir ins Ohr. »Jussie, Liebes. Ich will dich nicht aufhalten. Aber ich möchte nicht, dass du gehst. Ich brauche dich jetzt. Und ich glaube, du brauchst mich auch.« Als ich seinen stockenden Atem höre, wird mir bewusst, dass ich nicht die einzige Person hier bin, die weint.

»Das tue ich, Gott, Daniel, ich brauche dich.«

Als ich den Türknauf loslasse, fällt Susans Autoschlüssel klirrend zu Boden. Daniel dreht mich zu sich um, und plötzlich klammern wir uns verzweifelt aneinander und taumeln küssend und schluchzend durch den Flur zum Schlafzimmer. Ich liebe dieses Zimmer, weil morgens die Sonne durch die Jalousien dringt, mich ganz sanft weckt und Schritt für Schritt in einen neuen Tag lockt. Aber heute Abend sehe ich das

Zimmer gar nicht. Ich fühle weder die Matratze unter meinem Körper, noch das Daunenkissen unter meiner Wange. Ich scheine irgendwo über dem Bett zu schweben, und Daniel schwebt mit mir, bewegt sich, wenn ich mich bewege, hält inne, wenn ich innehalte. Wir werden zwei Puzzleteile, die sich perfekt ineinanderfügen.

In solchen Momenten hat Ian immer versucht, uns zu unterbrechen. Oder ich habe ihm erlaubt, uns zu unterbrechen. Ich habe zugelassen, dass er mir erscheint, in dem mit Blut bespritzten Hemd mit dem kleinen Loch vorne und dem größeren hinten. Es gab oft einen Moment, da ich mir wünschte, er würde sich zwischen uns legen. Auch jetzt meine ich ihn zu sehen, aber nur kurz. Ian lächelt, dreht sich um, und dann ist er vollkommen verschwunden.

Und noch eine Beobachtung, bevor ich mit Daniel verschmelze.

Er hat mich ›Liebes‹ genannt. Das hat er vorher noch nie getan.

Um Mitternacht an diesem Sonntag Anfang April verändert sich alles.

KAPITEL VIERUNDZWANZIG

Es gibt Sex, es gibt Liebemachen, und es gibt das gute alte Vögeln. Aber für das, was Daniel und ich miteinander getan haben, gibt es wohl keine Bezeichnung. Wir haben uns aufgezehrt. Uns innerlich verbrannt. Wir sind Vielfraße, die sich gegenseitig auffressen, ohne dass es wehtut. Wir zerspringen in tausend Stücke und fügen uns zu etwas Neuem zusammen.

Als es vorbei ist – obwohl ich nicht glaube, dass es je vorbei sein wird –, sind wir beide viel zu aufgedreht, um schlafen zu können. Ineinander verschlungen liegen wir auf den verdrehten Laken. Als wir uns voneinander lösen, zeigt uns die grün leuchtende LED-Uhr auf Daniels Nachttisch an, dass ein neuer Tag angebrochen ist. Drei Uhr morgens. So lange war ich schon eine ganze Weile nicht mehr auf. Aber wir haben immer noch Redebedarf.

Daniel fängt an. »Natürlich nimmt mich das mit Adrian mit. Ich weiß, was ich über sie gesagt habe, aber sie hat auch eine menschliche Seite. Die allerdings nur wenige zu sehen kriegen.« Er rollt sich zu mir. »Tut mir leid. Ich sollte nicht ausgerechnet jetzt über eine frühere Sexpartnerin reden.«

Jetzt bin ich an der Reihe, ihn zu trösten. »Ich glaube, das ist normal. Schließlich haben wir alle schon Beziehungen gehabt, die irgendwann begonnen und irgendwann geendet haben. Aber dazwischen war es Liebe, oder nicht? Es sei denn, du willst mir jetzt von deinen Eskapaden als junger Mann erzählen.«

Lachend rollt er sich wieder auf den Rücken. »Du bist erst meine Dritte, Jussie.«

»Du bist auch mein Dritter.«

»Ich mach mir Sorgen um dich, Liebes«, sagt er. *Liebes*. Bei diesem Kosenamen möchte ich gleichzeitig singen und weinen. »Nein, das stimmt nicht. Ich habe keine Sorge, sondern furchtbare Angst. Denn das mit Adrian ging ganz schnell. Sie ist schon verhaftet, und es gibt ein Eilverfahren für die Anhörung. Die Aufsichtskommission für Haftung der Staatsanwaltschaft hat sich sofort darauf gestürzt. Wer weiß? Vielleicht ist das ihr Modus Operandi: schnell in Aktion und sofort zuschlagen. Und deine alten Kumpel von Vita unternehmen auch nichts, um sie zu verteidigen. Wahrscheinlich können sie sie nicht leiden.« Er legt einen Arm über seine Augen und sagt zur Decke gewandt: »Wenn dir irgendwas zustoßen sollte ...« Er hält inne, wendet sich von mir ab und seufzt tief auf. »Du hältst mich vielleicht für verrückt, aber wenn dir irgendwas zustoßen sollte, glaube ich nicht, dass ich das ertragen würde. Nicht bei dem, worüber wir sprechen.«

»Ach, Daniel. Es gibt bei mir doch gar keinen Anlass.« *Noch nicht*, denke ich.

Ich habe einen Zettel gefunden.

Ohne Vorwarnung steht er auf, wirft sich einen Bademantel über und verschwindet. Nach einer Minute kommt er mit einem Schreibblock in der Hand und einem iPad unter dem Arm zurück. Ein leichtes Lächeln erhellt sein Gesicht. Plötzlich wirkt Daniel wie ein verschmitzter zehnjähriger Junge, der etwas ausheckt.

»Warte mal kurz«, sagt er, lässt sich zurück in die Kissen

fallen und öffnet ein neues Fenster auf dem iPad. Ich sehe ihm zu, während er *British Airways* eingibt.

»Was machst du da?«

Er tippt weiter. »Ist dein Reisepass gültig?«

Ich nicke.

»Und Jonathans?«

»Ja.«

»Gott sei Dank. Wie schnell kannst du packen?«

Der Bildschirm zeigt einen laufenden Buchungsprozess. Drei Passagiere, nur Hinflug von Dulles nach Heathrow. Morgen.

Solche Gespräche hatte ich nachts auch mit Ian. Über Möglichkeiten. Was würdest du tun, wenn …? Wohin würdest du gehen, wenn …? Meist ging es um unwahrscheinliche Szenarien oder Situationen, die für uns noch weit in der Zukunft lagen. Was, wenn einer von uns eine Demenzdiagnose bekäme? Was, wenn wir keine Kinder bekommen könnten? Wohin würden wir ziehen, wenn der Dollar drastisch an Wert verlöre? Es gab auch alberne Fragen: Was sollten wir naschen, wenn es keine M&Ms mehr gäbe? Wo würden wir gerne mal Sex haben? Letzteres führte zu einigen interessanten Experimenten, von denen einige wiederholt wurden und andere besser nicht näher erwähnt werden.

Aber nie sprachen wir darüber, was wir tun würden, wenn wir wegen neu aufgetauchter Beweise in Gefahr geraten würden. Ein solches Szenario war genauso unwahrscheinlich wie das, dass der eigene Ehemann Essen vom Griechen holen wollte und nie wieder zurückkam. Und dass man ausgerechnet dann, nach zwei Jahren vergeblicher Versuche, schwanger war. Dass man sich vollkommen sicher über die Schuld eines Angeklagten war, nur um durch einen einzigen kurzen Satz diese Gewissheit zu verlieren.

Ich habe einen Zettel gefunden.

Als ich jetzt neben Daniel sitze und zusehe, wie er unsere Namen und die Daten seiner Kreditkarte eingibt, dämmert mir, dass ich mich in einer Situation befinde, die mir nie in den Sinn gekommen ist.

»Die Daten eurer Pässe gebe ich morgen ein«, sagt Daniel. »Nachdem wir zu dir gefahren sind und euer Zeug abgeholt haben, okay?« Dann klickt er ohne zu fragen auf *Jetzt buchen.* »Acht Uhr von Dulles. Direktflug. Wenn wir in London sind, sehen wir weiter. Und ich rede mit einem meiner alten Kollegen. Ich bin überzeugt, dass du auf keinen Fall ausgewiesen werden kannst. Großbritannien war von Anfang an gegen den Remedies Act.«

Plötzlich wird mir eiskalt. »Wozu die Eile, Daniel?«

»Adrian soll am Dienstag hingerichtet werden. Curt sagt, ein Typ namens Stuyvesant leitet den Fall.«

Mir wird noch kälter. »Stuyvesant?«

»Ja, Ted Stuyvesant. Er und seine Firma arbeiten freiberuflich für die Aufsichtskommissionen der einzelnen Bundesstaaten.«

»Das ist doch lächerlich! Ich kenne Ted. Er hat sich immer nur für Geld interessiert.«

Daniel gibt etwas in sein iPad ein, und eine Crowdfunding-Seite erscheint. »Fünfhunderttausend, und es geht weiter«, sagt er und zeigt mir, dass aus 500 035 innerhalb weniger Sekunden 500 680 Dollar wird.

KAPITEL FÜNFUNDZWANZIG

In dieser Nacht schwitze und friere ich abwechselnd, während Daniel neben mir schläft. Wir gingen erst kurz vor vier Uhr offiziell ins Bett, und zu der Zeit dachte ich, ich würde problemlos einschlafen. Falsch gedacht.

Ein paar Minuten fühle ich mich wie ein Spielzeug, das ein übereifriges Kind zu stark aufgezogen hat. Dann überkommt mich tödliche Lethargie, kann mich nicht mehr bewegen, als wäre meine innere Batterie völlig leer. Kurz darauf geht es wieder von vorne los, und ich bin völlig aufgedreht. Es ist ein Teufelskreis, der mir weder körperlich noch geistig eine Minute Ruhe gönnt.

Also beschließe ich, meinen Geist zu beschäftigen und mir verschiedene Dinge vorzustellen.

Zum Beispiel: Wie hat Emily Milford geschlafen, nachdem Jake in den Todestrakt verlegt wurde? Hat sie sich auch unruhig hin und her gewälzt? Hatte sie fiebrigen Schüttelfrost, während sie sich ihren Mann in einer Zelle vorstellte? Wahrscheinlich schon. Mir wäre es jedenfalls so ergangen. Ihre Gedanken müssen zwischen zwei Möglichkeiten hin und her gesprungen sein: Einerseits hat sie sich sicher dagegen gewehrt, dass Jake schuldig war, andererseits muss sie sich gefragt haben, ob sie den Teufel zum Mann genommen hat. Sie hat sich bestimmt gefragt, ob sie es hätte wissen müssen, ob es Anzeichen gab:

ein ungewöhnliches Interesse an Caleb Church, plötzliche Stimmungsschwankungen, ein falsches Lächeln, das einen wölfischen Killerinstinkt verbergen sollte. Aber dann würden ihre Gedanken sofort wieder ins Gegenteil umgeschlagen sein: *Nicht Jake*, würde sie gedacht haben. *Nicht mein Mann. Nicht der Vater meines Kindes.* Denn diese Abwegigkeit wäre einfach nicht zu ertragen gewesen. Niemand lebt jahrelang glücklich mit einem Menschen zusammen, ohne so etwas zu sehen. Niemand kann so blind sein.

Bei einem solchen inneren Zwiespalt, einem solchen Hin und Her zwischen zwei Übeln kann man nicht schlafen. Entweder war er es, oder er war es nicht. Beide Möglichkeiten richten schwere seelische Verwüstungen an.

Als Ian starb, habe ich nicht so gelitten. Natürlich litt ich, aber ich wusste, dass es nur eine Wahrheit gab. Diese schreckliche Gewissheit schützte mich vor den Zweifeln, die einen Teil von Emily Milford zerstört haben müssen.

Ich stelle mir Emily in der letzten Nacht vor der Hinrichtung vor, völlig erschöpft von der Trauer um einen Mann, dessen Herz im Moment noch schlug. Ach, die Fragen, die sie sich gestellt haben muss, das dumpfe Warten auf einen nächtlichen Anruf, die bittere Erkenntnis, dass das System am Ende doch den Weizen der Fakten vom Spreu der Fantasien getrennt und ein unanfechtbares Ergebnis bekommen hatte, so eindeutig wie das Ergebnis von zwei mal zwei. Ihr einziger Schluss muss gewesen sein, dass der Gerechtigkeit Genüge getan worden und alle Fragen endlich beantwortet waren.

Ich habe einen Zettel gefunden.

Jetzt geht mir nur noch eine Frage durch den Kopf, im Gleichtakt mit Daniels Standuhr im Flur, an der ich gerade vorbeihusche.

Bleiben oder fliehen. Bleiben oder fliehen. Bleiben oder fliehen.

Oben schlafen Tommy und Jonathan in ihren Schlafsäcken. Im trüben Licht des Morgengrauens kann ich ihre Hände ausmachen, die zu losen Fäusten gekrümmt sind, ihre dünnen Arme, die sie übers Gesicht gelegt haben, als wollten sie ihre Augen vor der Welt abschirmen. Mit sechs begreifen sie nur wenig von den Gefahren da draußen. Susan und ich beschützen sie davor.

Während ich sie im Schlaf betrachte und beobachte, wie sich die Schlafsäcke von ihren Atemzügen sacht bewegen, denke ich, dass Eltern wie Augen sind. Fast alle von uns haben anfangs zwei. Manche verlieren schon eins, bevor sie geboren werden, manche später. In meiner Highschool gab es ein Mädchen mit einem Glasauge, das man vom bloßen Hinsehen nicht erkennen konnte. Erst wenn man sie länger betrachtete, sah man, dass etwas nicht stimmte: Die rechte Pupille wurde nicht größer oder kleiner, und das rechte Auge folgte einem auch nicht wie das gesunde linke. Aber wer achtet schon auf so was? Für uns hatte Shirley zwei gesunde Augen.

Für Shirley hingegen muss es ganz anders gewesen sein. Wenn etwa ein vorbeifahrendes Auto ein Steinchen in ihre Richtung aufschleuderte, dachte sie vielleicht: *Nein, nicht auch noch das andere!* Wenn sie Speck anbriet, war sie wohl vorsichtiger als wir, um nur kein heißes Fett ins Gesicht zu bekommen. Ich frage mich, wie oft ihre Eltern sie zur Vorsicht ermahnt haben, wenn sie aufs Fahrrad stieg oder der Familienkatze zu nah kam. Sicher ständig. Schließlich war Shirley nur noch ein gesundes Auge geblieben.

So wie meinem Sohn nur noch ein Elternteil geblieben ist.

Daher ist Flucht jetzt eine vernünftige Option.

Ich verlasse das Zimmer und gehe die Treppe hinunter. Mittlerweile ist es heller, und das Licht färbt sich von grau zu gold. Nach und nach erwacht Daniels Haus zum Leben, und ich achte nicht mehr so auf das Ticken der Standuhr, sondern auf andere Dinge: Alte, gerahmte Landkarten zeigen unzählige fremde Orte an; Familienfotos bei Pferderennen – in Newcastle, Ascot und Epsom – präsentieren lächelnde Fremde, die vielleicht Jonathans und meine neue Familie werden. Da sowohl meine als auch Ians Eltern schon gestorben sind, sind Susan und Tommy unsere einzigen Angehörigen.

In der Küche lockt mich die Kaffeemaschine und flüstert mir zu: *Los, Schätzchen, schalte mich ein.* Die Versuchung ist groß, aber der Kaffee ist noch nicht gemahlen, und ich will nicht den ganzen Haushalt mit der elektrischen Mühle wecken. Also Tee. Wie alle guten Engländer hat Daniel dem Tee ein ganzes Bord gewidmet. Ich nehme zwei Beutel Earl Grey, gebe sie in einen Becher und fülle Wasser aus dem Hahn nach, obwohl ich mich innerlich krümme. Denn so macht Daniel keinen Tee. Während die Mikrowelle das Wasser erhitzt, schleiche ich mich zurück in Daniels Zimmer und gehe zu meiner Tasche, die neben der Kommode auf dem Boden steht. Leise hole ich mein Handy hervor.

Ein lauter Gong vom Flur lässt mich zusammenschrecken. Mit einem solchen Gong könnte man Tote aufwecken, aber Daniel rührt sich nicht, als die Standuhr verkündet, dass es sechs Uhr ist. Und ich hatte Bedenken wegen der Kaffeemühle! Von oben höre ich Geräusche, die auf zwei hellwache Sechsjährige schließen lassen. Das passt überhaupt nicht in meinen Plan, einen Anruf zu tätigen.

Erneut gehe ich die Treppe hinauf, vorbei an den Landkarten und Familienfotos, die meine Zukunft verheißen, und hoffe nur, dass Susan noch schläft. An diesem Wochenende ist es meist um mich gegangen, es hat aber gleichzeitig die Trauer geweckt, die wir beide wegen Ian empfinden. Ich weiß, wie schwer es vor sieben Jahren für sie war. Zuerst werfe ich einen Blick in das Fernsehzimmer im hinteren Teil des Hauses und sehe, dass meine Schwägerin in den Kleidern vom Vortag reglos daliegt. Offenbar muss sie weg gewesen sein, kaum dass ihr Kopf sich auf das von Daniel bereitgelegte Kissen senkte. Die Decken und Laken auf der Schlafcouch sind noch unberührt. Leise schließe ich die Tür und gehe zurück zum vorderen Teil des Hauses, wo sich das Gästezimmer befindet.

»Mom, ich hab Hunger«, verkündet Jonathan. Er sitzt in seinem Schlafsack und reibt sich den Bauch. Tommy neben ihm tut dasselbe. Wie Zwillinge.

»Daniel hat mir erzählt, dass ihr zum Abendessen zwei Portionen Spaghetti hattet«, erwidere ich. »Und Brot. Und Eis. Und Popcorn. Und Cola, die ihr zum Abendessen eigentlich gar nicht hättet haben dürfen, aber das lassen wir jetzt mal.«

»Ja, aber wir sind hungrig«, beharrt Tommy, was in mir den Wunsch weckt, noch mal den Stoffwechsel eines Sechsjährigen zu haben. Oder zumindest den Appetit.

»Ich sag euch was«, erkläre ich und knie mich auf den Boden. »Wenn ich euch eine Kleinigkeit zu essen bringe, versprecht ihr mir, noch ein bisschen hier oben zu bleiben? Dann mache ich euch später Pancakes zum Frühstück. Abgemacht?«

Jonathan verdreht die Augen. »Mommy, du kannst doch keine Pancakes machen!«

»Doch, das kann ich. Hab ich schon oft gemacht. Und sie schmecken dir, schon vergessen?«

»Ich meine, du kannst *heute* keine Pancakes machen.«

»Wieso denn das nicht?«

Er wirft einen Blick zu Tommy, der traurig den Kopf schüttelt, als wäre das die dümmste Frage der Welt. »Weil es Montag ist.«

»Aha …«

»Und montags ist Schule, und wenn wir Schule haben, müssen wir uns beeilen, und wenn wir uns beeilen müssen, ist keine Zeit für Pancakes.«

Herrgottszeiten! Schule! Die hatte ich ganz vergessen.

Beide Jungen starren mich abwartend an.

»Sehr schlau, Jonathan. Dein Dad wäre stolz auf dich und deinen klugen Juristenkopf gewesen. Aber ich habe eine Information, die ihr nicht habt.«

Die beiden wechseln einen Blick, als wäre ich wirklich die dümmste Mutter der Welt. Schließlich fragt Tommy: »Du meinst, es ist nicht Montag?«

»Also gut, das war's, ihr zwei seid noch schlimmer als teure Anwälte«, befinde ich. »Also, es ist Montag, und es gibt Pancakes. Es gibt Pancakes, weil ihr nicht in die Schule geht. Und ihr geht nicht in die Schule, weil ich die Mom bin und sage, dass ihr nicht müsst. Noch Fragen?«

Nein, keine, wie erwartet. Aber lauter Jubel.

»Aber«, sage ich, »unter einer Bedingung.« Eifrig suchen Jonathan und Tommy nach Hinweisen in meinem Gesicht. Es ist ziemlich befriedigend, ihre volle Aufmerksamkeit zu haben. »Ihr bleibt hier, bis ...« Ich zeige zur Digitaluhr auf dem Nachttisch, »die Zahl Sieben und dann zwei Nullen dahinter auftauchen. Könnt ihr das schaffen?«

»Du meinst, bis sieben Uhr, Tante Justine?«, fragt Tommy.

»Genau.« Ich gebe beiden einen Kuss, wuschle ihnen durch die identisch blonden Haarschöpfe und gehe nach unten, um den Anruf zu erledigen. Viel lieber würde ich den Teig anrühren.

KAPITEL SECHSUNDZWANZIG

Daniels Standuhr verkündet die halbe Stunde. Sechs Uhr dreißig: früher Morgen für Rentner und Freiberufler, fast schon Vormittag für Pendler und Eltern von kleinen Kindern. Trotzdem ist Emilys Stimme flach und verschlafen, als sie sich meldet. Vielleicht ist das in der letzten Zeit immer bei ihr so.

»Hallo?«

»Mrs. Milford?«

Im Hintergrund ertönt ein schrilles Stimmchen, das mich an Jonathan erinnert: »Ist das Daddy? Ich will mit Daddy reden!«

Emily seufzt ins Telefon. »Wer ist da?« Dann sagt sie zu ihrem Sohn: »Nein, Jake Junior, das ist nicht Daddy.«

Die nächsten Sekunden ziehen sich in die Länge. Emily hat ihrem Jungen noch nicht erzählt, was mit seinem Vater ist. Das kommt mir im ersten Moment unglaublich vor, doch als ich darüber nachdenke, frage ich mich, wie man einem Sechsjährigen erklären soll, dass sein Daddy an dem Tag, an dem er ihn das letzte Mal gesehen hat, von Männern an einen Stuhl gefesselt und dann mit einem Stromschlag getötet wurde. Dass ein Arzt, dessen Aufgabe es doch ist, das Leben der Menschen zu verlängern, sich mit einem Stethoskop vergewisserte, dass das Herz seines Vaters nicht mehr schlägt. Dass Sonntagsbesuche bei Daddy ein für alle Mal vorbei sind.

Die Antwort ist eindeutig: Das kann man nicht.

Ich frage mich, welche Geschichten ich wohl erfunden hätte, wenn Jonathan bei Ians Tod nicht eine winzige Erbse in meinem Bauch gewesen wäre, sondern ein kleiner wissbegieriger Junge. Denn ich hätte keine Bedenken gehabt, irgendetwas zu erfinden. Ich hätte Jonathan vor den Formalitäten und Ritualen fernhalten können, die mit dem Tod verbunden sind. Ich hätte ihm erklären können, dass Väter manchmal fortgehen. Das wäre nicht mal gelogen gewesen, denn es gibt täglich Tausende Väter, die verschwinden und nie mehr zurückkehren. Dazu müssen sie nicht mal tot sein, sondern nur Mistkerle.

Oder hätte ich auf extremere Lösungen zurückgegriffen, wenn Jonathans Vater wie Jake juniors gestorben wäre? Hätte ich gesagt: »Ach, Schatz, weißt du, ein paar Leute fanden, dass dein Daddy so böse ist, dass er nicht weiterleben darf. Und dann haben sie ihn in einen richtig großen Toaster gesteckt und die höchste Stufe eingestellt, damit er verbrennt.« Oder in einer Zeit, als die Giftspritze noch nicht für verfassungswidrig erklärt worden war, hätte ich da gesagt: »Und deshalb hat ein Arzt deinem Vater eine Spritze mit schlimmem Gift gegeben, und jetzt ist dein Daddy tot«?

Nein, ich hätte mich für die gleiche Lösung entschieden wie Emily: ausweichen, ausweichen, ausweichen. Mit der Zeit wäre mir das Lügen immer leichter gefallen. Wie das bei Lügen so ist.

Emily meldet sich wieder: »Wer spricht da?« Sie klingt, als wäre sie über Nacht gealtert. Außerdem stellt sie die Frage, als würde sie die Antwort gar nicht interessieren, als hätte sie sie nur aus reiner Höflichkeit gestellt.

»Justine Callaghan«, antworte ich. »Ich meine, Justine Boucher.«

»Ach.«

Über mir knarrt der Boden. Susan ist wach.

Also sage ich es einfach geradeheraus: »Ich muss mit Ihnen reden, Mrs. Milford. Über …«

»Ja, ich weiß schon, worüber. Also reden Sie. Ich muss Jake junior noch für die Schule fertig machen und habe um neun einen Termin.«

Als Emily sagte, sie würde in der folgenden Woche eine Frau von der Aufsichtskommission treffen, dachte ich nicht an Montag. Ich dachte nicht, dass es so schnell sein würde. Andererseits: Wäre Mittwoch nicht genauso schnell gewesen? Oder Freitag? Oder nächster Monat? Ich habe mich oft an Jake Milfords Stelle versetzt. Er hat Jahre gewartet, aber die müssen im Nu vergangen sein. Ich weiß noch, dass meine Mutter an ihrem siebzigsten Geburtstag, kurz vor ihrem Tod, sagte, es käme ihr vor, als hätte ihr Leben nur eine Stunde gedauert. Eine Stunde! Dabei zieht sich ein verregneter Tag unendlich lang hin, man wartet eine Ewigkeit darauf, dass der süße Typ aus dem Mathekurs anruft, und die qualvolle Zeit, in der man als Frau im Kreißsaal schwitzt und keucht, scheint niemals enden zu wollen. Zeit ist eben keine Konstante.

»Ich muss wissen, was Sie gefunden haben«, sage ich. »Bitte.«

Ich habe einen Zettel gefunden.

Ich höre, wie Jake junior mehr Cornflakes haben will, und warte, bis seine Schüssel nachgefüllt wurde. Jake murmelt mit vollem Mund ein »Danke«, worauf Emily etwas antwortet, das ich nicht verstehen kann, und dann wieder ans Telefon kommt.

»Ich hab doch schon gesagt, dass ich erst mal überlegen muss, was ich damit anfangen will«, sagt sie und fügt hinzu: »Deshalb habe ich heute Morgen diesen Termin. Ich muss das alles gründlich durchdenken.«

»Bitte, Emily«, wiederhole ich. »Ich muss es wissen.«

»Ja, ja. Und Jake Jùnior muss einen Vater haben. Meine Momma hatte immer einen Spruch zu Wünschen: ›Wunsch in der einen Hand, Unrat in der anderen. Welche ist wohl schneller voll?‹, sagte sie. Als Kind wusste ich nicht, was mit Unrat gemeint war. Aber das fanden meine Brüder und ich später heraus. Jedenfalls sagte das meine Momma zu Wünschen.« Sie verstummt und kaut auf etwas, das sich anhört wie trockener Toast, dann stellt sie selbst eine Frage: »Eins will ich mal wissen. Was ist Ihre Meinung zu Abtreibungen? Sind Sie dafür oder dagegen?«

Oberflächlich betrachtet klingt Emilys Frage ganz simpel und kann scheinbar mit einem einfachen Ja oder Nein beantwortet werden. Jahrzehntelang war der durchschnittliche Amerikaner – ob männlich oder weiblich – entweder dafür oder dagegen. An jedem 22. Januar versammeln sich Befürworter und Gegner mit schwarzen oder weißen Schildern wie bei einem riesengroßen Schachspiel vor dem Gebäude des Obersten Gerichtshofs. Keine Grautöne in diesem Spiel.

Für mich jedoch war die Frage nie so einfach zu beantworten. Ich kann einer Frau nicht vorschreiben, was sie mit ihrem Körper anstellt. Aber ich weiß, wofür ich persönlich mich entscheiden würde. »Ich bin dafür, dass jede Frau sich selbst entscheiden kann, ich selbst würde nur aus medizinischen Gründen abtreiben«, sage ich, ohne zu wissen, wohin die Frage führen soll. Nein. Das ist gelogen. Ich weiß, wohin – und wie tief – diese Frage führt.

»Sie finden es also nicht okay, ein Kind zu töten. Aber einen Mann, das ist okay«, erwidert Emily.

»Ich glaube nicht …«

Sie unterbricht mich. »Hören Sie, ich denke da ganz anders. Weil es in keinem Fall okay ist, einen Menschen zu töten. Zumindest hat meine Momma mich so erzogen.«

»Ich finde auch nicht, dass es okay ist, einen Mann zu töten. Oder eine Frau«, erwidere ich. »Falls Sie es noch nicht gemerkt haben: Ich bin gegen die Todesstrafe.«

»Tja, und genau das verwirrt mich. Sie behaupten das, aber dann tun Sie alles dafür, damit ein paar tolle Formulierungen in einem neuen Gesetz erscheinen, die das Gegenteil fordern. Und dann schicken Sie meinen Ehemann für sechs Jahre in den Todestrakt.«

Ich durchforste mein Hirn, wie ich das erklären soll. Emily, aber vielleicht auch mir. »Ich …«

»Ich bin noch nicht fertig. Sie wollen heute was von mir, und ich will was von Ihnen. Ich will, dass Sie mir zuhören. Ich hab die Nachrichten über diese Staatsanwältin in Florida mitgekriegt. Oh, ja, Mrs. Boucher. Auch ich lese Zeitung. Es heißt, sie wird hingerichtet, weil neue, stichhaltige Beweise aufgetaucht sind. Wer muss denn *dieses* Urteil unterschreiben, Mrs. Boucher? Und wer wird dafür verantwortlich gemacht, wenn es wieder ein Irrtum ist?«

Adrian Kopinsky, das Thema unseres kleinen morbiden Telefongesprächs, hatte selbst vergessen, dass der Remedies Act nach dem prozessführenden Staatsanwalt nicht mehr angewandt wird, also kann es kaum überraschen, dass Emily Milford das auch nicht weiß. »Der Fall endet mit dem Staatsanwalt, der die Todesstrafe gefordert hat, Mrs. Milford. So steht es im Remedies Act.«

Schweigen. Ich weiß nicht, ob es Emily die Sprache verschlagen hat oder ob sie über meine Erklärung nachdenkt. Als ich eine weitere Möglichkeit in Erwägung ziehe, läuft mir ein kalter Schauer über den Rücken. *Ich habe einen Zettel gefunden.*

»Ich kenn mich mit alldem nicht aus«, sagt sie schließlich. »Ich weiß nur, dass Sie versuchen, Leben zu retten, indem Sie Leben beenden.«

»So sollte das aber nicht funktionieren.«

»Aber genau so funktioniert es«, entgegnet Emily. »Ganz genau so. Also frage ich: Was werden Sie dagegen tun?«

Ich will ihr dasselbe sagen wie Adrian. Das ich machtlos bin. Das eine Maschinerie in Gang gesetzt wurde, die jetzt nicht mehr zu stoppen ist. Stattdessen wiederhole ich meine Frage: »Was haben Sie gefunden, Mrs. Milford?«

Ihr Schweigen zieht sich eine Ewigkeit hin. Im Flur verkündet Daniels Uhr, dass es sieben ist. Susan erscheint mit zwei Jungen im Schlepptau am Fuß der Treppe. Daniel kommt in einem dunkelblauen Bademantel in die Küche und lächelt mir zu. Während ich warte, bin ich umringt von Zeugen.

»Ich habe in Jakes Sachen eine Quittung gefunden, Mrs. Boucher. Von einem Hotel in Bluefield. Das ist viereinhalb Stunden von hier entfernt. Wenn ich Ihnen also sage, dass das vom Tag ist, als Caleb Church umgebracht wurde, können Sie sich den Rest wohl denken.«

»Oh«, flüstere ich. Glaube ich zumindest.

»Hören Sie, ich muss jetzt aufhören. Aber ich treffe mich noch mal mit Ihnen im Park. Um zwölf Uhr. Bis dahin werde ich noch ein paar Gespräche führen.« Kurzes Schweigen, dann: »Ich habe nichts entschieden. Noch nicht.«

Damit legt sie auf. Als ich mich umdrehe, strahlen mich vier Gesichter an.

TODESTRAKT, INSASSE 39384

Also. Das Hotel. Ich kann mir denken, dass dieser Teil der Geschichte früher oder später herauskommt. Also kann ich genauso gut selbst davon anfangen.

Eigentlich war es kein richtiges Hotel, sondern ein Motel, ein lang gezogenes Flachdachgebäude mit einer Reihe Türen und einem Parkplatz vor jedem Zimmer. Es hieß Little Walker Motel. Es war nicht das Big Walker im Norden der Stadt, sondern seine kleinere, billigere Schwester. Im Big Walker gab es Kabelfernsehen und ein angrenzendes Diner. Das Little Walker hatte ein Schild mit der Leuchtschrift V-N-C-Y, weil ein paar Buchstaben entweder abgefallen oder gestohlen worden waren. Ich weiß nicht mal, ob die Lichter des Schilds überhaupt leuchteten, weil ich bei Tag ankam und auch wieder fuhr.

Am Mittag des Tages, an dem Caleb Church starb – und soweit ich gehört habe, war das zwei Stunden, bevor Caleb das letzte Mal von seiner Mutter gesehen wurde –, fuhr ich auf den leeren Parkplatz des Little Walker. Es parkte nur noch ein einziger anderer Wagen dort, und den kannte ich. Also stellte ich meinen Pick-up sieben Plätze weiter. Falls irgendjemand darauf geachtet hätte, würde er nur zwei nicht zusammengehörende Fahrzeuge gesehen haben, aber es war nicht irgendjemand, wegen dem ich mir Sorgen machte, sondern Kris, mein kleiner Bruder. Doch ehrlich gesagt, machte ich mir so viele Sorgen auch nicht; Kris und Mary Ann wohnten einen Ort weiter auf einem heruntergekommenen Trailerpark namens Pounding Mill, und mein kleiner Bruder hätte viel zu tun gehabt, wenn er alle Motels im Südwesten von Virginia geprüft hätte. Trotzdem parkte ich so entfernt wie möglich vom anderen Wagen. Da ich mit einem Bruder wie Kris aufgewachsen war, hatte ich ein besseres Gespür für Gefahren als die meisten.

Es war nicht das erste Mal, dass er Mary Ann geschlagen hatte. Doch auf einen solchen Anblick war ich nicht gefasst, als ich ganz am Ende des Gangs an die Tür von Nummer 16 klopfte. Fakt ist, dass ich es erst gar nicht hätte sehen müssen, denn als ich Mary Ann lispeln hörte: »Wer ifft da«, wusste ich schon, wie schlimm er sie diesmal verprügelt hatte. Genauer gesagt, wie schlimm es diesmal ihr Gesicht erwischt hatte.

»Jake«, sagte ich.

Die Tür blieb geschlossen, aber ich hörte das Quietschen von Sprungfedern und Schritte, die sich näherten. »An welchem Ort hafft du mich geküfft? Als wir noch jung waren?«

Zuerst war ich verblüfft, aber dann dämmerte mir, wieso sie das fragte. »Hinter der Farm der Millers. Am Brunnen«, antwortete ich. Und ich will nicht lügen: Es zerriss mir das Herz, als ich an die Zeit dachte, als ich sechzehn war und Mary Ann vierzehn und sie das hübsche rosa Kleid trug, das sie auch immer sonntags beim Gottesdienst anhatte. In diesem Kleid sah sie aus wie ein Engel, ein kleiner Engel in rosa-weißem Karokleid, wie es in dem alten Song von Roger Miller heißt.

Die meisten Jungs in meinem Alter hätten mehr auf Mary Anns andere Vorzüge geachtet. Sie hätten nicht das Kleid gesehen, sondern alle Anzeichen für ihren erblühenden Körper: ihre Taille, die Hüften und die Brüste, die mit einem Mal da waren. Ich will auch nicht lügen und behaupten, ich hätte nicht mitbekommen, dass sie nicht mehr das kleine Mädchen mit den Zöpfen war – schließlich war ich ein Junge, der nicht wusste, wohin mit seinen Hormonen. Manches ist einfach so. Aber was ich an Mary Ann vor allem bemerkte, das war ihr Lächeln. Das war so groß und strahlend wie die Sonne. Das

Lächeln konnte einen umhauen, und wenn, dann starb man als glücklicher Mann.

Aber ich schweife ab. Vielleicht aber auch nicht. Ich will die Geschichte über das Motel erzählen, was heißt, ich will die Geschichte erzählen, die mir das Leben hätte retten können. Aber um zum Motel zu kommen, müssen wir erst mal zurück zu Millers Farm, zurück zu dem Tag, an dem ich Mary Ann auf den Mund küsste. Zurück zu all dem Mist, der danach passierte, der uns erst auseinander- und schließlich wieder zusammenbrachte.

Nein, ich habe Mary Ann niemals wehgetan, weder körperlich noch seelisch. Denken Sie das nicht mal eine Sekunde. Dazu war ich zu gut erzogen.

Allerdings könnte man meinen, das würde dann natürlich auch für Kris gelten, aber bestimmte Dinge kann man meiner Mutter nicht anlasten. Ich glaube, manche Menschen sind von Geburt an böse. So wie mein kleiner Bruder.

An jenem eiskalten Tag am See zeigte er sich nicht mal von seiner schlimmsten Seite. Das war erst der Anfang. Man könnte sagen, es war, als hätte man Holz auf eine schwelende Glut geworfen, aber letzten Endes wäre sie auch so aufgeflammt.

Ich bin ziemlich sicher, dass Benny schon tot war, als ich ihn endlich aus dem Wasser zog. Ich weiß noch, dass ich so laut schrie, dass ich dachte, man würde mich noch im übernächsten Ort hören. Aber über eine halbe Stunde lang kam niemand zu Hilfe, und als Mr. Miller und seine Frau doch mit ihrem alten International-Truck am See erschienen, schrie ich immer noch. Teils aus Angst, teils aus Wut, aber natürlich hatte es auch was damit zu tun, dass ich nass bis auf die Knochen war und fror wie ein Schneider. Da bin ich ganz ehrlich. Und während Mrs. Miller all ihre Kräfte als Krankenschwester einsetzte, um Benny wiederzubeleben, saß Kris nur da und heulte wie ein Baby, weil ich Benny und ihm versichert hätte, das Eis wäre dick genug, um darauf zu schlittern.

Das war natürlich nicht wahr, trotzdem verpasste Momma mir eine ordentliche Tracht Prügel mit einem Kochlöffel, als wir an jenem Abend schließlich aus dem Krankenhaus nach Hause kamen. Ich weinte nicht mal, als sie mich über den Küchentisch legte und mit einem ihrer fleischigen Arme auf die Tischplatte drückte, während sie mit dem anderen den Holzlöffel schwang und Schläge auf mein Hinterteil prasseln ließ. Kris saß zusammengesunken auf der Hockerleiter in einer Ecke, hatte die Hände vors Gesicht geschlagen, und seine Schultern zuckten.

Es sah aus, als würde er weinen, aber ich wusste es besser.

Nach der Beerdigung war nichts mehr wie früher. Wie sollte es auch! Aber eigentlich will ich damit sagen, dass es wirklich schlimm war. Momma kümmerte sich nur noch um Kris, wie eine Glucke um ihr Küken. Wenn sie mittwochs vom Einkaufen nach Hause kam, musste ich die drei großen Tüten auspacken und alles in die Regale und den Kühlschrank räumen.

»Hier, Kris«, sagte sie zu meinem kleinen Bruder, »Momma hat dir was Leckeres mitgebracht.« Und dann zog sie aus ihrer Rocktasche einen Schokoriegel. Nur einen.

Wenn wir uns nach dem Abendessen vor den Fernseher setzten, schauten wir uns nur an, was Kris wollte. Selbst wenn es etwas mit Gewalt war, zum Beispiel eine Doku-Polizeiserie.

»Ich hab eine bessere Idee«, sagte ich dann und blätterte durch das TV-Programm. Aber ganz gleich, was ich vorschlug – Disney, Nickelodeon, *Die Simpsons* –, Mommas Antwort war immer dieselbe, so wie ein Gebet, das man auswendig lernt, um es in der Kirche mitsprechen zu können.

»Behalt deine Ideen für dich, Jacob. Und wenn du das nicht kannst, dann kümmere dich um deine Matheaufgaben. Und danach bringst du den Müll raus.«

Und so ging das weiter, bis in unsere Jugend.

Als ich mit Mary Ann auf einen Highschool-Ball gehen wollte, schüttelte Momma den Kopf. »Du? Auf gar keinen Fall, Jacob. Glaubst du vielleicht, Mrs. Munro würde ihre einzige Tochter einem so verantwortungslosen Burschen wie dir anvertrauen?«

Was einiges erklärt. Erstens, wieso ich meine Chance bei Mary Ann Munro verpasste. Zweitens, wieso Kris am Ende mit ihr ausging. Und drittens, wieso ich mich an dem Tag, als Caleb Church getötet wurde, im Little Walker Motel in Bluefield, Virginia befand.

Wie ich schon sagte, war dies nicht das erste Mal, dass Kris Mary Ann verprügelt hatte. Das erste Mal war in ihrer Hochzeitsnacht, als mein kleiner Bruder, betrunken von einer Kiste billigem Supermarktsekt, wütend wurde, weil sie den Wasserhahn im Bad ihres Hotelzimmers nicht ganz zugedreht hatte. Man stelle sich vor, man verprügelt seine Frischangetraute wegen eines Wasserhahns! Ich weiß nicht, ich konnte mir das nie vorstellen, obwohl ich mit Kris aufgewachsen bin. Ich stellte mir vor, dass Kris bei all den Fröschen, auf die er Knaller schmiss, und all den kleinen Kindern, die er herumschubste, seine Wut herausließ, weil er zu Hause immer nur der süße kleine Junge sein musste, der Momma mit seinem Lächeln das Gefühl gab, sie wäre die beste Mutter aller Zeiten.

Ich hätte es besser wissen müssen.

Natürlich sang er danach das altbekannte Lied aller Frauenschläger. Am nächsten Morgen tat es ihm furchtbar leid, er versprach, es würde nie wieder vorkommen, und schwor, er liebte sie mehr als sein Leben. Lieber würde er einen elenden

Tod erleiden, als noch ein einziges Mal die Hand gegen sie zu erheben.

Ja, ja.

Meist misshandelte er sie so, dass Mary Ann nur ein paar Tage im Haus bleiben musste oder, wenn sie denn unbedingt rausmusste, sich mit dem Kostüm aller verprügelten Frauen tarnte: Schal, Sonnenbrille, dicke Schminke. Lange Ärmel. Kris war nicht dumm. Er misshandelte sie nie so schwer, dass sie ins Krankenhaus musste. Nur so weit, dass sie auf Spur blieb, wie er gesagt hätte.

Ich frage mich, ob er jemals ahnte, dass er nicht nur ein Herz brach, sondern zwei.

Als Mary Ann die Tür öffnete und mich hereinließ, sah ich sofort, was passiert war, obwohl die Vorhänge zugezogen und die Lampen ausgeschaltet waren.

Nein, ich kann nicht mal alles sagen, was mit Mary Anns schönem Gesicht passiert war. Was ich sagen kann, ist, dass die Chancen, Mary Anns Lächeln von früher noch einmal zu sehen, genauso gering waren wie die eines Minipudels, bei einem Hunderennen zu gewinnen.

Ich brauchte etwa eine Minute, dann fasste ich einen Entschluss. Ich rief nicht vorher an oder sagte Mary Ann, was ich vorhatte, sondern setzte sie behutsam in meinen Wagen und fuhr sie zum Frauenhaus in Roanoke. Von dem wusste ich schon eine ganze Weile, hatte Mary Ann auch schon tausendmal geraten, dorthin zu gehen. Aber das wollte sie nicht. Weil sie Kris' alte Litanei verinnerlicht hatte. Die, die immer mit demselben Schwur begann und endete: *Von nun an wird alles anders, Schatz.*

Oh, sie nahmen mich ganz genau unter die Lupe, als ich an die leuchtend blaue Tür des Frauenhauses klopfte. Sie prüften, ob ich Blutspritzer hatte, und zählten alle Wunden an der

Frau, die ich ins Haus trug. Damals dachte ich: *Wie viele Männer prügeln ihrer Frau erst die Seele aus dem Leib, um sie dann in Sicherheit zu bringen?* Bestimmt nicht viele. Typen wie Kris halten nichts davon, die Außenwelt in ihr Privatleben mit einzubeziehen.

Schließlich musste Mary Ann mit ihren zerbrochenen Zähnen lispeln, ich wäre nur ein Freund, einer der Guten. Sie hatten einen Arzt in Rufbereitschaft und brachten Mary Ann in ein Untersuchungszimmer, bevor ich ins Büro geführt wurde. Dort blieb ich bis zum Abend, sah zu, wie die Sonne vor dem Fenster unterging und es dunkel wurde. Ich erzählte ihnen alles, was es über Kris Milford zu wissen gab.

Aber meinen Namen verriet ich nicht.

Dafür hatte ich gute Gründe.

KAPITEL SIEBENUNDZWANZIG

Die ersten vier Pancakes lasse ich anbrennen und muss die verkohlten Teigreste in den Müll werfen. Die ganze Küche stinkt nach Rauch und ruft die schlimmsten Erinnerungen in mir hervor. Ich verdränge sie und spüle die Pfanne unter kaltem Wasser ab, während Susan für mich übernimmt. Zwar würde sie für ihre Kochkünste keinen Preis bekommen – Susans Vorstellung von einer anständigen Mahlzeit ist Kartoffelbrei und Hamburger aus der Packung –, aber heute Morgen ist sie im Vergleich zu mir eine gottverdammte Meisterköchin.

»Hau ab«, sagt sie zu mir. »Ich ruf dich, wenn das Essen fertig ist.«

Als könnte ich etwas essen! Bevor ich die Küche verlasse, verrate ich ihr kurz, was Daniel vorhat. Susan reißt die Augen auf, zieht aber an ihrem Mund einen unsichtbaren Reißverschluss zu, als ich sie bitte, das geheim zu halten.

»Natürlich«, versichert sie und ruft die Jungen an den Herd, damit sie beim Pfannkuchenbacken zusehen können.

Als ich mir in Daniels Schlafzimmer meine Jeans und eins seiner Hemden anziehe, bombardiert er mich mit Fragen. *Wer war das am Telefon? Was ist los? Wieso sagst du es mir nicht?* Ich fühle mich wie ein Tennis-Anfänger, der von der Ballkanone attackiert wird.

»Ich hab nur in der Schule angerufen, um Jonathan krankzumelden«, lüge ich. Schon wieder.

»Aber er ist doch nicht krank.«

»Nein, aber wir müssen nach Hause, zum Packen, und damit will ich nicht bis heute Nachmittag warten«, behaupte ich und bete darum, dass Daniel das schluckt. Dass er es nicht komisch findet, einen Sechsjährigen beim Kofferpacken helfen zu lassen. Denn ich brauche meinen Sohn heute aus anderen Gründen bei mir.

Ich weiß. Es ist ein mieser Trick, mit ihm bei Emily Milford aufzutauchen. Es ist feige. Billig. Ich hätte nie gedacht, dass ich so tief sinken könnte. Ich benutze meinen eigenen Sohn, um Mitleid zu erwecken, genau wie die Bettler auf den Straßen in fremden Ländern, die ihre schmuddeligen Kinder präsentieren, um ihre Chancen auf einen Euro, einen Dollar oder eine Rupie zu verbessern. Ich bin genau wie die Frauen mit den Schildern: *Drei Jobs, vier Kinder, kein Geld!*

Ich bin wie Emily beim Prozess.

Oh ja. Emily buhlte auch jedes Mal um Mitleid, wenn sie durch den Gang im Gerichtssaal watschelte, wenn sie eine Hand auf ihren Schwangerschaftsbauch legte und sich ächzend setzte oder wieder aufrichtete. Ich bemerkte das, Richterin Petrus bemerkte das, die Presse bemerkte das. Aber ich glaube nicht, dass Emily dabei an uns dachte.

Ich glaube, wenn ihr Mann nicht wegen eines so furchtbaren Verbrechens angeklagt gewesen wäre, oder wenn Emily keine bildungsferne Unterprivilegierte gewesen wäre, sondern der Mittelschicht angehört hätte, dann wäre ich während des Prozesses in Ungnade gefallen. Wie konnte ich denn als Frau so grausam sein, die Mühlen der Justiz gegen sie in Gang zu bringen, wenn ich doch wusste, dass Emilys ungeborenes Kind damit zur Waise gemacht wurde! Aber so weit kam es nie. Nicht ein einziges Mal wurde ich wegen meiner Entscheidung angegangen, für Jake Milford die Todesstrafe gefordert zu haben. Die Öffentlichkeit wollte es. Nach so vielen Jahren, in denen ihr die Gerechtigkeit verweigert wurde, brauchte sie ihr Menschenopfer.

Für meine schreckliche, unwiderrufliche Entscheidung bekam ich Unterstützung, und zwar eine ganze Menge.

»Ich fragte ›Möchtest du, dass ich mitkomme‹«, sagt Daniel, zieht drei Hemden von ihren Bügeln und macht sich an die komplizierte Prozedur, sie zu falten.

»Nein«, erwidere ich scharf. Aber sofort darauf wird mir klar, dass er mich nicht in den Park begleiten will, sondern in mein verwüstetes Haus.

Er hebt abwehrend die Hände. »Schon gut, Liebling. Schon gut. War doch nur eine Frage.«

Daniel neigt nicht dazu, gekränkt zu sein. So einfühlsam er im Bett ist, zeigt er im Alltag bei Arbeit und Vergnügen nicht viel Gefühl – abgesehen von seiner Tirade neulich über die Gewohnheit der Yankees, ihre Gegner abzuschlachten. Vielleicht schlummert unter seiner britischen Zurückhaltung doch Temperament. Doch jetzt, während er das zweite Hemd auf der Matratze glatt streicht, sehe ich, dass ich ihn verletzt habe.

»Hey«, sage ich und komme zu seiner Seite des Betts. »Tut mir leid, dass ich dich so angefaucht habe. Ich glaube, ich habe heute Nacht höchstens fünf Minuten geschlafen.« Ich schmiege meinen Kopf an seine Brust. Teils, um mich zu entschuldigen, teils, um zu verhindern, dass er meine gestresste Miene sieht.

Als ich später zum Broad Street Park fahre, frage ich mich, ob ich ihm alles hätte erzählen sollen. Aber jetzt in diesem ungestörten Moment merke ich, dass ich zu viele Fragen habe, die noch nicht beantwortet sind. Emily hat gesagt, sie hätte sich noch nicht entschieden, und ich weiß auch noch nicht, wie ich mich entscheiden werde. Ich weiß nur, dass es meine eigene Entscheidung sein muss, unbeeinflusst von dem Mann, den ich liebe.

Susan brüllt aus der Küche: »Pancakes sind fertig, ihr zwei! Kommt und holt sie euch, solange sie noch Zimmertemperatur haben! Sie sind vielleicht nicht gut, aber wenigstens noch warm!«

Ich zwinge mir einen Pancake ohne Sirup und Butter herunter und helfe Jonathan beim Anziehen. Er ist ganz anders als eben, und es fühlt sich eher an, als würde ich eine leblose Puppe anziehen und nicht einen lebendigen Jungen.

»Alles okay?«, frage ich ihn.

Er nickt achselzuckend und streckt steif den linken Arm aus, damit ich ihm seine Mickey-Maus-Uhr anlegen kann. Dabei spüre ich einen leisen Stich im Herzen. Ian und seine Mickey-Maus-Uhr: Wie kindisch ich die fand – bis ich sie charmant fand.

Auf dem Weg aus der Tür fällt mir wieder ein, dass ich kein Auto habe.

»Susan?«, setze ich an. Doch bevor ich sie um den Schlüssel für ihre Schrottkarre bitten kann, schiebt sie schon Tommy zum Wagen und öffnet die hintere Tür für ihn. »Oh nein, ich kann nicht zulassen, dass ihr mich quer durch die Stadt kutschiert.«

»Wieso denn nicht?«

Da es keinen guten Grund dafür gibt, erfinde ich einen. »Der arme Tommy wird sich zu Tode langweilen.« Schon wieder benutze ich ein Kind als Schutzschild. Wenn ich ein bisschen übe, kann ich den Drogendealern der Stadt meine Dienste anbieten: *Frau mit kleinem Kind sorgt nachts für Ihren Schutz. Nicht mal Verbrecher schießen auf Kinder!*

Offenbar sieht Daniel mir meine Panik an, denn er kommt zu mir gelaufen und bietet mir einen Schlüssel an, an dessen Anhänger eine blaue Polizeitelefonzelle baumelt. Eine Tardis aus Dr. Who. Oder Tahdis. Ich weiß nicht genau, wie sie geschrieben wird, da Daniel die britische Angewohnheit hat, die Rs zu schlucken. Noch etwas, woran ich mich gewöhnen muss, neben getrennten Wasserhähnen für heißes und kaltes Wasser, britischem Humor, den ich oft nicht verstehe, und lexikalischen Besonderheiten, die Jonathan übernehmen wird und ich nicht.

Nichts gegen England: ein guter Ort voller guter Menschen. Aber ich werde dort immer eine Fremde in einem fremden Land sein, für den Rest meines Lebens. Was wohl auch der Sinn und Zweck meines Fortgehens ist: dass ich noch ein Leben habe.

Während der Fahrt gibt Jonathan auf dem Rücksitz keinen Mucks von sich. Ich beobachte ihn verstohlen über den Rückspiegel und frage mich, ob ich unwillkürlich meine Nervosität auf ihn übertragen habe. Ob man mir anmerkt, dass meine Heiterkeit aufgesetzt ist und mein Stress darunter hindurchschimmert. Aber wem will ich was vormachen? Natürlich ist es so.

»Was ist los, Jon-Jon?«, frage ich leichthin. Der muntere Ton in meiner Stimme ist so falsch wie eine Kaugummizigarette.

»Nichts.« Aber ich höre ihm an, dass es alles andere als nichts ist. Seine Stimmung ist kurz vor dem Kippen.

»Ach, komm schon! Du kannst es mir doch sagen. War Tommy gemein zu dir?«

»Nein.« Auch dieses Wort bleischwer.

Ich biege auf den leeren Parkplatz eines mexikanischen Restaurants und parke. »Okay. Reden wir«, sage ich und drehe mich zu ihm um.

Jonathans Unterlippe zittert. Gleich werden die Dämme brechen.

»Warte mal kurz.« Innerhalb von drei Sekunden bin ich aus dem Wagen und zu ihm auf den Rücksitz gestiegen. »So, schon viel besser. Dann komm mal her und umarme mich.« Als er sich nicht rührt, nehme ich ihn selbst in die Arme. Er ist nicht mehr der energiegeladene Junge vom frühen Morgen, sondern sackt wie ein zerbrochenes Spielzeug zusammen. Dafür fällt mir nur ein einziger Grund ein.

Susan.

Gott segne sie und Gott verfluche sie. Sie hat ein großes Herz, aber eine noch größere Klappe. Und keinen Filter.

Mir ist schon klar, dass sie es nicht bös meint. Aber juristisch gesprochen gibt es zwar einen schmalen Grat zwischen Mord und Totschlag und Absicht und Unfall, doch das ändert nichts am Faktum, dass jemand tot ist.

Als Jonathan aufhört zu schluchzen, hebe ich sein Kinn und schaue ihm direkt in die Augen. Sie ähneln eher Ians als meinen. »Hat Tante Susan was zu dir gesagt?«

Er nickt kaum merklich.

»Und?«

»Ich hab Tante Susan versprochen, es nicht zu verraten.«

Na super! »Aber gegenüber deiner Mommy gilt so ein Versprechen nicht.« Ach ja? Klingt jedenfalls einleuchtend. Als Sechsjährige hätte ich das meiner Mom wahrscheinlich auch abgekauft.

»Ehrlich?«

»Ganz ehrlich«, versichere ich mit Nachdruck. »Aber wenn du nicht willst, musst du es mir nicht sagen. Ich hab nur den Eindruck, du wolltest es loswerden.«

Erneutes Nicken, diesmal schon deutlicher.

Ich warte, bis er bereit ist.

»Tante Susan hat gesagt, wir fahren weg, und vielleicht würde ich sie ganz lange nicht mehr sehen. Und Tommy«, fügt er schniefend hinzu. »Stimmt das?«

»Nein. Wir planen eine Reise mit dem Flugzeug. Aber das ist schon alles.«

Als er fragend den Kopf schräg legt, erinnert er mich wieder an Ian. »Wie kann ich sicher sein, dass du mir die Wahrheit erzählst?«

Ich tippe auf meine Nasenspitze. »Siehst du das?«

Nicken.

»Wird sie länger?«

Kopfschütteln.

»Also kannst du dir sicher sein.«

Ein paar Minuten bleiben wir so auf dem Rücksitz von Daniels Rover. Dann schnalle ich ihn wieder an und setze mich ans Steuer. Plötzlich blitzt ein Gedanke in meinem Kopf auf.

Dafür bringe ich sie um.

Ziemlich blöder Gedanke. Den wir alle ziemlich oft haben.

KAPITEL ACHTUNDZWANZIG

Ich weiß nicht, ob es Schicksal oder Zufall ist, aber ich parke auf demselben Platz wie am Freitagnachmittag. Die letzten Tage war mein Leben wie ein Video in Endlosschleife ohne Pausentaste: Ians Lächeln auf dem Gesicht meines kleinen Sohnes. Emily Milford mit demselben Blümchenkleid wie schon bei unserem ersten Treffen. Der Satz *Ich habe einen Zettel gefunden,* der mir immer noch pausenlos im Kopf herumschwirrt. Und als wäre all das noch nicht genug, sehe ich sogar die Frau in dem roten Kostüm am hinteren Ausgang des Parks: Sie spricht in ihr Handy, behält aber Emily genau im Auge.

Es war dumm von mir, hierherzukommen. Einfach nur dumm.

»Komm, fahren wir wieder, Jonathan«, sage ich, mit einem Fuß bereits aus dem Wagen und mit dem anderen noch auf der Bremse.

Aber es ist zu spät. Er hat schon die Schaukeln und die Wipptiere auf ihren Sprungfedern entdeckt, hüpft aus dem Wagen und drängt mich, auf den Spielplatz zu gehen.

»Los, Mommy, nur fünf Minuten. Bitte?« Sein ›Bitte‹ kommt als lang gezogenes Jammern heraus.

»Fünf Minuten. Aber dann haben wir was zu erledigen.« Ich werfe einen Blick auf meine Uhr. Fünf vor zwölf. In knapp vier Stunden müssen wir schon auf dem Weg nach Washington sein. Ich weiß, dass das mit Emily länger als fünf Minuten dauern wird.

Als wir durch das Tor in den spärlich besuchten Park treten – schließlich ist ein normaler Schultag –, bleibt Jonathan abrupt stehen, weil sein Blick von den Schaukeln zu Emily gewandert ist. Sie sitzt auf derselben Bank und knetet den Stoff ihres Kleides, während sie wie ein Falke über ihren eigenen Sohn wacht. Kein Wunder: Er ist das Einzige, was ihr geblieben ist. Nach einem schweren Verlust achtet man noch sorgfältiger auf die Menschen, die man liebt. Das weiß ich aus eigener Erfahrung.

»Du kannst auf einem der Tiere reiten, während ich mit meiner Freundin rede«, sage ich zu meinem Sohn. »Wie wär's mit dem Panda?«

»Pandas sind langweilig. Ich will den Löwen«, erwidert Jonathan, als wären Pandas hier in Richmond so normal wie Eichhörnchen. Er rennt hinüber zu der Gruppe Tiere, die alle robuste Sprungfedern zum Wippen und an den Ohren zwei Griffe zum Festhalten haben. Doch noch bevor er ein Bein über den Löwen schwingen kann, kommt Emilys Junge zu ihm gerannt, streckt ihm in einer merkwürdig erwachsenen Geste die Hand hin und stellt sich vor.

»Ich bin Jake Milford. Das da drüben auf der Bank ist meine Ma. Hast du Lust, mit mir das Karussell zu drehen? Ma sagt, sie hat keine Zeit, und Dad ist nicht da – was echt blöd ist, weil die Dads von den anderen Kindern immer die Schaukeln und so anschieben.«

»Wo ist denn dein Dad?«, fragt Jonathan neugierig.

Daraufhin zieht Jake seine schmalen Schultern bis zu den Ohren und lässt sie wieder fallen. »In einem großen Gebäude mit lauter Käfigen. Ma sagt, das ist wie eine Auszeit für Erwachsene.«

Emily stößt einen lauten Seufzer aus, und mir bricht es das Herz, weil ich an all die Erklärungen denke, die ich geliefert hätte.

Dein Daddy ist schon vor deiner Geburt fortgegangen.

Dein Daddy wohnt woanders.

Nein, dein Daddy wird nicht zu uns ziehen.

Wie es sich ergab, musste ich nie auf solche Lügen zurückgreifen. Und wenn ich sie dem Baby in meinem Bauch vielleicht doch erzählt habe, dann konnte das unschuldige Wesen sie nicht verstehen.

Wie heißt es so schön? Alles hat auch sein Gutes.

Die Jungen rennen los, um sich einen Drehschwindel auf dem kleinen Karussell zu verschaffen, und ich gehe zu Emily. Jetzt knetet sie nicht mehr ihr Kleid, sondern liest in einem schmalen Taschenbuch. Ich schäme mich, weil ich überrascht bin, und schäme mich noch mehr, als sie es zuklappt, denn der Einband zeigt keinen halb nackten, muskulösen Cowboy, sondern nur den schlichten Titel *Liebessonette*. Von jemandem namens Neruda.

Ich spüre, wie mir das Blut ins Gesicht schießt und mich für meine Vorurteile gegenüber dieser Frau straft.

»Mögen Sie Gedichte?«, fragt Emily.

»Eigentlich nicht«, gebe ich zu und setze mich neben sie auf die Bank. »Ich fürchte, ich verstehe sie nicht. Wahrscheinlich, weil ich zu viel Fachliteratur lese.«

»Ja, bei manchen ist es schwer. Ich mag am liebsten die kurzen. Die in ganz einfacher Sprache für die einfachen Leute geschrieben sind.« Sie blickt erst auf das Buch und dann hinauf zum wolkenlosen Frühlingshimmel. »Es gibt hier eins, das ich so schön finde, dass ich es jeden Tag lese. Es geht darum, dass man weiterleben soll, wenn jemand stirbt, denn wenn man es nicht tut, sieht der Gestorbene, dass man in der

Trauer feststeckt. Er sieht dann, dass man nicht lacht und sich nicht weiterentwickelt, und dann stirbt er noch mal.«

»Das klingt gut«, sage ich und präge mir den Titel des Büchleins auf ihrem Schoß ein.

»Ich verstehe auch nicht alles, aber ich verstehe den Teil, dass man nicht sehen will, wie ein geliebter Mensch leidet. Ich habe mich sehr bemüht, nicht zu leiden, wissen Sie? Sie haben sich bestimmt auch bemüht.«

Ich sehe sie fragend an.

»Ach, ich hab Sie gegoogelt, als ich in der Bibliothek war. Da arbeite ich ein paarmal die Woche.« Jetzt fällt mir auf, dass das Buch einen entsprechenden Aufkleber hat. »Also weiß ich jetzt alles über Ihren Mann. Sind Sie froh, dass der Kerl, der ihn erschossen hat, noch lebt?«

Ich nicke.

»Aber was wäre, wenn die Todesstrafe nicht abgeschafft worden wäre?«, bohrt sie nach und betrachtet mich prüfend mit ihren klaren Augen, die offenbar keine Tränen mehr haben. »Wäre es okay für Sie, wenn der Mörder Ihres Mannes mit seinem Leben bezahlt hätte?«

»Das weiß ich nicht.«

»Sicher nicht?«

Nein, ich bin ganz und gar nicht sicher. Obwohl ich weiß, dass ich das immer gesagt habe. Ich hab's in Ians Zimmer in Cambridge gesagt und auf dem Harvard Yard gebrüllt. Ich hatte mindestens ein Dutzend ungerechtfertigter Hinrichtungen recherchiert und mit den Eltern, Geschwistern und Ehepartnern gesprochen. Allerdings habe ich nicht so viel Zeit damit verbracht, mit den Angehörigen von Mordopfern über das Thema ›Abschluss‹ zu sprechen, wenn ich ehrlich bin.

Geht es bei der Rechtsprechung nicht darum? Um die Suche nach dem Körnchen Wahrheit im Morast der Ungewissheit?

Ganz kurz lehne ich mich an die harte Lehne der Metallbank und schließe die Augen. Eigentlich war ich selbst die erste Angehörige eines Mordopfers, die ich kannte, mit der ich Zeit verbrachte, mit der ich redete. Nach Ians Tod war ich zwar nicht besonders gesprächig, aber es sind ja auch nicht bewusste Gespräche, die wir mit uns selbst führen. Sie ergeben sich ganz von selbst, ob wir es wollen oder nicht.

Während Emily auf eine Antwort von mir wartet, hat sie ihre Aufmerksamkeit halb auf mich und halb auf die Jungs gerichtet, die vom Karussell zu den Schaukeln und dann zur Rutsche wechseln. In den wenigen Minuten, die wir hier im Park sind, haben Jonathan und Jake Junior sich schon angefreundet. Ich gehe nicht davon aus, dass das auch mit Emily und mir passieren wird.

Aber vielleicht irre ich mich da. Denn sie legt ihre Hand tröstend auf meine, die unübersehbar zittert. »Wissen Sie, was ich glaube? Ich glaube, man kann nie sagen, wie man sich fühlt, bevor man in der Situation ist. Nehmen Sie die Frauen, die darauf bestehen, eine natürliche Geburt zu haben. So als wüssten sie genau, wie sie mit den Schmerzen klarkommen. Aber ich sag Ihnen was: Wenn ich für jede Frau, die in den Wehen nach einer PDA gebrüllt hat, einen Cent bekommen hätte, könnte ich Jake problemlos das College bezahlen. Vielleicht sogar das Jurastudium.« Sie seufzt, lässt aber ihre Hand auf meiner. »Man weiß nie, was man tun wird. Nicht, bevor man mittendrin steckt.«

»Was ist mit Ihnen?«, erwidere ich automatisch, bis mir aufgeht, was ich da frage: Ob sie ein Quid pro quo will. Ob sie will, dass die Verantwortliche mit ihrem Leben bezahlt.

Emily ruft den Jungen zu, sie sollten darauf achten, dass der Rost auf den Schaukelketten nicht an ihre Kleider kommt. Sie ist eine gute Mutter, aufmerksam, aber nicht überbehütend, besorgt, aber nicht überängstlich. Jede, die ich kenne, würde sich eher Sorgen wegen Tetanus machen. Emily möchte nur nicht noch mehr Arbeit mit der Wäsche haben. Unwillkürlich mag ich sie immer mehr.

»Das ist eine gute Frage«, nickt sie. »Als die Richterin Jakes Urteil verlas, brannte ein Feuer in mir, und kein kleines. Eher so ein Buschfeuer, wie man es von Farmen kennt, mit haushohen Flammen.« Sie erschauert. »Und tagelang fühlte es sich an, als würde es nie mehr aufhören zu brennen. So wütend war ich. Eines Abends ging ich, nachdem ich Jake zu Bett gebracht hatte, ins Internet und googelte, wie man jemanden umbringen kann, ohne gefasst zu werden. Darüber gibt's Webseiten, wussten Sie das? Unzählige! Jedenfalls bin ich da wohl ein bisschen durchgedreht, weil ich weiß, dass ich nie jemanden umbringen könnte. Aber zu dem Zeitpunkt dachte ich, ich könnte das Feuer in mir nur löschen, wenn ich einen ganzen Ozean dazu benutzte. Und ich dachte, dieser Ozean wären Sie. Ich müsste Sie nur finden und erschießen.« Jetzt kichert sie schrill wie ein junges Mädchen. »So durchgeknallt war ich.«

»Da bin ich aber froh, dass Sie es sich anders überlegt haben«, sage ich mit einer Beiläufigkeit, die nur vorgeschützt ist. Ihr Griff um meine Hand scheint fester zu werden.

Jetzt kichert sie nicht mehr. »Das musste ich mir gar nicht anders überlegen. Sobald ich mich im Web kundig machte, war mir klar, dass ich niemals abdrücken könnte. Und selbst wenn, wäre ich einfach nicht schlau genug, um damit durchzukommen. Dann hätte mein Junge nicht mal mehr eine Mutter gehabt. Ich weiß nicht. Vielleicht bin ich doch schlauer, als ich denke. Das hat Jake jedenfalls immer behauptet. Aber ich habe ihm nie geglaubt.«

Ich glaube das ohne Weiteres. Emily ist jung, arm und ungebildet, aber sie denkt gründlicher nach als die meisten, die ich in Harvard kennengelernt habe. Auf jeden Fall mehr als Ted von Ians wöchentlichen Todesstrafen-Besäufnissen. Der gute alte Ted, der die Integrität eines nassen Papiertaschentuchs hat. Es ist sogar möglich, dass die Frau neben mir auf der Parkbank, die ihre Hand auf meine gelegt hat und abwechselnd die Jungen und mich anschaut, klüger ist als ich.

So viel zur Ivy-League-Bildung.

Sie wirft einen Blick auf ihre Uhr und dann zum hinteren Ende des Parks, wo die Frau in Rot steht, nun in Gesellschaft eines hochgewachsenen Mannes, der uns den Rücken zugewandt hat. »Ich habe heute Morgen mit ihnen geredet«, erklärt sie. »Genauer gesagt, sie haben geredet, und ich habe zugehört. Und eine Menge Fragen gestellt.«

Die Frau in Rot schaut zu uns herüber, als hätte sie das gehört. Als sich unsere Blicke treffen, verzieht sie ihren Mund zu einem schmallippigen Lächeln.

»Ich hab ihnen nicht gesagt, was ich jetzt Ihnen sagen werde«, bemerkt Emily.

Aber das könnten Sie noch, denke ich, spreche es jedoch nicht aus. Der Stoff der Jeans unter meiner Hand wird plötzlich feucht.

»Erinnern Sie sich noch, wie ich sagte, ich hätte Jake angefleht, mir die Wahrheit zu sagen? Selbst wenn er in einem Hotelzimmer gewesen wäre, mit einer Nutte aus dem Internet?«

»Ja.« Eigentlich will ich den Rest gar nicht hören.

Sie lacht wieder, aber das Lachen erreicht nicht ihre Augen. »Tja, ich verwette alle Haare auf meinem Kopf, dass Jake an dem Tag, als Caleb Church getötet wurde, tatsächlich mit einer Frau in einem Hotel gewesen ist.«

Eigentlich dachte ich, ich hätte mich mental gewappnet, aber ihre Worte treffen mich wie eine Abrissbirne. Bis zu diesem Augenblick war nichts wirklich real, nicht der Zettel, nicht Emilys Erklärung, es wäre eine Hotelquittung. All das waren nur Phrasen, die eigentlich nichts bedeuteten, sondern nur eine Möglichkeit darstellten. Als ich nach dem Gespräch mit Jonathan hierherfuhr, versuchte ich, mich zu beschwichtigen. Sicher war es das falsche Datum oder ein falsch gelesener Name. Sicher wäre dieser mickrige Beweis nur ein Irrtum, Wunschdenken von Emily. Es konnte einfach kein hieb- und stichfestes Alibi geben, dann das hieße, ich hätte mich geirrt. Ein Alibi würde *mich* zu einer Verbrecherin machen.

Oh, Ian. Was hab ich nur getan?

Tausend Wörter wirbeln mir durch den Kopf, aber keines davon ist das richtige. Ich will weglaufen, aber meine Muskeln sind wie gelähmt. Ich sacke in mich zusammen und sehe aus dem Augenwinkel Jake Junior, den Jungen, dem ich den Vater genommen habe. In diesem Moment komme ich mir vor wie der schlechteste Mensch auf Erden.

»Das verstehe ich nicht«, stoße ich hervor.

»Tja, ich habe auch vorgegriffen.« Nach einer weiteren ernsten, aber nicht zu ernsten Mahnung, die Jungen sollten ein bisschen besser auf ihre Kleidung aufpassen, dreht sie sich zu mir um und rückt ihren Kopf zu meinem. So wie ein kleines Mädchen, das mit seiner Freundin die Köpfe zusammensteckt und Geheimnisse austauscht. »Sehen Sie, Jake war ein guter Mann, aber nach seiner Geburt verteilte Gott wohl keine Güte mehr an die Familie Milford. Er bekam einen jüngeren Bruder, der der schlimmste Teufel außerhalb der Hölle ist.« Mit einem raschen Blick vergewissert sie sich, dass die Jungen sie nicht hören können. »Ein Frauenschläger«, flüstert sie. »Jake Junior weiß nicht mal, dass er einen Onkel hat. Weil Jake und ich alles getan haben, Kris von uns fernzuhalten. Aber er versuchte es trotzdem. Kurz nach unserer Hochzeit kriegte er unsere Telefonnummer heraus und rief ständig an.«

Ich verstehe sie immer noch nicht, aber ihr Ton ist so dringlich, dass ich nicht nachfrage.

»Dann hörten die Anrufe so abrupt auf, wie sie angefangen hatten. Wir vergaßen Kris und lebten unser Leben. Dass er selbst geheiratet hatte, erfuhren wir erst, als eines Abends das Telefon klingelte.« Sie schließt die Augen, vielleicht, um den Film zu sehen, der sich in ihrem Gedächtnis abspielt. »Ich ging dran und hörte am anderen Ende der Leitung jemanden heulen – wie ein Hund, den man ohne Grund und Vorwarnung gegen den Kopf getreten hat. Es war eine Frau, die nach Jake fragte und ständig wiederholte, es täte ihr leid. Ich blickte quer durch die Küche zu meinem Mann und hatte den schlimmsten Verdacht. Damals waren wir erst ein paar Jahre verheiratet.« Emily hält inne, holt ein Taschentuch heraus und putzt sich die Nase. »Ich gab ihm das Telefon, blieb aber kochend vor Zorn in der Küche. Dann verrauchte mein Zorn, und mir war nur noch elend zumute.«

Unwillkürlich drücke ich Emilys Hand.

»Wie dumm ich war! Jake musste nur einmal leise fluchen und den Namen seines Bruders aussprechen, da wusste ich schon, was los war. Er küsste mich und ging ins Gästezimmer, das wir ganz in Grün und Gelb eingerichtet hatten, für das kleine Energiebündel, das bald kommen sollte.« Sie weist nickend auf Jake junior, der Jonathan gerade erklärt, er solle nicht so eine Memme sein und sich auf der rostigen Schaukel *noch höher* schwingen. »Kinder. Es gefällt mir gar nicht, wenn er so wild spielt, aber ich lasse ihn. Soll er fallen und sich selbst wieder aufrappeln. Jake hätte es so gewollt.«

Emily zuckt einmal mit den Schultern, spielt mit ihrem goldenen Ehering und fährt fort: »Als mein Mann an jenem Abend aus dem Zimmer kam, war er wütender als ein tollwütiger Hut. Er musste gar nichts sagen; ich wusste es schon. Er nahm mich in die Arme – und er hatte starke Arme, mein Jake. Die Arme eines schwer arbeitenden Mannes, aber wenn er wollte, konnte er auch ganz sanft sein. Und er versprach, nie die Hand gegen mich zu erheben, ganz gleich, was wäre. Lieber würde er sterben. Zuerst begriff ich nicht, aber ich bin nicht dumm. Ich zählte eins und eins zusammen, als ich hörte, wie er Kris übers Telefon anbrüllte und ihm befahl, Mary Ann in Ruhe zu lassen. Es war ihre Hochzeitsnacht, verstehen Sie? Von Kris und der Frau, die er geheiratet hatte.«

Mir gefriert das Blut in den Adern.

»Das war also das erste Mal. Aber nicht das letzte. Es gab noch viele Anrufe, aber alle auf Jakes Handy, nie mehr aufs Festnetz. Und dann kam dieser letzte Anruf an dem Tag, als Caleb Church starb, und Jake stieg in seinen Wagen und sagte, er würde zur Arbeit fahren. Das hatte ich bei all dem Chaos wegen der Verhaftung und so weiter fast vergessen. Aber manchmal sehe ich mir Jakes Sachen an.« Sie holt ein altes, billiges Tastenhandy hervor, das so verschrammt ist, als wäre es tausend Mal in die Ecke gepfeffert worden. »Das hier gab man mir, nachdem – Sie wissen schon.« Sie krümmt sich zusammen, obwohl sie die schmerzlichen Worte nicht ausspricht. »Er hatte zwar ein Passwort, aber mein Jake, Friede seiner Seele, war nie besonders kreativ. Ich brauchte nur einen Versuch: Tag und Monat unserer Hochzeit. Noch heute Morgen habe ich mich damit selbst angerufen, nur um den Klingelton zu hören, den ich für ihn eingerichtet hatte, damit ich wusste, dass es Jake ist und nicht irgendein Roboter, der mich fragt, ob ich Probleme mit meiner Windows-Software habe. Finden Sie das albern?«

»Nein«, erwidere ich, »nicht albern. Aber vielleicht ein bisschen masochistisch.« So was habe ich mit Ians Handy nie gemacht, und ich bin froh darüber. Wir hatten auch besondere

Klingeltöne, und ich glaube, wenn ich die ersten Töne von ›Freude schöner Götterfunken‹ gehört hätte, wäre ich wirklich unrettbar zusammengebrochen.

»Ja, schon klar. Also fing ich an, die Anrufe durchzuscrollen, und fand ziemlich viele mit derselben Vorwahl. Von einem Ort, wo Kris und seine Frau wohnen, einem Kaff mit zwei Trailer-Parks und ansonsten nur Kühen. Pounding Mill: Hammermühle. Jake meinte immer, es wäre typisch für Kris, sich so einen Ort ausgesucht zu haben.« Sie zeigt mir das Handy, und ich schaue mir die Nummern an.

»Haben Sie da angerufen?«

»Na klar«, erwidert Emily. »Es ist ein Laden namens Pop Shop in Tazewell. Verständlich, weil verprügelte Frauen so schlau sind, nicht von zu Hause aus zu telefonieren.«

Ich nicke. Fälle mit häuslicher Gewalt sind mir schon untergekommen. Wenn man lange genug als Staatsanwalt arbeitet, sieht man einfach alles.

»Aber da kam ich nicht weiter, weil die Frau, die sich meldete, meinte, es gäbe dort keine Mary Ann Milford und ich sollte nicht mehr anrufen.« Emily lehnt sich zu mir. »Da wusste ich, dass sie log. Denn ich hatte nur nach Mary Ann gefragt, nicht nach Mary Ann *Milford.* Wollen Sie wissen, was Jake meiner Meinung nach in diesem Hotel gemacht hat?«

Ja und nein.

Aber Emily wartet erst gar nicht auf meine Antwort. »Ich glaube, er versuchte, die arme Frau zu retten. Sie waren mal ein Paar, als sie noch ganz jung waren.« Sie wischt sich mit dem Unterarm über die Stirn. »Aber ich glaube nicht, dass sie wieder was miteinander hatten. So war Jake nicht. Ich glaube, er war einfach ein anständiger Mann, ein Held des Alltags.«

Ich spüre, wie ihr Körper neben mir zuckt, weiß aber nicht, ob sie lacht oder weint.

»Ich hab gehört, Helden kriegen ein tolles Begräbnis. So sollte es wenigstens sein«, sagt sie.

Da kommen die Jungen angerannt und zeigen uns zwei sich windende Regenwürmer, die sie aus der weichen Erde rund um die Wipptiere ausgegraben haben.

»Bring die sofort wieder zurück, Jacob Benjamin Milford. Lass sie in Ruhe ihr kleines Wurmleben leben, hörst du? Das will auch dein Vater.«

Jake Junior nickt. »Ist gut, Momma.« Und weg sind sie, um ihre Schätze zu begraben, sie dorthin zu bringen, wohin sie gehören. Um etwas wieder in Ordnung zu bringen.

»Zuckersüß«, seufzt Emily. »Tja, wir gehen jetzt besser.« Sie drückt mir die Hotelquittung mit der Unterschrift ihres toten Mannes direkt über dem Logo des Little Walker Hotel in Bluefield in den Schoß. »Hier, nehmen Sie das. Vielleicht vernichten Sie das besser. Ich hab gemerkt, dass ich nicht mehr will, was ich wollte. Es ist das Beste, wir lassen alles auf sich beruhen. Es ist das Beste für Mary Ann, wenn ihr Mann nie erfährt, dass Jake sich in ihre häuslichen Probleme eingemischt hat. Natürlich möchte ich, dass der Name meines Mannes reingewaschen wird, aber es wäre Kris wirklich zuzutrauen, dass er seine arme Frau umbringt. Und noch mehr Tote möchte ich nicht in meiner Familie.« Sie ruft ihren Jungen, und der kommt mit strahlendem Gesicht zu ihr gerannt, als wäre alles in bester Ordnung.

Erst als ich meine Hand unter Emilys wegziehe, merke ich, dass ich sie die ganze Zeit gehalten habe.

KAPITEL NEUNUNDZWANZIG

Während Emily den Park am hinteren Ende verlässt und Jonathan von seinem neuen besten Freund schwärmt, weiß ich nicht, was ich denken soll. Unser Abschied war freundlich, aber kurz, ohne Versprechen, in Kontakt zu bleiben, ohne großartige Entschuldigungen, ohne tränenreichen Zusammenschluss zweier Witwen. Emily nickte knapp, als sie ihren Sohn an der Hand fasste, und erklärte, ihr letzter Brief an mich sei tatsächlich auch der letzte gewesen, den sie mir jemals schicken werde.

Ich mache mich ebenfalls zum Aufbruch bereit und weise Jonathan an, sich die Erde von Jeans und T-Shirt abzuklopfen, damit Daniels Wagen keine Dreckbombe wird. Als er lacht, möchte ich mit ihm lachen, wirklich. Ich sollte erleichtert sein, unbeschwerter als seit Tagen, vielleicht sogar seit Jahren. Ich bin in Sicherheit, und mein Junge wird nicht ohne Mutter aufwachsen. Aber in Wahrheit habe ich meine schwere Last gegen noch eine schwerere eingetauscht.

Ich bin so in Gedanken versunken, dass ich die Frau, die auf uns zukommt, erst bemerke, als sie vor uns steht.

»Auf ein Wort, Mrs. Boucher?«, sagt sie ohne die üblichen Höflichkeitsfloskeln. Wir wissen beide, dass sie unnötig sind. Ihr rotes Kostüm sagt alles, genau wie früher meines.

Ich erinnere mich noch gut an diese Zeiten. Es ging nur um Einschüchterung.

»Wir haben keine Zeit«, entgegne ich ebenso knapp und gehe weiter.

»Komisch, dass ein kleiner Junge heute nicht zur Schule muss«, bemerkt sie, eher an Jonathan gerichtet, und blickt prüfend zum Himmel.

»Er ist krank.«

»Tatsächlich.« Das ist keine Frage, kein überraschter Unterton schwingt in ihrem Kommentar, nur dieses eine Wort, das schwer in der Luft hängt und weitere Erklärungen provoziert.

»Was wollen Sie von mir?«

Daraufhin sieht sie mir direkt in die Augen, antwortet aber nicht.

Als ich meine ersten Rekruten für Vita drillte, etwa ein Dutzend junger Idealisten, hatte ich ein festes Script für die Begegnung mit Staatsanwälten erstellt, das der Vorgehensweise dieser Frau ziemlich ähnlich war.

Zunächst: immer mit Namen anreden. Wieder und wieder. Damit sie merken, dass man sie kennt. Zweitens: keine Fragen beantworten. Man selbst stellt die Fragen, sie müssen sie beantworten. Drittens: Augenkontakt. Direkt und ohne zu blinzeln in die Augen schauen. Sich dicht vor einen stellen, aufrecht, und formell bleiben. Ehrlich gesagt hatte ich all diese Verhaltensweisen aus einem Handbuch über psychologische Manipulation und Einschüchterung.

Ich war erschreckend gut darin.

Jetzt richte ich mich zu voller Größe auf und lächle. Ich weigere mich, zu blinzeln, meine Lider senken sich nicht mal für eine Millisekunde. Ich lasse es zu, dass sich das Schweigen zwischen uns in die Länge zieht wie ein straff gespanntes Seil, denn ich weiß, dass die Frau nichts gegen mich in der Hand hat. Nicht nach meinem Gespräch mit Emily.

Schließlich bricht sie das Schweigen. »Mrs. Boucher, ich bin eine der Hauptverantwortlichen für den Milford-Fall.«

Darauf sage ich nichts. Das ist noch so eine Taktik. Den anderen reden lassen, als wären seine Worte unwichtig.

»Wir arbeiten mit der Aufsichtskommission zusammen, die sich, wie Sie bestimmt wissen, weiterhin mit dieser Hinrichtung beschäftigt. Was hatten Sie und Mrs. Milford miteinander zu bereden? Ihr Umgang miteinander wirkte vertraut. Freundlich.« Abwartend legt sie den Kopf schräg. Als ich nicht antworte, fährt sie fort: »Also habe ich mich gefragt, worüber zwei Frauen wie Sie sich wohl unterhalten haben. Sie haben doch nichts gemeinsam, abgesehen von zwei Söhnen im gleichen Alter. Aber sie gehen doch bestimmt auf verschiedene Schulen, oder nicht?« Sie mustert mich und nimmt meine Schuhe und meine Tasche in Augenschein. »Ich kann mir nicht vorstellen, dass Sie über Mode gesprochen haben. Emily Milford kauft doch sicher bei Walmart ein, und Sie sehe ich dort ganz und gar nicht. Aber was ich gesehen habe – und zwar klar und deutlich –, ist, dass ein Zettel den Besitzer gewechselt hat und dass Sie beide auf ein Handy gestarrt haben, als wäre es der heilige Gral. Seltsam.«

Mir gefällt gar nicht, in welche Richtung das geht.

»Ist schon ein komischer Zufall«, sagt sie und tippt sich nachdenklich an die Lippen, »dass Mrs. Milford plötzlich eine Kehrtwende macht und nicht mehr mit uns reden will. Dabei war sie nach der Hinrichtung so versessen darauf. Können Sie sich einen Grund für ihren Sinneswandel vorstellen?«

Ich kann mir jedenfalls tausend Gründe denken, die diese Frau für ihr Vorgehen hat: tausend grüne, makellose Scheine in einem Umschlag. Ein Foto oder Video im Austausch für Geld. Oder gekauftes Schweigen.

Apropos Geld: Der Mann von eben kommt jetzt mit einem *Starbucks*-Becher in jeder Hand breit lächelnd auf mich zu. Alles an ihm, von der roten Krawatte über den Maßanzug bis zu den lächerlich teuer wirkenden, auf Hochglanz polierten Schuhen, zeugt von Reichtum.

»Ich würde Sie ja miteinander bekannt machen«, sagt die Frau und nimmt einen der Kaffeebecher. »Aber ich glaube, Ted und Sie kennen sich schon.«

»Hallo, Justine«, begrüßt mich Ted Stuyvesant.

Ich überwinde mich, ihm zuzunicken.

Zu der Frau, die auch gut seine Ehefrau sein könnte, sagt er: »Tut mir leid, Schätzchen, nach dem Wochenende in Florida brauchte ich jetzt Koffein. Für dich Skinny Latte, oder?«

Jonathan zerrt an meiner Hand. »Können wir gehen, Mommy?«

Daraufhin bückt sich die Frau mit den Händen auf den Knien vor ihn, bis sie ihm direkt in die Augen sehen kann: »Wieso bist du denn heute nicht in der Schule, kleiner Mann? Erkältet?«

Jonathan schüttelt den Kopf. »Wir müssen nach Hause und packen. Für eine Reise.« Und dann sagt er so zusammenhanglos, wie es nur ein Sechsjähriger kann: »Mir gefällt Ihr Kleid.«

»Danke, mein Junge. Mir gefällt es auch. Was für eine Reise denn?«

Nicht, Jonathan! Bitte nicht!

»Mit dem Flugzeug.«

Jetzt treffen sich unsere Blicke, und ein Lächeln breitet sich über ihr Gesicht, ein Grinsen wie von einem Clown. Nun begreife ich, warum es Leute gibt, die vor Clowns Angst haben. »Verstehe, na dann wollen wir euch nicht aufhalten. Ted und ich haben noch eine Menge Papierkram im Büro.«

Ich schicke Jonathan noch mal auf den Wipp-Löwen, der so nahe ist, dass ich ihn sehen kann, und gerade weit genug entfernt, dass Jonathan uns nicht hören kann. »Was zum Teufel ist mit dir passiert, Ted?«

»Was mit mir passiert ist? Tja, nachdem du mich für dieses Arschloch in Tweed fallen gelassen hast, kam ich ins Grübeln. Ich überlegte, was er hatte, was ich nicht hatte, und kam drauf, dass es das Geld ist.«

»Das ist nicht fair, Ted.«

»Fair? Nicht fair ist es, ein Date mit einem Typen zu haben und ihn dann wegen eines anderen fallen zu lassen. Ich wette, du bist schon am ersten Abend mit ihm in die Kiste. Ich will nicht gerade sagen, du hättest herumgehurt, aber andererseits muss man das Kind auch irgendwann beim Namen nennen.« Er stellt seinen Becher auf eine nahe stehende Bank und zupft seine Manschetten zurecht. Dabei sehe ich auf jeder Seite etwas Silbernes aufblitzen. Vielleicht Platin. Wahrscheinlich Platin.

»Wir hatten ein Ziel«, sage ich zu ihm, »du auch.«

Er lacht leise. »Ich folgte nur dem Geld, Schätzchen. Und davon hat die Clique, die Champagner trinkt, aber nach sozialer Gerechtigkeit dürstet, jede Menge. Siehst du, Justine, es gibt Menschen, die etwas gegen die Todesstrafe haben. Und dann gibt es Menschen, die *wirklich* etwas dagegen haben. Und diese Leute bezahlen mich, damit der Remedies Act schnell und vorurteilslos vollzogen wird. Wirklich ganz einfach. Und ich muss sagen, sie zahlen verdammt gut.« Er begutachtet seine Fingernägel. Sie sind manikürt. *Manikürt!*

»Integrität ist wohl ein Fremdwort für dich, oder, Ted?«

Wieder lacht er. »Das musst ausgerechnet du sagen!« Er wendet sich an die Frau. »Komm, Joanna. Wir sind hier fertig. Für den Moment.«

Ich winke Jonathan zu mir und gehe mit ihm Richtung Wagen. Als wir den Rand des Parks erreicht haben, ruft Joanna oder Joanne mir nach: »Wenn Sie etwas wissen, Mrs. Callaghan, dann sollten Sie das preisgeben. Damit an die Öffentlichkeit gehen. Wir machen den besten Deal mit Ihnen, den wir anbieten können. Natürlich innerhalb des Gesetzes.«

Ohne mich umzudrehen, rufe ich zurück: »Da gibt es nichts.«

»Mag sein oder auch nicht. Momentan hat sich noch nichts ergeben, aber wir haben unsere Ressourcen. Vergessen Sie das nicht.«

Als Jonathan und ich forsch auf den Wagen zumarschieren, haben wir die Sonne im Rücken, aber über uns hängt eine dunkle Wolke voll mit saurem Regen.

»Hat dir das rote Kleid auch gefallen?«, fragt Jonathan.

»Natürlich.« *Früher trug ich auch genau so eins.*

»Also mir hat es gefallen. Sehr.«

Mit einem matten Lächeln schnalle ich ihn auf dem Rücksitz an. Eins weiß ich: Mit mindestens einer halben Million haben Ted Stuyvesant und seine Leute ganz sicher genug Ressourcen. Vielleicht sogar genug, um Emily zu überzeugen, doch das preiszugeben, was sie weiß – mit oder ohne Hotelquittung. Genug Ressourcen, um immer weiter nachzuforschen und niemals aufzugeben.

Ich weiß nicht mal, ob sie das sollten. Genauso wenig weiß ich, ob das wichtig ist. So oder so ist das, was ich Jake Milford angetan hatte, etwas, das ich mein ganzes Leben lang nicht mehr loswerde, das an mir klebt wie eine zweite Haut.

TODESTRAKT, INSASSE 39384

Ich war gerade mal zwei Stunden zu Hause, bevor man mich verhaftete. Emily hatte Abendessen für uns gekocht: Hackbraten nach dem Rezept ihrer Mutter, dazu Bohnen-Mais-Eintopf. Diese Abendessen fehlen mir. Werden mir wahrscheinlich immer fehlen. Wir saßen noch am Tisch, sie fragte mich gerade nach meinem Tag, und ich erzählte ihr eine Lügengeschichte von einem Motorschaden, der uns alle zu Überstunden gezwungen hätte.

Da kamen die Nachrichten.

Die Behörden melden, dass heute Nachmittag die Leiche eines siebenjährigen Jungen am Ufer des River James gefunden wurde … bleiben Sie dran, wir halten Sie auf dem Laufenden.

Das Gesicht meiner Frau, das von der Schwangerschaft ohnehin schon blass war, wurde kalkweiß. »Oh mein Gott«, sagte sie. »Die armen, armen Eltern.«

Wir hörten uns die äußerst spärlichen Einzelheiten an.

»Sie verraten nicht mal seinen Namen oder irgendwelche Details«, bemerkte Emily. Sie achtete nicht mehr auf ihr Essen, sondern nur noch auf den kleinen Fernseher, den ich ihr in einer Ecke der Küche aufgestellt hatte, damit sie beim Kochen ihre Lieblingssendungen gucken konnte. Ich fand schon immer, dass man eine Frau nicht in einen Raum einsperren und erwarten kann, dass sie da glücklich ist, während sie Gemüse klein schneidet und Kartoffeln schält. Wäre ein Mann auch nicht. Man muss Köchen ein Fenster bieten, ein Radio oder irgendwas, das ihnen das Gefühl vermittelt, noch mit der Welt verbunden zu sein. Manchmal denke ich, das war das Problem bei meiner Ma: zu viel Arbeit und zu wenig Spaß.

»Werden sie auch nicht«, erwiderte ich. »Es geht um ein kleines Kind. Möglicherweise wissen es die Eltern noch nicht mal. Die denken vielleicht nur, dass es sich verlaufen hat oder vermisst wird.«

Da hatte ich recht: Die Reporterin im Fernsehen nannte keine Namen. Musste sie auch nicht. Als sie mit verdächtig glasigen Augen in die Kamera blickte, trat eine andere Frau zu ihr. Diese trug eine Uniform und hielt eine durchsichtige Plastiktüte in der Hand, wie man sie aus Krimis kennt. Zuerst dachte ich, das Licht würde mir einen Streich spielen, denn das darin konnte doch auf keinen Fall so ein blau-weiß karierter Stoff sein, wie ich ihn an diesem Morgen bei Caleb Church gesehen hatte.

Emily fing an, unser Geschirr abzuräumen. Als ich sah, wie sie mit leicht gesenktem Kopf zur Küche ging und ihre langen Haare ihr Gesicht verdeckten, hätte ich ihr am liebsten alles gebeichtet. Ich hörte mich schon sagen, ich hätte sie angelogen, gefolgt von den Worten, die mein Bruder auch immer zu seiner Frau sagte. *Es kommt nie wieder vor, Baby. Versprochen, ab morgen wird alles anders.* In meinem Fall wäre das Versprechen auch gehalten worden, aber das, was vor diesem Versprechen kam, wollte ich nicht laut sagen. Nicht gegenüber meiner Frau.

Ich verrate Ihnen mal ein Geheimnis: Im Innersten bin ich ein Feigling. Kann sein, dass ich ein großer, muskulöser Kerl bin, der sich auf der Straße vor niemandem fürchten muss, aber bei Emily schmelze ich wie Schokolade vor der Heizung.

Verstehen Sie, es steckt mehr hinter der Geschichte, und was ich aus Schiss noch nicht erzählt habe, hat auch in dem Hotelzimmer in Bluefield stattgefunden. Mit Mary Ann. An einem anderen Tag, in einem anderen Zusammenhang. Da war vieles ganz anders.

Ich öffnete schon den Mund und dachte: *Es ist so weit, Jake. Du musst es jetzt ausspucken, und zwar die ganze Wahrheit.* Und das hätte ich wahrscheinlich auch, wenn nicht das Wandtelefon in der Küche geklingelt hätte. Emily streifte den Schaum von ihren Händen, trocknete sie kurz an der Schürze und nahm den Hörer ab. Wenn sie vorher schon bleich war, weiß ich nicht, wie ich sie jetzt beschreiben sollte: Sie wirkte fast durchsichtig, als wäre sie nicht mehr da. Ich sah, wie ihre noch tränenfeuchten Augen ganz groß wurden und zu mir wanderten. Nach dem ersten ›Hallo‹ sagte sie gar nichts mehr, stand nur da mit den feuchten Flecken auf der Schürze und der fassungslosen Miene. Dann ließ sie den Hörer fallen, nein, er glitt ihr eher aus den Fingern, als könnte sie nichts mehr in der stofflichen Welt greifen.

Als ich den Hörer nahm, hörte ich die Stimme einer Frau. Aber sie klang gar nicht wie eine Frau und ganz sicher nicht wie Mrs. Church ein paar Häuser weiter. Sie klang überhaupt nicht wie ein Mensch. Außer ein paar hässlichen Wörtern verstand ich sie nicht so genau. Sie wollte, dass irgendein Bastard kriegte, was er verdiente. Und dann nichts mehr. Nur das Summen einer toten Leitung.

Hätte ich nur ein Fünkchen Vernunft gehabt, wäre ich Emily sofort gefolgt, als sie durch das Esszimmer und dann die Treppe hinaufrannte. Ich hätte sie in die Arme genommen, ihre Tränen getrocknet und sie geliebt, wie ich sie noch nie geliebt hatte. All das hätte ich getan, denn wenn ich klar hätte denken können, hätte ich gewusst, dass dies meine letzte Chance dafür war. Stattdessen stand ich in der Küche, starrte auf die Teller mit den Hackbraten- und Soßenresten und lauschte auf das Schluchzen meiner Frau, das von oben zu mir drang.

Ich weiß nicht, wie lange es dauerte, bis sie bei uns vor der Tür standen, und alles danach ist ein bisschen verschwommen. Worte wie ›Sie haben das Recht zu‹ und ›gegen Sie verwendet werden‹ hallen immer noch in meinem Kopf. Außerdem nannten sie meinen vollen Namen, und wenn jemand das tut, ob es die eigene Mutter ist, der Lehrer oder jemand mit einem Ausweis, heißt das nur eins: Man steckt tief in der Scheiße.

Am nächsten Morgen verschwendeten sie nicht viel Zeit, um mir einen Pflichtverteidiger zu besorgen. Er war ein kleiner Mann mit roten Haaren und Pickeln auf der Stirn, der aussah, als hätte er erst seit einer Woche seinen Abschluss. Höchstens. Mein erster Gedanke war, dass ich vom juristischen Gegenstück eines Doogie Howser vertreten wurde.

»Mr. Milford, ich bin Martin Kelleher und fürchte, Sie stecken in ernsten Schwierigkeiten.« Das spulte er ganz schnell ab, als er mir gegenüber in dem kleinen grauen Raum Platz nahm, in dem ich einen Großteil der Nacht verbracht und mir hatte anhören müssen, wie sich mein Leben mit einer immer wieder vorgebrachten Anschuldigung veränderte. Kelleher gab mir nicht die Hand, das fiel mir sofort auf. Er berührte nicht mal den Tisch zwischen uns, als könnte etwas von meinem Fehlverhalten auf ihn abfärben. Er stellte nur Fragen, die ich so gut ich konnte beantwortete. Oder er redete, und ich hörte zu. Als er mich drängte, in etwas einzuwilligen, willigte ich ein.

»Bei der Anklageverlesung werden Sie auf ›nicht schuldig‹ plädieren.«

»Ist gut.«

»Das können Sie später noch ändern.«

»Ist gut.«

Dass ich einwilligte, schien keinen guten Eindruck auf ihn zu machen; das sah ich ihm an seinen leicht zusammengekniffenen Augen und den geschürzten Lippen an. Körpersprache nennt man das. Für Kelleher schien ich ein gefährliches Tier zu sein, dem er helfen sollte, doch bei unserem Treffen hätte jeder, der Augen im Kopf und gesunden Menschenverstand hatte, sehen können, dass er seinen Job hasste.

So was nennt man wohl Ironie des Schicksals.

»Mr. Milford«, sagte er, »haben Sie einen Nachweis über Ihren Verbleib am …«, er warf einen prüfenden Blick auf eine Seite in seinem Aktenordner, obwohl es doch um gestern ging, »… Dienstag, den zwölften Juni, zwischen acht Uhr morgens und fünf Uhr nachmittags?«

Ich antwortete nicht sofort. In der Nacht zuvor hatte ich auch nicht geantwortet, als sie mir dieselbe Frage tausendmal stellten. »Dazu kann ich im Augenblick nichts sagen«, erklärte ich schließlich.

Dabei wollte ich es, Mann! Ich wollte ihnen mein Handy mit dem Anruf von Mary Ann zeigen, und die Quittung vom Hotel. Ich wollte alles vom Frauenhaus in Roanoke erzählen. Ich wollte ihnen sagen, dass ich kein Mörder war, sondern ein Retter.

Das wollte ich. Tat es aber nicht. Denn ich kannte meinen Bruder zu gut und wollte zuerst mit Mary Ann reden.

Kellehers Miene verzog sich vor Enttäuschung und wechselte dann zu einer Mischung aus Angst und Hass. Ich wollte ihn schon fragen, wieso er diesen Job hatte, wieso er sich überhaupt erst die Mühe gemacht hatte, Jura zu studieren, wenn er doch ein Mensch war, dessen Meinung über mich schon feststand.

Aber das sagte ich auch nicht. Ich schwieg nur, mit den gefesselten Händen im Schoß, und bemühte mich, nicht an meinen Fingernägeln zu knibbeln.

»Sie machen es mir nicht leicht«, bemerkte Kelleher.

»Ich bin hier nicht der Studierte«, erwiderte ich.

Er seufzte, strich ein paar Notizen auf seinen Block durch, stand auf und gab dem Cop hinter der Tür ein Zeichen. »Wir sehen uns morgen um zehn Uhr«, sagte er beim Hinausgehen. Sonst nichts, und er schaute sich auch nicht mehr um. Ich dachte mir, wenn schon mein eigener Anwalt mich derart hasste, würden die anderen mich für Satan persönlich halten.

Eigentlich hätte ich an diesem Nachmittag vor lauter Erschöpfung gut schlafen müssen, aber so war's nicht. Ich lag auf der harten Pritsche in meiner Zelle, lauschte darauf, wie mein Herz im Sekundentakt pochte, und spielte das Kinderspiel: Mach ich's oder mach ich's nicht.

Ich hatte Angst um Mary Ann.

Denn mein Bruder Kris war nicht dumm, verstehen Sie? Er war schlau genug, um die Highschool zu schaffen, wenn auch nur dadurch, dass er Willi Stokes mit täglichen Prügeln drohte, sollte er nicht Kris' Hausaufgaben machen, und zwar so schnell, dass er es noch abschreiben konnte. Das Gleiche galt für seine Jobs. Kris war nicht der beste Arbeiter auf der Baustelle, ganz im Gegenteil. Meistens kam er zu spät, und wenn er pünktlich kam, machte er sogar bei den einfachsten Aufgaben Murks. Aber er konnte immer einen der anderen überreden, für ihn einzustempeln oder seine Fehler zu decken. Kris war ziemlich findig in der Kunst der Überredung.

Ich hatte Angst, er würde Mary Ann nicht nur aufspüren, sondern sie auch überreden, mit ihm nach Hause zu kommen. Und ich hatte vor noch viel mehr Angst.

Denn die Sache ist die: Als ich wegen Mordes an Caleb Church verhaftet wurde, war Emily nicht die einzige Frau in meinem Leben, die schwanger war.

KAPITEL DREISSIG

Als ich vom Parkplatz in der Nähe des Spielplatzes fahre, ruft Daniel an und will wissen, ob ich auf dem Weg nach Hause bin und unsere Pässe hole, damit wir zum Flughafen Dulles aufbrechen können.

»Könntest *du* die Pässe holen? Sie sind im Reiseordner im Arbeitszimmer oben. Unterstes Regal links. Ich komme dann direkt zu dir, und wir fahren von dort aus los.« Das ist die dritte Lüge in drei Tagen, und sie kommt mir so leicht über die Lippen, dass es mir kaum auffällt.

Wir können es immer noch rechtzeitig zum Check-in für den Nachtflug schaffen. Eine lockere Fahrt über die I-95 heißt, dass wir erst in ein paar Stunden aufbrechen müssen, aber langsam frage ich mich, wie locker die Fahrt mit meinen neuen Informationen werden wird. Und wenn ich mich auf Emilys Wort so verlassen kann, wie ich es glaube, müssen wir gar nicht weg. Schließlich bin ich diejenige, die im Besitz des Beweises ist. Die Quittung vom Hotel in Bluefield liegt, ordentlich gefaltet, in meiner Tasche. Mit Streichhölzern oder einem Feuerzeug kann ich sie in wenigen Sekunden in Asche verwandeln, auslöschen, verschwinden lassen.

Aber.

So war Jake nicht. Ich glaube, er war einfach ein anständiger Mann, ein Held des Alltags.

Das ist das Aber, das ich niemals verschwinden lassen kann.

Jonathan meldet sich vom Rücksitz: »Jake junior hat gesagt, sein Daddy wohnt nicht mehr bei ihnen. Er muss die ganze Zeit woanders bleiben. Wie kann das sein?«

Wenn ich auch nur ansatzweise Charakter hätte oder Jonathan älter wäre, würde ich ihm die Wahrheit sagen. Ich würde ihm sagen, dass ich der Grund bin, warum der Daddy des kleinen Jungen nie mehr nach Hause kommen kann. Doch so zucke ich mit den Schultern, tische ihm eine lahme Ausrede auf und hoffe nur, dass er nicht bemerkt, wie zittrig meine Stimme ist. »Manchmal müssen Dads einfach weggehen.«

»So wie Tommys Dad?«

»Ja, wie Tommys Dad.«

Der Vergleich ist so wackelig wie ein Kartenhaus im Wind. Der Mann meiner Schwägerin hat sie einfach gegen ein jüngeres Modell ausgetauscht, aber Emilys Mann hatte keine andere Wahl.

»Kann Jake Junior einen neuen Dad kriegen?«

»Vielleicht.«

»Wo kriegen Kinder denn einen neuen Dad her?«, fragt Jonathan, als hoffte er auf einen Laden voller wartender Männer, die unbedingt Vater eines Kindes werden wollen, das sie nicht gezeugt haben. So etwas wie Daddies-R-Us. Wal-Daddy. FAO Daddy. Ich stelle mir reihenweise Regale mit Männern vor: groß, klein, sportlich, intellektuell. Es würde einen Gang mit Geschichtenvorlesern geben, einen mit Schildern wie *Spielt gern Fangen* oder *Geht gern angeln* und einen weiteren voller Männer mit Etiketten, auf denen steht: *Ich würde deine Mom nie für ein fünfundzwanzigjähriges Flittchen verlassen* oder *Natürlich würde ich nie süchtig werden und sterben.* Sie alle flehen *Nimm mich, nimm mich!.*

Ich sehe vor mir, wie Kundinnen die Waren prüfen, während Verkäufer sich in ihrer Nähe herumdrücken und ihnen vollste Zufriedenheit und uneingeschränktes Rückgaberecht ohne Angabe von Gründen zusichern. Und der Preis? Kein Problem: All die alleinstehenden Männer übernehmen die Bezahlung.

Wenn es im Leben nur so zugehen würde! Es wäre der wahr gewordene Traum jeder alleinerziehenden Mutter.

Ich denke an Daniel, den ich nicht in einem Laden fand, sondern in einem Café in Richmond, in das Susan mich letztes Jahr schleppte. Er kam auch nicht mit einer lebenslangen Garantie, sondern mit einer Ausstrahlung von Integrität und einem freundlichen Lächeln für Jonathan, nachdem ich irgendwann den Mut aufgebracht und die beiden miteinander bekannt gemacht hatte. Ich weiß, dass ich Glück habe und Daniel mir dabei helfen wird, meinen Sohn aufzuziehen. Ich weiß, er wird sich niemals beklagen, nicht mal in den furchterregenden Teenagerjahren, die selbst die Geduld der phlegmatischsten Männer auf die Probe stellen sollen. Aber ich weiß auch, dass Daniel, ganz gleich, wie sehr er sich das wünscht, ganz gleich, wie viel Mühe er sich gibt, niemals Jonathans Vater sein wird. Es wird immer eine Grenze geben, die deutlich macht: *Ich bin nicht der echte, sondern nur der Ersatz.* Beim Gedanken daran möchte ich am liebsten weinen, nicht wegen mir oder Jonathan, sondern wegen Jake Junior. Ich habe ihm etwas weggenommen, das ich nicht ersetzen kann. Ich habe etwas getan, das ich nicht mehr rückgängig machen kann.

»Mom? Erde an Mom!«, sagt Jonathan.

»Ja, Schatz. Was ist?«

»Können wir ein Eis kaufen?« Er zeigt auf einen Eckladen hinter der Ampel. Das Schild präsentiert ein riesiges Hörnchen mit Vanille-, Schokoladen- und Erdbeereis und tut genau das, was der Schildermaler gewollt hat. Es lockt einen an wie die Sirenen einen hilflosen Seefahrer.

»Um zehn Uhr morgens?« Auch egal. »Na gut.« Ich parke auf dem schmalen Parkplatz zwischen der Eisdiele und der Reinigung daneben und mache mich daran, Jonathan von seinem Sitz zu schnallen. Das kann ich nach sechs Jahren blind, obwohl die Sitze ihre Größe und die Anordnung der Gurte verändert haben. Da sehe ich durch das Rückfenster ein Poster am Schaufenster der Reinigung.

Helfen Sie misshandelten Frauen! Spenden Sie für das Frauenhaus Safe Harbor!

Darunter sind eine Internetadresse und eine Telefonnummer angegeben, aber die brauche ich nicht. Ich weiß schon, wen ich anrufen muss. Heute noch.

Jonathan möchte Schokolade im Hörnchen, und das Mädchen hinter der Verkaufstheke hält das Hörnchen extralang unter die Softeismaschine, bis sich das Eis prekär auftürmt. »Hier, kleiner Mann«, sagt sie und dann, zu mir gewandt: »Schon wieder einer von diesen freien Schultagen?«

Ich nicke.

»Ich wünschte, ich hätte auch frei. Es ist schön draußen.«

Wieder nicke ich, dabei ist mir das, ehrlich gesagt, gar nicht aufgefallen. Aber jetzt kommt mir eine Idee. Kaum sitzen wir wieder im Wagen und Jonathan hat sein Eis so weit dezimiert, dass es nicht mehr vom Hörnchen zu fallen droht, fahre ich zwei Blocks zurück. Wieder schnalle ich ihn ab, wieder nimmt Jonathan meine Hand, und dann fragt er jedes der Wipp-Tiere, ob es Eis möchte.

Auf derselben Bank, auf der ich noch eine halbe Stunde zuvor mit Emily gesprochen habe, hole ich mein Handy hervor und suche die Nummer vom Pop Shop in Tazewell, Virginia.

Als sich eine Frau mit starkem Südstaatenakzent meldet, frage ich nach Mary Ann Milford.

Weil darauf ein langes, bedeutungsschwangeres Schweigen eintritt, weiß ich, dass die Frau den Namen kennt.

»Ich muss sie unbedingt sprechen«, dränge ich, bevor sie sich weigert.

»Geht's schon wieder um die Pfändung des Wagens? Dann lege ich jetzt auf.«

Ich versichere ihr, dass ich keine Sachpfänderin bin, dass nur menschlicher Abschaum Befriedigung darin finden kann, unschuldigen Menschen den Besitz wegzunehmen, und füge dann in der Hoffnung hinzu, vertrauenswürdiger zu wirken: »Wir haben uns in einem ... Sie wissen schon ... Frauenhaus kennengelernt. Mary Ann hat gesagt, wenn ich je ihre Hilfe brauche, sollte ich anrufen.«

»Sind Sie in Schwierigkeiten, Liebes?«

»Das könnte man wohl so sagen.«

Wieder zögert sie, schweigt aber nicht, sondern seufzt. Ich hab's geschafft. Zwar fühle ich mich erbärmlich wegen meiner Lüge, aber ich hab's geschafft. »Als wir das letzte Mal miteinander redeten«, sage ich, »haben wir uns versprochen, uns zu helfen, wenn wir können.«

Glucksen. »*Mary Ann* soll Ihnen *helfen* können? Wie das denn? Das arme Mädchen kann ja nicht mal sich selbst helfen. Um ihr zu helfen, müsste schon ein Lkw ihren beschissenen, brutalen Mann platt walzen!«

»Könnte ich bitte einfach mit ihr reden?«

»Moment«, sagt die Frau. Es klappert, als hätte sie den Hörer abgelegt, dann höre ich im Hintergrund ein Zischen, das sich anhört wie eine Friteuse, und einen Kunden, der fünf Dollar in einzelnen Scheinen als Wechselgeld haben möchte. Mit einem Mal ertönt in der Leitung ein Stimmchen wie von einem Mäuschen, das ich über den Hintergrundlärm hinweg kaum verstehe.

»Wer ist da?«

»Eine Freundin«, antworte ich.

»Ich hab keine Freundinnen. Nicht mehr. Und ich kenne Sie nicht. Sonst hätte ich Ihre Stimme erkannt. Bei Stimmen bin ich gut, wissen Sie? Ich hätte gut Vorleserin werden können, für Bücher auf Band. Obwohl ich glaube, dass man heute nicht mehr auf Band spricht.«

Zeit für eine weitere Lüge, obwohl ich mich innerlich krümme, als ich mich Worte sagen höre, die weit von der Wahrheit entfernt sind. »Ich war eine Freundin von Jake«, behaupte ich.

»Ach ja?«

»Hören Sie, könnte ich vielleicht zu Ihnen kommen und mit Ihnen reden? Wir könnten uns in einem Café in Bluefield treffen. Oder woanders, wo Sie wollen.«

»Das ist ja komisch.«

»Was denn?«

»Ich soll Sie in Bluefield treffen? Oder woanders?«

»Ich muss etwas wissen, Mary Ann. Ich muss wissen, ob Jake Milford am zwölften Juni vor sieben Jahren mit Ihnen zusammen war.«

»Und wer sagt mir, dass Sie nicht eine Freundin von meinem Mann sind?«

Fast muss ich lachen bei der Vorstellung, Kris Milford und ich könnten befreundet sein. »Bin ich nicht.«

»Tja, ich sag Ihnen mal was. Sie können sich Ihr Großstadtgehabe dorthin stecken, wo die Sonne nie scheint. Weil ich Ihnen nicht glaube.«

Jonathan springt vom Wipp-Löwen und kommt zu mir gerannt, während mein Handy einen weiteren Anrufer signalisiert. Daniel. Ich muss zum Ende kommen.

»Ich bin Justine Boucher, Mrs. Milford, die Staatsanwältin in Jakes Prozess. Wenn Sie wollen, können Sie das überprüfen.«

»Vielleicht mach ich das, vielleicht aber auch nicht.« Sie hält inne und versichert einem Kunden, dass sie gleich zu ihm kommt. »Was wollen Sie, Mrs. Boucher?«

Ich sag ihr die Wahrheit. Dass ich die Dinge wieder in Ordnung bringen will.

»Ich muss den ganzen Tag arbeiten. Bis sechs. Wenn Sie dann herkommen und wirklich die Staatsanwältin sind, dann rede ich vielleicht mit Ihnen.«

Und bevor ich ihr noch versichern kann, dass ich da sein werde, legt sie auf.

KAPITEL EINUNDDREISSIG

Als Daniel das nächste Mal anruft, klingt er nicht mehr wie er selbst, sondern eher wie Churchill auf dem Kriegspfad. »Wo zum Teufel bist du, Jussie?«

»Unterwegs«, sage ich, was ja auch stimmt, nur sage ich nicht, wohin unterwegs.

»Ich hab die Pässe. Außerdem hab ich ein paar Winterklamotten für euch beide vom Speicher geholt, weil die Kleider in deinem Schlafzimmer für den Sommer in Richmond sind. Ich sag's nur ungern, aber in England ist höchstens zwei Wochen Sommer, und Wimbledon schauen sich alle drinnen vor dem Fernseher an. Deshalb sind wir so blass.« Zumindest schimmert wieder ein bisschen vom alten Daniel durch, aber ich weiß nicht, wie er es aufnimmt, wenn ich Jonathan einfach bei ihm absetze und danach weiterfahre.

Für Mitte April ist es ungewöhnlich warm, sodass ich die Klimaanlage einschalte und dabei an den Knopf fürs Radio komme. Als die Klimaanlage anspringt, dünstet sie sofort ihren Geruch nach verbrannten Chemikalien aus. Das Brummen des Radios erfüllt den Wagen, und während wir durch die Innenstadt zu Daniels Haus fahren, versuche ich, eine weitere Erinnerung zu verdrängen. Doch bevor ich michs versehe, überwältigt mich die Erinnerung und füllt mich so aus, dass ich sie nicht mehr als Vergangenheit, sondern als Gegenwart empfinde.

Es ist nicht mehr April in Richmond, sondern ein Jahr nach der schiefgegangenen Hinrichtung mit der tödlichen Injektion, und ich befinde mich im Greensville Correctional Center. Ian und ich fahren in einem Van zu dem lang gezogenen, niedrigen Gebäude namens Hellville, gemeinsam mit zwei Anwälten, einem halben Dutzend Reportern und den Eltern des Opfers, die immer noch auf eine Begnadigung hoffen. Als wir aus dem Wagen steigen, ziehen wir die Mäntel enger um uns, da der Winterwind in dieser flachen Gegend von Virginia gnadenlos auf uns einpeitscht. Jeffries, wie immer unser Betreuer, scheucht uns rasch ins Innere des Gebäudes, lässt uns auf den harten Stühlen im Zuschauerraum Platz nehmen und bittet uns, zu warten.

Das meiste ist wie bei der ersten Hinrichtung durch Elektroschock, die ich mit angesehen habe. Der Gefangene wird mit kahl geschorenem Schädel und glatt rasiertem linkem Bein in den Raum geführt. Schon kurz darauf sind die Fesseln, Schwämme und Elektroden an den korrekten Stellen angebracht, doch mir kommen die wenigen Minuten wie Jahre vor. Als alles vorbereitet ist, hört man nur noch das Summen des Stroms, das leise Kratzen der Stifte auf Papier, als die Reporter sich Notizen machen, und den stockenden Atem der Mutter des Opfers, die seit unserer Ankunft hier mit den Tränen zu kämpfen hat.

»Möchten Sie noch etwas sagen?«, fragt der Wächter nach einer endlos langen Pause.

»Ich bin unschuldig.«

Diesen Fall kenne ich in- und auswendig. Ich weiß, dass der Mann auf dem elektrischen Stuhl nicht ganz richtig im Kopf ist. Ich weiß, dass nur sehr wenige überhaupt eine Hinrichtung wollten. Das Urteil der Geschworenen war nicht einstimmig. Aber wenn die Maschinerie einmal in Gang gesetzt wird, lässt sie sich fast nie mehr aufhalten. All das weiß ich.

Die Frau hinter mir fängt nun lauthals an zu schluchzen; ihr Mann gibt sich alle Mühe, sie zu beruhigen. Darauf tritt kurz Stille ein, in der alles in der Schwebe zu hängen scheint.

Ich versuche, das Telefon an der Wand mit reiner Willenskraft zum Klingeln zu zwingen. Obwohl ich nicht an Gebete glaube, bete ich jetzt. Ich hoffe, jemand hat auf die Kirchen und die Familie, auf den Papst und die Erzbischöfe und auf jeden gehört, der dem hier ein Ende setzen kann. Denn der Mann auf dem elektrischen Stuhl ist nicht ganz richtig im Kopf. Und wenn es etwas Schlimmeres gibt, als einen Menschen zu töten, dann, einen Menschen zu töten, der nicht ganz richtig im Kopf ist.

Die Stille wird von einem Knall unterbrochen, auf den ich mich vorbereitet hatte.

Aber es trifft mich vollkommen unvorbereitet, als eine große Stichflamme aus dem Kopf des halb toten Mannes schießt. Ich bin weder auf den dichten Rauch vorbereitet, der die Todeszelle erfüllt, noch auf den ekelerregenden Gestank von brennenden Haaren, Haut- und Gewebezellen, der in den Zuschauerraum dringt. Und ich bin nicht darauf vorbereitet, dass der Mann auf dem Stuhl nach Luft ringt, als der Strom abgeschaltet und der Vorhang zugezogen wird.

Jemand brüllt: »Der Schwamm! Wer hat den gottverdammten Schwamm überprüft?«

Bei jedem Vorgang gibt es tausend Dinge, die schiefgehen können. Hinrichtungen durch Elektroschock sind da keine Ausnahme. Eine falsch angebrachte oder ungesicherte Elektrode, ein defekter Anschluss, eine Unterbrechung im Stromfluss können die Ursache sein. Hier war es ein Schwamm: ein schlichter Schwamm, der ein Naturschwamm hätte sein müssen, in letzter Minute aber gegen einen synthetischen ausgetauscht wurde.

Jeffries scheucht uns aus dem Zuschauerraum. Die Hälfte von uns hält sich die Hand vor den Mund und läuft nach vorn gekrümmt, weil uns speiübel ist. Kaum sind wir draußen, übergebe ich mich. Als Erste, aber nicht als Letzte.

Ich bin wieder im Wagen, schalte Klimaanlage und Radio aus und öffne alle vier Fenster. Frische Luft dringt ins Auto und weht mir die Haare aus dem Gesicht. Ich lass mich bis zu Daniels Haus durchpusten, um die Erinnerungen aus meinem Kopf zu vertreiben.

Aber es gelingt mir nicht.

KAPITEL ZWEIUNDDREISSIG

Zwar bin ich Juristin und keine Psychologin, aber mein Tagwerk wird weniger durch Gesetze und Verfahrensweisen geprägt als durch die Frage, wieso Menschen Handlungen begehen, die oberflächlich betrachtet überhaupt keinen Sinn ergeben.

Ich lege die viereinhalbstündige Fahrt nach Bluefield ohne Musik zurück, denn im Radio scheint es nur noch Liebeslieder zu geben, und mir schwant, dass ich alle Liebe verloren habe, die es in meinem Leben gegeben haben mag, als ich Daniel auf der Frontveranda seines Hauses stehen ließ. Er stand da, hatte einen Arm um Jonathans Schultern gelegt und starrte mir ohne zu winken mit einer Miene nach, die keinerlei Regung verriet. Außer Enttäuschung: Die war deutlich zu sehen. Neben ihm stapelten sich vier Koffer, die wieder ins Haus geräumt und ausgepackt werden mussten. Die lange Fahrt und mein Drang, Mary Ann unbedingt zu erreichen, bevor sie ihre Arbeit verließ, bedeuteten, dass ich keine Zeit für Erklärungen, sondern nur für ein halbherziges Versprechen hatte, spät am Abend wieder da zu sein und von unterwegs anzurufen.

Das schien ihn nicht zu interessieren.

Hätte ich klar denken können, hätte ich während der Fahrt über Daniel nachgedacht, verschiedene Szenarien durchgespielt und mir Erklärungen ausgedacht: Es interessiert ihn, aber er will es nicht zeigen. Er macht sich Sorgen um mich, weiß aber, dass ich Freiraum brauche. Er ist fertig mit mir, sagt es mir aber erst heute Abend – denn Frontveranden und kleine Kinder sind unpassende Orte und Zuschauer für den letzten Akt einer romantischen Tragödie.

Aber so wie es steht, denke ich nicht an Daniel, sondern an Jake Milford. Ich denke an den primitiven Überlebensinstinkt.

Als meine Mutter im Sterben lag, fragte ich sie, wie lang sie noch weitermachen wollte, bevor sie endlich losließe. Der Knochenkrebs hatte völlig von ihr Besitz ergriffen, und das Morphium half nur noch notdürftig gegen die Schmerzen. Dennoch starrte sie mich mit ihren wässrigen Augen an und schüttelte den Kopf. Sie hatte keine Angst vor dem Sterben, sondern vor dem Nichts, das danach kam. Also klammerte sie sich an ihr Leben, während jeder Tag und jede Woche neues Leiden brachte, bis die Krankheit ihr die letzte Kraft raubte und sie keine Wahl mehr hatte.

Das Handy auf dem Beifahrersitz klingelt, und ich antworte über die Sprechanlage des Wagens. Es ist Daniel. Plötzlich will ich unbedingt mit ihm reden. Mehr als alles andere.

»Hi«, sagt er.

Nicht »Hi, Jussie« oder »Hi, Schatz« oder »Hi, Liebste«, sondern nur die Begrüßung und dahinter klaffende Leere. Als ich merke, dass ich zittere, fahre ich sofort an den Seitenrand. »Hi.«

»Könntest du mir das mal erklären? Mit einfachen Worten, als wäre ich ein nicht besonders kluger Sechsjähriger?«

»Ich weiß nicht, ob ich das kann. Noch nicht, Daniel.«

»In letzter Zeit irgendwelche Rotröcke gesehen? Ich muss es wissen.«

Ich erzähle ihm von dem Gespräch mit Emily und der unangenehmen Begegnung mit Ted danach. Ich verrate ihm, dass ich die Quittung vom Hotel in Bluefield habe.

»Sofort vernichten«, sagt er.

Ich weiß, er will mich schützen, und sich und unsere Liebe, aber ich kann es nicht tun; nicht, bevor ich die ganze Geschichte kenne. Und vielleicht nicht mal dann. Anstatt ihm zu antworten, wechsle ich das Thema. »Ich dachte gerade an meine Mutter, als sie im Sterben lag. Sie weigerte sich loszulassen. Daniel, der Krebs war schon überall, trotzdem wollte sie immer weiter durchhalten.«

»So sind die Menschen, Jussie. Wir halten durch bis zum bitteren Ende, auch wenn es wehtut«, erwidert er.

Dann sprechen wir über Belangloses und meiden das Thema, wohin ich fahre und warum. Als Daniel einen letzten Versuch startet, vertröste ich ihn ein weiteres Mal mit dem Versprechen, ihm heute Abend alles auf der Rückfahrt nach Richmond zu erzählen.

»Ich liebe dich, Jussie«, sagt er. »Mehr als alles andere auf der Welt. Aber du darfst mich nicht so im Ungewissen lassen. Ich schaff das nicht: nicht, wenn Adrian morgen – du weißt schon – und du ständig weg bist. Tut mir leid, aber das muss mal gesagt werden. Leb wohl, Jussie.«

»Ich liebe dich auch«, sage ich, aber die Leitung ist bereits tot. Er hat das Gespräch beendet, und sein Abschied klang irgendwie endgültig. Aber das zählt jetzt nicht. Das zählt jetzt überhaupt nicht.

Nach fünf Minuten kontrolliertem Atmen mit einer App – was mich übrigens kein bisschen beruhigt – fahre ich wieder los und fädle mich in die rechte Spur ein. Dabei denke ich, dass Daniel recht hat: Wir halten durch bis zum bitteren Ende.

Also muss ich mich fragen, wieso jemand freiwillig den Tod wählt, und auch noch einen so barbarischen Tod, wie ich ihn in der Todeszelle mit angesehen habe. Ich muss mich fragen, wieso Jake Milford eine für Menschen derart untypische Entscheidung getroffen hat, wenn er doch unschuldig war. Denn er musste doch nur ein Stück Papier vorzeigen.

Ich habe einen Zettel gefunden.

Diese Frage – *Warum?* – begleitet mich während der endlosen Fahrt durch die geschwungene Landschaft von Virginias Südwesten. Aber um zu verstehen, was Jake Milford tat oder nicht tat, muss ich eine andere Frage stellen. Ich muss wissen, was den Überlebensinstinkt übertrumpft.

Schmerz ist sicher eine der Trumpfkarten. Zwar nicht bei meiner Mutter, weil die Angst noch stärker war als der Schmerz und diesen übertrumpfte wie die Pikdame die Herzdame beim Doppelkopf. Trotzdem kann ich mir Schmerzen vorstellen, die alles andere überlagern und so schrecklich sind, dass der Tod wie eine Erlösung wirkt. Ohne das Morphium hätte meine Mutter sich vielleicht anders entschieden.

So weit ich weiß, hatte Jake Milford keine körperlichen Schmerzen, aber das Gespräch mit Emily heute Mittag hat mich ins Grübeln gebracht. Er hatte eine Jugendliebe, eine Liebste, die später von ihrem Mann misshandelt wurde. Wem hätte eine solche Situation nicht das Herz zerrissen? Wer hätte da nicht seine Unschuld verborgen, wenn er damit einen geliebten Menschen geschützt hätte? Natürlich erscheint es zunächst mal vernünftiger, sich an Polizei und ein Frauenhaus zu wenden, doch nur, wenn man nicht weiß, wie niedrig die Erfolgsquote beim Schutz misshandelter Frauen ist. Ich schätze, Jake wusste das aber. Ich glaube, am Ende versuchte Jake Milford, mit dem Tod Schmerzen zu vermeiden. Zwar die Schmerzen eines anderen Menschen, aber trotzdem. Vielleicht ist am Ende die Trumpfkarte im Spiel um Leben und Tod immer der Schmerz. Nur hat er für jeden von uns eine andere Form.

KAPITEL DREIUNDDREISSIG

Zum schäbigen Äußeren des Ladens passt ›Pop Shop‹ genauso wenig wie ›Welpe‹ zu einem räudigen Schakal. Das heruntergekommene Saltbox-Haus mit dem asymmetrischen Dach hat seinen letzten Anstrich gesehen, als ich noch Windeln trug. Auf der einen Seite der Doppeltür steht eine summende Eismaschine, an der anderen ein Cola-Automat, dieser allerdings mit einem von Hand geschriebenen Schild, auf dem ›Außer Betrieb‹ steht. Die Schrift ist verblasst, als wäre sie schon ein, zwei Jahre alt.

In solchen Läden arbeitet, tankt und versorgt sich die arme Landbevölkerung, denke ich und habe das Gefühl, dass ich solche Orte besser kennen sollte als Washington, Richmond und New York.

Hier verbringt Mary Ann Milford ihre Tage, und wenn ihre häuslichen Verhältnisse auch nur halb so übel sind, wie Emily behauptet hat, dann ist sie wahrscheinlich glücklich, hier zu arbeiten.

Ich halte neben einer freien Tanksäule und fülle den Tank mit Super. Die Uhr am Armaturenbrett zeigt mir an, dass ich es in knappen viereinhalb Stunden von Richmond hierhergeschafft habe, was eine ziemlich gute Zeit ist. Als der Tank voll ist, gehe ich bezahlen, ohne den Wagen wegzusetzen. Ich befinde mich im tiefsten, waffenfreundlichen Hinterland von

Virginia, und der Besitzer soll auf keinen Fall den Eindruck bekommen, ich wollte ohne zu zahlen abhauen.

Der Pop Shop gehört zu den altmodischen Läden ohne viel technischen Schnickschnack, in denen man nur bar bezahlen kann. An der verschmierten Glastür hängt ein Schild mit der Aufschrift *Anschreiben ist nicht!*. Ich ziehe ein paar Zehner aus meiner Brieftasche, ohne sie zu zeigen. Denn es wäre wohl keine gute Idee, hier mit Gucci-Leder zu protzen. Anpassung ist jetzt angesagt. Glücklicherweise bin ich auch auf dem Land aufgewachsen, und wenn ich meine Sprechweise etwas modifiziere, wird es wohl nicht gekünstelt wirken.

Ich erkenne sofort, wer von den Personen im Laden Mary Ann ist. Es gibt nur zwei Frauen, wovon die eine die Sechzig schon etwas überschritten hat und die andere jünger ist als ich. Sie steht an der Kasse, hat das Kinn auf eine bandagierte Hand gestützt und starrt in die Ferne, als wäre dort irgendwo ein Fernseher. Als ich zu ihr trete, kommt mir etwas an ihrem Blick komisch vor.

»Nummer drei«, sage ich und halte ihr vier Zehner hin. Dazu nehme ich eine Dose Cola aus der Kühltruhe neben der Kasse. »Und die hier.«

»37,55«, sagt sie.

»Sind Sie Mary Ann?«

»Ja, und Sie die Anwältin?«

»Genau.«

Sie gibt mir mein Wechselgeld, zählt die Münzen ab und legt zwei Einer dazu. »Gehen wir nach hinten.« Dann fragt sie die ältere Frau: »Übernimmst du kurz, Janice?«

»Klar, Schätzchen«, erwidert Janice und kommt zur Kasse. »Ruf nach Pete, wenn du was brauchst.« Dabei sieht sie mich an, und Pete blickt von einem der Regale zu uns, wo er gerade

Suppendosen auffüllt. Die Achtunddreißiger an seiner Hüfte erinnert mich daran, dass ich nicht nur in einem waffenfreundlichen Bundesstaat bin, sondern dass man sie hier auch offen tragen darf. Andererseits ist mir der Anblick nicht ganz fremd. Schließlich wohne ich in Richmond. Und Richmond ist in Bezug auf Feuerwaffen etwas ganz anderes als San Francisco oder London.

Mary Ann bittet mich, ihr durch den Laden bis zum Hintereingang zu folgen. Dort erwartet uns nur ein ungepflasterter Hof mit einem riesigen Müllcontainer und einem Pick-up mit einem platten Reifen. Auf der gegenüberliegenden Straßenseite steht ein Backsteinhaus. *Kein schöner Anblick für die Besitzer*, denke ich.

»Ich hab nur ein paar Minuten Zeit«, erklärt Mary Ann und zündet sich eine Zigarette an. »Bald kommen die Leute von der Arbeit, da kann's ziemlich hektisch werden.« Sie hält mir das halb leere Päckchen hin. »Sie auch?«

Ich nehme mir eine und halte schützend meine Hände darum, als sie sie für mich anzündet. Eigentlich rauche ich seit meiner Zeit im College nicht mehr, aber auch hier ist wieder Anpassung geboten, und ich nutze jede Gelegenheit. Allerdings verrate ich mich, als ich husten muss.

»In den falschen Hals gekriegt?«, fragt sie.

»Nein, ich hab vor zwanzig Jahren aufgehört. Trotzdem fehlt's mir noch.«

»Ich sollte auch aufhören. Aber ich rauche nur ein oder zwei pro Tag, um meine Nerven zu beruhigen.« Sie schaut sich um und senkt die Stimme. »Kris will's nicht, also hab ich neben der Kasse Mundwasser stehen. Und Kaugummi. Und Handcreme.«

Ich deute auf ihren bandagierten Unterarm. »Ich kann mir vorstellen, dass Kris so einiges nicht will.«

»Das könnte man sagen.« Sie ist immer noch verschlossen und schaut sich verstohlen um, als könnte ihr Mann sie hören.

»Sie können mir vertrauen«, sage ich.

Mary Ann holt tief Luft und hebt leicht das Kinn, senkt es aber sofort wieder, als wäre das schon zu viel. Als ich ihre nächsten Worte höre, zerreißt es mir das Herz. »Komisch, dass Sie sich mit mir treffen wollten. Denn eigentlich treffe ich mich mich sonst nie mit jemandem. Kris fährt mich morgens zur Arbeit und holt mich um Punkt fünf wieder ab. Ruft stündlich im Pop Shop an, um zu prüfen, ob ich noch da bin und das Geld verdiene, das wir für die Miete und Strom, Heizung, Wasser brauchen, während er mit unserem Jungen zu Hause bleibt. Eigentlich sollte mein Sohn schon in die Schule gehen, aber mein Mann hat das verhindert. Er meint, der Junge wäre noch ein Jahr besser zu Hause aufgehoben. Wissen Sie, was ich glaube? Ich glaube, er hat keine Lust, ihn morgens zur Schule zu bringen und nachmittags wieder abzuholen. Dann kann er nicht mehr vor der Glotze hocken, Sport gucken und Bier trinken.«

Ich stelle mir vor, wie der Alltag dieser Frau aussieht: Sie steht bei Morgengrauen auf, um Frühstück zu machen, aber möglichst leise; dann tritt sie, noch müde vom Vortag, ihre Schicht bei einem Arbeitgeber an, der ihr höchstens zehn Dollar pro Stunde zahlt. Dort rührt sie sich nicht vom Fleck, wartet auf die Anrufe, lässt sich abholen und nach Hause fahren, nur um dort die Wäsche zu machen, zu kochen und von ihrem Mann *Bring mir noch ein Bier, Frau* zu hören. Sie kriecht ins Bett und will nur noch schlafen, wird aber nachgeben, wenn ihr Mann was anderes will. All diese Bilder von einer gefangenen, von ihrem Mann versklavten Frau gehen mir durch den Kopf. Am liebsten würde ich heulen.

Stattdessen sage ich betont ruhig: »Aber Sie bleiben bei ihm.«

Sie nimmt einen langen Zug aus ihrer Zigarette und stößt den Rauch in mehreren Ringen aus. »Ich hab meine Gründe. Genauer gesagt, nur einen Grund: blond, blauäugig und sechs Jahre alt. Gäbe es Caleb nicht, würde ich mit dem nächsten Bus zurück ins Frauenhaus nach Roanoke fahren. Es war schön dort, obwohl ich nur ein paar Tage dort bleiben konnte. Nette Leute. Manche waren schlimmer dran als ich, manche besser. Aber nette Leute.«

»Wieso sind Sie von dort weg?« *Und wieso heißt Ihr Sohn ausgerechnet Caleb?*

Als sie mir dieses Mal direkt in die Augen blickt, strömen Tränen über ihre Wangen.

»Bin ich gar nicht«, sagt sie nur.

Ich bin versucht, ihr eine Hand auf den Arm zu legen, zögere jedoch. Diese Frau ist kurz davor zusammenzubrechen. »Was ist dann passiert?«

»Ich bin mal zum Rauchen raus. Rauchen im Haus war nicht erlaubt, verstehen Sie? Bis ich kapierte, was los war, hatte Kris mich schon in den Truck geworfen, und wir fuhren nach Hause.« Sie erstarrt, zieht an ihrer Zigarette und sieht mich wieder direkt an. »Sie gucken auf mein Auge, oder nicht?«, fragt sie. »Tja, dann sehen Sie mal genau hin. Es ist aus Glas.«

»Merkt man gar nicht«, erwidere ich. In ihrer Gegenwart fällt es mir ganz leicht, in die Sprechweise meiner Kindheit zurückzufallen. Dialekte sind schon was Komisches. Man gleitet in sie, ohne es zu merken. »Wie ist das passiert?«

»Was glauben Sie denn?«

So viel bleibt zwischen uns ungesagt, dennoch fällt es nicht schwer, sich das Unausgesprochene zu denken. Schließlich sind wir beide Frauen und haben einiges erlebt. »Polizei?«

Mary Ann lacht, wirft den Zigarettenstummel auf den Boden und zerdrückt ihn mit dem Absatz. »Hab ich versucht. Und das nicht nur ein Mal. Aber Kris kann gut lügen.«

»Das können viel zu viele Männer.«

»Aber es ist nicht nur das.« Mary Ann erschauert, obwohl es ein warmer, sonniger Tag ist. »Er hat mir gedroht, meinem Jungen wehzutun, wenn er auch nur aus der Ferne Polizei riechen würde. Und wenn Kris ›wehtun‹ sagt, meint er keinen liebevollen Klaps.« Wieder lacht sie, schrill und nervös. »Jedenfalls könnte man sagen, dass er mit der Situation unzufrieden war.« Sie legt eine Hand auf ihren Bauch und die andere auf ihr Glasauge. »Sehr unzufrieden. Er hat mich blind geprügelt und drohte, wenn ich seine Geschichte nicht bestätigen und sagen würde, ich wäre auf die Ecke des Küchentischs gefallen, würde er warten, bis das Baby geboren wäre, und dann würde ich ja sehen, was passiert. Also habe ich mir einen Monat lang aus dem einen Auge Eiter und Schlieren gewischt und aus dem anderen Tränen.«

Da will ich ihr doch die Hand auf den Arm legen, aber Mary Ann zuckt zurück wie ein Hund, der erfahren hat, dass Hände nur Schmerzen bringen. »Ist schon gut«, beruhige ich sie, »ich würde Ihnen nie wehtun. Aber wenn Sie nicht wollen, fasse ich Sie auch nicht an.«

Da lässt sie sich zu mir sinken, und ich werfe meine Kippe weg, um sie an mich zu ziehen.

»Das geht schon so lange so, dass ich mich gar nicht mehr erinnern kann, wie es anfing«, sagt sie. »Und jetzt ist der einzige Mensch, der mir helfen konnte, tot.«

»War Jake am zwölften Juni bei Ihnen?«

Ich spüre, wie sie an meiner Schulter nickt, dann richtet sie sich auf und lehnt sich gegen die gestrichene Backsteinwand des Pop Shop. »In der Nacht vorher wollte Kris – Sie wissen schon. Und als er mich auszog und anfasste, hörte er plötzlich auf, an seinem Gürtel zu fummeln. »Was ist das denn?«, fragte er. »Wirst du etwa fett?« Ich erklärte, ich würde meine Tage kriegen, dann wäre ich immer so aufgebläht, ob er das nicht mehr wüsste. Er erwiderte, klar wüsste er das, aber das wäre was anderes, außerdem hätte er im Wäschekorb schon länger keine Lappen mehr gesehen.«

Sie wirft mir einen Blick zu, vielleicht um sich zu vergewissern, wie ich darauf reagiere, und erklärt: »Ich durfte keine Tampons benutzen. Meinte, nur er dürfte da rein und keins von den Dingern, die ein paar lesbische Ärztinnen erfunden hätten. Und dann stieß er mich fester in meinen Bauch. Er stand auf und musterte mich, wie ich da auf dem Bett lag. Und dann fummelte er wieder an seinem Gürtel, aber ich sah, dass er jetzt nicht an das Eine dachte. Er sagte, er würde sich keine Hörner aufsetzen lassen, aber vielleicht, nur vielleicht, würde er mir vergeben, wenn ich ihm die Wahrheit beichtete.«

Jetzt sehne ich mich verzweifelt nach einer weiteren Zigarette, aber nicht wegen des Nikotins, sondern weil ich meine Hände beschäftigen will. Denn während Mary Ann erzählt, haben sie sich unmerklich zu Fäusten geballt. »Wieso ging er nicht davon aus, dass das Baby von ihm ist?«, frage ich.

»Er wusste es genau. Denn während er den Gürtel aus den Schlaufen zog, erklärte er, er hätte sich sterilisieren lassen.«

»O Gott!«

»Ganz genau. Aber ich hielt den Mund, ziemlich lange sogar. Lag zusammengerollt und mit zugekniffenen Augen auf dem Bett, während er mich mit dem Gürtel verprügelte. Das war nicht das erste Mal, aber diesmal schlug er mit der Schnalle zu.« Mary Ann zieht die Baumwollbluse aus ihrer Jeans und hebt sie ein paar Zentimeter an. Ich sehe dicke Narben, die kreuz und quer auf ihrem Bauch verteilt sind.

»Hat bei der Geburt niemand was dazu gesagt?«, frage ich und weise nickend auf ihren Bauch. »Zu den Narben?«

»Kris hat behauptet, ich hätte Depressionen gehabt und mich geritzt.«

»Das war am elften Juni?«

»Das war am elften Juni. Nur dass dieser Tag nicht endete, sondern bis in den zwölften ging. Die ganze Nacht lang.« Jetzt lächelt sie mich an und hebt ihre Oberlippe mit einem brüchigen Fingernagel. »Hat mir die Frontzähne ausgeschlagen. Es tat nicht weh – mir tat da schon gar nichts mehr weh –, aber ich hatte Angst, weil da unten so viel Blut rauskam. Da verriet ich ihm, dass das Baby von Jake ist. Und er hörte auf und meinte, wenn ich wüsste, was gut für mich ist, würde ich bleiben, wo ich bin. Er verschwand. Ich hörte den Truck draußen und sah durchs Fenster, wie er losfuhr. Als er nach einer Stunde noch nicht zurück war, wusste ich nicht, was ich tun sollte, und rief Jake an.«

All das ist so ungeheuerlich und unvorstellbar, dass mir die Worte fehlen. Ich habe das Gefühl, nie wieder Worte zu finden. »Sie müssen nicht weiterreden«, bringe ich hilflos heraus.

»Aber ich will es. Kris fand mich ein paar Tage, nachdem Jake mich ins Frauenhaus gebracht hatte. Auf der Rückfahrt sagte er kein einziges Wort, aber im Wohnwagen meinte er, er hätte sich um alles gekümmert. Ich wusste damals nicht, dass er damit Jake meinte. Und den armen, kleinen Jungen namens Caleb Church. Als er verkündete, wenn das Baby ein Junge wäre, würde es Caleb heißen, war ich einverstanden.«

Wieder lacht sie. »Es ist immer besser, mit allem, was Kris will, einverstanden zu sein. Macht es einfacher, verstehen Sie? Als ich nachfragte, worum er sich gekümmert hätte, meinte er nur, er hätte alles wieder in Ordnung gebracht. Dann nahm er mir die Wagenschlüssel weg und erklärte, ich würde nie mehr wohin fahren. Einen Tag später hörte ich, dass Jake verhaftet worden war. Kris erzählte mir, was passiert war. Erzählte, wie der kleine Junge geschrien und gebettelt hatte, als er geschlagen wurde. Erzählte, er hätte bei der Polizei angerufen und Jakes Beschreibung durchgegeben. Als ich ihn anbrüllte, er wäre ein dreckiger Mörder, schlug er mir das Auge raus.«

»Das tut mir so leid«, sage ich lahm. Die Phrase hängt zwischen uns in der Luft. So was sagt man bei einer Beerdigung, wenn es nichts mehr zu sagen gibt. So was bekam ich zu hören, als Ian umgebracht wurde. So was ist absolut bedeutungslos.

Sie starrt ins Leere, wirft einen Blick auf ihre Uhr und zuckt die Schultern. »Ich hätte Jake das Leben retten können. Hab ich aber nicht. Echt scheiße von mir, oder?«

»Sie hatten kaum eine Wahl.«

»Nein, hatte ich nicht. Habe ich immer noch nicht. Weil Kris den ganzen Tag meinen Jungen hat. Wenn ich nicht ans Telefon gehe, wenn er anruft, kriegt er den Gürtel zu spüren. Und das darf ich nicht zulassen. Nicht mal für Jake. Wäre ich allein, würde ich alles ausspucken, aber jetzt muss ich jemand anderen schützen. Was für Sie wohl ganz gut ist.«

Mary Ann wendet sich zur Hintertür, dreht sich aber noch mal zu mir um. Ihre Schultern sind von der Last der Welt nach unten gesackt. »Ich gehe jetzt besser zurück. Es ist schwer, die Wahrheit zu wissen und nicht sagen zu können. Verdammt schwer.«

Zum Wagen gehe ich ums Haus, nicht durch den Laden. Ich will nicht, dass man mich weinen sieht.

»Nie« ist eins der Wörter, die wir meist falsch verwenden. Wir alle sagen es; wir alle wissen es zu nutzen. Als ich mal mit einem Kollegen unter einer Hebebühne ein Getriebe reparierte, sagte der so was wie: »Zur Hölle, Mann, nie im Leben würde ich Quiche essen. Ekelhafter Eierkuchen.« Oder ein Pärchen in unserer Straße hatte uns mal zu einer Party eingeladen – es war ihr zweiter und zufällig auch ihr letzter Hochzeitstag. Der Mann hatte den Arm um seine Frau gelegt und bölkte mit einer Riesenbierfahne: »Nie würde ich diese Frau verlassen.« Zwei Wochen später haute er ab. Ich hörte, er lebte mit einer zwanzigjährigen Pole-Tänzerin namens Cookie zusammen. Wahrscheinlich hat er auch Cookie erzählt, er würde sie niemals verlassen. Wahrscheinlich hat er es trotzdem getan.

Fakt ist: Auf ein ›Nie‹ kann man nie vertrauen. Nur in Ausnahmen.

Das erfuhr ich persönlich an meinem ersten Prozesstag, als Kris im Gerichtssaal auftauchte und sich in die Reihe direkt hinter mir setzte. Mary Ann hatte rechts von ihm Platz genommen und wirkte wie geschrumpft. Sie sah aus, als versuchte sie, sich noch kleiner zu machen und vor dem blanken Holz zu verschwinden. Ich hatte sie noch nicht angerufen, dazu war zu viel vorgefallen, aber ich dachte, es gäbe einen Hoffnungsschimmer. Ich dachte, ich könnte dafür sorgen, dass Mary Ann und das Baby sicher wären und alles gut würde. Natürlich musste ich Emily alles beichten, und das würde schlimm werden. Aber ich würde es wiedergutmachen. Ich würde den Rest meines Lebens damit zubringen, es bei ihr wiedergutzumachen. Selbst wenn Em mich verlassen würde, fände ich bestimmt einen Weg. Und wenn es keinen Weg mehr gäbe, würde ich mir trotzdem was überlegen.

Kris trug einen dunkelblauen Anzug – seinen einzigen – und dazu ein knittriges weißes Hemd, das vielleicht direkt aus der Verpackung kam. Dazu eine Krawatte, die ein Manager für eine Pressekonferenz tragen würde. Er sah schick aus, respektabel sogar. Kris hat etwas von einem Chamäleon an sich. Wenn wir Billard spielen gingen, rollte er die Ärmel seines Hemds hoch, damit man seine Muskeln und Tattoos sehen konnte. Aber wenn wir ein Auto kaufen wollten, ließ er die Ärmel unten, kämmte sich die Haare und zeigte sich von seiner manierlichsten Seite. Wenn er mit einem Mädchen flirtete – und es gab viele Mädchen, nicht nur Mary Ann –, bekam er einen ganz sanften Blick und bewegte sich viel langsamer als sonst. Er konnte weich oder hart wirken, zornig oder zärtlich. An diesem Tag im Gericht hatte er sich für einen ganz neuen Charakter entschieden.

Er hatte eine besorgte Miene aufgesetzt.

Ich trug keinen Anzug. Em sollte mir einen anständigen mitbringen, aber zwei Tage zuvor hatte sie sich eine schlimme Magen-Darm-Grippe zugezogen. Das hatte man mir jedenfalls erzählt. Ich machte mir über Ems Fernbleiben jedoch meine eigenen Gedanken.

Also saß ich dort in meiner Gefängniskluft und mit den roten Striemen an den Handgelenken, die von den Handschellen während der Herfahrt stammten. Normalerweise schneiden Handschnellen nicht so tief ins Fleisch, meine aber schon. Wenn man wegen irgendwas mit Kindern ins Gefängnis kommt – Misshandlung, Missbrauch, Mord –, ist man allen möglichen Schikanen ausgesetzt.

Der Richter war noch nicht da, und mein zwölfjähriger Pflichtverteidiger unterhielt sich mit einem der Angestellten vom Gericht. Noch nicht mal über meinen Fall, sondern über einen aus der vergangenen Woche. Offenbar war da etwas Witziges passiert. Denn Martin Kelleher lachte.

In diesem Augenblick beugte sich Kris zu mir und legte mir die Hand in den Nacken. Ich weiß nicht, wie ein Mensch sich gleichzeitig heiß und kalt anfühlen kann, aber seine Hand tat es. Als bestünde sie halb aus Feuer und halb aus Trockeneis. Mein ganzer Körper wurde starr.

»Entspann dich, großer Bruder«, sagte Kris. »Entspann dich einfach und hör zu, was ich dir zu sagen habe. Denn ich sag den Scheiß nur ein Mal.« Seine Hand drückte leicht zu, und seine Stimme befahl: »Sieh mich an.«

Ich drehte mich um.

»So ist's brav, großer Bruder. Du warst schon immer der Schlaue von uns.«

Sein Blick war nicht so sanft, wie wenn er mit Frauen flirtete. Er war hart, und seine Pupillen wirkten wie winzige Ölflecken, glänzend wie die Klinge eines Schnappmessers. Ich rechnete schon halb damit, dass etwas aus seinen Augen schießen und mich hier und jetzt blenden würde.

Mary Ann drückte sich jetzt nicht mehr gegen die Rückenlehne der Bank, sondern hatte sich vorgebeugt, als interessierte sie sich für das, was wir zu sagen hatten. Ich sah, dass Kris ihr die andere Hand in den Nacken gelegt hatte und mit dem Daumen über die empfindsame Stelle unter ihrem Kiefer strich. Sein Daumen bewegte sich so sacht, als wollte er sie liebkosen, aber unter seiner Berührung war das Pochen von Mary Anns Halsschlagader deutlich zu sehen. Sie war nicht interessiert, sondern panisch.

»Ich weiß so einiges«, sagte Kris. »Zum Beispiel weiß ich, dass diese kleine Frau einen Braten in der Röhre hat.« Sein Daumen strich weiter über ihren Hals. Hin und her, hin und her. »Ich weiß auch, dass er nicht von mir ist.« Er hielt inne und wartete darauf, dass ich die Frage stellte, die jeder nach einer solchen Aussage stellen würde. Als ich nichts sagte, fuhr er fort: »Weißt du, Mary Ann und ich haben etwas ganz Besonderes. Und wenn man etwas Besonderes hat, gibt es keinen Grund, dieses Besondere mit einer rotznasigen Heulsuse zu teilen, die manche Leute als ›Baby‹ bezeichnen. Also hab ich vorgesorgt. Ich hab's nicht gern getan, großer Bruder. No, Sir! Ein Mann hat das eine, das ihn zum Mann macht, wenn du verstehst, was ich meine. Trotzdem hab ich's gemacht. Für Mary Ann. Damit wir das Besondere zwischen uns nicht verlieren.«

Auch dazu machte ich mir meine eigenen Gedanken. Denn dadurch, dass er sich unters Messer legte, verschaffte er sich noch etwas Besonderes: Er konnte ungeschützt mit anderen Frauen Sex haben, ohne befürchten zu müssen, dass das unangenehme Folgen hatte – Folgen, die manche Leute als ›Baby‹ bezeichneten. Trotzdem sagte ich nichts.

»Und noch eins weiß ich …«, sagte Kris und wandte seinen stechenden Blick prüfend nach rechts und links. »Folgendes weiß ich, und ich will, dass du genau zuhörst. Ich weiß, ein guter Ehemann muss sich kümmern. Um seine Familie, auch wenn die Familie nur aus zwei Personen besteht, wie bei Mary Ann und mir.« Er gluckste. »Tja, vermutlich werden wir bald zu dritt sein, aber das ist schon in Ordnung. Das ist schön. Ich werde das kleine rotznasige Würmchen lieben, als wär's mein eigenes. Ich kümmere mich drum.«

Über die Schulter hinweg konnte ich sehen, dass Kris' rechte Hand von ihrem schlanken Hals zu ihrem geschwollenen Bauch wanderte. Er tätschelte ihn, aber nicht väterlich. Es war eher ein kräftiger, abschließender Klaps.

»Aber du weißt ja, wie diese kleinen Wesen sein können: zart und verletzlich, großer Bruder.«

Sofort musste ich an Ben denken, den kleinen Jungen mit dem großen Herzen. Auch er war zart und verletzlich gewesen. Dann flogen meine Gedanken zu einem Vorfall, der vier Monate vor meiner Verhaftung stattgefunden hatte. In einem Motel am Rand von Bluefield.

Dieser Tag im Pines Motor Inn war einer der schlimmsten und gleichzeitig schönsten Tage meines Lebens gewesen. Es war der Tag, als ich erfuhr, dass ich ein richtiger Scheißkerl sein konnte, ein wertloses Stück Dreck, das ein finsteres Schicksal verdient hatte. Gleichzeitig bekam ich etwas zurück, das ich für immer verloren geglaubt hatte.

Es war der Tag, an dem Mary Ann und ich uns liebten.

Man weiß nie, wie es dazu kommt, dass zwei Körper zueinanderfinden, während alle Gedanken einem befehlen, Abstand zu wahren. Vielleicht lag es an dem Kleid, das Mary Ann trug. Dieses leuchtend grün-weiß gestreifte Kleid war wie gemacht für ein Picknick. Vielleicht war es auch ihr Lächeln, das ich seit unserer Jugend nicht mehr gesehen hatte. Es war ein echtes Lächeln, eins das sich über ihr Gesicht breitete, wie ein Schmetterling seine Flügel ausbreitet, und ihr Fältchen in die Augenwinkel zauberte. Vielleicht lag es daran, dass Mary Ann einfach Liebe verdiente und in all den Jahren mit meinem Scheißbruder keine bekommen hatte. Die Einzelheiten spare ich mir jedenfalls, weil ein Gentleman genießt und schweigt. Aber eins kann ich sagen: An diesem Nachmittag waren wir für ein paar Stunden die glücklichsten Menschen auf der ganzen Welt.

Doch ich kann noch etwas sagen: Verbotenes Glück hat immer seinen Preis. Denn solches Glück kommt vom Teufel persönlich, und er will etwas dafür. Bei uns war es damals erst winzig klein, auch noch an dem Tag, als Mary Ann anrief und mir Bescheid sagte. Aber es sollte sich zu einem Riesenproblem auswachsen.

»Ich geb's als Kris' Baby aus«, versicherte sie am Telefon. »Versprochen. Ich werde es nie verraten, und er wird es nie erfahren. Ich nehme dieses Geheimnis mit ins Grab, Jake.«

So viel zu Geheimnissen. Damals wussten wir beide nicht, dass Kris sich hatte sterilisieren lassen.

Im Gericht, etwa eine Minute, bevor der Gerichtsdiener uns aufrief aufzustehen, setzte Kris wieder an: »Keine Sorge. Ich kümmere mich um ihn. Oder sie, wenn es, Gott bewahre, ein nutzloses Fötzchen ist. Dein Bastard wird es gut haben, solange du brav bist.«

Da drehte ich mich ganz um und erhaschte einen Blick von Mary Ann. Sie flehte mich mit ihren Augen an, ihr zu verzeihen, dass sie verraten hatte, was sie doch nie verraten wollte. Dabei musste sie mich gar nicht um Verzeihung bitten. Ich wusste, mein Bruder hatte schneller die Wahrheit aus ihr herausgeprügelt als russische Folterknechte in einem Spionagefilm.

Dann lehnte sich Kris noch näher zu mir, sodass Mary Ann nicht mitbekam, was er sagte. Sein Atem roch säuerlich nach Bier vom Vorabend und billigem Kaffee vom Morgen. Er strich mit dem Finger über den Kragen meiner grauen Gefängniskluft »Um dich habe ich mich ja schon gekümmert.«

Jetzt fühlte sich seine Hand auf meinem Nacken nicht mehr an wie eine Hand, sondern wie ein Schraubstock. Und als ich sah, dass seine andere Hand immer noch auf Mary Anns Bauch lag, als ich daran dachte, wie viel Schmerz er ihr und dem Baby zufügen konnte, wusste ich, ich würde den Mund halten und auf schuldig plädieren.

Das war's also. Jetzt ist die ganze Geschichte raus. Ich habe Caleb Church nicht umgebracht, aber ich hatte einen guten Grund, dafür zu sorgen, dass alle das glaubten.

KAPITEL VIERUNDDREISSIG

Als ich an diesem Nachmittag aus Bluefield losfahre, begehe ich einen schlimmen Fehler und schalte das Radio ein. Noch schlimmer: Ich schalte es nicht wieder aus. Jeder einzelne Sender scheint die Zeit zwischen den Nachrichten mit nur einem Thema auszufüllen. Kongressdebatten, Selbstmordattentate und Naturkatastrophen in der Dritten Welt sind in den Hintergrund gerückt. Allerdings werden wir nach Adrian Kopinskys Hinrichtung morgen Nacht sicherlich wieder davon hören.

Eigentlich weiß man nicht genau, woher das berühmte Zitat mit den ›fünfzehn Minuten Ruhm‹ stammt. Vielleicht von Andy Warhol, vielleicht von einem Typen, der Andy Warhol fotografierte. Vielleicht auch vom Bruder des Typen, der mit dem Typen redete, der Andy Warhol fotografierte. Jedenfalls kann kurzlebiger Ruhm von wenigen Minuten bis zu ein paar Tagen dauern. Der Wortlaut ›fünfzehn Minuten‹ jedoch ist Teil unserer nationalen Zitatesammlung, und Adrian ist ein lebendes Beispiel. Noch.

Mit dem Wechsel der Sender wechseln auch die Stimmen, die die heutigen Schlagzeilen verkünden und kommentieren. In der Sendung *Fresh Air* im National Public Radio wird ein Mitglied von Vita interviewt, das mit trauriger Stimme erklärt, Adrian Kopinsky hätte die Unterstützung der Bewegung verloren, als sie im Bantam-Fall die Todesstrafe forderte. »Jetzt sind uns die Hände gebunden«, heißt es. Auf einem anderen Sender informiert Ted Stuyvesant die Zuhörer wesentlich munterer, dass »Kopinsky die Gesetzeslage kannte und trotzdem die Todesstrafe wollte. Nun muss ich das Gesetz befolgen.« Auf konservativen Sendern rufen empörte Bürger an und verdammen den Remedies Act als ›den feuchten Traum hirnloser Linker‹ und als ›barbarische Praxis, die gegen alles verstößt, was in der Bibel steht‹. Die moderaten Sender schwanken zwischen Mitleid für den Unschuldigen, der ›den ultimativen Preis‹ gezahlt hat, und Kritik an einem ›kaputten, irreparablen System‹, ohne sich auf irgendetwas festzulegen, das sie dem einen oder anderen Lager zuweisen könnte. Und BBC World Service verkündet dem gesamten Planeten, dass Amerika nicht mehr an der Klippe zu extremer Brutalität steht, sondern sich schon im freien Fall befindet.

Als ich wütend mit der Hand auf den An-Aus-Knopf schlage und damit alle zum Schweigen bringe, klingelt mein Handy.

Daniel.

»Und?«, setzt er an. »Sag, dass du zu mir zurückkommst.«

»Ich wusste nicht, ob du das noch willst.«

Als er seufzt, sehe ich ihn vor mir, wie er sich mit der Hand durchs Haar fährt. Ein Ausdruck seiner Verzweiflung, wenn er meint, niemand merkt es. »Ja, das will ich.«

»Ich spüre da noch ein ›Aber‹, Daniel.«

»Dein Gespür ist richtig. Ich möchte dich bei mir haben, aber nicht nur für einen Tag oder eine Woche. Sondern langfristig.«

»Das möchte ich auch.«

»Unter welcher Bedingung?«, fragt er.

»Herrgott, Daniel! Es geht doch nicht um Bedingungen! Nichts von all dem hier hat mit Bedingungen zu tun! Sondern damit, dass ich einen furchtbaren Fehler begangen habe und ihn nicht wieder rückgängig machen kann. Verstehst du das? Ich kann ihn nicht wieder rückgängig machen!«

Und dann erzähle ich ihm alles, was ich von Mary Ann weiß. Von einem sechsjährigen Jungen, einem Jungen wie meinem, der als menschlicher Schutzschild missbraucht wird. Von einem Glasauge und einem Handgelenk, das wahrscheinlich schon unzählige Male einen Verband brauchte. Von Jake Milford, der unschuldig war.

Und Daniel antwortet das Einzige, was ich nicht hören will. Er sagt: »Das tut mir leid.«

Denn dieser Satz hat nicht die geringste Bedeutung.

KAPITEL FÜNFUNDDREISSIG

Die Dunkelheit bricht herein, als ich in Charlottesville die Interstate wechsle und ostwärts nach Hause steuere. Ohne das Licht des Mondes sind die Blue Ridge Mountains nur riesige Schatten, die hinter mir aufragen. Früher fuhren Ian und ich oft hierher, parkten in einer Haltebucht und gingen in den Wäldern spazieren. Damals waren die Bäume im Sommer grün, im Herbst golden und im Winter schneebedeckt. Zu jener Zeit wirkten sie immer freundlich, aber heute Abend sind sie so schwarz und ernst wie Richter in ihren dunklen Roben bei einem Tribunal. Sie scheinen auf ein Plädoyer zu warten, obwohl sie das Urteil über mich schon gefällt haben.

In der realen Welt erstreckt sich nur ein Weg vor mir. In meiner eigenen Welt gibt es zwei Wege, einen nach rechts und einen nach links. Rechts. Links. Rechts. Links. In meinem Kopf klingen die Worte wie der Marschbefehl eines Feldwebels, und mir fällt wieder ein, dass ich genau in dieser Stadt vor Jahren einen Kurs in Sprachgeschichte belegt habe.

In vielen Sprachen ist ›links‹ ein schmutziges Wort, zum Beispiel im Englischen. Das Gegenstück – ›rechts‹ – ist ein sauberes Wort. ›Links‹, ›link‹ oder ›linkisch‹ heißt ›politisch progressiv bis anrüchig‹, ›verschlagen‹ oder ›ungeschickt‹, ›rechts‹ oder ›recht‹ hingegen ›politisch konservativ‹ und ›anständig‹. Im Lateinischen bedeutet ›sinister‹ nicht nur links, sondern auch unheilvoll und rechts ›fähig‹. Im Französischen gibt es ›gauche‹ – ungeschickt – und ›droit‹ – aufrecht. Es gibt im Englischen ›left-handed compliments‹ – zweifelhafte Komplimente – und ›left-handed wives‹ – Mätressen. Im Deutschen gibt es Menschen mit ›zwei linken Händen oder Füßen‹. Strenggläubige Muslime benutzen zum Essen immer nur die rechte Hand und betreten die Toilette immer zuerst mit dem linken Fuß.

Links und rechts. Diese zwei metaphorischen Wege stehen für die moralische und die unmoralische Lösung, und da ich keinen sicheren Mittelweg erkennen kann, fahre ich an den Seitenrand und schiebe damit die Entscheidung auf.

Ich habe einen Zettel gefunden.

Ich hole die Quittung aus meiner Tasche, entfalte sie auf meinem Schoß und schalte das Licht ein. Es ist nur ein kleines Stückchen Papier, das leicht verlegt oder verloren werden kann – oder zerstört durch ein bisschen Wasser oder eine Flamme. Ich könnte es zerkauen, schlucken und in anderer Form wieder von mir geben. Dieser Zettel ist ein Nichts.

Außer, ich gebe ihm bewusst eine Bedeutung.

Aber auch da irre ich mich. Denn noch während ich mit dem Finger über die Quittung streiche, über Ort, Datum und Name, verwandelt sie sich in etwas anderes: von einem simplen Beweis für Fakten in einen Wegweiser. Ich muss nicht mal darauf schauen, um zu wissen, in welche Richtung er zeigt.

Plötzlich wünsche ich mir Ian herbei, und zwar so dringend und intensiv, dass ich ihn fast neben mir auf dem Beifahrersitz spüre. Er nimmt meine zitternde Hand in seine, aber er spricht nicht. Das ist auch nicht nötig. Die Stärke und Wärme seiner Hand in meiner reicht aus.

Ich bin keine gläubige Frau und war es auch nie. Für mich waren Himmel und Hölle nie Orte im Jenseits, sondern Gemützustände im Leben eines Menschen. Aber natürlich habe ich das nie laut ausgesprochen. Ich habe meinem Sohn und mir jahrelang dieselben angenehmen Lügen aufgetischt. Jonathan habe ich erzählt, der Nachbarshund, ein prächtiger Golden Retriever, wäre über die Regenbogenbrücke in den Hundehimmel gegangen. Mir selbst habe ich eingeredet, Ians Mörder würde irgendwo an einem Ort brennen, der schrecklicher wäre als tausend Schlachtfelder. Ich habe uns beiden erzählt, Ian wäre im Himmel, wo wir ihn eines fernen Tages wiedersehen würden. Dann würden wir als Familie Picknicks, Bergwanderungen und Strandurlaube unternehmen. All das würden wir machen, wir müssten nur warten, bis der Zeitpunkt gekommen wäre.

Jetzt habe ich das Gefühl, dass Ian auf dem Sitz neben mir nickt. In der Stille des Wagens auf dieser dunklen Straße meine ich, ihn sagen zu hören, dass er wartet.

Er scheint zu sagen, dass der Zeitpunkt gekommen ist.

KAPITEL SECHSUNDDREISSIG

Als ich an Daniels Haus ankomme, steht er mit ernster Miene und verschränkten Armen auf der Frontveranda. Ich murmele so etwas wie ›Sorry‹, als ich an ihm vorbei und die Treppe hinaufhusche, um nach Jonathan zu sehen. Mein kleiner Junge schläft tief und fest, eingekuschelt in einen Schlafsack mit tanzenden Robotern, die in der Luft schweben. Sie sehen aus wie intergalaktische Staubsauger, und seltsam ist nur, dass ich jetzt am liebsten einer von ihnen wäre. Ich möchte alles Mögliche sein, nur nicht ich. Sogar ein intergalaktischer Elektrolux.

Ich drücke Jonathan einen Kuss auf die Stirn, streiche ihm eine Locke aus dem Gesicht und ziehe die Tür zu, bis nur noch ein schmaler Lichtstrahl vom Flur ins Gästezimmer dringt. Er sieht aus wie eine Klinge aus Licht, die das Gesicht meines Jungen zerschneidet. Also entscheide ich, die Tür lieber ganz offen zu lassen.

Unten in der Küche wartet Daniel vor einem Teller Grillgemüse und einer leeren Flasche Wein auf mich. Die leere Flasche stört mich nicht. Im Gegensatz zu seinen herabgezogenen Mundwinkeln und dem Whiskeyglas neben ihm.

»Ich hab dir was zu essen aufgehoben«, sagt er und küsst mich so, wie ich kurz zuvor meinen Sohn geküsst habe. Keusch. Gott, es tut weh, so von ihm geküsst zu werden! Als ich mich näher zu ihm beuge, weicht er zurück.

»Danke. Habt ihr …« Ich muss meine Frage gar nicht aussprechen, denn die vier benutzten Teller in der Spüle sagen genug. Er, Susan und die Jungen haben ohne mich gegessen.

»Susan ist nach dem Essen nach Hause gefahren. Sie meinte, sie würde dich morgen anrufen.« Er greift sich sein Whiskeyglas und geht aus der Küche, schafft mehr Raum zwischen uns. In sicherer Distanz dreht er sich um und zeigt auf einen großen braunen Umschlag auf dem Esszimmertisch. »Das war heute Morgen bei dir in der Post. Ich hab's mitgebracht.« Einen Augenblick steht er völlig reglos da, dann hebt er die Hand und fährt sich durchs Haar. Damit sagt er alles, was er nicht ausspricht. »Ich bin gerädert. Wir sehen uns morgen.«

Er geht die Treppe hinauf und durch den Flur. Seine Schritte werden immer leiser, als er von der vorderen zur hinteren Seite des Hauses geht. Dann Stille. Offenbar wird Daniel heute auf der Couch im Fernsehzimmer schlafen.

Ich öffne eine neue Flasche Wein, schenke mir ein Glas ein und nippe daran, bis es leer ist und das Gemüse kalt. Und denke darüber nach, was ich will.

Ich will in Daniels Bett. Ich will noch ein Glas – oder eine ganze Flasche – Wein. Ich will in den Schlafsack mit den tanzenden Robotern schlüpfen und mich an Jonathan schmiegen. Ich will, dass Ian noch lebt. Ich will alles rückgängig machen, was ich getan habe. All das will ich, und gleichzeitig will ich gar nichts. Nur hier sitzen und darauf warten, dass ein neuer Tag anbricht.

Am Ende siegt ein weiteres Glas Wein im *Ich will*-Spiel. Dazu hole ich mir den großen Umschlag, den Daniel mir eben gezeigt hat.

Jedes Leben wird von bestimmten Dingen geprägt, die wir so gut kennen wie unseren eigenen Körper. Ein Klempner wird ohne hinzusehen einen Schraubenschlüssel an Form und

Gewicht erkennen, wenn er in seinen Werkzeuggürtel greift. Ein Automechaniker muss nur einen Blick auf einen Reifen werfen, um zu beurteilen, ob er zu wenig Luft oder Profil hat. Ein Anwalt kennt sich mit Papier aus. Ein Großteil meines Erwachsenenlebens kann in Ansammlungen dieses Stoffs bemessen werden: von dicken Fallberichten zu Prüfungsheften, von Examensrichtlinien zu Aufträgen, Anträgen und Gutachten. Als ich mir also den Umschlag nehme, weiß ich, dass da ziemlich viel Papier drin ist.

Ich öffne den Umschlag erst, nachdem ich ein weiteres Glas Wein geleert und nachgefüllt habe. Die ganze Zeit überlege ich, woher er wohl kommen mag. Das muss ich, denn es gibt keinen Absender, und der Poststempel zeigt nur, dass er aus Richmond stammt. Nicht viel, woraus man seine Schlüsse ziehen könnte. Da es keine weiteren Hinweise gibt, könnte es alles Mögliche sein, von Hassbriefen bis zu einem Fachartikel, der begutachtet werden soll. Ich tippe auf Hassbriefe. Normalerweise kommen Bitten um eine Rezension mit Absenderadresse.

Andererseits deutet das Gewicht darauf hin, dass im Umschlag weniger Seiten als in einem Buch sind, aber mehr als in einem Artikel. Natürlich könnte es eine ganze Sammlung von Fick-dich-Briefen sein oder der längste Hassbrief aller Zeiten, doch meiner Erfahrung nach schreiben Hater nicht gerade Dissertationen gegen das Objekt ihrer Abneigung. Wenn ihnen kein Schimpfwort mehr einfällt, sind sie eigentlich fertig.

Also gehe ich zurück in die Küche, schnappe mir vom Magnethalter über dem Herd ein Gemüsemesser, schlitze den Umschlag mit einem sauberen Schnitt auf und nehme den Stapel linierter Blätter heraus. Auf der ersten handbeschriebenen Seite steht weder mein Name noch ein Datum oder ein Ort oder sonst etwas. Die Schrift ist Druckschrift, so ordentlich und sorgfältig, als hätte der Absender ein Formular ausgefüllt. Möglichst lesbar. Aber die ordentliche Schrift passt so gar nicht zu den ersten zwei Zeilen:

Todestrakt, Insasse 39384
Sollte ich nicht sterben, würde die Geschichte hier enden.

Ich bin kein Held, sondern ein Mörder, der nie die Chance bekam, jemanden zu ermorden. Denn bevor ich Mary Ann ins Frauenhaus nach Roanoke brachte, hatte ich mir einen Plan zurechtgelegt. Der Plan, den ich unbedingt in die Tat umsetzen wollte, bestand darin, meinen kleinen Bruder umzubringen.

Es gibt aber auch andere Gründe, warum ich nicht aus dem Stoff bin, aus dem die Helden gemacht sind.

Zum Beispiel meine letzte Nacht auf Erden. Wenn Sie glauben, ich würde diese Stunden mit Gedanken an meinen Sohn und meine Frau verbringen, irren Sie sich gewaltig. Denn ich kann nur an meinen persönlichen Nabel der Welt denken. An Mich. Jake. Und an die Scheißsituation, in der ich stecke. Wie werde ich mich morgen verhalten, wenn sie mich in den Raum mit dem Stuhl bringen? Werden meine Knie unter mir nachgeben, werde ich zu Boden starren oder all denen in die Augen blicken, deren Aufgabe es ist, mich festzuschnallen und den Schalter umzulegen? Es geht nur um mich, um niemand anderen, denn heute Nacht *existiere* ich noch.

Wenn ich nicht gerade schreibe, liege ich mit der Hand auf dem Herzen auf meiner Pritsche und spüre den stetigen Rhythmus des Lebens in meiner Brust. Ich schmecke salzigen Schweiß auf meinen Lippen und fühle, dass sich mir die Nackenhaare sträuben wie bei Hunden, wenn sie Gefahr wittern. Ich wackle mit den Zehen und sehe, wie sie stummen Befehlen folgen. Verdammt, ich *bin*! Aber schon bald wird es keinen Herzschlag mehr geben, keinen Schweiß, und diese Zehen werden sich nicht mehr bewegen, bis irgendein Arzt ein Schildchen an sie hängt und mich in eine Kühlkammer schiebt.

Morgen Nacht werde ich gar nichts mehr sein, nur noch eine Erinnerung in den Köpfen der Menschen und ein, zwei Fotos auf einem Nachttisch. Eine Zeit lang werde ich Futter für die Würmer sein und dann nur noch Staub, genau wie die Bibel sagt.

Ein weiterer Grund, warum ich kein Held bin, besteht darin, dass Helden nicht mit ihrer Schwägerin Unzucht treiben und dann der eigenen Frau ins Gesicht lügen. Für solche Männer gibt es ein anderes Wort. Wahrscheinlich sogar viele.

Aber selbst wenn ich kein Held bin, bin ich doch meistens ein ehrlicher Mann. Und ich hatte die Absicht, Kris umzubringen, mein eigen Fleisch und Blut, um Mary Ann vor seinen Fäusten, seinen Gürteln und seinen Lügen zu schützen. Am 12. Juni hatte ich alles vorbereitet: Es war ziemlich einfach, an die gebrauchte Neun Millimeter zu kommen (wir sind ja in Virginia), und ich versteckte sie hinter der Werkstatt unter einem Container, zusammen mit einem vollen Ersatzmagazin. Soweit ich weiß, ist beides immer noch da, festgeklebt mit Isolierband und von außen nicht zu sehen.

Zeit und Ort? Auch das war einfach. Wenn Kris arbeitslos war, was in letzter Zeit häufig vorkam, blieb er nachts auf und verschlief den Tag. Er wachte gegen Mittag auf, machte sich ein Sandwich, kippte ein Bier und ging wieder ins Bett, bis Mary Ann Feierabend hatte. Um Zeugen machte ich mir keine Sorgen, denn ich wusste, dass Kris und Mary Ann einen guten Platz am hinteren Ende des Trailerparks hatten, zwischen einer tauben Witwe auf der einen Seite und zwei zugedröhnten Junkies auf der anderen. Außerdem hatte ich einen Schalldämpfer für die Waffe.

Ich spielte die Szene tausend Mal im Kopf durch, und es war jedes Mal dasselbe. Waffe und Schalldämpfer holen, nachdem die Werkstatt geschlossen hatte. Nachts nach Süden fahren und gegenüber vom Pop Shop warten, bis Mary Ann ihre Schicht antrat. Die paar Meilen nach Pounding Mill fahren. In den Wohnwagen, ohne anzuklopfen. Wenn Kris wach war, ihn dort erschießen, wo er stand. Wenn er schlief, ihn dort erschießen, wo er lag. Dann zurück ins Auto, Rückwärtsgang und ab zur Arbeit. Nicht gerade ein komplizierter Plan, aber mein Bruder war ja auch kein komplizierter Mensch. Genauso wenig wie ich.

Ich würde angerufen werden, vielleicht von Mary Ann, vielleicht auch von einem Krankenhaus, das mich als nächsten Angehörigen identifiziert hätte. Es würde ein Begräbnis geben, dann würde ich meinen Sonntagsanzug anziehen, zur Trauerfeier fahren, ein paar auswendig gelernte Worte über meinen Bruder sagen, die nicht die geringste Bedeutung hätten. Ich stellte mir vor, dass ich ungefähr eine Woche unruhig sein würde, aber mehr auch nicht. Wenn ein Versager wie Kris Milford stirbt, verschwendet keiner viel Zeit mit der Suche nach Spuren. Er wäre nur eine weitere Nummer in einem Meer von Statistiken.

Mir gefiel mein Plan, und er gefällt mir immer noch. Ich hab nicht viel übrig für die Idee, einen Menschen zu töten, um einen anderen Menschen zu retten, aber da wir jetzt über zwei Menschen reden, die gerettet werden müssen, ist es wohl gerechtfertigt.

Das Problem ist nur, die Waffe ist da draußen, und Kris ist da draußen. Aber ich bin nicht da draußen. Nicht mehr.

KAPITEL SIEBENUNDDREISSIG

Tja, scheiße.

Kurz nach elf habe ich Jakes Tagebuch drei Mal durchgelesen, und mehr fällt mir dazu nicht ein. Harvard sollte mein verdammtes Abschlusszeugnis zurückfordern.

Ich weiß nicht, wie lange ich mit den Händen im Schoß dasitze und mit glasigem Blick auf die Seiten vor mir starre, bis die Schrift eher aussieht wie Sanskrit. Aber ich weiß, wie angenehm es ist, sich nicht zu bewegen. Denn Bewegung bedeutet unweigerlich Bewegung in eine bestimmte Richtung, und die Nadel von meinem angeschlagenen moralischen Kompass dreht sich so schnell, dass ich nicht erkennen kann, wo Norden ist.

Nicht, dass das wichtig wäre. Denn mir dämmert, dass ich in die entgegengesetzte Richtung steuere.

Der Mann, für dessen Tod ich verantwortlich bin, hatte einen unausgesprochenen letzten Willen, und der treibt mich an, sodass ich schließlich aufstehe, Tasche und Autoschlüssel nehme und die Eingangstür von Daniels Haus öffne. Die Nacht ist kühl, deshalb mache ich noch mal kehrt, um mir einen Mantel zu holen. All unsere Koffer stehen in der Eingangshalle, ganz oben auf dem Stapel liegen eine Reisetasche und drei ausgedruckte Bordkarten mit QR-Codes und Sitzplätzen. Vermutlich kann man sie umbuchen, vielleicht sogar die Etappe am Dienstagabend. Das suggerieren sie, sie versprechen, dass sie mir einen Platz frei halten. Mich retten.

Komm schon, Justine. Willkommen bei United Airlines, *welcome to the friendly skies.*

Die Stimme, die das sagt, ist dunkel und hohl; es ist die Stimme eines finsteren Wesens, die mich zur Tat drängt. Sie verspricht Leben, Liebe und Sicherheit. Wie alle Versuchungen nennt sie keinen Preis – der kommt später, wenn der Pakt besiegelt und es zu spät für eine Umkehr ist. Sie flüstert *Jonathan* und *Daniel* und *England*, und dies mit einer so gruseligen Intensität und Sinnlichkeit, dass sich mir die Nackenhärchen aufstellen. Es ist die Stimme eines Vampirs, und die Versprechungen sind so leer wie die seelenlose Kreatur, die sie abgibt.

Ich drücke die Eingangstür wieder zu, kehre in die Küche zurück und suche in Daniels Kramschublade nach einem Zettel, einem Notizblock, einem gebrauchten Umschlag, irgendetwas, worauf ich schnell eine Nachricht kritzeln kann; dazu Jonathans Namen und Geburtsdatum, zwei Reisepassnummern, eine Adresse in London, die ich frei erfunden habe, und eine Unterschrift. Zurück in der Eingangshalle, stecke ich die Vollmacht zwischen Daniels und Jonathans Bordkarten und rede mir ein, dass es lediglich eine Vorsichtsmaßnahme ist. Mehr nicht.

Wie Jake schon sagte, ist der Plan nicht kompliziert.

Als ich noch mal nach oben gehe, schläft Jonathan in derselben Haltung wie noch ein paar Stunden zuvor, träumt von tanzenden Robotern und schwebt sorglos zwischen Zeit und Raum. So soll es sein. Ich mache mir schon genug Sorgen um uns beide. Ich küsse ihn nicht, bevor ich das Zimmer verlasse: nicht, weil ich Angst habe, ihn aufzuwecken, sondern weil ein Kuss eine Endgültigkeit anzudeuten scheint, die ich noch nicht akzeptieren möchte. Als ich mich vom Gästezimmer entferne, scheint mich eine Macht zurückzuziehen, und ich höre wieder die furchterregende dunkle Stimme.

Jonathan. Daniel. England.

Aber meine eigene Stimme ist lauter. Und ich sage andere Wörter. *Unverdient. Ungerecht. Umkehrbar.*

Dieses Mal schaffe ich es aus dem Haus und trete in eine so undurchdringliche Finsternis, dass die Straßenlaternen sich vergebliche Mühe geben, Licht ins Dunkel zu bringen. Reine Stromverschwendung, wenn man mich fragt. Aber diese Dunkelheit gefällt mir, sie passt zu meiner Stimmung und verschafft mir die Möglichkeit, mir unbemerkt alles zu beschaffen, was ich brauche. Benzin, Taschenlampe und den wichtigsten Gegenstand, den ich unter einem Müllcontainer zu finden hoffe. Der riesige, stählerne Abfallbehälter steht ein paar Meter von der Rückwand von *Pete's Auto and Parts* entfernt und hat an einer Seite ein Schild mit der Aufschrift *Nicht für Öl oder Batterien*. Zum Schutz vor Regen ist es mit selbstklebender Klarsichtfolie angebracht, und nirgendwo sieht man Müll: keine Servietten oder Strohhalmhüllen von einem Imbiss, keine zerknüllten Auftragsformulare, keine Plastikflaschen. Wer auch immer Pete sein mag, er führt ein strenges Regiment.

Was mich irritiert, ist nicht das Fehlen von Müll, sondern meine Überraschung deswegen. Ich bin kein Mensch, der oft Bekanntschaft mit Werkstatthinterhöfen gemacht hat, daher hege ich gewisse Vorurteile. Ich hatte mehr Müll erwartet, genauso wie ich erwartet hatte, dass Emily Milford irgendeinen Schundroman liest und nicht Pablo Neruda. Wie fast jeder andere auch habe ich eine bestimmte Klassenzugehörigkeit mit Dummheit und Verwahrlosung gleichgesetzt. Ziemlich mies von mir, und ich schäme mich auch, aber nicht so sehr, dass ich vergessen hätte, wieso ich hergekommen bin.

Ich begebe mich auf alle viere und taste unter dem Container nach einem mit Isolierband befestigten Gegenstand. Zuerst denke ich, es wäre ziemlich dumm, auf diese Weise etwas an einem Behälter zu befestigen, der mindestens einmal die Woche angehoben und ausgekippt wird. Aber dann fällt mir wieder ein, dass Isolierband als Allzweckwaffe genutzt wird. Sogar die Astronauten der Apollo befestigten ihre Kohlendioxidfilter auf ihrem Flug mit Isolierband. Vielleicht erinnerte sich auch Jake Milford daran und dachte bei sich, wenn damit das Leben dieser drei Helden im Weltraum gerettet wurde, würde es auch eine stinknormale Schusswaffe in Richmond, Virginia an Ort und Stelle halten.

Was sich als richtig erweist. Schon nach kurzer Zeit ertasten meine Finger das Päckchen. Die vertraute glatte, aber nicht zu glatte, sondern leicht angeraute Textur des Isolierbands und natürlich der Umriss von Griff und Lauf signalisieren mir *sorgfältig versteckte Feuerwaffe*. Nicht, dass ich damit besonders viel Erfahrung hätte. Ich kann zwar forensische Details aus Dutzenden von Mordfällen zitieren und wohl auch ganz gute Erläuterungen zu Fingerabdrücken auf Waffen geben, aber ich habe noch nie eine Schusswaffe benutzt.

Was die Frage aufwirft, ob ich überhaupt dazu in der Lage bin.

Ein Buick fährt an der Straße neben Petes Werkstatt vorbei, und seine Scheinwerfer erfassen eine Dose Sprite und ein paar Ölflecken auf dem Asphalt – natürlich ist das Öl nicht von Pete, Pete würde Ölflecken genauso wenig tolerieren wie alte Autobatterien im Container. Dann die Folie eines längst verzehrten Schokoriegels. Das Einzige, was sie nicht erfassen, bin ich. Denn ich bin nur ein dunkler Schatten in der Nacht. Ein Dämon mit dämonischen Absichten.

Ich warte, dass der Buick vorbeifährt, und hoffe nur, dass dies keiner der berüchtigten Drogenumschlagplätze ist, die es in diesem Teil der Stadt zuhauf gibt. Aber der Wagen hält nicht und wird auch nicht langsamer. Er fährt weiter und beleuchtet auf seinem Weg reflektierenden Abfall. Und dann bin ich wieder allein.

Alles, wovon Jake geschrieben hat, ist da. Eine Beretta 9 Millimeter, ein zusätzliches Magazin und ein Schalldämpfer. Da ich nicht die geringste Ahnung habe, wie ich das alles zusammenbauen soll, verstaue ich es erst mal im Wagen, fahre aus der Stadt und halte an der ersten Raststätte, an der ich vorbeikomme. Dort gibt es Automaten mit heißem Kaffee und verpackten Doughnuts mit Zuckerguss, von denen ich mir jeweils einen ziehe. Eigentlich will ich nichts essen, aber um ein Uhr morgens sieht für jeden, der eventuell an meinem Wagen vorbeiläuft, eine Frau, die einen Doughnut isst, normaler aus als eine Frau, die mit einer Schusswaffe und einem Schalldämpfer herumhantiert.

Doch das Ganze entpuppt sich als kinderleicht: Man muss nur den Schalldämpfer an den Lauf schrauben. Das mache ich. Ich entdecke außerdem, dass sich im Magazin fünfzehn Kugeln befinden, was hoffentlich vierzehn mehr sind, als ich brauche. Oder dreizehn, weil ich auf Nummer sicher gehen will. Ich übe ein paarmal mit der Schusswaffensicherung und frage mich dabei, wieso in keinem der Filme, die ich gesehen habe, je die verdammte Sicherung erwähnt wird. Es heißt immer nur: »Hier, nimm die, Schatz.« Realistisch wäre es, wenn Schatz die Pistole nähme, auf den Bösen zielte und dann den Idioten verfluchte, der ihr die Waffe gegeben hat, ohne ihr zu sagen, wie sie funktioniert. Wahrscheinlich würde sie beim Fluchen schon in ihrer eigenen Blutlache liegen.

Es ist bereits zwei Uhr morgens, als ich mit der Handhabung meiner Waffe zufrieden bin. Ich hole mir noch zwei weitere Becher Automatenkaffee, setze mich wieder in den Wagen und mache mich zum zweiten Mal in vierundzwanzig Stunden auf den langen Weg nach Bluefield.

KAPITEL ACHTUNDDREISSIG

Erst als ich auf der Interstate bin, trifft mich die nackte Realität mit voller Wucht. Davor hatte ich Projekte: Aufgaben, die ich erledigen, und Dinge, die ich lernen musste. Ich hätte für die Ablenkung dankbar sein sollen. Jetzt bin ich allein mit meinen Gedanken und einer tödlichen, geladenen Waffe auf dem Beifahrersitz, die mich jedes Mal, wenn ich unter einer Laterne durchfahre, anblitzt und mich in ihrer kalten Welt willkommen heißt.

Ich frage mich, wenn Waffen denken könnten, ob sie ein ganz eigenes Bild von sich hätten. Ob sie sagen würden: »Hey, ich bin doch nur ein lebloser Gegenstand. Egal, ob du ein Jäger bist, ein Cop oder ein Scharfschütze, ob du mit einer Gang unterwegs bist oder unschuldige Schulkinder niedermähst. Du bist diejenige mit einem perversen Gerechtigkeitsgefühl, nicht ich. Wenn ich dein letzter Ausweg bin, bist du das Problem. Also behalt deinen Scheiß mit ›kalter Welt‹ für dich.«

Ich habe über diesen letzten Ausweg nachgedacht, während ich über die Autobahn fuhr, die bis auf ein paar einsame Lkws auf Nachtfahrt leer war. Das Ding auf meinem Beifahrersitz sollte nicht der letzte Ausweg sein – oder irgendein Ausweg. Stattdessen sollte es ein System geben, ein System der Justiz, das den richtigen Ausweg anzeigt, wenn man es mit Informationen füttert. Aber aus meinem Gespräch mit Mary Ann und der Lektüre von Jakes Tagebuch habe ich gelernt, dass Systeme versagen können.

Wo war das System, als Kris seinen Bruder Ben aufs Eis lockte? Wo war das System, als Mrs. Milford Senior einfach beide Augen zudrückte, als ihr Sohn Kris immer bösartiger wurde? Wo war das System in Mary Anns Hochzeitsnacht oder auch sonst jeder üblen Nacht ihrer Ehe?

Ja, es gibt ein System, doch es ist von Menschen gemacht und daher genauso fehlbar wie sie.

Könnte ich dem System vertrauen, würde ich folgende Schritte unternehmen.

Ich würde dem Staatsanwalt die Hotelquittung und eine kurze Liste mit Adressen und Telefonnummern geben. Warten, bis Anrufe getätigt und Besuche gemacht worden wären. Zwei desillusionierten Junganwälten zuhören, die ihre Berufswahl infrage stellen, danach einer Handvoll überarbeiteter Polizisten, die berichten, wie oft ihnen die Tür vor der Nase zugeschlagen wurde, und schließlich einem total überarbeiteten Staatsanwalt, der mir erklärt, die Neueröffnung eines Falls nur aufgrund eines Zettels und zweier Zeuginnen, die nicht aussagen wollten, wäre nicht ratsam. Dies im besten Fall. Mit dem schlimmsten Fall – Kris Milford wacht vom Geruch der Polizei vor seinem Trailer auf und schnappt sich den Jungen, für den er nichts übrig hat – könnte ich nicht leben.

Justine, die Milford-Verhaftung ist schiefgegangen.

Justine, ein kleiner Junge ist dabei umgekommen.

Justine, hättest du nur …

All diese Stimmen rufen im Chor, dass ich besser den Mund gehalten hätte. Aber auch das ist eine Lösung, die für mich nicht infrage kommt. Ich habe Emily Milfords Gesicht gesehen und ihre Hand gehalten. Ich habe in Mary Ann Milfords Glasauge geschaut und an Shirley von der Highschool gedacht, die auch nur noch ein Auge hatte. Ich hab mich gefragt, ob ein Unfall ihr auch noch das andere Auge nehmen würde. Ich habe Jakes Tagebuch gelesen.

Allwissenheit ist ein Fluch.

Selbst wenn alles glücken sollte, wenn der Staatsanwalt den Fall wiederaufnehmen würde und irgendein Supercop die Verhaftung hinkriegte, gibt es noch eine Möglichkeit, mit der ich nicht leben könnte. Ich kann nicht riskieren, dass Kris Milford sich vor Gericht genauso verhält wie Toby Barrett vor einigen Jahren. Dass er nach der Urteilsverkündung aufsteht – und er würde sicher mehrmals lebenslänglich bekommen – und Salz in die Wunden von Mr. und Mrs. Church reibt so wie Barrett in die Wunden der Eltern, deren Kinder er hat verhungern lassen. Mary Ann und Emily würden zwar ihren gerechten Abschluss bekommen, aber für Mr. und Mrs. Church würden sich erneut die Tore ihrer ganz persönlichen Hölle auftun.

Ich weiß, was Daniel sagen würde, vor allem heute, am Vorabend von Adrian Kopinskys Hinrichtung: die Flüge umbuchen, nach Dulles fahren und *nichts wie raus aus Dodge.* Ich weiß nicht, ob Engländer diesen Begriff verwenden, denn in England gibt es kein Dodge City und auch keine Fernsehserie namens *Rauchende Colts*, aber sicher werden sie eine ähnliche Redewendung haben. Die muss es in jeder Sprache für die Absicht geben, vor irgendeinem Problem das Weite zu suchen. Was aber auch heißt, dass alle Menschen der Illusion erliegen, Probleme würden nur von außen kommen. So etwas wie Feinde auf dem Schlachtfeld. Ein brennendes Gebäude. Haie im Wasser. Man kann leicht die Probleme vergessen, die nicht außerhalb von uns bestehen, sondern von innen kommen: Krebs, Depressionen, Lebensmüdigkeit. Man versuche nur mal, davor das Weite zu suchen!

Wenn ich mich konzentriere, kann ich mich in die Zukunft versetzen. Sie erstreckt sich vor mir wie die Autobahn, so klar und deutlich, dass ich jeden Huckel und jeden Riss im Asphalt sehe, obwohl mit zunehmender Entfernung alles immer mehr verschwimmt, bis am Rand meines Vorstellungsvermögens nur noch Schwärze bleibt. Aber ich weiß, der Weg vor mir wird sich mit der Zeit zeigen, Richtung und Abgrenzungen verlaufen ähnlich wie die, auf denen ich schon gefahren bin. Schließlich bin ich diejenige, die diesen Weg bereitet hat.

Meine Zukunft könnte in England oder einem anderen schönen Land liegen, und Daniel und Jonathan sind bei mir. Es gibt Weihnachtsfeste, Sommerferien, Geburtstage und Abschlussfeiern, Hochzeiten und Beerdigungen. Die vor mir liegenden Jahre sind mit dem Glück und Leid eines normalen Lebens gefüllt. Ich sehe, wie wir gemeinsam allen Huckeln und Schlaglöchern ausweichen und ich für einen neuen Beruf die Spur wechsle.

Aber ich sehe auch einen Schatten, der mich immer begleitet, sogar nachts. Mein ganzes Leben lang. Ich werde spüren, wie er an mir zupft, wenn ich es nicht erwarte: bei einem Essen mit der Familie, bei einem Flug in die Ferien, beim Unkrautjäten im Garten. Wie ein stiller Wächter wird er mich stets und ständig begleiten und dabei verschiedene Gestalten annehmen. An einem Tag wird es Jake Milfords Schatten sein, an einem anderen Mary Anns. Er könnte auch die Form von Jake junior annehmen, der allein auf dem Schulhof sitzt und weint, weil ihn ein gemeiner Klassenkamerad als Sohn eines Mörders beschimpft hat. Und wenn ich schließlich sterbe, wird sich der Schatten an mich hängen und uns beide in die Tiefe der ewigen Verdammnis ziehen.

Aber die ganze Zeit wird Daniel mir versichern, dass ich die richtige Entscheidung getroffen habe. Für ihn ist das einfach;

er sieht und spürt den Schatten nicht. Er wird nicht schuldbeladen sterben.

Ich habe eine gute Ausrede – sozusagen die Mutter aller Ausreden: einen sechsjährigen Sohn namens Jonathan. Was auch immer für mich auf dem Weg liegen mag, ich kann meinen Jungen anführen. *Das ist Jonathan, der Grund, warum ich nichts im Fall Milford unternommen habe. Das ist Jonathan, der schon ein Elternteil verloren hatte. Da kann man ihm doch nicht auch noch das zweite nehmen! Das ist Jonathan, meine triftige Entschuldigung für jeden Missgriff und Fehltritt.*

Was zu einem anderen Problem führt, das ich als Fluch aller Mütter bezeichnen könnte. Ich weiß nicht, wie ich den Tod des kleinen Caleb Church empfunden hätte, wäre ich seine Mutter gewesen. Ich weiß nicht, wie die biologische Verbindung meine Entscheidungen beeinflusst hätte. Ich weiß nur, dass ich Jake Milford niemals auf den elektrischen Stuhl geschickt hätte, hätte ich schon von meiner Schwangerschaft gewusst. Und ich *meine* zu wissen, dass Emily, eine andere Mutter, den Namen ihres Mannes für Jake junior reinwaschen will. Mary Ann, ebenfalls eine Mutter, will, dass Kris als Monster enttarnt wird. Aber keine Frau will das Kind einer anderen Frau zur Waise machen.

Vielleicht ist das Dasein als Mutter komplizierter, als man meint. Vielleicht haben wir einen Beschützerinstinkt, der nicht unterscheidet zwischen eigenen und fremden Kindern.

Ein Sattelschlepper überholt mich laut und zornig hupend von rechts. Ich haue ebenfalls auf meine Hupe und werfe dem Fahrer Beleidigungen an den Kopf, die er nicht hören kann, brülle, er sollte zurück auf seine Fahrspur fahren. Seine Antwort ist erneutes ohrenbetäubendes Hupen, und mir wird klar, dass uns kaum mehr trennt als eine Schicht Lack. Außerdem erkenne ich, dass ich unmerklich auf den Mittelstreifen geraten bin. Durchs Beifahrerfenster höre ich »Runter von der Straße, du schläfrige Kuh« und ziehe ruckartig wieder nach links in meine eigene Spur. Mit hämmerndem Herzen umklammere ich das Lenkrad. Der Sattelschlepper hupt ein letztes Mal und sucht dann das Weite, *nur raus aus Dodge.*

Ich zittere so stark, dass ich auf den Standstreifen muss. Dort schalte ich das Warnblinklicht ein, zwinge meine Hände, nicht mehr zu zittern, und atme im Dunkeln so lange tief ein und aus, bis mein Atemrhythmus sich normalisiert hat. Ich brauche eine ganze Weile, um mich zu beruhigen. Als es so weit ist, kurble ich das Fenster herunter und nehme bewusst die kühle Nachtluft in mich auf. Es fühlt sich gut an, hier zu sein, allein und lebendig; den frischen Geruch der Felder zu riechen und die Sterne zu betrachten, die weit draußen auf dem Land in ihrer ganzen Pracht zu sehen sind. Ein Teil in mir will umkehren und wieder nach Norden fahren, zu Daniel ins Bett schlüpfen, zum Frühstück Pancakes machen und eine gute Mutter für Jonathan sein.

Ein anderer Teil jedoch stellt eine Frage, deren Antwort ich schon zu wissen glaube: Was für eine Mutter würde ich mit diesem ewigen Schatten sein?

Am Ende fahre ich weiter Richtung Süden.

KAPITEL NEUNUNDDREISSIG

Wir waren wieder zu einem der Todesstrafen-Besäufnisse in Ians Wohnung; wie gehabt. Aber ich war kein schüchternes Erstsemester mehr und auch nicht mehr Ted Stuyvesants Date, sondern Ians nicht besonders heimliche Geliebte. Durch meine Arbeit bei Vita war ich ein vollwertiger Teilnehmer an diesen abendlichen Versammlungen, und wir verbrachten ziemlich viel Zeit damit, über das Layout von Flugblättern und die Reihenfolge der Sprecher bei den Kundgebungen im Harvard Yard zu diskutieren, bei der ich als einzige Frau unter all den männlichen Studenten meistens das letzte Wort hatte.

Wie üblich war auch der mickrige Kerl da, dessen Name ich mittlerweile kannte. Er hieß Phil Potts und war clever, gehemmt und trotz seines ständigen Essens dünn wie eine Bohnenstange. An diesem Abend war es Phil, der Ian in Rage brachte.

Es war ziemlich leicht, Ian gegen sich aufzubringen. Zum Beispiel wenn man zu Boden starrte, wenn er eine Frage gestellt hatte, oder wenn man etwas murmelte oder falsch zitierte. Phil aber versuchte etwas Neues und erfuhr, dass es funktionierte.

Er brachte ein fiktionales Werk ins Spiel.

»Wovon redest du, verdammt noch mal?« giftete Ian ihn an. Ich konnte sehen, wie ihm winzige Spucketröpfchen aus dem Mund flogen.

»Ich sagte, dass wir in Agatha Christies *Zeugin der Anklage* die Kehrseite sehen.«

»Die Kehrseite wovon?«

Phil zupfte an einem losen Faden seines Pullovers und antwortete, ohne aufzuschauen: »Die Kehrseite einer fälschlichen Verurteilung. Es geht um einen fälschlichen Freispruch. Der Angeklagte bringt eine alte Frau wegen ihres Geldes um, erlangt mithilfe seiner Frau einen Freispruch, und dann verlässt er sie für eine Jüngere. Er gesteht seiner Frau sogar, dass er es getan hat, und bedankt sich für ihre Hilfe. Da erschießt sie ihn. Oder ersticht ihn, das weiß ich nicht mehr. Also, ich meine, die Ehefrau erschießt den Mann, nicht die Geliebte.«

»Wir haben die Blackstone-Ratio auf der Tagesordnung, und du kommst mir mit dieser verdammten Agatha Christie?« Wütend fuhr Ian sich mit beiden Händen durchs Haar. »Hast du das auf Nexus Lexus gefunden? Oder war das ein juristischer Aufsatz, der mir irgendwie entgangen ist? Vielleicht wurde das in einem Fall vom Obersten Gerichtshof zitiert? Potts, hast du einen plötzlichen Anfall von Schwachsinn?«

Dieses Mal blickte Phil ihn direkt an. »Nein, Ian. Das ist kein Schwachsinn. Laut Blackstone sprechen wir lieber zehn schuldige Männer – oder Frauen …«, dabei warf er einen Blick zu mir, »… frei, anstatt einen Unschuldigen zu verurteilen. Oder eine Unschuldige. Aber was ist, wenn einer dieser Schuldigen losgeht und einfach noch ein paar Menschen umbringt? Und was ist, wenn alle im Raum wissen, was er getan hat und zu was er noch fähig ist? Was dann? Ist ja nicht so, als könnten wir beim Prozess auf Reset drücken und den Freigesprochenen erneut wegen desselben Verbrechens anklagen. Und wir wollen es doch auch nicht so machen wie bei Philip K. Dick und ihn für ein Verbrechen einsperren, das er noch gar nicht begangen hat.«

Als Ian fragend eine Augenbraue hob, murmelte Phil: »Du weißt schon. Wie in *Minority Report.* Wie auch immer, vergiss mal juristische Aufsätze und Fallzitate, Ian, und sag mir: Was ist in diesem Fall unsere moralische Pflicht?«

»Überlass das dem Gesetz«, erwiderte Ian. Er wandte sich zu mir: »Boucher, hast du was zu diesem rechtsphilosophischen Bullshit zu sagen?« Bei diesen Treffen nannte er mich weiterhin beim Nachnamen. Als würde das niemand durchschauen.

Tatsächlich hatte ich etwas dazu zu sagen. Denn ich fand diesen neuen Aspekt ziemlich interessant, auch wenn Phil bei seinem Einwand zu Boden gestarrt, gemurmelt und bei seiner Argumentation nicht nur einen, sondern gleich zwei fiktionale Fälle verwendet hatte. »Nun«, setzte ich an, »ich glaube, wir sollten über gerechtfertigten Mord reden.«

Ian wurde rot. »Die Todesstrafe *ist* gerechtfertigter Mord, Boucher. Jetzt sag nicht, du bist auf die dunkle Seite gewechselt?«

Ich schüttelte den Kopf. »Ganz und gar nicht. Die Todesstrafe ist nicht gerechtfertigt, weil es bereits eine Methode bei verurteilten Mördern gibt: Wir sperren sie ein und verhindern so, dass sie weitere Verbrechen begehen. Dazu brauchen wir sie nicht zu töten. Das ist überflüssig. Aber Phil redet hier von etwas anderem. In gewisser Weise ist es so etwas wie Notwehr. Wir würden doch auch keinen Mann einsperren, der sein Kind vor einem bewaffneten Einbrecher schützt.«

»Nur bei akuter Gefahr. Denk nach, Boucher!«

Jetzt fuhr ich auf: »Ich denke nach, Ian! Ich denke an ›Der Staat gegen Lavallee. 1990‹ Das Oberste Gericht von Kanada argumentierte, misshandelte Frauen hätten ein erhöhtes Gespür für drohenden Missbrauch. Ja, Lavallee schoss ihrem Partner in den Hinterkopf, als er das Zimmer verließ. Also bestand vielleicht keine akute Gefahr, aber bei der Berufung wurde trotzdem auf Notwehr plädiert.« Während ich sprach, waren alle ganz still geworden und blickten von mir zu Ian und wieder zurück. Wie bei einem aus der Reihe gefallenen Tennisspiel. »Ich glaube, dieses Argument könnte man auch bei Phils Beispiel nutzen. Ich meine, der Mann in der Geschichte von Christie hat gekriegt, was er wollte, und wird wahrscheinlich nicht mehr wegen Geldes morden. Aber ich kann mir schon eine Situation wie bei Lavallee vorstellen, wo zwar keine akute Gefahr besteht, der Mord aber dennoch gerechtfertigt wäre.«

Phil lächelte mir dankbar zu. Selbst Ted wirkte beeindruckt.

Nachdem alle gegangen waren, blieb ich noch, wie üblich nach Ians Partys. Niemand wirkte überrascht. Es war eindeutig, dass ich in Ian so verliebt war wie er in mich.

Aber an diesem Abend gingen wir nicht zusammen ins Bett, jedenfalls nicht sofort. Stattdessen hatten wir unseren ersten Streit, eine durch Whiskey befeuerte Konfrontation in seinem Wohnzimmer.

»Das ist nicht dasselbe«, sagte ich von meinem Platz auf dem Sofa neben dem Kaminfeuer. »Und ich meine damit auch nicht, dass ich jemanden umbringen würde. Ich sage nur, dass ich unter ganz bestimmten Umständen einen Mord für gerechtfertigt halte, nämlich wenn der, der diesen Mord begeht, unzweifelhaft etwas weiß und keine vernünftige Alternative hat. Herrgott, Ian, es ist doch nur eine akademische Frage! Ich will ja damit nicht an die Öffentlichkeit. Ich schreibe keine Kolumne für die *Times*, in der ich mich für Selbstjustiz ausspreche.«

»Wir sollten doch gegen jede Form von Mord sein. Selbst wenn die Frage rein akademisch ist.«

»Es ist aber nicht alles schwarz-weiß.«

Schließlich gab er nach, aber erst nachdem ich ihm hoch und heilig schwor, niemals eine Waffe in die Hand zu nehmen. Vermutlich tat ich das, weil ich mir keine Situation vorstellen konnte, in der das nötig wäre. Bis ich auf Kris Milford stieß.

KAPITEL VIERZIG

An diesem Morgen finde ich heraus, dass es sehr einfach und gleichzeitig sehr schwer ist, einen Menschen zu töten. Ich sollte es wissen, habe ich es doch jetzt passiv und aktiv getan. Aber es ist noch komplizierter. Der erste der Milford-Brüder wurde mit einer schlichten Unterschrift erledigt. Andere, vollkommen fremde Männer, haben für mich die Drecksarbeit übernommen. Ich merkte erst danach, wie schwer es für mich werden würde.

Hingegen ist Kris zu töten, direkt schwer, vielleicht das Schwerste, was ich je getan habe, weil es allem widerspricht, was ich bin. Doch während ich angesichts von Jakes Tod immer noch Unbehagen empfinde, habe ich bei seinem Bruder keine moralischen Bedenken, keine Reue, nichts, was mich quält. Im Gegenteil: Ich fühle mich fast wie eine Superheldin. Wie Justitias Wonderwoman.

Aber dieser Morgen? Oh Mann!

Ich folge Jakes Plan, sitze gegenüber vom Pop Shop in meinem Wagen, trinke kalten schwarzen Kaffee aus einem Styroporbecher von McDonald's und scrolle auf meinem Handy durch die Gebrauchsanweisung für die Beretta, damit ich auch alles aus dem Effeff kann. Die Pistole selbst liegt, verdeckt von einer Decke, im Fußraum des Beifahrersitzes und wartet darauf, zum Einsatz zu kommen. Zwei Stunden nach meiner Ankunft erscheint Mary Ann mit einer tief in die Stirn gezogenen Baseballkappe. Der Wetterbericht hat heute ungewöhnliche Hitze vorhergesagt, doch sie trägt ein kariertes, langärmliges Hemd, das bis oben zugeknöpft ist. Es sieht ziemlich einengend aus. Und es sieht aus, als würde es etwas verdecken.

Als Mary Ann aussteigt, wechseln sie und ihr Mann ein paar Worte, aber ich kann sie nur anhand ihrer bedrückten Miene erahnen und daran, wie sie sich auf die Unterlippe beißt, als sie zum Abschied den Jungen auf dem Rücksitz tätschelt. Als Kris losfährt, gibt er zu stark Gas, sodass Schotter und Staub vom Parkplatz des Pop Shops aufspritzen und die Frau treffen, die er abgesetzt hat. Hass flammt in mir auf, Hass, wie ich ihn noch nie verspürt habe, als ich das, tief in meinen Sitz gerutscht, sehe. Ich umklammere meinen Becher so fest, dass er sich knackend verzieht und Risse bekommt.

Ich starte meinen Wagen und folge Kris Milfords Truck, zuerst durch das Gewerbegebiet, dann über holprige Landstraßen. Ein Stück vor der Einfahrt zum Trailerpark bremse ich und fahre zurück, als der Truck außer Sichtweite ist.

Mein GPS zeigt mir an, dass es noch einen McDonald's im Ort gibt, wo ich mir zwei weitere große Becher Kaffee und einen Muffin besorge. Der schmeckt zwar wie Pappe, aber ich esse ihn trotzdem, weil ich hoffe, damit etwas im Magen zu haben, das ich später nicht wieder von mir gebe – eine trügerische Hoffnung. Vor dem Ausgabefenster sehe ich auch Pancakes auf der Karte, was mich veranlasst, die nächsten zwei Stunden über kleine Jungen nachzudenken.

Wenn es eine allgemeingültige Wahrheit über Sechsjährige gibt, dann die, dass sie alle wild auf Pfannkuchen sind. Vielleicht liegt es am verheißungsvollen Wort ›Kuchen‹ oder daran, dass es schon morgens eine Süßigkeit gibt. Ich weiß jedenfalls, dass Jonathan und sein Cousin sie lieben. Ich wette, Caleb Church hat sie auch geliebt. Andererseits bin ich mir ziemlich sicher, dass es sie in Caleb Milfords Familie nicht besonders oft gibt. Nicht, wenn Mary Ann so früh zur Arbeit muss. Ihr Mann scheint eher Bier zum Frühstück zu mögen, und wahrscheinlich reicht es bei ihm noch gerade so, sein Budweiser nicht mit einem Sechsjährigen zu teilen.

Ich denke über den illegitimen Sohn von Jake und Mary Ann nach. Zwar mögen manche das, was sie vor sieben Jahren in diesem Hotelzimmer getan haben, als Sünde betrachten, doch ein Baby kann niemals eine Sünde sein. Ein Baby ist trotz all der Mythen, die man uns eintrichtern will, etwas Makelloses, Reines, Perfektes. Ich füge zu meiner mentalen Liste all der Verbrechen von Kris Milford auch noch hinzu, dass er ein Scheißvater ist, und werfe einen Blick auf die von der Decke verborgene Waffe, während ich darauf warte, an die Reihe zu kommen.

Nachdem ich bestellt und bezahlt habe, spiele ich wie Jake noch mal im Kopf durch, wie die Tat ablaufen soll. Nach Geschäftsschluss der Werkstatt Waffe und Schalldämpfer holen. Erledigt. Nachts in den Süden fahren und gegenüber vom Pop Shop warten, bis Mary Ann ihre Schicht antritt. Erledigt. Bleibt nur noch, die paar Meilen nach Pounding Mill zu fahren und ohne anzuklopfen in den Wohnwagen zu gehen …

Und hier ist der Haken an Jakes unkompliziertem Plan. Ich habe keinen Schlüssel zum Wohnwagen.

Ich weiß nicht, wie lange ich auf dem Parkplatz von McDonald's sitze, den Dampf beobachte, der den Bechern in ihrem runden Halter entweicht, hin und wieder einen Blick zur Decke im Fußraum des Beifahrersitzes werfe und das Fett vom Rührei und dem kanadischen Schinken rieche – was auch immer das sein soll. Irgendwann überkommt mich Erleichterung. Ich werde den Wagen starten und den Rückweg antreten, zu Daniel und Jonathan rasen und diesen ganzen Heldenquatsch hinter mir lassen. Ich werde zusehen, wie mein Plan mit jeder Meile, die ich zwischen mich und diesen Ort bringe, verblasst und wie er im Rückspiegel immer kleiner wird.

Als ich den Motor zünde und vom Parkplatz rolle, fühle ich mich besser, als ich mich jemals gefühlt habe. Erst als ich die Abzweigung zur Interstate erreiche, muss ich wieder an jenen Winterabend in Boston denken, als es bei Ians Todesstrafen-Besäufnis um gerechtfertigten Mord ging.

Ich nehme nicht die Auffahrt zur Interstate, die mich nach Richmond zurückbringen würde. Ich kehre um, fahre zum Pop Shop zurück und betrete den Laden. Mary Ann steht an der Kasse, und rechts und links von ihr haben die beiden älteren Besitzer des Ladens einen Arm um ihre zuckenden Schultern gelegt. Der Mann hat in der freien Hand ein Telefon, aber Mary Ann fleht ihn an, es wieder wegzulegen. Als sie aufschaut, sehe ich an ihren Augen, dass sie die ganze Nacht geweint haben muss.

»Verschwinden Sie!«, sagt Mary Ann. »Ich will nicht noch mehr Ärger. Wegen Ihnen hab ich schon genug davon!«

Erst da fällt mir der Schnitt auf ihrer Stirn auf, etwa zwei Zentimeter über ihrer rechten Augenbraue. Aus der frischen Wunde muss das Blut gespritzt sein wie aus einem Geysir, aber jetzt ist sie von einer hässlichen Kruste bedeckt. Instinktiv, als könnte ich die Verletzung spüren, berühre ich meine eigene Stirn.

Die ältere Frau wendet sich zu mir. »Raus hier, Kleine, Sie haben schon genug angerichtet.«

»Aber ich hab doch nicht …«, setze ich an und verstumme. Ich weiß längst nicht mehr, was ich getan oder nicht getan habe, kann aber genauso gut die Schuld für noch mehr Scheiße in diesem Riesenhaufen Scheiße übernehmen.

»Ein Saufkumpan von ihrem Mann hat Sie im Hinterhof gesehen. Also ist er gestern Abend auf Mary Ann losgegangen. Aber nicht nur auf Mary Ann.«

Ich zucke zusammen. Nicht das Kind. Bitte, nicht auch noch das Kind.

Aber an Mary Anns Blick sehe ich, dass es auch das Kind erwischt hat.

Die Klingel an der Tür kündigt einen neuen Kunden an. Der ältere Mann scheucht Mary Ann von der Kasse und erklärt, er würde das übernehmen. Gleichzeitig läutet das Telefon an der Wand, und seine Frau geht dran. Ich höre, wie der Kunde ein Päckchen Marlboro und zwei Lottoscheine bestellt, also wird das ganz schnell gehen. Ich habe nur Sekunden, höchstens eine Minute.

Also folge ich Mary Ann in den hinteren Teil des Ladens. Am liebsten möchte ich sie fragen, was Kris mit dem kleinen Jungen gemacht hat, aber dazu habe ich keine Zeit. Außerdem will oder muss ich das eigentlich gar nicht wissen. »Ich brauche den Schlüssel zum Wohnwagen«, sage ich.

»Was?«

»Sie haben mich gehört.« Der alte Mann blickt über die Schulter des Kunden hinweg zu mir. »Ich sag's nicht noch mal, und Sie sagen auch nichts.« Ich strecke die Hand aus und warte.

Mit einem Blickwechsel ist auch alles gesagt. In Mary Anns Augen steht eine flehentliche Bitte. In meinen eigenen sieht sie wohl ein Versprechen, denn plötzlich spüre ich kaltes Metall auf meiner Handfläche, bevor Mary Ann im Lager verschwindet. Ohne ein weiteres Wort an die Besitzer verlasse ich den Laden. Ich weiß nicht mal, ob sie das bemerken.

Als ich die Abzweigung zum Trailerpark erreiche, bin ich ein anderer Mensch. Nein, das ist nicht korrekt: Es ist, als wäre mein Ich kurzzeitig aus meinem Körper verschwunden und hätte nur die leere Hülle hinterlassen. Ich frage mich, ob alle Mörder dieses hohle Gefühl spüren, ob das ein Mittel ist, sich selbst von der Tat zu distanzieren. Fakt ist aber, dass ich es nicht weiß und auch keine Zeit für philosophische Betrachtungen habe.

Am Eingang wird der Hauptweg gesäumt von zwei Reihen Briefkästen, die Nummern und Namen tragen. Milford ist in der ersten Reihe, der vorletzte mit der Nummer 14, was heißt, insgesamt gibt es nur dreißig Trailer im Park. Ich erinnere mich daran, dass es in Jakes Tagebuch hieß, der Wohnwagen wäre der vorletzte. Langsam fahre ich den Hauptweg entlang und hoffe nur, dass mein Wagen nicht auffällt. Hier dominieren Fords und Chevrolets, Stahl auf Rädern aus Detroit, und keine schicken britischen SUVs. Ich parke auf einem leeren Platz in der Nähe von Nummer 12, nehme mein Deckenbündel, laufe los und lächle der Frau vor Wagen 12 zu. Sie erwidert mein Lächeln und gießt weiter ihre Blumen. Sie mag taub sein, aber blind ist sie nicht. Und jetzt hat sie mein Gesicht gesehen.

Als ich weitergehe, lastet die eingewickelte Waffe schwer auf meinem Arm.

Nummer 14 ist so unauffällig und reizlos, wie ein Wohnwagen nur sein kann. Der Truck, den ich schon vom Morgen kenne, parkt in einem schiefen Winkel davor, und dahinter steht ein Ford Focus, dessen Windschutzscheibe seit mindestens zehn Jahre nicht mehr geputzt wurde. Der Dreck darauf überdeckt fast das Schild mir der Aufschrift ZU VERKAUFEN. Auf der Stufe zur Tür steht ein zersprungener Terrakottatopf mit so perfekten Geranien, dass sie unmöglich echt sein können. Die Fliegentür hängt schief im Rahmen, und der Mülleimer, einer von den metallenen aus den 70er-Jahren, ist voll mit leeren Pizzaschachteln und Bierdosen.

Wusste Mary Ann an ihrem Hochzeitstag vor vielen Jahren, was sie erwartete? Sicher nicht, denn ich bezweifle, dass eine Frau zu einem solch miesen Angebot ›Ja‹ sagen würde. Offenbar hat sie erst in der Hochzeitsnacht einen Blick auf Kris' hässliche Seite erhascht, und da war es schon zu spät, um ›Nein‹ zu sagen.

Jakes einfacher Plan war nur auf dem Papier einfach. Eintreten ohne anzuklopfen, zielen, schießen. In der Realität habe ich keine Ahnung, ob der Dreckskerl in Nummer 14 schläft oder wach ist, ob er mit den Füßen auf dem Couchtisch fernsieht oder sich ein Sandwich macht. Ich weiß nicht, ob er ein sechsjähriges Kind auf dem Schoß hat, während er *Glücksrad*, *Der Preis ist heiß* oder eine andere Schrottsendung anschaut. Ich weiß nicht mal, wie der Wohnwagen von innen aussieht.

Der Plan muss geändert werden.

Ich schiebe Mary Anns Schlüssel in die Tasche meiner Jeans, setze ein Lächeln auf, wuschle mir durchs Haar und ziehe meine Bluse aus der Hose, damit ich mehr nach Land und weniger nach Stadt aussehe. Nachdem ich kurz überprüft habe, dass mein tödliches Deckenbündel nichts Verräterisches zeigt – zum Beispiel einen hervorlugenden Schalldämpfer –, steige ich die Stufen hinauf und klopfe am Metallrand der Fliegentür.

Kris macht sofort auf.

»Der Ford da«, sage ich mit bewusst gedehnter Stimme, »ist der noch zu verkaufen?«

»Ja«, nickt Kris. »Dreitausend.«

»Fährt der auch?«

»Na klar. Wir brauchten nur keine zwei Wagen mehr.«

Ich zögere, lächle ihn an und werfe über seine Schulter hinweg einen Blick in den Wohnbereich des Trailers. Er ist ordentlicher als erwartet, worauf ich mich wieder mies fühle. Wegen meiner Vorurteile. »Haben Sie die Papiere?«

Kris seufzt schwer, als hätte ich ihn um einen unzumutbaren Gefallen gebeten, wie zum Beispiel, für mich den Mond vom Himmel zu pflücken. »Ja, kommen Sie rein, ich hol sie.« Als ich über die Schwelle trete, wirft er einen Blick auf die Decke über meinem Arm. »Bisschen warm für 'ne Decke heute.«

»Baby«, erkläre ich und wiege das Bündel. »Schläft.«

»Mein Kleiner auch.« Er weist nickend zum hinteren Ende des Wohnwagens. »Es gibt nur eins, was noch besser ist als ein schlafendes Kind – ein totes Kind. Verrotzte Scheißer sind das, wenn Sie meine Meinung hören wollen.«

Das war's. Damit ist es entschieden. Früher oder später wird dieser tollwütige Kerl wieder jemanden das Leben kosten. Als er sich von mir wegdreht und zu einer Kommode neben dem Fernseher geht – wo tatsächlich *Der Preis ist heiß* läuft –, lasse ich die Decke in einem stillen Wasserfall aus Stoff zu Boden gleiten und greife genau so, wie ich es auf YouTube gesehen habe, nach der Beretta. Offenbar hat er gehört, wie ich die Schusswaffensicherung gelöst habe, denn er dreht sich mit großen Augen um und starrt mich ungläubig an. Ich zögere keine Sekunde, sondern drücke ab. Kris sagt: »Hey …«

Pock.

In der Sekunde, als er zusammenbricht, drücke ich ein zweites Mal ab.

Pock.

Jetzt sagt Kris nichts mehr.

Im Jurastudium habe ich nichts über Anatomie gelernt, aber im Laufe der Jahre habe ich genügend Opferfotos gesehen, um zu wissen, dass das Blut und die graue Masse, die aus Kris Milfords Hinterkopf sickert, nicht mit dem Leben vereinbar ist. Ich wickle die Beretta wieder in die Decke, steige über die Leiche und gehe ins kleinere Schlafzimmer, auf das Kris nickend wies, als er noch mit dem Kopf nicken konnte. Auf dem Bett liegt ein kleiner, magerer, bleicher Junge mit vom Schlaf zerzausten Haaren. Ich lächle, verlasse das Zimmer und rufe Mary Ann im Pop Shop an. Dann gehe ich zurück und warte bei dem schlafenden Jungen.

Als Drew Carey im Fernseher verkündet: »Der Preis ist HEISS!«, finde ich, dass er hundertprozentig recht hat.

KAPITEL EINUNDVIERZIG

Kaum hält das Taxi mit Mary Ann auf dem Rücksitz vor Wohnwagen Nummer 14, flitze ich zu Daniels Range Rover, starte den Motor und lasse den Wagen, die Augen starr auf den Weg gerichtet, vorbeirollen. Ich weiß nicht, was ich gesehen hätte, wenn ich nach links geschaut hätte. Vielleicht Schock, vielleicht Dankbarkeit, vielleicht Fassungslosigkeit. Aber den Rest muss ich Mary Ann überlassen, sie muss die Leiche entdecken und sich um alles Notwendige kümmern. In der nächsten Szene ist meine Rolle nicht vorgesehen, ich muss mich auf den letzten Akt vorbereiten.

Und das bedeutet Requisitenwechsel.

Auf dem Weg aus Bluefield heraus halte ich an einer geschlossenen Bar, die noch mit ihren Hauptangeboten wirbt: »Bier und Titten«. Im Hinterhof steht der hässliche Stahltrumm, nach dem ich suche, zwischen leeren Bierdosen und Kondomhüllen. Ich finde es nur passend, die Beretta samt Zubehör in einem Müllcontainer verschwinden zu lassen, da ich sie auch in einem solchen gefunden habe.

Ich schraube den Schalldämpfer ab, den die Waffennarren im Internet als Mündungssignaturreduzierer bezeichnen, lasse das Magazin herausgleiten und überprüfe die Kammer, bevor ich jeden Quadratzentimeter mit Taschentüchern aus dem Handschuhfach abwische. Teilweise wegen mir, vor allem aber wegen Jake Milford. Es sollen keinerlei Fingerabdrücke auf ihn verweisen; nichts soll seine absolute Unschuld besudeln, daher leere ich sogar das Magazin und wische jede Kugel einzeln ab. Dann wickle ich alles wieder in die Decke und werfe es über den Rand des Containers. Es scheppert, als es landet, und zwar viel lauter als das *Pock,* das Kris Milford tötete.

Die Pocks, denke ich. Es waren zwei. Und dann kotze ich einen bräunlichen Brei aus McMuffin und bitterem Kaffee aus. Er vermischt sich mit dem Müll auf dem Boden, und ich lasse es so. Hier wird niemand Spuren nehmen.

Ich fahre los, fädle mich in den spärlichen Verkehr Richtung Interstate ein, biege dann auf den Parkplatz eines 7-Eleven und bereite mich auf den nächsten Schritt zum Finale vor. Eigentlich könnte ich warten. Ich könnte ein paar Tage oder auch eine Woche warten, bevor ich über einen Burner-Account ein Foto von der Hotelquittung an Carmela Petrus schicke. Aber ich glaube, Abwarten könnte unliebsame Folgen haben. Zum Beispiel könnte es zum Vergessen führen. Oder zu einem Flug über den Atlantik und einem Leben in einem Land, das mich niemals ausweisen würde. Es könnte dazu führen, dass ich mir jeden Tag dieselbe Lüge erzähle: *Morgen ist auch noch Zeit. Die Chance, etwas in Ordnung zu bringen, läuft einem nicht weg.*

Das aber wäre wohl meine persönliche Hölle auf Erden.

Auf dem Parkplatz des 7-Eleven richte ich, während eine lächelnde dreiköpfige Familie mit Slurpees herauskommt, einen Wegwerf-Account bei Gmail ein – janedoe5934041, nach dem Vorschlag von Google mit siebenstelliger Zahl – und frage mich, wie viele andere Jane Does es im Internet gibt und wie viele anonyme E-Mails täglich durch den Äther sausen. Sind es Trolle? Heimliche Geliebte? Mafiosi? Nun, zumindest eine von ihnen ist eine Mörderin. So viel weiß ich.

Jane Doe Nummer Fünfmillionen-und-noch-was fügt die Hotelquittung an die E-Mail und schreibt eine kurze Nachricht:

Wie's aussieht, hatte Jake Milford ein Alibi, und es gibt eine Augenzeugin.

Mehr schreibe ich nicht, keine lange Erklärung, die ein scharfsinniger Leser mit mir in Verbindung bringen könnte. Petrus antwortet fünf Minuten, nachdem Jane Does E-Mail ins große Nichts geworfen wurde, ohne je zurückverfolgt werden zu können wie eine dämliche Bemerkung auf Twitter, die vor Jahren abgesetzt und wieder ausgegraben wurde.

Wenn das ein Witz sein soll, dann ist es ein schlechter. Lassen Sie das!

Jane Doe antwortet:

Kein Witz.

Mir gefällt dieses Spiel. Mir gefällt es, Jane Doe zu sein und nicht Justine Boucher Callaghan. Jane Doe ist weder Mutter noch Staatsanwältin, noch eine Mörderin. Jane Doe ist niemand.

Nun kommt nur noch eine einzige Antwort von Carmela:

Kein Kommentar.

Also tätige ich einen Anruf und fahre weiter.

Als ich am Spätnachmittag in Petrus' Richterzimmer geführt werde, ist sie nicht an ihrem Schreibtisch. Sie sitzt mit einem Buch auf dem Schoß in einem der Ohrensessel am Fenster, liest aber nicht, schreibt auch nicht, tut einfach gar nichts.

»Wie wär's mit einem Drink?«, frage ich. »Ich gebe einen aus.«

»Bin nicht in der Stimmung.«

»Ich auch nicht.«

Sie wirft einen Blick auf ihr Handy und schaut dann aus dem Fenster. Ich räuspere mich, um sie daran zu erinnern, dass ich auch noch da bin.

Auf der vierstündigen Rückfahrt nach Richmond versuchte ich mir vorzustellen, was Petrus wohl denken und tun würde. Ich entwarf die Scripte in meinem Kopf und malte mir ihre Reaktion auf Jane Does E-Mail aus. In einem Script machte sie einfach mit ihrem Tagwerk weiter und lachte über den Verrückten, der behauptete, neue Informationen im Milford-Fall zu haben. Im nächsten tat Petrus genau das, was sie jetzt tut. Nachdenken. Am Ende musste ich zu ihr fahren und selbst sehen, welches Script stimmte.

»Ich muss mit Ihnen reden«, sage ich.

Daraufhin sieht sie mich an und weist auf den Sessel neben ihrem. »Setzen Sie sich und schweigen Sie.«

»Es wird nicht lang dauern«, widerspreche ich und bleibe stehen.

»Haben Sie nicht gehört? Ich sagte: ›Schweigen Sie.‹ Sagen Sie kein Wort, Justine. Nicht, bevor ich fertig bin. Und jetzt setzen Sie sich.«

Ich gehorche. Eine Weile sagt keine von uns ein Wort.

»Ich war fünfundzwanzig Jahre lang Richterin«, setzt Petrus schließlich an. Sie hat den Blick auf die Bücherwand links von mir gerichtet. »Meine Aufgabe ist es, diesen Scheiß auf den Regalen zu lesen, ihn zu studieren, zu deuten und anzuwenden.« Sie seufzt. »Die meiste Zeit gefällt mir meine Arbeit. Ich fühle mich gut bei dem, was ich tue, denn für ein Vierteljahrhundert war der Scheiß, den ich gelesen habe, guter Scheiß. Gerecht. Das kann ich jetzt nicht mehr behaupten. Gott, Justine, ich weiß nicht, ob ich das jemals wieder behaupten kann. Nicht nach diesem Tag.« Sie erhebt sich aus ihrem Sessel und greift nach einem einzelnen Bogen Papier auf ihrem Schreibtisch. »Das hier habe ich vor vier Stunden geschrieben. Ich glaube, da die Kinder ihre Ausbildung beendet haben, brauchen wir bei Rogers Job kein zusätzliches Gehalt mehr.« Sie lacht. »Nicht, dass mein Einkommen für drei Ausbildungen an Elite-Unis gereicht hätte. Nicht mal ansatzweise.«

»Carm, wovon reden Sie?«

Sie zuckt die Achseln und reicht mir ihre Kündigung.

»Das ist nicht Ihr Ernst!«, sage ich.

»Doch.« Sie setzt sich wieder auf ihren Sessel, lehnt sich zu mir und spielt mit ihrem Handy. »Ich habe heute eine Nachricht bekommen. Keine Ahnung, ob sie wahr oder falsch ist, aber wenn ich ehrlich bin, ist mir das auch scheißegal.«

Ich stelle mich dumm, um zu sehen, worauf das hinausläuft. »Gibt es ein medizinisches Problem, Carm?«

»Ganz und gar nicht. Mein Arzt behauptet, ich wäre in besserer Form als er. Nennen wir es ein ethisches Dilemma und belassen es dabei.« Carmela Petrus schaut mir direkt in die Augen, blickt noch mal auf ihr Handy und wischt mit dem Daumen nach links. »So, keine schlechten Nachrichten mehr.« Sie steht auf, nimmt mir das Blatt Papier ab und unterschreibt es mit demselben Schnörkel, den ich schon hundert Mal gesehen habe. Die Geste hat etwas Endgültiges an sich, zeugt von einer Entscheidung, die nach sorgfältigem Nachdenken getroffen wurde. »Ich habe schon mal daran gedacht, Alpakas zu halten. Und vielleicht ein paar Hühner. Was meinen Sie, Justine?«

»Ich glaube, das ist eine gute Entscheidung.«

Ich spreche nur über die Alpakas und Hühner.

KAPITEL ZWEIUNDVIERZIG

Auf der kurzen Fahrt von Petrus' Richterzimmer zu Daniels Haus denke ich an Jesus. Das meiste, was ich über diesen Mann weiß, stammt aus den Spielfilmen, die immer rund um Ostern gezeigt werden, daher kann ich nicht behaupten, dass ich die Fakten richtig beisammenhabe, aber im Großen und Ganzen wird es wohl stimmen. Um die Menschheit zu retten, musste ein armer Palästinenser sterben. Wieso er dann nicht einfach zu den Römern ging, die Hände in die Luft warf und sagte: »Hier bin ich. Bringt mich zu eurem Anführer«, habe ich nie verstanden. Aber ich glaube, jetzt dämmert es mir.

Er brauchte einen Verräter dafür, einen Judas, und den brauche ich auch. Vielleicht steckt es uns in den Genen, dass wir nicht aufgeben wollen und jemanden brauchen, der die Drecksarbeit übernimmt. Vielleicht brauchen wir alle einen kleinen Schubs.

Carmela Petrus war dazu nicht bereit. Anstatt mir einen kleinen Schubs zu geben, hängte sie ihre Robe an den Nagel und beschloss, mit einer Alpaka-Farm anzufangen. Ich weiß nicht, ob es im Nahen Osten Alpakas gab, aber ich muss mir die ewige Frage stellen *Was hätte Jesus getan?*, wenn Judas die Pharisäer zum Teufel geschickt und eine Kamel-Ranch aufgezogen hätte, anstatt in jener Nacht im Garten Gethsemane seine kleine Scharade aufzuführen. Ich meine, sagen wir's doch geradeheraus: Jesus wollte genauso wenig sterben wie ich.

Also fahre ich am frühen Abend durch Richmond und suche nach meinem persönlichen Judas, als das Display meines Handys die Nummer eines Anrufers anzeigt, die ich sofort erkenne.

»Emily«, sage ich.

»Ich habe einen ganz komischen Anruf gekriegt, über den ich schon seit Stunden nachdenken muss.« Sie wartet erst gar nicht eine Antwort ab, sondern fährt fort: »Wie's scheint, hat sich Mary Anns Problem von selbst gelöst. Sie wissen schon, das Problem mit den Muckis, dem Minihirn und den fliegenden Fäusten.«

Wie schon bei Petrus stelle ich mich dumm. »Was hat er denn jetzt schon wieder gemacht?«

»Oh, gar nichts. Interessanter ist, was mit ihm gemacht wurde. Kris Milford ist tot.«

»Oh.« Ich bin bei Daniels Haus angekommen, parke in einer freien Lücke auf der Straße und lasse den Wagen im Leerlauf laufen.

»Komisch, dass wir erst gestern Morgen im Park von ihm geredet haben«, sagt Emily.

»Was genau ist denn passiert?«

»Tja, Mary Ann hat nicht viel gesagt, aber die wesentlichen Einzelheiten hab ich aus ihr rausgekriegt.« Emily unterbricht sich, bittet Jake Junior, mal kurz in seinem Zimmer zu spielen, und kommt an den Apparat zurück. »Wie es scheint, ist jemand einfach bei ihrem Wohnwagen aufgetaucht und hat Kris zweimal in den Kopf geschossen. Mehr erzählte sie nicht. Sie sagte, sie wäre mit dem Taxi nach Hause gefahren, weil sie sich nicht wohlgefühlt hätte, und da hätte sie Kris neben dem

Fernseher auf dem Boden entdeckt. Die alte Frau von nebenan hat erklärt, sie hätte früher am Tag eine Frau durch den Trailerpark gehen sehen, aber es wäre nicht Mary Ann gewesen. Ich glaube, es ist gut, dass Mary Ann ein Alibi hat. Im Film wird immer der Ehepartner verdächtigt, wenn so was passiert. Glauben Sie, es war gut, dass sie irgendwo anders war? Vor allem, weil's aussieht, als würde nichts aus dem Wohnwagen fehlen.«

»Ja, das glaube ich.«

Emily lacht leise. »Kris und Mary Ann besaßen eigentlich nichts, was sich zu stehlen lohnt, aber trotzdem hatten sie den Fernseher und ein paar CDs. So was kriegt doch normalerweise Beine und verschwindet von selbst.«

»Wie geht es Mary Ann und ihrem Jungen?«

»Ach, die kommen schon klar. Wenn die Polizei sie morgen befragt hat, besuchen sie für ein paar Tage mich und meine Leute. Vielleicht auch länger. Aber ist doch ein Zufall, oder? Sie wissen schon, wo wir doch gerade noch drüber geredet haben.«

Sie wirft mir einen Köder hin und wartet, ob ich ihn schlucke. Aber das tue ich nicht. Denn in mir ist immer noch ein Teil, der wie Jesus will, dass der Kelch an mir vorübergeht.

Emily erklärt Jake Junior, es gäbe Ärger, wenn sie ihn noch einmal aus dem Zimmer schicken müsste. Er fragt, was für Ärger, worauf Emily erwidert, das wolle er gar nicht wissen. »Ich habe nachgedacht, Justine. Ist das in Ordnung, wenn ich Sie ›Justine‹ nenne?«

»Natürlich.«

»Ich glaube, dass man in einem Fall wie diesem hier das Richtige und das Falsche tun kann. Das Problem ist nur, ich weiß nicht, was hier richtig und was falsch ist. Und das werde ich vielleicht niemals wissen. Was meinen Sie?«

Im oberen Stockwerk von Daniels Haus ist ein Fenster hell erleuchtet, und durch die Jalousie sehe ich die Silhouette meines Sohnes, eine einsame Gestalt, umrahmt von einem dunklen Rechteck. Es schmerzt mich, ihn so allein zu sehen, aber nur eine Sekunde später stellt sich erst eine weitere kleine Gestalt zu ihm, Tommy, und dann noch eine, die Susan sein muss, es sei denn, Daniel hat plötzlich Busen und lange Haare. Also ist mein Junge doch nicht allein. Er hat Familie und andere Menschen in seinem Leben, und das wird immer so sein. Dies sollte mir die Antwort auf Emilys Frage leichter machen, aber so ist es nicht.

»Ich fragte: ›Was meinen Sie, was hier das Richtige ist?‹«, wiederholt Emily.

Auf diese Frage kann ich nicht sofort antworten, daher blicke ich zu Jonathan am Fenster und denke an Jake Junior. Jake wird in der Schule bestimmt ein paar Narben bekommen, und ein paar auch später, wenn er sich um einen Job bewirbt und sieht, wie der Arbeitgeber bei seinem Lebenslauf die Augen leicht zusammenkneift und sich im Geist die Fragen stellt, die er nicht laut aussprechen darf. *Wie weit ist der Apfel hier vom Stamm gefallen? Ist er wie sein Vater? Darf ich überhaupt Kinder zum Betriebsfest einladen, wenn er dabei ist?* Sobald Jake alt genug ist, um alles zu verstehen, wird Emily ihm die Wahrheit sagen. Sie wird ihm erzählen, dass sein Daddy einer der Guten war, ein unbesungener Held in einem ölverschmierten Blaumann. Sie wird sagen, dass es egal ist, was die Welt denkt, wenn sie und Jake Junior nur wissen, was wirklich geschehen ist.

Emily kommt vielleicht damit klar, dass die Welt eine Lüge glaubt, aber ich nicht, auch wenn ich damit die Büchse der Pandora öffne, die ihr verrät, dass sie sich der Untreue ihres Mannes stellen muss.

Genau deswegen habe ich gezögert, weil ich weiß, dass die Wahrheit einer anständigen Frau Schmerz zufügen wird. Ehrlich gesagt habe ich sogar daran gedacht, genau das als Ausweg aus meinem Dilemma zu nutzen, und mir das immer wieder wie ein Mantra vorgebetet: *Für Emily wäre es das Richtige, Schweigen zu bewahren.* So lange, bis ich es langsam selbst glaubte. Vermutlich verdrehen wir alle die Tatsachen so, dass sie unseren Wünschen entsprechen, und ich möchte mich überzeugen, dass die Preisgabe von Jake Milfords Untreue ein zu hoher Preis für die Reinwaschung seines Namens ist. Was für Lügen wir uns erzählen!

Die Wahrheit wird wehtun, das weiß ich, und sie wird Jake Milford auch nicht mehr lebendig machen, aber meine Ansichten über das Leben haben sich in letzter Zeit verändert. Früher war ich mir ziemlich sicher, dass mit dem Tod alles vorbei wäre, dass es kein weißes Licht und keine himmlischen Tore gäbe oder auch Feuer und Schwefel auf der anderen Seite der Nachwelt. Ich glaube immer noch nicht an Himmel und Hölle, doch irgendetwas bleibt von uns bestehen, und seien es lediglich Spuren unserer selbst in der Welt. Und wenn auch nur ein Fitzelchen Wahrheit an meiner Annahme ist, dann möchte ich, dass diese Spuren makellos rein sind.

Da ich nicht weiß, was ich auf Emilys Frage antworten soll, weiche ich aus: »Wenn ich die Möglichkeit hätte, den Namen Ihres Mannes reinzuwaschen …«, doch sie lässt mich nicht ausreden.

»Wir reden doch rein hypothetisch, oder, Justine? Denn dafür würde ich wahrscheinlich mein Leben geben. Nicht das meines Sohnes und das von irgendjemand anderem, aber meines schon. Andererseits sagt sich das so leicht. So wie man behauptet: ›Ich würde niemals Schlangen essen‹, wie Jake immer gesagt hat. Aber Jake sagte auch, man weiß nie, womit man klarkommen muss. Wenn man zu verhungern droht, sind Klapperschlangen oder Mokassinschlangen vielleicht ein Festessen.« Sie seufzt. »Ich weiß nicht, was ich sonst noch sagen soll.«

Nach einer Weile erkläre ich, dass ich das auch nicht weiß.

»Dann belassen wir es wohl dabei.«

Als ich den Anruf beende und den Wagen ausschalte, suche ich immer noch nach meinem Judas.

KAPITEL DREIUNDVIERZIG

»Ich habe nachgedacht.« Mit diesen Worten empfängt mich Daniel, als ich ins Haus komme.

Jeder Mann und jede Frau, die diesen Satz hört, weiß genau, was sie in Bezug auf eine Beziehung zu bedeuten haben. Niemand leitet einen Heiratsantrag mit diesen Worten ein. Niemand bittet ein Mädchen mit ›Ich habe nachgedacht‹ zum Abschlussball. Diese drei Wörter kündigen eine Veränderung im Status quo an, allerdings fast immer eine Veränderung zum Negativen.

Ich habe nachgedacht ... und vielleicht sollten wir uns auch mit anderen treffen.

Ich habe nachgedacht ... und da die Kinder erwachsen sind, müssen wir eigentlich nicht mehr zusammenbleiben.

Ich habe nachgedacht ... und erkannt, dass ich dich nicht mehr liebe.

Daher mache ich mich, als ich das aus Daniels Mund höre, aufs Schlimmste gefasst.

Merkwürdigerweise passt das Ambiente nicht zu meinen Befürchtungen. Der Tisch ist für zwei gedeckt, das Licht im Raum ist gedämpft, und überall tanzen die Flämmchen von Kerzen wie winzige Tänzerinnen auf ihren runden Podesten. Ein Großteil der Kücheninsel ist von Blumen bedeckt, und zwischen unseren Tellern steht noch ein kleiner Strauß. Das

Ganze sieht aus wie eine etwas übertrieben gestaltete Kulisse für ein Rendezvous.

»Ich habe nachgedacht«, wiederholt er, »und finde, dass wir hier nicht die ganze Nacht Trübsal blasen sollten.« Daniel wirkt verlegen, fast wie ein kleiner Junge. »Ich meine, wir können uns Asche aufs Haupt streuen, Wassersuppe essen und nur daran denken, was unten in Florida mit Adrian geschieht, aber das finde ich nicht besonders konstruktiv.« Er zieht mich an sich und unterbindet mit einem Kuss alle eventuellen Einwände, bis ich in diesem Kuss versinke.

Ich vergesse alles andere um mich herum: die Blumen mit ihrem zu Kopf steigenden Frühlingsduft, Adrian Kopinsky und sogar die Tatsache, dass ich für den Tod zweier Menschen verantwortlich bin. In diesem Augenblick gibt es nur Daniel, und zum ersten Mal denke ich nicht automatisch an Ian.

Wie wenig zuträglich es einer Beziehung doch ist, bei jedem Kuss, jeder Umarmung und jedem intimen Akt an den verstorbenen Mann oder den ehemaligen Geliebten zu denken! Daniel hat recht, denke ich, als ich seinen Kuss erwidere und Zärtlichkeiten mit ihm austausche: Ich sollte in die Zukunft blicken.

»Mommy lässt sich küssen!«, ruft eine Kinderstimme von der Treppe. »Ha! Erwischt!«

Ohne mich loszulassen, beugt Daniel sich zu ihm und nimmt ihn auf den Arm, sodass wir drei in einer engen Umarmung dastehen. »Nein, ich habe *dich* erwischt, Jon-Jon«, erwidert Daniel. So bleiben wir eine ganze Weile, in Liebe verbunden, ohne einen Gedanken an die Welt außerhalb unserer kleinen Familie.

Es ist Jonathan, der den Bann bricht. »Ich hab Chicken Nuggets gegessen. Und Brokkoli. Und Milch. Und ich darf mit Tommy und Tante Susan *Charlie und die Schokoladen-*

fabrik gucken, während ihr ein Date habt.« Er sieht Daniel an. »Hab ich's richtig hingekriegt?«

»Das hast du ausgezeichnet gemeistert.«

»Daniel«, fragt Jonathan, »wenn wir nach England ziehen, lerne ich dann so zu reden wie du?«

Unwillkürlich verdrehe ich die Augen und stelle mir vor, wie mein kleiner Junge nicht mehr wie er selbst klingt, sondern eher wie ein König; dass er die Rs am Ende verschleift, Vokale unnötig lang zieht und ›Pasta‹ mit flachem ›a‹ sagt. Trotzdem gefällt mir die Vorstellung. Sie ist zukunftsträchtig.

»Nun gut«, sagt Daniel. »Unterbrechen wir die Schmuserei, während wir deiner Mum etwas zu essen geben. Willst du bleiben oder lieber *Charlie und die Schokoladenfabrik* gucken?«

Jonathan wirft ihm einen Blick zu – was für eine Frage! – und flitzt die Treppe hinauf. Kurz darauf höre ich ihn im Fernsehzimmer mitsingen und mache mich erneut daran, meinen Mann zu küssen.

»Hungrig?«, fragt Daniel.

»Wie ein Bär.«

»Dann lass uns doch eine kleine Pause einlegen.«

Am Tisch rede ich mir ein, das Essen, das Daniel für mich gekocht hat, wäre köstlich; eine Stunde später im Bett rede ich mir ein, wir hätten noch Jahre mit wunderbarem Sex vor uns. Als ich nach Jonathan und seinen Umpalumpas schaue, rede ich mir ein, dies wäre ein ganz normaler Abend.

Aber ich glaube keine einzige dieser Lügen.

Nach dem Essen, dem Sex und Jonathans Film liege ich in Daniels Armen, lausche dem Ticken der Uhr und weiß, es gibt nur eine Wahrheit. Es ist nicht meine Wahrheit oder *eine* Wahrheit, es ist schlicht und einfach die Wahrheit. Den ganzen Abend habe ich mir etwas vorgemacht und dabei etwas Kostbares verloren. Aber ich weiß nicht mal, wo ich danach suchen soll.

KAPITEL VIERUNDVIERZIG

Es war ein anderer Winterabend in Cambridge – so viele meiner Erinnerungen an Cambridge enthalten Schnee und eisglatte Straßen –, und Ians Wohnzimmer war leer bis auf uns zwei.

Ich hatte ein neues Semester, ein paar schlimme Examen und ein modernes Folterinstrument mit der Bezeichnung »Große Juristische Staatsprüfung« vor mir und machte mir Sorgen. Außerdem hatte ich mich in ein berüchtigtes Seminar über Ethik in der Strafverfolgung eingeschrieben, das von den spärlichen Masochisten, die sich dafür entschieden hatten, nur »Coopers Feuerprobe« genannt wurde. Die, die es tatsächlich bestanden hatten, berichteten, bei der Abschlussprüfung fühlte man sich, als würde man bei lebendigem Leib verbrannt.

Ian lachte nur über meine Befürchtungen. »Was glaubst du denn, was du die letzten Jahre gemacht hast, Jussie?«

»Du willst doch unsere Besäufnisse nicht mit Professor Coopers Seminar vergleichen, oder? Hier gibt's doch nur Getränke und Geplänkel.«

»Du vergisst das Gevögel«, erwiderte er augenzwinkernd.

»Das auch.«

»Wie viele Altsemester hast du heute Abend hier gesehen?«, fragte er.

»Philip, du weißt schon, der Kerl mit dem Megastoffwechsel, der uns in den Wahnsinn treibt. Und ich, schätze ich.« Das stimmte. Jeder, der an jenem ersten Abend da war, als ich als Ted Stuyvesants Date unangemeldet auftauchte, war Geschichte – sogar Ted. Und nicht ihr Abschluss hatte die Teilnahme an Ians Partys beendet. Sie hatten die Flucht ergriffen, mit eingekniffenem Schwanz. Oder waren rausgeschmissen worden, wie in Teds Fall, und zwar wegen »intellektueller Schwäche mit gleichzeitiger Rückgratlosigkeit«, wie Ian es nannte.

»Genau. Auch wenn die Lehrbücher hier gegen Bourbon ausgetauscht sind, ist es immer noch ein Seminar. Die meisten halten das nicht durch. Aber du hast Stehvermögen.«

»Du machst es aber auch keinem leicht.«

»Hey, die Welt macht es auch keinem leicht.« Er schenkte sich noch einen Drink ein, zündete seine Pfeife an und setzte sich zu mir ans Feuer. »Apropos Stehvermögen: In ein paar Monaten gehst du nach Virginia – auch bekannt als das Land der offen getragenen Feuerwaffen und des elektrischen Stuhls.«

»Du weißt doch, dass ich daran arbeite, das Zweite für immer verschwinden zu lassen«, erwiderte ich und warf ihm ein kokettes Lächeln zu. »Und du besuchst mich doch, oder? Schließlich behauptet die Werbung, Virginia wäre für Liebespärchen wie geschaffen.«

»Ach wirklich?« Ian fuhr mit seinem Finger meine lächelnden Lippen nach.

»Mh-mh.«

»Und was sagt sie über verheiratete Paare?«

»Ich glaube, die werden dort geduldet. Hast du etwas geplant, Liebling?«

Ian legte die Pfeife beiseite. »Im Moment habe ich geplant, dich hier vor dem Kamin zu nehmen. Danach reden wir über die nächsten Schritte.«

Es war köstlicher Sex, ein Geben und Nehmen, das kein Ende zu nehmen schien, mal langsam, mal schneller, mit Pausen und Neuanfängen, bis wir beide erschöpft in die Kissen fielen, nur um wieder zueinanderzufinden, als unsere Körper um mehr bettelten. Ich liebte Ian schon seit zwei Jahren und wusste, dass er mich auch liebte. Aber dieser Abend war etwas Besonderes, denn die Vorstellung von einem gemeinsamen Leben veränderte alles.

Ian hatte eine Seite an sich, die er nicht auf dem Campus und nicht mal bei seinen Todesstrafen-Besäufnissen zeigte. In solchen Momenten wie diesen wusste ich, dass nur ich diese Seite zu sehen bekam, dass ich der einzige Mensch war, dem Ian Callaghan zeigte, was er vor der Welt verbarg.

Als wir schließlich nackt und ineinander verschlungen vor dem ersterbenden Feuer zur Ruhe kamen, sagte er: »Ich hätte nie gedacht, dass ich mich in ein Erstsemester verlieben würde. Oder auch nur in ein Drittsemester. Du bist anders als die anderen, Justine.«

»Weil ich nicht winsle, wenn du die sokratischen Daumenschrauben bei mir anlegst?«

Er schüttelte den Kopf. »Nein. Denn wenn ich das tue, weichst du keinen Zentimeter zurück. Du bleibst bei deiner Überzeugung und untermauerst sie mit Argumenten. Glaub mir, Jussie, Integrität ist in unserer Branche etwas ganz Seltenes. Verlier die bloß nicht da unten in Virginia.«

»Und wenn doch?«

Ian küsste mich noch einmal und griff nach seiner Hose, die in dem Haufen verstreuter Kleider um uns herumlag. Er holte eine kleine Schatulle hervor und hielt sie mir hin. »Weißt du was? Wenn du ›Ja‹ sagst, verspreche ich dir, dass ich dir helfe, sie wiederzufinden.«

KAPITEL FÜNFUNDVIERZIG

Ich glaube, ich habe gefunden, was ich verloren habe. Es brauchte dazu nur zwei Anrufe und jede Menge Willenskraft.

Daniel schnarcht noch, als ich aufstehe, den Morgenmantel überwerfe und auf Zehenspitzen in die Küche gehe. Gleich komme ich für eine letzte Zugabe zurück, bevor ich die restliche Wartezeit bei Jonathan verbringe. Vielleicht gucken wir uns einen Film an, vielleicht auch Comics – was Jonathan lieber ist. Ich werde Pop-Tarts und Saft mitbringen. Kaffee nicht, ich bin schon nervös genug.

Beim zweiten Klingeln nimmt jemand von der Polizeiwache in Bluefield ab, und als ich nach Mary Ann Milford frage, bittet man mich zu warten. Während eine Akustikversion von *Bad Boys* im Hintergrund läuft – seltsame Wahl für die Warteschleife einer Polizeiwache, aber was weiß ich schon –, zähle ich, wie oft mich der Impuls überkommt, einfach wieder aufzulegen. Als ich bei fünfzehn gelandet bin, meldet sich die Telefonistin erneut, erklärt mir, Mrs. Milford käme jeden Moment aus dem Besprechungszimmer, und fragt dann, als wäre ihr das gerade erst eingefallen, wer ich eigentlich bin.

Auf diese Frage bin ich vorbereitet und gebe ihr eine modifizierte Form der Wahrheit: »Ich war die verantwortliche Staatsanwältin im Jacob-Milford-Fall und müsste kurz mit ihr sprechen.«

Die Telefonistin wirkt beeindruckt. Sie schickt mich noch mal in die Warteschleife, und das Titellied der Serie *Cops* ertönt von Neuem. Obwohl es eine Akustikversion ist, singe ich den Text im Kopf mit. Beim tausendsten *Whatcha gonna do?* – einer Frage, deren Antwort mir gar nicht gefällt – kommt Mary Ann ans Telefon. Seit unserer letzten Begegnung hat sich ihre Stimme verändert. Sie ist jetzt nicht mehr furchtsam und leise, sondern von einer stillen Kraft durchdrungen. Mir gefällt diese neue Version von Mary Ann: ein Mädchen von Mitte zwanzig, das eine glänzende Zukunft vor sich hat.

»Dies ist mein letzter Anruf«, sage ich. »Aber ich muss Sie eins fragen.«

»Ich glaube, ich kann jetzt nicht reden«, sagt sie.

»Müssen Sie auch nicht. Ich stelle die Frage, und Sie antworten mit ›Ja‹ oder ›Nein‹.«

»Ist gut.« Jetzt höre ich Vorsicht in ihrer Stimme.

»Wenn Sie vorgeladen würden, um Jakes Alibi zu bezeugen, würden Sie dann beschwören, dass er vor sieben Jahren mit Ihnen in jenem Hotelzimmer war?«

Auf die Antwort muss ich lange warten, und während dieser Zeit teilt sich meine Zukunft in zwei vollkommen verschiedene Versionen.

KAPITEL SECHSUNDVIERZIG

In der einen Version meiner Zukunft bedeutet Mary Anns Weigerung, als Zeugin auszusagen, dass der Milford-Fall so tot ist wie sein Namensgeber. Selbst wenn ich in Ted Stuyvesants Büro gehen, mich stellen und ihn anflehen würde, den Remedies Act zur Anwendung zu bringen, würde nichts passieren. Das weiß ich, weil ich genau das versuchen werde.

Ted und Joanna werden Mary Ann wochenlang bearbeiten, sie täglich zu verschiedenen Zeiten anrufen, bei ihr zu Hause anklopfen und vor der Schule warten, wenn sie den kleinen Caleb absetzt. Weihnachten dieses Jahres werden sie es immer noch versuchen, und im Januar wird Mary Ann die Nase voll haben und ein Kontaktverbot erwirken. Niemand in einem roten Kostüm und niemand mit dem Nachnamen Stuyvesant wird ihr oder ihrem Sohn näher kommen dürfen als zwanzig Meter. Also werden sie ein paar Monate lang Emily bearbeiten. Irgendwann werden Emilys Eltern mit der ganzen erweiterten Familie aus Virginia fortziehen. Nach Kansas vielleicht. Oder Oklahoma.

Ich bin währenddessen hin und wieder mit Daniel und Jonathan übers Wochenende in London, um zu bummeln und mir die Sehenswürdigkeiten anzusehen. Aber nicht alle. Daniel wird mir unbedingt Old Bailey zeigen wollen, aber da weigere ich mich. Ich glaube, ich werde dann einen großen

Bogen um alle Gerichtsgebäude machen und lieber hören, wie sich ein Spaten in die kalkhaltige Erde von Hertfordshire gräbt, als noch ein einziges Mal einen Richterhammer. Alles aus meinem früheren Leben wird fort sein, wie ausgelöscht, außer Ian, mit dem ich immer noch reden werde, wenn ich allein bin.

Ich werde ihm erzählen, dass am Ende alles ziemlich gut gelaufen ist. Ich bin nicht geflohen. Ich habe nicht meine Integrität verloren. Ich werde nie erfahren, ob Mary Ann dachte, sie schuldete mir einen Gefallen oder ob sie einfach Emily nicht verletzen wollte. Sie wird's mir auch nicht sagen, wenn wir uns in Richmond kurz auf einen Kaffee treffen, damit ich mich verabschieden und ihr unausgesprochen danken kann. Sollte Emily Milford jemals die starke Ähnlichkeit zwischen ihrem Sohn und ihrem Neffen bemerken, wird sie es auf die Gene der Milfords schieben.

Entscheidend bei diesen einseitigen Privatgesprächen mit Ian wird sein, dass ich mich selbst überzeugen kann, dass er mir nichts vorwirft und versteht, wie ich versucht habe, alles in Ordnung zu bringen. Von Daniel werde ich ebenfalls Absolution erhalten, obwohl wir selten über den Milford-Fall sprechen. Der wird nur alle paar Monate zur Sprache kommen, wenn Daniel bemerkt, dass ich mich nachts unruhig im Bett hin und her werfe oder verweinte Augen habe. Und jedes Mal wird er mich daran erinnern, dass der Remedies Act ein Fehler war.

Jeder einzelne der Bundesstaaten, die dieses Gesetz übernommen haben, wird dem zustimmen. Vermutlich wird der Aufschrei der Bevölkerung nach Adrian Kopinskys Hinrichtung eine Umkehr erzwingen, denn die Exekution ging in so vielerlei Hinsicht schief, dass die drei, die ich mit angesehen habe, wirken wie perfekt choreografierte Ballettaufführungen mit Happy End. Es wird eine Flut von Artikeln in der *New York Times* und der *Washington Post* geben, die fordern werden, die ›alttestamentarische Barbarei‹ zu beenden, und irgendjemand wird einen dystopischen Thriller über ein Gesetz schreiben, der Staatsanwälte bei Fehlurteilen zur Verantwortung zieht. Und der wird unweigerlich zu einer Netflix-Serie verfilmt, die ich mir niemals ansehen werde.

Mein Name wird viel öfter, als mir lieb ist, in Gerichtsfällen und Zeitungsartikeln erscheinen. In einigen werde ich die radikale Aktivistin sein, die für Kopinskys Tod verantwortlich ist; in anderen eine fehlgeleitete Heldin mit guten Absichten und schlechter Ausführung. In Zusammenhang mit Kopinskys Hinrichtung wird der gesamten Bevölkerung der etymologische Ursprung meines Mädchennamens bewusst werden: Boucher bedeutet ›Metzger‹, ›Schlächter‹, ›Bluthund‹, und das wird auch jeder durchschnittliche Fünftklässler wissen. Daniel wird sagen, dass sich der Aufruhr irgendwann legen wird.

So optimistisch wie Daniel werde ich niemals sein.

In Großbritannien liegt die Lebenserwartung von Frauen im Durchschnitt bei 83 Jahren und ein paar Monaten, also gehe ich davon aus, dass ich noch vier Jahrzehnte vor mir habe, in denen ich sehen werde, wie Jonathan zum Mann heranwächst, heiratet und eine eigene Familie gründet. Es wird auch mehr als genug Zeit dafür sein, mich all den Geistern zu stellen, die mit dem Finger auf mich zeigen und mich anklagen, ihre Mörder verhätschelt zu haben.

Aber Jake Milford wird mich niemals verfluchen oder mit dem Finger auf mich zeigen. Er wird der Geist sein, der mich traurig anlächelt, als wollte er sagen: »Es war genauso mein Fehler wie Ihrer. Ich hätte jederzeit alles erzählen können.« Jake wird es klingen lassen, als wären wir quitt, und dadurch werde ich mich noch schlechter fühlen. Einer von uns wird als

Mörder gesehen, obwohl er unschuldig ist. Und bei einem von uns gilt das Gegenteil.

Ich bedauere es nicht, Kris Milford getötet zu haben. Denn ich glaube, ich habe mindestens zwei Menschenleben gerettet, als ich diesem Dreckskerl zwei Kugeln verpasst habe. Auch wenn ich mich nicht gerade gut deswegen fühle, wird mich dieser Geist nicht nachts wach halten, und er kann auch nur sich selbst die Schuld geben. Die gesamten vier Dekaden, die noch vor mir liegen, werde ich bedauern, dass ich zu einem System gehörte, das ein so empörend ungerechtes Rechtsmittel erforderte und das einen anständigen Mann zum Schweigen brachte. Vielleicht bin ich im Garten, wenn mir diese Gedanken kommen, vielleicht im Bett mit Daniel oder vielleicht in der Küche, wo ich in einem Topf Eintopf rühre – »Stew«, wird Daniel sagen. Ich weiß, dass ich diese Gedanken für den Rest meines Lebens nicht mehr loswerde:

Wir hätten es besser machen können. Ich hätte es besser machen können.

***

Wenn aber Mary Ann bereit ist auszusagen und der Milford-Fall neu eröffnet wird, dann wartet eine andere Zukunft auf mich. Ted Stuyvesant wird in einem prächtigen Büro mit großen Augen vor mir sitzen und sich Mary Anns Nummer notieren, während ich erzähle. Er wird mich auffordern, Platz zu nehmen, aber ich werde mich weigern. Ich bleibe lieber stehen, denn dann kann ich mich an der Illusion festhalten, ich könnte noch fliehen – obwohl es keinerlei Zuflucht mehr gibt. Trotzdem werde ich mit angehaltenem Atem warten, während er die Telefonnummer in sein Handy eingibt, Mary Ann eine Reihe von Fragen stellt und sich die Antworten anhört.

Ich werde während dieser kurzen Pausen hoffen, doch mit jedem Nicken und jeder Notiz, die er sich auf seinem Block macht, wird die Hoffnung mehr und mehr schwinden.

Ted oder einer von seinem Team – vielleicht die Frau vom Spielplatz mit den Wipptieren – wird ein, zwei weitere Anrufe tätigen: einen beim Büro des Bezirksstaatsanwalts und einen bei der Polizei. Während wir warten, werden sie mich nicht aus den Augen lassen und versuchen abzuschätzen, ob ich kooperiere oder nicht. Ich werde sie daran erinnern, dass ich aus freien Stücken zu ihnen gekommen bin, doch sie werden mich im Auge behalten, bis zwei Männer in Uniform erscheinen und mich bitten, die Hände auf den Rücken zu legen.

So beginnt der zweite Weg, der viel kürzer ist als der andere. Er wird keine Kurven und Windungen haben, keine Schlenker nach London, Bath oder zu anderen Sehenswürdigkeiten, sondern nur ein einziges Ziel mit vielen Schildern, die mich unterwegs daran erinnern, wohin es für mich geht. Auf diesem Weg kann man nicht umkehren und auch nicht innehalten, um die Aussicht zu genießen. Denn die einzige Aussicht, die die kleine Zelle in Block D des Gefängnisses eine Stunde nordwestlich von Richmond zu bieten hat, ist ein nacktes, ödes Fleckchen Erde, das sie als Freiganghof bezeichnen.

Natürlich wird Daniel mich besuchen. Er wird nicht glücklich sein, aber er wird mich besuchen. Er wird sagen, ich sei zu dünn, und mir Münzen für den Snackautomat mitbringen. Das Problem bei diesem Automaten ist, dass er nur salzige Snacks hat und ich als Letzte an die Reihe komme. Wenn ich also endlich meine Münzen in den Schlitz stecken darf, wird es nur noch Fritos geben, also verzichte ich lieber und werde noch dünner. Daniel wird nie lange bleiben, teils wegen des zugestandenen Zeitlimits, teils, weil er bei jedem Besuch etwas verliert, was er nie wieder zurückbekommt.

Wenn Susan mit den Jungen kommt, in den ersten Tagen, in denen mir noch Kontaktbesuche gestattet sind, während in der Hauptstadt der notwendige Schriftkram von einem Schreibtisch zum nächsten wandert, dann wird sie ununterbrochen den Kopf schütteln, als könnte sie damit die Realität verneinen. Aber sie wird kein unfreundliches Wort sagen, nicht mal, wenn sie ein unterschriebenes Dokument nach dem anderen an sich nimmt – mein Testament, die Besitzurkunde fürs Haus, einen Stapel Aktienübertragungen und Bankvollmachten – und jedes Zeugnis meines früheren Lebens in ihrer Tasche verschwinden lässt. Es wird jetzt Jonathans und ihr Leben werden.

An meinem letzten Tag wird man mich fragen, ob ein Priester zu mir kommen soll. Außerdem erhalte ich ein Formular für die Henkersmahlzeit, und man wird sich entschuldigen, wenn meine erste Wahl nicht möglich ist. Ein Arzt wird meine Venen untersuchen und meinen Puls prüfen. Ich werde Angst haben, müde sein und meinen bestellten Salat nicht runterkriegen. Und dann wird der Wärter kommen und sagen, dass es so weit ist.

Es wird eine Bahre geben, Techniker und helles Licht, aber die einzige Farbe im Raum ist das Rot vom Telefon an der Wand. Vielleicht klingelt es und reißt mich damit zurück zu der Gabelung, die zum ersten Weg führt. Vielleicht klingelt es nicht.

Und mir wird nichts übrig bleiben, als zu warten.

TODESTRAKT, INSASSE 39384

Als alles anfing, lernte ich, was die Hölle ist. Die Hölle ist Warten.

Warten, dass die Geschworenen über mein Schicksal entscheiden, und zwar aufgrund von mangelhaften Beweisen. Der entscheidende fehlt, aber das kann ich ihnen nicht sagen. Die Hölle heißt, darauf zu warten, dass man seine Frau am Donnerstagmorgen sehen darf – und sei es nur hinter einer schmierigen Glasscheibe. Die Hölle ist, darauf zu warten, dass man seinen Jungen wieder im Arm halten darf, dass man mit ihm ein paar Körbe im Garten wirft oder ihm ein Happy Meal spendiert, wenn die Mutter es nicht mitbekommt.

Doch vor allem ist die Hölle, darauf zu warten, dass ein Telefon klingelt.

Vor ein paar Minuten klopfte es an meiner Zellentür, dann ging sie einen Spalt auf. Herein kam der Priester, nahm ohne zu fragen Platz und erklärte, er sei bereit für meine Beichte. Ich hatte eine Beichte, aber nicht so, wie er erwartet hatte. Meine Beichte steht hier auf diesen Seiten, und ich hoffe, der Priester sorgt dafür, dass sie in die richtigen Hände gelangt. Er hat es mir versprochen, und ich muss ihm wohl vertrauen.

Er weist nickend auf den Papierstapel, während ich diese letzten Zeilen schreibe, und streckt die Hand aus. Das heißt, mein Werk ist getan.

Jetzt bleibt mir nur noch zu warten.